東周列國

精編

【明】馮夢龍／原著
楊占軍／編譯

國家圖書館出版品預行編目（CIP）資料

東周列國志精編 / (明)馮夢龍著；楊占軍編譯. --
初版. -- 新北市：華威國際事業有限公司, 2024.11
面； 公分
ISBN 978-957-9075-65-7(平裝)
857.451 113014167

東周列國志精編

原著	【明】馮夢龍
編譯	楊占軍
副總編輯	徐梓軒
責任編輯	吳詩婷
校對	劉沛萱
封面設計	申晏如
內文排版	黃莉庭
法律顧問	建業法律事務所 張少騰　律師 地址：110台北市信義區信義路五段7號62樓（台北101大樓） 電話：886-2-8101-1973
法律顧問	徐立信　律師
監製	漢湘文化事業股份有限公司
出版者	華威國際事業有限公司 地址：235新北市中和區建一路176號12樓之1 電話：886-2-2226-3070　傳真：886-2-2226-0198
總經銷	創智文化有限公司 地址：236新北市土城區忠承路89號6樓 電話：886-2-2268-3489　傳真：886-2-2269-6560 歡迎優秀出版社加入總經銷行列
初版一刷	2024年11月
定價	依封底定價為準
香港總經銷	和平圖書有限公司 地址：香港柴灣嘉業街12號百樂門大廈17樓 電話：852-2804-6687　傳真：852-2804-6409

序言

春秋戰國時代既是一個混戰不休的時代，也是一個人才輩出的時代，更是一個政治、文化空前繁榮的時代。其間湧現出的歷史名人和相關典故歷來為人們所津津樂道。明代著名文學家馮夢龍所創作的長篇歷史演義小說《東周列國志》，則是對這段歷史最完整、最精彩的呈現。

《東周列國志》取材於《左傳》、《國語》、《史記》等歷史典籍，考核詳實，言之有據。全書描寫了從西周王朝衰亡，到秦始皇統一六國建立秦帝國這五百多年間的歷史，時間跨度之長，出場人物之多，為古典小說所罕有。從「春秋五霸」到「戰國七雄」，歷史的每一個印記都清晰可見。管仲、晏嬰、孫武、衛鞅、樂毅、白起……一個個英雄人物輪番登場，各顯其能，共同描繪了一幅氣勢恢宏的歷史畫卷。

本書在通行本的基礎上進行了適度的縮編，在確保保留原著文風的基礎上，力求讓讀者更輕鬆地把握原著之精髓，品味那段波瀾壯闊的歷史。研讀中華傳統的國學精華，品悟經世流傳的至上真理，含英咀華，對現代人尤其是青少年學生來說，稱得上是一次精神上的洗禮。希望本書如春風化雨，幫助讀者陶冶情操，錘煉心志，充盈智慧。

目錄

第一回

周宣王聞謠輕殺 杜大夫化厲鳴冤

話說周朝，自武王伐紂，即天子位，成、康繼之，那都是守成令主。又有周公、召公、畢公、史佚等一班賢臣輔政，真個文修武偃，物阜民安。自武王八傳至於夷王，覲禮不明，諸侯漸漸強大。到九傳厲王，暴虐無道，為國人所殺。此乃千百年民變之始。又虧周、召二公同心協力，立太子靖為王，是為宣王。那一朝天子，卻又英明有道，任用賢臣方叔、召虎、尹吉甫、申伯、仲山甫等，復修文、武、成、康之政，周室赫然中興。

至三十九年，姜戎抗命，宣王御駕親征，敗績於千畝，車徒大損。思為再舉之計，又恐軍數不充，親自料民於太原。那太原，即今固原州，正是鄰近戎狄之地。料民者，將本地戶口，按籍查閱，觀其人數之多少，車馬粟芻之饒乏，好做準備，徵調出征。太宰仲山甫進諫不聽。

再說宣王在太原料民回來，忽見市上小兒數十為群，拍手作歌，其聲如一。歌曰：「月將升，日將沒；檿弧箕箙，幾亡周國。」宣王甚惡其語。使御者傳令，盡拘眾小兒來問。宣王問曰：「此語何人所造？」年長的答曰：「非出吾等所造。三日前，有紅衣小兒，到於市中，教吾等念此四句。」宣王嘿然良久，叱去眾兒。

次日早朝，三公六卿，齊集殿下。宣王將所聞小兒之歌，述於眾臣。召虎對曰：「檿，山桑木名，可以為弓，故曰檿弧。箕，草名，可結之以為箭袋，故曰箕箙。據臣愚見：國家恐有弓矢之變。」太史伯陽父奏曰：「上天儆戒人君，命熒惑星化為小兒，造作謠言，使群兒習之，謂之童謠。今曰亡國之謠，乃天所以儆王也。」宣王曰：「朕今赦姜戎之罪，罷太原之兵，將武庫內所藏弧矢，盡行焚棄，再令國中不許造賣，其禍可息乎？」伯陽父答曰：「臣觀天象，其兆已成。似在王宮之內，非關外間弓矢之事，必主後世有女主亂國之禍。」宣王又曰：「女禍從何而來耶？」伯陽父曰：「謠言『將升』、『將沒』原非目前之事。況『將』之為言，且然而未必之詞。王今修德以禳之，自然化凶為吉。弧矢不須焚棄。」宣王且信且疑，起駕回宮。

宣王將群臣之語，備細述於姜后。姜后曰：「宮中有一異事，正欲啟奏。今有先王手內老宮人，年五十餘，自先朝懷孕，到今四十餘年，昨夜方生一女。」宣王大驚，問曰：「此女何在？」姜后曰：「妾思此乃不祥之物，已令人將草席包裹，拋棄於二十里外清水河中矣。」

次日早朝，召太史伯陽父問之。伯陽父布卦已畢。因繇詞又有「檿弧箕箙」之語，遂命下大夫左儒，督令司市官巡行廛肆，不許造賣山桑木弓，箕草箭袋，違者處死。

有一婦人，抱著幾個箭袋，正是箕草織成。一男子背著山桑木弓十來把，跟隨於後。尚未進城門，被司市官劈面撞見，喝聲：「拿下！」手下胥役，先將婦人擒住。那男子見不是頭，拋下桑弓在地，飛步走脫。司市官將婦人鎖押，連桑弓箕袋，一齊解到下大夫左儒處。左儒想：「所獲二物，正應在謠言。況太史言女人為禍，今已拿到婦人，也可回復王旨。」宣王命將此女斬訖。

再說逃走那男子，次日方知妻子已死。獨自來到清水河邊，遠遠望見百鳥飛鳴，近前觀看，乃是一個草席包，浮於水面。男子取起席包，原來是一個女嬰。遂解下布衫，將此女嬰包裹，抱於懷中。思想避難之處，乃望褒城投奔相識而去。

宣王自誅了賣桑弓箕袋的婦人，以為童謠之言已應，心中坦然，也不復議太原發兵之事。自此連年無話。到四十三年，時當大祭，宣王宿於齋宮。夜漏二鼓，人聲寂然。忽見一美貌女子，自西方走入太廟之中，大笑三聲，又大哭三聲，將七廟神主，做一束兒捆著，望東而去。王起身自行追趕，忽然驚醒，乃是一夢。自覺心神恍惚，勉強入廟行禮。九獻已畢，回至齋宮更衣，遣左右密召太史伯陽父，告以夢中所見。伯陽父奏曰：「主有女禍，妖氣未除。」宣王沉吟不語。忽然想起三年前，曾命上大夫杜伯查訪妖女，全無下落。

宣王還朝，問杜伯：「妖女消息，如何久不回話？」杜伯奏曰：「臣體訪此女，並無影響。以為妖婦正罪，童謠已驗。誠恐搜索不休，必然驚動國人，故此中止。」宣王大怒曰：「分明是怠棄朕命。押出朝門，斬首示眾！」嚇得百官面如土色。左儒連聲曰：「不可，不可！吾王若殺了杜伯，臣恐國人將妖言傳播。外夷聞之，亦起輕慢之心。望乞恕之！」宣王怒猶未息，喝教：「快斬！」武士將杜伯推出朝門斬了。左儒回到家中，自刎而死。

再說宣王次日，聞左儒自刎，亦有悔殺杜伯之意。遂得一恍惚之疾，語言無次，每每輟朝。至四十六年秋七月，玉體稍豫，意欲出郊遊獵。行不上三四里，宣王在玉輦之上，打個眼眯，忽見遠遠一輛小車，當面衝突而來。車上站著兩個人，宣王定睛看時，乃上大夫杜伯，下大夫左儒。宣王吃這一驚不小，抹眼之間，人車俱不見。問左右人等，都說：「並不曾見。」宣王正在驚疑，那杜伯、左儒又駕著小車子，往來不離玉輦之前。只見杜伯、左儒齊聲罵曰：「無道昏君！你不修德政，妄戮無辜。今日大數已盡，吾等專來報冤。還我命來！」話未絕聲，挽起朱弓，搭上赤矢，望宣王心窩內射來。宣王大叫一聲，昏倒於玉輦之上。眾人當下飛駕入城，扶著宣王進宮。

第二回
褒人贖罪獻美女
幽王烽火戲諸侯

話說宣王自東郊遊獵，得疾回宮，未幾而崩。太子宮涅即位，是為幽王。立申伯之女為王后，子宜臼為太子，進后父申伯為申侯。幽王為人，暴戾寡恩，耽於聲色。時岐山地震，幽王全不在意，仍命左右訪求美色，以充後宮。大夫趙叔帶上表勸阻，幽王遂將其免官。叔帶攜家竟往晉國，是為晉國大夫趙氏之祖。大夫褒珦自褒城來，聞趙叔帶被逐，忙入朝進諫。幽王大怒，命囚拘於獄中。

話分兩頭。賣桑弓箕袋的男子，懷抱妖女，逃奔褒地。該地有位婦人，生女不育，就送些布匹之類，轉乞此女過門。撫養成人，取名褒姒。有如花如月之容，傾國傾城之貌。褒珦之子洪德，偶因收斂來到鄉間。湊巧褒姒門外汲水，雖然村妝野束，不掩國色天姿。洪德大驚，遂以布帛三百匹買得褒姒回家。香湯沐浴，食以膏粱之味，飾以文繡之衣，教以禮數，攜至鎬京。獻與幽王，以贖父罪。幽王龍顏大喜。四方雖貢獻有人，不及褒姒萬分之一。遂不通申后得知，留褒姒於別宮，降旨赦褒珦出獄，復其官爵。

幽王自得了褒姒，迷戀其色，居之瓊臺。約有三月，更不進申后之宮。早有人報知申后，申后不勝其憤。忽一日引著宮娥，徑到瓊臺，正遇幽王與褒姒聯膝而坐，並不起身迎接。申后忍氣不過，罵了一場，恨恨而去。太子宜臼得知，亦懷不平，誓欲為母出氣。次日恰逢朔日，幽王不得不視朝。太子故意遣數十宮人，往瓊臺之下，將花亂摘，驚動褒妃出外觀看。太子突然而至，趕上一步，揪住烏雲寶髻，大罵一通，撚著拳便打。眾宮娥一齊跪下求饒，太子亦恐傷命，即時住手。褒妃含羞忍痛，回入臺中。待幽王退朝而歸，少不得嗚嗚咽咽，哭訴緣由。幽王遂以太子宜臼好勇無禮為由，將其發去申國，聽申侯教訓。太子訴求無門，只得駕車自往申國去訖。

卻說褒姒懷孕十月，生下一子。幽王愛如珍寶，名曰伯服，遂有廢嫡立庶之意。奈事無其因，難於啟齒。虢石父揣知王意，遂與尹球商議，暗通褒姒，言願扶伯服為太子。褒姒大喜，自此密遣心腹左右，日夜伺申后之短。宮門內外，俱置耳目，風吹草動，無不悉知。再說申后獨居無侶，終日流淚。有一年長宮人，知其心事，跪而奏曰：「娘娘既思殿下，何不修書一封，密寄申國，使殿下上表謝罪？若得感動萬歲，召還東宮，母子相聚，豈不美哉！」申后曰：「此言固好，但恨無人傳寄。」宮人曰：「妾母溫媼，頗知醫術。娘娘詐稱有病，召媼入宮看脈，令帶出此信，使妾兄送去，萬無一失。」申后依允，遂修書一封，內中大略言：「天子無道，寵信妖婢，使我母子分離。今妖婢生子，其寵愈固。汝可上表佯認己罪，若天賜還朝，母子重逢，別作計較。」修書已畢，假稱有病臥床，召溫媼看脈。

早有人報知褒妃，褒妃料必有傳遞消息之事。候溫媼出宮，命人搜檢其身，果得書信。褒妃拆書觀看，心中大怒，命將溫媼鎖禁空房，不許走漏消息。卻將申后贈予溫媼彩繒二匹，手自剪扯，裂為寸寸。幽王進宮，見破繒滿案，問其來歷。褒姒含淚作答，又將書呈與幽王觀看。幽王認得申后筆跡，問其通書之人。褒妃曰：「現有溫媼在此。」幽王即命牽出，不由分說，拔劍揮為兩段。

次日，幽王宣公卿上殿，問曰：「王后嫉妒怨望，咒詛朕躬，難為天下之母，可以拘來問罪？」虢石父奏曰：「王后六宮之主，雖然有罪，不可拘問。如果德不稱位，但當傳旨廢之。另擇賢德，母儀天下，實為萬世之福。」尹球奏曰：「臣聞褒妃德性貞靜，堪主中宮。」幽王曰：「太子在申，若廢申后，如太子何？」虢石父奏曰：「臣聞母以子貴，子以母貴。今太子避罪居申，溫清之禮久廢。況既廢其母，焉用其子？臣等願扶伯服為東宮。社稷有幸！」幽王大喜，傳旨將申后退入冷宮，廢太子宜臼為庶人，立褒妃為后，伯服為太子。如有進諫者，即係宜臼之黨，治以重辟。兩班文武，心懷不平。群臣棄職歸田者甚眾，朝中惟尹球、虢石父、祭公易一班佞臣在側。幽王朝夕與褒妃在宮作樂。

褒妃雖篡位正宮，有專席之寵，從未開顏一笑。幽王問曰：「愛卿惡聞音樂，所好何事？」褒妃曰：「妾無好也。曾記昔日手裂彩繒，其聲爽然可聽。」幽王即命司庫日進彩繒百匹，使宮娥有力者裂之，以悅褒妃。可怪褒妃雖好裂繒，依舊不見笑臉。幽王遂出令：「不拘宮內宮外，有能致褒后一笑者，賞賜千金。」虢石父獻計曰：「先王昔年因西戎強盛，恐彼入寇，乃於驪山之下，置煙墩二十餘所，又置大鼓數十架。但有賊寇，放起狼煙，直衝霄漢，附近諸侯，發兵相救。又鳴起大鼓，催趲前來。今數年以來，天下太平，烽火皆熄。吾主若要王后啟齒，必須同后遊玩驪山，夜舉烽煙，諸侯援兵必至。至而無寇，王后必笑無疑矣。」

幽王曰：「此計甚善！」乃同褒后並駕往驪山遊玩，至晚設宴驪宮，傳令舉烽。霎時鼓聲如雷，火光燭天。畿內諸侯，疑鎬京有變，一個個即時領兵點將，連夜趕至驪山。幽王與褒妃飲酒作樂，使人謝諸侯曰：「幸無外寇，不勞跋涉。」諸侯面面相覷，卷旗而回。褒妃在樓上，憑欄望見諸侯忙去忙回，並無一事，不覺撫掌大笑。幽王曰：「愛卿一笑，百媚俱生，此虢石父之力也！」遂以千金賞之。至今俗語相傳「千金買笑」，蓋本於此。

卻說申侯聞知幽王廢申后立褒妃，上疏諫曰：「昔桀寵妹喜以亡夏，紂寵妲己以亡商。王今寵信褒妃，廢嫡立庶，既乖夫婦之義，又傷父子之情。桀紂之事，復見於今；夏商之禍，不在異日。望吾王收回亂命，庶可免亡國之殃也。」幽王覽奏，拍案大怒，下令削去申侯之爵。命石父為將，簡兵蒐乘，欲舉伐申之師。

第三回
犬戎主大鬧鎬京
周平王東遷洛邑

話說申侯進表之後，有人在鎬京探信。聞知幽王意欲伐申，星夜奔回，報知申侯。申侯大驚，恐難以抵禦王師，遂採納大夫呂章建議，先發制人。備下金繒一車，遣人齎書與犬戎借兵，許以破鎬之日，府庫金帛，任憑搬取。戎主遂發戎兵一萬五千，申侯亦起本國之兵相助，浩浩蕩蕩，殺奔鎬京而來。出其不意，將王城圍繞三匝，水泄不通。幽王聞變大驚，忙遣人舉烽。諸侯之兵，無片甲來者，蓋因前被烽火所戲，是時又以為詐，所以皆不起兵也。幽王見救兵不至，犬戎日夜攻城，只得派虢公領兵出戰。虢公本非能戰之將，

鬥不上十合，即被戎將斬於車下。戎兵一齊殺入城中，逢屋放火，逢人舉刀，連申侯也阻擋不住，只得任其所為，城中大亂。

幽王見勢頭不好，以小車載褒姒和伯服，開後門出走。司徒鄭伯友自後趕上，護著王駕望驪山而去。途中又遇尹球來到，言：「犬戎焚燒宮室，搶掠庫藏，祭公已死於亂軍之中矣。」幽王心膽俱裂。鄭伯友再令舉烽，烽煙透入九霄，救兵依舊不到。戎兵追至驪山之下，將驪宮團團圍住。鄭伯自引幽王從宮後衝出，手持長矛，當先開路。尹球保著褒后母子，緊隨幽王之後。約行半里，背後喊聲忽起，犬戎大軍追來。鄭伯叫尹球保駕先行，親自斷後，且戰且走。卻被犬戎鐵騎橫衝，分為兩截。鄭伯困在垓心，全無懼怯，這根矛神出鬼沒，但當先者無不著手。犬戎主教四面放箭，箭如雨點，不分玉石，可憐一國賢侯，今日死於萬鏃之下。戎兵擄住幽王車仗，犬戎主就車中一刀砍死幽王，並殺伯服。褒姒美貌饒死，以輕車載之，帶歸氈帳取樂。尹球躲在車廂之內，亦被戎兵牽出斬之。申侯聞聽幽王已被戎主所殺，大驚曰：「孤初心止欲糾正王愆，不意遂及於此。後世不忠於君者，必以孤為口實矣！」亟令從人收殮其屍，備禮葬之。

申侯回到京師，安排筵席，款待戎主。庫中寶玉，搬取一空，又斂聚金繒十車為贈，指望他滿欲而歸。誰想戎主終日飲酒作樂，絕無還軍歸國之意。百姓皆歸怨申侯。申侯無可奈何，乃寫密書三封，發人往三路諸侯處，約會勤王。那三路諸侯，北路晉侯姬仇，東路衛侯姬和，西路秦君嬴開。又遣人到鄭國，將鄭伯死難之事，報知世子掘突，教他起兵復仇。四路人馬會於鎬京城外。是夜，分兵東南北三路攻城，引戎主從西門出奔，卻教鄭世子伏兵彼處。申侯在城中以為內應，只等攻城，便大開城門。戎兵未曾提防，被殺得四散亂竄，大敗而走。褒姒不及隨行，自縊而亡。

四路諸侯遂迎太子宜臼即位，是為平王。平王升殿，令申伯復侯爵；衛侯和進爵為公；晉侯仇加封河內之地；鄭伯友死於王事，賜謚為桓，世子掘突襲爵為伯，加封枋田千頃；秦君原是附庸，加封秦伯，列於諸侯；申后號為太后；褒姒與伯服，俱廢為庶人；虢石父、尹球、祭公，姑念其先世有功，兼死於王事，止削其本身爵號，仍許子孫襲位。次日，平王再封衛侯為司徒，鄭伯為卿士，留朝輔政。申、晉二君，以本國迫近戎狄，拜辭而歸。申侯見鄭伯年方二十三歲，身長八尺，英毅非常，以女妻之，是為武姜。此話擱過不提。

卻說犬戎自到鎬京擾亂一番，識熟了道路。雖則被諸侯驅逐出城，其鋒未曾挫折。遂大起戎兵，侵佔周疆，岐、豐之地，半為戎有，漸漸逼近鎬京，連月烽火不絕。又宮闕自焚燒之後，十不存五，頹牆敗棟，光景甚是淒涼。平王一來府庫空虛，無力建造宮室，二來怕犬戎早晚入寇，遂萌遷都之念。蓋洛邑乃天下之中，昔成王命召公相宅，周公興築，號曰東都，宮室制度，與鎬京同。平王乃命太史擇日東行，遷都於洛，自此西周遂亡。

第四回

秦文公郊天應夢
鄭莊公掘地見母

秦襄公嬴開聞平王東遷，親自領兵護駕，直至洛陽。平王曰：「今岐、豐之地，半被犬戎侵據。卿若能驅逐犬戎，此地盡以賜卿，少酬扈從之勞，永作西藩。」秦襄公稽首受命而歸，整頓戎馬，不及三年，殺得犬戎七零八落，戎主遠遁西荒。岐、豐一片，盡為秦有，辟地千里，遂成大國。定都於雍，始與諸侯通聘。

再說鄭世子掘突嗣位，是為武公。武公乘周亂，並有東虢及鄶地，遷都於鄶，謂之新鄭。鄭自是亦遂強大，與衛武公同為周朝卿士。平王十三年，衛武公薨，鄭武公獨秉周政。卻說鄭武公夫人姜氏，所生二子，長曰寤生，次曰段。姜氏心中偏愛次子段，屢次向武公稱道次子之賢，宜立為嗣。武公不許，仍立寤生為世子，只以小小共城，為段之食邑，號曰共叔。及武公薨，寤生即位，是為鄭莊公，仍代父為周卿士。姜氏見共叔無權，心中怏怏，乃乞莊公以京城封之，莊公只得應允。共叔入宮來辭姜氏，姜氏屏去左右，私謂段曰：「汝兄不念同胞之情，待汝甚薄。今日之封，我再三懇求，雖則勉從，心中未必和順。汝到京城，宜聚兵蒐乘，陰為準備。倘有機會可乘，我當相約。汝興襲鄭之師，我為內應，國可得也。汝若代了寤生之位，我死無憾矣！」共叔領命，遂往京城居住。自此國人改口，俱稱為京城太叔。

太叔託名射獵，逐日出城訓練士卒，並收西鄙、北鄙之眾，一齊造入軍冊。又假出獵為由，襲取鄢及廩延。兩處邑宰逃入鄭國，奏聞莊公，莊公微笑不言。上卿公子呂奏請伐段，莊公不從。公子呂遂依大夫祭足之言，直叩宮門，私見莊公。莊公乃以心腹之言告之曰：「段雖不道，尚未顯然叛逆。我若加誅，姜氏必從中阻撓，徒惹外人議論。不惟說我不友，又說我不孝。我今置之度外，任其所為，彼恃寵得志，肆無忌憚。待其造逆，那時明正其罪，則國人必不敢助，而姜氏亦無辭矣。」公子呂曰：「主公遠見，非臣所及。但恐日復一日，養成勢大，如蔓草不可芟除。主公若必欲俟其先發，宜挑之速來。」莊公然其語，遂與公子呂定下一計。

次日早朝，莊公假傳一令，使大夫祭足監國，自己往周朝面君輔政。姜氏聞之大喜，遂寫密信一通，遣心腹送到京城，約太叔興兵襲鄭。公子呂預先差人伏於要路，獲住齎書之人，登時殺了，將書密送莊公。莊公啟緘看畢，重加封固，別遣人假作姜氏所差，送達太叔。索有回書，以五月初五日為期，要立白旗一面於城樓，便知接應之處。莊公得書，入宮辭別姜氏，只說往周，卻望廩延一路徐徐而進。公子呂率車二百乘，於京城鄰近埋伏。那太叔接了

姜氏密信，盡率京城二鄙之眾，揚揚出城。公子呂預遣兵車十乘，扮作商賈模樣，潛入京城，只等太叔兵動，便於城樓放火。公子呂望見火光，即便殺來。城中之人，開門納之，不勞餘力，得了京城。即時出榜安民，榜中備說莊公孝友，太叔背義忘恩之事，滿城人都說太叔不是。

太叔聞聽京城失事，星夜回轅，屯紮城外，打點攻城，只見手下士卒紛紛耳語。

原來軍伍中有人接了城中家信，言：「莊公如此厚德，太叔不仁不義。」一人傳十，十人傳百，都道：「我等背正從逆，天理難容。」哄然而散。太叔點兵，去其大半，知人心已變，急望鄢邑奔走，再欲聚眾。不道莊公兵已在鄢，遂走入共城，閉門自守。莊公引兵攻之，那共城區區小邑，怎當得兩路大軍？如泰山壓卵一般，須臾攻破。太叔聞莊公將至，自刎而亡。莊公撫段之屍，大哭一場。簡其行裝，姜氏所寄之書尚在。將太叔回書，總作一封，使人馳至鄭國，教祭足呈與姜氏觀看。即命將姜氏送去潁地安置，遺以誓言曰：「不及黃泉，無相見也！」姜氏見了二書，羞慚無措，即時離了宮門，出居潁地。莊公回至國都，目中不見姜氏，不覺良心頓萌，嘆曰：「吾不得已而殺弟，何忍又離其母？誠天倫之罪人矣！」

卻說潁谷封人，名曰潁考叔，為人正直無私，素有孝友之譽。見莊公設下黃泉之誓，悔之無及，特獻一計。莊公聞之大喜，遂命考叔發壯士五百人，於曲洧牛脾山下，掘地深十餘丈，泉水湧出，因於泉側架木為室。室成，設下長梯一座。考叔往見武姜，曲道莊公悔恨之意，如今欲迎歸孝養。武姜且悲且喜。考叔先奉武姜至牛脾山地室中，莊公乘輿亦至，從梯而下，拜倒在地，口稱：「寤生不孝，久缺定省，求國母恕罪！」武姜曰：「此乃老身之罪，與汝無與。」用手扶起，母子抱頭大哭。遂升梯出穴，莊公親扶武姜登輦，自己執轡隨侍。國人見莊公母子同歸，無不以手加額，稱莊公之孝。此皆考叔調停之力也。莊公感考叔全其母子之愛，賜爵大夫，與公孫閼同掌兵權。

第五回
寵虢公周鄭交質
助衛逆魯宋興兵

卻說周平王因鄭莊公久不在位，偶因虢公忌父來朝，言語相投，遂有意委政虢公。鄭莊公聞之，即日駕車如周，伏乞拜還卿士之爵，退就藩封。平王知莊公此舉皆因虢公之事，心慚面赤，只得善言相留，更欲使太子狐為質於鄭，以彰其信。群臣恐此有乖臣子之義，遂獻君臣交質之法，鄭世子忽質於周，周太子狐亦如鄭為質，如此方可兩釋猜忌。平王從之。

自交質以後，鄭伯留周輔政，一向無事。平王在位五十一年而崩，鄭伯與周公黑肩同攝朝政。使世子忽歸鄭，迎回太子狐來周嗣位。太子狐痛父之死，哀痛過甚，到周而薨。其子林嗣立，是為桓王。桓王傷其父以質鄭身死，且見鄭伯久專朝政，心中疑懼，遂謂鄭伯曰：「卿乃先王之臣，朕不敢屈在班僚，卿其自安。」莊公憤憤出朝，即日駕車回國。鄭國眾官員聞之，俱有不平之意。莊公遂納大夫祭足之計，命其領一支軍馬，便宜行事。祭足巡到溫、洛界首，以本國歲凶乏食為由，遣士卒各備鐮刀，將田中之麥盡行割取，滿載而回。再巡至成周地方，將田中早稻掠取一空。兩處守將知鄭兵強盛，不敢相爭。桓王聞之大怒，欲興兵問罪，幸得周公黑肩極力勸阻，方才作罷。鄭伯見周王全無責備之意，心懷不安，遂定入朝之議。正欲起行，忽報齊僖公遣使至此，約鄭伯至石門相會。莊公正欲與齊相結，遂赴石門之約。二君相見，歃血訂盟，約為兄弟，有事相偕。齊侯知鄭世子忽尚未婚娶，欲以女妻之。鄭莊公向忽言之，忽對曰：「妻者齊也，今鄭小齊大，孩兒不敢仰攀。」莊公曰：「請婚出於彼意，若與齊為甥舅，每事可以仰仗，吾兒何以辭之？」

忽又對曰：「丈夫志在自立，豈可仰仗於婚姻耶？」莊公喜其有志，遂不強之。

忽一日，鄭莊公正與群臣商議朝周之事，適有衛桓公訃音到來。莊公詰問來使，備知公子州吁弒君之事。

且說那州吁乃衛桓公之庶弟，暴戾好武，任意妄為。桓公生性懦弱，大夫石碏知其不能有為，告老在家，不與朝政。石碏之子石厚與州吁交好，二人密謀，適桓公如周之際，設餞於西門，伺機刺之。州吁托言桓公暴疾，代立為君，拜石厚為上大夫。桓公之弟晉，逃奔邢國去了。

州吁即位三日，聞外邊沸沸揚揚，盡傳說弒兄之事。乃召上大夫石厚商議曰：「欲立威鄰國，以脅制國人，問何國當伐？」石厚奏：「主公若用兵，非鄭不可。」州吁曰：「齊、鄭有石門之盟，衛若伐鄭，齊必救之。」石厚奏曰：「當今異姓之國，惟宋稱公為大；同姓之國，惟魯稱叔父為尊。主公可遣使於宋、魯，求其出兵相助，併合陳、蔡之師，五國同事，何憂不勝？」州吁曰：「陳、蔡小國，素順周王。鄭與周新隙，陳、蔡必知，呼使伐鄭，不愁不來。若宋、魯大邦，焉能強乎？」石厚又奏曰：「主公但知其一，不知其二。昔宋穆公受位於其兄宣公，穆公將死，思報兄之德，乃舍其子馮，而傳位於兄之子與夷。馮怨父而嫉與夷，出奔於鄭。鄭伯納之，常欲為馮起兵伐宋，奪

取與夷之位。今日勾連伐鄭，正中其懷。若魯之國事，乃公子翬秉之。翬兵權在手，覷魯君如無物。如以重賂結公子翬，魯兵必動無疑矣。」州吁大悅，即日遣使往四國去訖。

宋、魯、陳、蔡如期而至，五國甲車將鄭東門圍得水泄不通。鄭莊公使人護送公子馮往長葛，宋殤公遂移兵去圍長葛。蔡、陳、魯三國之兵，見宋兵移動，俱有返旆之意。公子呂出東門單搦衛戰，詐敗而走。石厚遂將東門外禾稻盡行芟刈，以勞軍士，傳令班師。

第六回

衛石碏大義滅親
鄭莊公假命伐宋

話說石厚才勝鄭兵一陣，便欲傳令班師。州吁心疑，召厚問之。厚對曰：「鄭兵素強，今為我所勝，足以立威。主公初立，國事未定，若久在外方，恐有內變。」少頃，魯、陳、蔡三國，俱來賀勝，各請班師。遂解圍而去。石厚自矜有功，令三軍齊唱凱歌，擁衛州吁揚揚歸國。

州吁恐國人不服，欲徵石碏入朝議事，以定其位。石碏托言病篤，堅辭不受。石厚乃回家見父，致新君敬慕之意，並求良策。石碏曰：「諸侯即位，以稟命於王朝為正。新主若能覲周，奉命為君，國人更有何說？」石厚曰：「此言甚當。但無故入朝，周王必然起疑，必先得人通情於王方可。」石碏曰：「今陳侯忠順周王，朝聘不缺，王甚嘉寵之。吾國與陳素相親睦，若新主親往朝陳，央陳侯通情周王，然後入覲，有何難哉？」石厚將父碏之言，述於州吁。州吁大喜。當備玉帛禮儀，命石厚護駕，往陳國進發。

石碏與陳國大夫子鍼，素相厚善。乃割指瀝血，寫下一書，密遣心腹人，竟到子鍼處，托彼呈達陳桓公，定下擒州吁之計。卻說州吁同石厚到陳，未曾防備，俱被甲士拿下。陳侯將君臣二人監禁，遣人星夜馳報衛國，竟投石碏。石碏請諸大夫朝中相見，將陳侯書信啟看，知吁、厚已拘執在陳，專等衛大夫到，公同議罪。百官齊聲曰：「此社稷大計，全憑國老主持。」石碏曰：「二逆罪俱不赦，明正典刑，以謝先靈。」諸大夫皆曰：「首惡州吁既已正法，石厚從逆，可從輕議。」石碏大怒曰：「州吁之惡，皆逆子所釀成。諸君請從輕典，得無疑我有舐犢之私乎？」乃使人往陳國，並斬吁、厚。整備法駕，迎公子晉於邢。晉即侯位，是為宣公，尊石碏為國老，世世為卿。

卻說鄭莊公見五國兵解，又聞州吁被殺，衛已立新君，乃曰：「州吁之事，與新君無干。但主兵伐鄭者，宋也，寡人當先伐之。」祭足奏曰：「宋爵尊國大，不可輕伐。主公宜先入周，朝見周王。然後假稱王命，號召齊、魯，合兵加宋。兵至有名，萬無不勝矣。」鄭莊公大喜，遂命世子忽監國，自與祭足如周，朝見周王。桓王素不喜鄭，又想起侵奪麥禾之事，怒氣勃勃，謂莊公曰：「卿國今歲收成何如？」莊公對曰：「托賴吾王如天之福，水旱不侵。」桓王曰：「幸而有年，溫之麥、成周之禾，朕可留以自食矣。」莊公見桓王言語相侵，當下辭退。桓王也不設宴，也不贈賄，使人以黍米十車遺之曰：「聊以為備荒之資。」莊公甚悔此來。忽報周公黑肩相訪，私以彩繒二車為贈。莊公不知何意，祭足曰：「周王有二子，長曰沱，次曰克。周王寵愛次子，屬周公使輔翼之，將來必有奪嫡之謀。故周公今日先結好我國，以為外援。主公受其彩繒，正有用處。」莊公曰：「何用？」祭足曰：「鄭之朝王，鄰國莫不知之。今將周公所贈彩帛，分佈於十車之上，外用錦袱覆蓋。出都之日，宣言『王賜』。再加彤弓弧矢，假說：『宋公久缺朝貢，主公親承王命，率兵討之！』以此號召列國，諸侯必然信從。」莊公大喜。

莊公出了周境，一路宣揚王命，聲播宋公不臣之罪，聞者無不以為真。莊公又遣使至魯，許以用兵之日，侵奪宋地，盡歸魯國。公子翬乃貪橫之徒，欣然諾之。奏過魯君，轉約齊侯。齊侯使其弟夷仲年為將，出車三百乘。魯侯使公子翬為將，出車二百乘，前來助鄭。鄭莊公親統著一班將士，自為中軍。夷仲年將左軍，公子翬將右軍，揚威耀武，殺奔宋國。

卻說宋殤公聞三國兵已入境，驚得面如土色，急召司馬孔父嘉問計。孔父嘉奏曰：「鄭君親將在此，車徒必盛，其國空虛。主公誠以重賂，遣使告急於衛，使糾合蔡國，輕兵襲鄭。鄭君聞已國受兵，必返旆自救。鄭師既退，齊、魯能獨留乎？」殤公即簡車徒二百乘，命孔父嘉為將，攜重禮星夜來到衛國，求衛君出師襲鄭。衛宣公受了禮物，遣右宰醜率兵同孔父嘉從間道出其不意，直逼鄭都。世子忽同祭足急忙傳令守城，已被宋、衛之兵，在郭外大掠一番，擄去人畜輜重無算。右宰醜便欲攻城，孔父嘉曰：「凡襲人之兵，不過乘其無備，得利即止。若頓師堅城之下，鄭伯還兵來救，我腹背受敵，是坐困耳。不若借徑於戴，全軍而返。度我兵去鄭之時。鄭君亦當去宋矣。」右宰醜從其言，使人假道於戴。戴人疑其來襲已國，閉上城門。孔父嘉大怒，離戴城十裡下寨，準備攻城。戴人固守，屢次出城交戰，互有斬獲。孔父嘉遂遣使往蔡國乞兵相助。此時潁考叔等已打破郜城，公孫閼等亦打破防城，各遣人向鄭伯報捷。恰好世子忽告急文書到來。

第七回

公孫閼爭車射考叔
公子翬獻諂賊隱公

話說鄭莊公得了世子忽告急文書，即時傳令班師。行至中途，得知宋、衛已移兵向戴，遂心生一計。乃傳令四將，分為四隊，各各授計，銜枚臥鼓，並望戴國進發。再說宋、衛合兵攻戴，又請得蔡國領兵助戰，滿望一鼓成功。忽聞公子呂領兵救戴，戴君開門接入去了。少頃，只聽連珠炮響，戴城上遍插鄭國旗號，公子呂倚著城樓外檻，高聲叫曰：「多賴三位將軍氣力，寡君已得戴城。」原來鄭莊公設計，假稱公子呂領兵救戴，實親在戎車之中。待哄進戴城，就將戴君逐出，併了戴國之軍。孔父嘉見鄭伯白占了戴城，憤氣填胸，欲與鄭決戰。是夜，莊公巧用疑兵之計，殺得宋、衛、蔡大敗而走。孔父嘉棄了乘車，徒步奔脫。右宰醜陣亡。三國車徒，悉為鄭所俘獲。

因傳檄討宋之時，郕、許小國，公然不至。鄭莊公遂遣使告於齊侯，約定問罪郕、許之事。齊侯欣然聽允，遣夷仲年將兵伐郕，鄭遣大將公子呂率兵助之，直入其都。郕人大懼，請成於齊，齊侯受之。莊公乃約齊、魯共商伐許之事，時周桓王八年之春也。是夏，鄭莊公大閱軍馬，聚諸將於教場。制大旗，建於大車之上，傳令：「有能手執大旗，步履如常者，拜為先鋒，即以輅車賜之。」且說班中有一少年將軍名喚公孫閼，為鄭莊公所寵。平日恃寵驕橫，兼有勇力，與潁考叔素不相睦。此番二人爭車，潁考叔挾車以走，公孫閼拔戟逐之，弗及，恨恨而返。至七月，鄭、齊、魯三軍協力伐許。潁考叔奮勇當先，早登許城。公孫閼眼明手快，見考叔先己登城，忌其有功，颼的發一冷箭，正中考叔後心。可憐一國賢臣，竟死於暗箭之下。

且說三軍攻破許城，許莊公易服，雜於軍民中，逃奔衛國去了。齊侯出榜安民，鄭莊公乃以許莊公之弟新臣居許。三君各自歸國。

卻說魯先君惠西元妃早薨，寵妾仲子立為繼室，生子名軌，欲立為嗣。魯侯乃他妾之子也。惠公薨，群臣以魯侯年長，奉之為君。魯侯每言：「國乃軌之國也，因其年幼，寡人暫時居攝耳。」公子翬求為太宰之官，魯侯曰：「俟軌居君位，汝自求之。」公子翬反疑魯侯有忌軌之心，密奏魯侯曰：「主公已嗣爵為君，國人悅服。千歲而後，便當傳之子孫。今軌年長，恐將來不利於主，臣請殺之，為主公除此隱憂。」魯侯掩耳曰：「汝非癡狂，安得出此亂言？吾已使人築下宮室，為養老計，不日當傳位於軌矣。」翬默然而退，自悔失言。誠恐魯侯將此一段話告軌，軌即位，必當治罪。遂夤夜往見軌，反說：「主公見汝年齒漸長，恐來爭位。今日召我入宮，密囑行害於汝。」軌懼而問計，翬曰：「他無仁，我無義。公子必欲免禍，非行大事不可。」軌依其計，果弒魯侯。翬遂立軌為君，是為桓公。桓公遣使至鄭，欲修先君之好，莊公許之。自是魯、鄭信使不絕。

第八回

立新君華督行賂
敗戎兵鄭忽辭婚

話說宋殤公與夷，自即位以來，屢屢伐鄭，只為公子馮在鄭。太宰華督素與公子馮有交，見殤公用兵於鄭，口中雖不敢諫阻，心上好生不樂。孔父嘉是主兵之官，華督如何不怪他？自伐戴一出，全軍覆沒，孔父嘉隻身逃歸，國人頗有怨言。華督又使心腹人於里巷布散流言，說：「屢次用兵，皆出孔司馬主意。」國人信以為然，皆怨司馬。華督正中其懷，遂設計殺之。孔父嘉止一子，名木金父，年尚幼，其家臣抱之奔魯。後來以字為氏，曰孔氏。孔聖仲尼，即其六世之孫也。

且說宋殤公聞司馬被殺，大怒，欲正華督之罪。華督乃於孔氏之門設下伏兵，只等宋公一到，鼓噪而起。殤公遂死於亂軍之手。華督聞報，衰服而至，舉哀者再。乃鳴鼓以聚群臣，胡亂將軍中一二人坐罪行誅，以掩眾目。華督遣使往鄭報喪，且迎公子馮。公子馮回宋，華督奉之為君，是為莊公。華督仍為太宰，分賂各國，無不受納。齊侯、魯侯、鄭伯同會於稷，以定宋公之位，使華督為相。

齊僖公自會稷回來，中途接得警報：「今有北戎主，遣元帥大良、小良，帥戎兵一萬來犯齊界。已破祝阿，直攻歷下。守臣不能抵當，連連告急。」僖公分遣人於魯、衛、鄭三處借兵。鄭莊公乃選車三百乘，使世子忽為大將，高渠彌副之，祝聃為先鋒，星夜進發，徑來歷下相見。時魯、衛二國之師，尚未曾到。僖公感激無已，親自出城犒軍，與世子忽商議退戎之策。世子忽曰：「戎性輕而不整，貪而無親，勝不相讓，敗不相救，是可誘而取也。況彼恃勝，必然輕進。若以偏師當敵，詐為敗走，戎必來追，吾預伏兵以待之。追兵遇伏，必駭而奔，奔而逐之，必獲全勝。」僖公曰：「此計甚妙。齊兵伏於東，以遏其前；鄭兵伏於北，以逐其後。首尾攻擊，萬無一失。」

世子忽領命自去北路，分作兩處埋伏去了。僖公使公子元領兵伏於東門，又使公孫戴仲引一軍誘敵。戎帥小良出寨迎敵，兩下交鋒約二十合，戴仲氣力不加，回車便走，繞城向東路而去。小良不捨，盡力來追。大良見戎兵得勝，盡起大軍隨後。將近東門，忽然炮聲大震，茨葦中都是伏兵。小良知中計，撥回馬頭便走，反將大良後隊衝動。公孫戴仲與公子元合兵追趕。大良吩咐小良上前開路，自己斷後，且戰且走。落後者俱被齊兵擒斬。戎兵行至鵲山，回顧追軍漸遠，喘息方定。正欲埋鍋造飯，山坳裡喊聲大舉，高渠彌領一支軍馬衝出。大良、小良慌忙上馬，無心戀戰，奪路奔逃，高渠彌隨後掩殺。約行數里之程，前面喊聲又起，卻是世子忽引兵殺到。後面公子元率領齊兵亦至，殺得戎兵七零八落，四散逃命。小良被祝聃一箭，正中腦袋，墜馬而死。大良匹馬潰圍而出，正遇著世子忽戎車，措手不及，亦被世子忽斬之。生擒甲首三百，死者無算。

僖公大喜，遣使止住魯、衛之兵，免勞跋涉。命大排筵席，專待世子忽。席間又說起：「小女願備箕帚。」世子忽再三謙讓。僖公不知世子何意，乃使夷仲年私謂高渠彌，望其能玉成此事。高渠彌領命，來見世子，備道齊侯相慕之意：「若諧婚好，異日得此大國相助，亦是美事。」世子忽曰：「昔年無事之日，蒙齊侯欲婚我，我尚然不敢仰攀。今奉命救齊，幸而成功，乃受室而歸，外人必謂我挾功求娶，何以自明？」高渠彌再三攛掇，只是不允。次日，齊僖公又使夷仲年來議婚，世子忽辭曰：「未稟父命，私婚有罪。」即日辭回本國。齊僖公怒曰：「吾有女如此，何患無夫？」

第九回

齊侯送文姜婚魯
祝聃射周王中肩

話說齊僖公生有二女，皆絕色也。長女嫁於衛，即衛宣姜，另有表白在後。單說次女文姜，生得秋水為神，芙蓉如面，真乃絕世佳人，古今國色。兼且通今博古，出口成文，因此號為文姜。世子諸兒，原是個酒色之徒，與文姜雖為兄妹，各自一母。諸兒長文姜只二歲，自小在宮中同行同坐。二人年歲漸長，竟私通情愫，成禽獸之行。因魯桓公即位之時，尚未聘有夫人，遂遣使求婚於齊。齊僖公以文姜許之。自此齊、魯親密，不在話下。

話分兩頭。再說周桓王自聞鄭伯假命伐宋，心中大怒。竟使虢公林父獨秉朝政，不用鄭伯。鄭莊公聞知此信，心怨桓王，一連五年不朝。桓王乃召蔡、衛、陳三國，一同興師伐鄭。是時陳侯鮑方薨，其弟公子佗弒太子免而自立，謚鮑為桓公。國人不服，紛紛逃散。周使徵兵，公子佗初即位，不敢違王之命，只得糾集車徒，遣人統領，望鄭國進發。蔡、衛各遣兵從征。

鄭莊公聞王師將至，乃集諸大夫問計。群臣莫敢先應。忽疆吏報：「王師已至繻葛，三營聯絡不斷。」莊公曰：「但須破其一營，餘不足破也。」乃分三軍以迎敵，將近繻葛，紮住營寨。桓王在中軍，聞敵營鼓聲震天，知是出戰，準備相持。只見士卒紛紛耳語，隊伍早亂。原來望見潰兵，知左右二營有失，連中軍也立腳不住。卻被鄭兵如牆而進，殺得車傾馬斃，將隕兵亡。桓王傳令速退，親自斷後，且戰且走。祝聃望見繡蓋之下，料是周王，盡著眼力覷真，一箭射去，正中周王左肩。幸裹甲堅厚，傷不甚重。祝聃催車前進，正在危急，卻得虢公林父前來救駕，與祝聃交鋒。忽聞鄭中軍鳴金甚急，遂各收軍。桓王引兵退三十里下寨。

祝聃等回軍，見鄭莊公曰：「臣已射王肩，周王膽落，正待追趕，生擒那廝。何以鳴金？」莊公曰：「本為天子不明，將德為怨，今日應敵，萬非得已。賴諸卿之力，社稷無隕足矣，何敢多求。依你說取回天子，如何發落？即射王亦不可也。萬一重傷殞命，寡人有弒君之名矣。」祭足曰：「主公之言是也。今吾國兵威已立，料周王必當畏懼。宜遣使問安，稍與殷勤，使知射肩非出主公之意。」莊公曰：「此行非卿不可。」命備牛十二頭，羊百隻，粟芻之物共百餘車，連夜到周王營內。祭足叩首再三，口稱：「死罪臣寤生，不忍社稷之隕，勒兵自衛。不料軍中不戒，有犯王躬。寤生不勝戰兢觳觫之至！謹遣陪臣足，待罪轅門，敬問無恙。不腆敝賦，聊充勞軍之用。惟天王憐而赦之！」

桓王默然，自有慚色。虢公林父從旁代答曰：「寤生既知其罪，當從寬宥，來使便可謝恩。」祭足再拜稽首而出，遍歷各營，俱問安否。

桓王兵敗歸周，不勝其忿。便欲傳檄四方，共聲鄭寤生無王之罪。虢公林父諫曰：「王輕舉喪功。若傳檄四方，是自彰其敗也。諸侯自陳、衛、蔡三國而外，莫非鄭黨。徵兵不至，徒為鄭笑。且鄭已遣祭足勞軍謝罪，可借此赦宥，開鄭自新之路。」桓王默然。自此更不言鄭事。

第十回

楚熊通僭號稱王
鄭祭足被脅立庶

卻說蔡侯因遣兵從周伐鄭，探聽得陳國篡亂，人心不服公子佗，於是引兵襲陳。佚佗出獵，伏兵殺之。陳桓公之庶子名躍，係蔡姬所出，乃蔡侯之甥。因太子免已死，蔡侯遂立躍為君，是為厲公。此周桓王十四年之事也。陳自公子躍即位，與蔡甚睦，數年無事。這段話繳過不提。

且說南方之國曰楚，芈姓，熊氏，子爵。楚君熊通強暴好戰，有僭號稱王之志。見諸侯戴周，朝聘不絕，以此猶懷觀望。及周桓王兵敗於鄭，熊通益無忌憚，僭謀遂決。令尹鬥伯比進曰：「今欲稱王，恐駭觀聽，必先以威力制服諸侯方可。」熊通曰：「其道如何？」伯比對曰：「漢東之國，惟隨為大。若隨服，則漢淮諸國，無不順矣。」熊通從之，乃親率大軍，屯於瑕，遣使求成於隨。隨有一賢臣，名曰季梁，又有一諛臣，名曰少師。隨侯喜諛而疏賢，所以少師有寵。及楚使至隨，少師自請往探楚軍，見戈甲朽敝，人或老或弱，不堪戰鬥，遂有矜高之色，實不知已墮鬥伯比之計矣。少師還見隨侯，述楚軍羸弱之狀，欲追而擊之。幸得季梁勸阻，遂不追楚師。

鬥伯比聞計敗，又生一計，奏請熊通遍告漢東諸國會盟於沈鹿。隨侯不至，熊通乃率師伐隨。少師以楚軍勢弱，請與之戰。隨侯遂不聽季梁之言，親自出師禦楚，不想被楚軍殺得大敗。少師被楚將斬於車下，季梁保著隨侯，微服混於小軍之中，殺條血路，方脫重圍。隨侯謂季梁曰：「孤不聽汝言，以至於此！如此，計將安出？」季梁曰：「為今之計，作速請成為上。」隨侯乃遣季梁入楚軍求成。熊通許之，乃使隨侯以漢東諸侯之意，頌楚功績，請王室以王號假楚，彈壓蠻夷。桓王不許。熊通聞之，怒曰：「吾先人有輔導二王之勞，僅封微國，遠在荊山。今地辟民眾，蠻夷莫不臣服，而王不加位，是無賞也；鄭人射王肩，而王不能討，是無罰也。無賞無罰，何以為王？」遂自立為楚武王。漢東諸國，各遣使稱賀。桓王雖怒楚，無如之何。自此周室愈弱，而楚益無厭。熊通卒，傳子熊貲，遷都於郢，役屬群蠻，駸駸乎有侵犯中國之勢。

周桓王十九年夏，鄭莊公有疾，召祭足至床頭，謂曰：「寡人有子十一人，自世子忽之外，子突、子亹、子儀，皆有貴徵。子突才智福祿，似又出三子之上。三子皆非令終之相也。寡人意欲傳位於突，何如？」祭足曰：「子忽嫡長，久居儲位，且屢建大功，國人信從。廢嫡立庶，臣不敢奉命。」莊公曰：「突志非安於下位者，若立忽，惟有出突於外家耳。」祭足曰：「惟君命之。」莊公嘆曰：「鄭國自此多事矣！」乃使公子突出居於宋。五月，莊公薨，世

子忽即位，是為昭公。使諸大夫分聘各國，祭足聘宋，因便察子突之變。卻說公子突之母，乃宋雍氏之女。雍氏宗族，多仕於宋，宋莊公甚寵任之。公子突被出在宋，與雍氏商議歸鄭之策。宋公聞之，許為之計。適祭足行聘至宋，宋公乃將祭足拘執，要其廢忽立突。祭足不敢不從。宋公使子突立下誓約，許割三城，並白璧百雙，黃金萬鎰，每歲輸穀三萬鍾，以為酬謝之禮。又要突將國政盡委祭足。突急於得國，無不應承。宋公聞祭足有女，使許配雍氏之子雍糾，教帶雍糾歸國成親，仕以大夫之職。

公子突與雍糾皆微服，詐為商賈，駕車隨祭足至鄭，藏於祭足之家。祭足偽稱有疾，不能趨朝。諸大夫俱至祭府問安。祭足伏死士百人於壁衣之中，請諸大夫至內室相見，言明廢立之事。高渠彌素與子忽有隙，挺身撫劍而言曰：「相君此言，社稷之福。」眾人窺見壁衣有人，各懷悚懼，齊聲唯唯。祭足預先寫就聯名表章，使人上之，言：「宋人以重兵納突，臣等不能事君矣。」又自作密啟，啟中言：「宋囚臣而納突，要臣以盟，臣恐身死無益於君，已口許之。今兵將及郊，群臣畏宋之強，協謀往迎。主公不若從權，暫時避位，容臣乘間再圖迎復。」鄭昭公接了表文及密啟，自知孤立無助，出奔衛國去了。祭足奉公子突即位，是為厲公。公子亹、公子儀二人心懷不平，恐厲公加害。是月，公子亹奔蔡，公子儀奔陳。宋公聞子突定位，遣人致書來賀。

第十一回
宋莊公貪賂構兵　鄭祭足殺婿逐主

卻說宋莊公遣人致書稱賀，就索取三城，及白璧、黃金、歲輸穀數。厲公召祭足商議。厲公曰：「當初急於得國，以此恣其需索，不敢違命。今寡人即位方新，就來責償。若依其言，府庫一空矣。況嗣位之始，便失三城，豈不貽笑鄰國？」祭足曰：「可辭以『人心未定，恐割地生變，願以三城之貢賦，代輸於宋。』其白璧、黃金，姑與以三分之一，婉言謝之。歲輸穀數，請以來年為始。」厲公從其言，作書報之，先貢上白璧三十雙，黃金三千鎰，其三城貢賦，約定冬初交納。使者還報，宋莊公大怒，遣使往鄭坐索，必欲如數。且立要交割三城，不願輸賦。厲公又與祭足商議，再貢去穀二萬鍾。宋公仍不肯甘休。厲公遂依祭足之計，遣使往齊、魯，求其宛轉。

齊僖公向以敗戎之功，感激子忽。今聞鄭國廢忽立突，大為不悅，不肯助突。惟有魯侯於中周旋，為鄭求寬。然宋公十分固執，遣使至鄭督促財賄，不絕於道。魯侯大怒，遂與鄭連兵伐宋。宋莊公聞齊侯不肯助突，乃遣人往齊結好。宋、齊之兵不敵魯、鄭之兵，大敗而歸。此周桓王二十二年也。齊僖公懷憤成疾，不日病逝。世子諸兒即位，是為襄公。

宋莊公恨鄭入骨，復遣使將鄭國所納金玉，分賂齊、蔡、衛、陳四國，乞兵復仇。鄭厲公欲戰，祭足諫止，發令使百姓守城，有請戰者罪之。鄭伯為祭足所制，鬱鬱不樂，於是陰有殺祭足之意。明年春三月，周桓王病篤，召周公黑肩於床前，曰：「立子以嫡，禮也。然次子克，朕所鍾愛，今以托卿。異日兄終弟及，惟卿主持。」言訖遂崩。周公遵命，奉世子佗即王位，是為莊王。鄭厲公聞周有喪，欲遣使行弔。祭足固諫，以為：「周乃先君之仇，祝聃曾射王肩。若遣人往弔，只取其辱。」厲公雖然依允，心中愈怒。

一日，厲公遊於後圃，只有大夫雍糾相從。厲公見飛鳥翔鳴，淒然而嘆，曰：「百鳥飛鳴自由，全不受制於人。寡人反不如鳥也。」雍糾曰：「主公所慮，豈非秉鈞之人耶？」厲公嘿然。雍糾又曰：「吾聞『君猶父也，臣猶子也』。子不能為父分憂，即為不孝；臣不能為君排難，即為不忠。倘主公不以糾為不肖，有事相委，不敢不竭死力！」厲公屏去左右，謂雍糾曰：「卿非仲之愛婿乎？」糾曰：「婿則有之，愛則未也。糾之婚於祭氏，實出宋君所迫，非祭足本心。足每言及舊君，猶有依戀之心，但畏宋不敢改圖耳。」厲公問計，雍糾曰：「主公可命祭足往東郊安撫居民，臣當於東郊設享，以鴆酒毒之。」

雍糾歸家，見其妻祭氏，不覺有皇遽之色。祭氏心疑，乃醉糾以酒，乘其昏睡，盡知其謀。祭氏遂先一日回至父家，以雍糾之謀，密告父母。祭足曰：「汝等勿言，臨時吾自能處分。」至期，祭足使心腹帶勇士十餘人，暗藏利刃跟隨，再命人率家甲百餘，郊外接應防變。祭足行至東郊，雍糾半路迎迓，設享甚豐。雍糾滿斟大觥，跪於祭足之前，滿臉笑容，口稱百壽。祭足假作

相攙，將右手握糾之臂，左手接杯澆地，火光迸裂，大喝曰：「匹夫何敢弄吾？」叱左右：「為我動手！」眾勇士一擁而上，擒雍糾縛而斬之。厲公伏有甲士在於郊外，亦被祭足家甲殺得七零八落。厲公聞之，大驚曰：「祭仲不吾容也！」乃出奔蔡國。祭足聞厲公已出，乃使人往衛國迎昭公忽復位，曰：「吾不失信於舊君也！」

第十二回
衛宣公築臺納媳
高渠彌乘間易君

卻說衛宣公名晉，為人淫縱不檢。自為公子時，與其父莊公之妾名夷姜者私通，生一子曰急子，寄養於民間。宣公即位之日，許立急子為嗣，屬之於右公子職。時急子長成，已一十六歲，為之聘齊僖公長女。使者返國，宣公聞齊女有絕世之姿，心貪其色。乃構名匠築高臺於淇河之上，名曰新臺。先以聘宋為名，遣開急子。然後使人迎姜氏徑至新臺，自己納之，是為宣姜。急子自宋歸國，宣公命以庶母之禮謁見姜氏。急子全無幾微怨恨之意。

宣公與齊姜連生二子，長曰壽，次曰朔。宣公因偏寵齊姜，將昔日憐愛急子之情，都移在壽與朔身上，心中便想百年之後，傳位與壽、朔兄弟。只因公子壽天性孝友，與急子如同胞一般相愛，每在父母面前，周旋其兄。那急子又溫柔敬慎，無有失德，所以宣公未曾顯露其意。私下將公子壽囑託左公子泄，異日扶他為君。那公子朔雖與壽一母所生，賢愚迥然不同。天生狡猾，恃其母之得寵，陰蓄死士，心懷非望。不惟憎嫌急子，並親兄公子壽，也像贅疣一般。公子朔常以話挑激母親，二人合謀，每每進讒，定要宣公殺急子，以絕後患。宣公乃遣急子如齊，授以白旄。一面密告公子朔，使伏死士於要路莘野，假裝盜賊，只認白旄一到，便一齊下手。公子朔處分已定，回復齊姜，齊姜心下十分歡喜。

卻說公子壽得知此計，私下來見急子，勸其出奔他國。急子曰：「為人子者，以從命為孝。即欲出奔，將安往哉？」遂束裝下舟，毅然就道。公子壽泣勸不從，於是別以一舟載酒，亟往河下，請急子餞別。公子壽有心留量，急子到手便吞，不覺盡醉。公子壽即取急子手中白旄，故意建於舟首，即命發舟。行至莘野，那些埋伏的死士，望見白旄，一聲呼哨，挺刀便砍。可憐公子壽引頸受刀。賊黨取頭，盛於木匣，一齊下船。急子酒醒，方知公子壽代己赴死，遂催趲舟人速行。途中正遇賊黨乘舟歸來。急子見公子壽已遭不測，仰天大哭曰：「天乎冤哉！我乃真急子也。此吾弟壽也，何罪而殺之？可速斷我頭，歸獻父親，可贖誤殺之罪。」眾賊遂將急子斬首。公子朔得知一箭射了雙雕，正中隱懷。母子商量，且教慢與宣公說知。

卻說右公子職，原受急子之托；左公子泄，原受公子壽之托。起先未免各為其主，至此同病相憐，合在一處商議。候宣公早朝，二人直入朝堂，拜倒在地，放聲大哭，將急子與公子壽被殺情由，細述一遍。宣公聞二子同時被害，嚇得面如土色，半晌不言。痛定生悲，淚如雨下，即令拘拿殺人之賊。公子朔口中應承，哪肯獻出賊黨？宣公自受驚之後，又想念公子壽，感成一病，半月而亡。公子朔發喪襲位，是為惠公，將左右二公子罷官不用。公子泄與公子職怨恨惠公，每思為急子及公子壽報仇，未得其便。

卻說衛侯朔初即位之年，聞鄭厲公出奔，鄭國迎故君忽復位，心中大喜。即發車徒，護送昭公還國。高渠彌素失愛於昭公，及昭公復國，恐為所害，

陰養死士，為弒忽立亹之計。時鄭厲公占了櫟地，大治甲兵，將謀襲鄭。昭公乃命大夫傅瑕屯兵大陵，以遏厲公來路。厲公知鄭有備，遣人轉央魯侯，謝罪於宋。許以復國之後，仍補前賂未納之數。宋莊公貪心又起，結連蔡、衛共納厲公。時衛侯朔有送昭公復國之勞，昭公並不修禮往謝，所以亦怨昭公，反與宋公協謀，自將而往。乘此良機，公子泄、公子職暗約急子、壽子原舊一班從人，假傳諜報，只說：「衛侯伐鄭，兵敗身死。」遂迎公子黔牟即位，宣播衛朔構陷二兄，致父忿死之惡。遣使告立君於周。

且說宋、魯、蔡、衛四國合兵伐鄭，不能取勝，只得引回。衛侯朔回至中途，聞二公子作亂，已立黔牟，乃出奔於齊。齊襄公曰：「吾甥也。」乃厚其館餼，許以興兵復國。是時，齊侯求婚於周，周王允之，使魯侯主婚，要以王姬下嫁。魯侯欲親至齊，面議其事。襄公想起妹子文姜，久不相會，遂遣使至魯，並迎文姜。諸大夫請問伐衛之期，襄公曰：「黔牟亦天子婿也。寡人方圖婚於周，此事姑且遲之。」

話分兩頭。再說鄭祭足因數突在櫟，終為鄭患，思一制禦之策。今新君嗣位，正好與齊修睦。又闖魯侯為齊主婚，齊、魯之交將合。於是奏知昭公，自齎禮帛，往齊結好，因而結魯。若得二國相助，可以敵宋。自古道：「智者千慮，必有一失。」祭足但知防備厲公，卻不知高渠彌毒謀已就，只慮祭足多智，不敢動手。今見祭足遠行，肆無忌憚。乃密使人迎公子亹在家，乘昭公冬行蒸祭，伏死士於半路，突起弒之，托言為盜所殺。遂奉公子亹為君。使人以公子亹之命，召祭足回國，與高渠彌並執國政。

第十三回
魯桓公夫婦如齊　鄭子亹君臣為戮

卻說齊襄公見祭足來聘，欣然接之。正欲報聘，忽聞高渠彌弒了昭公，援立子亹，心中大怒，便有興兵誅討之意。因魯侯夫婦將至齊國，且將鄭事擱起，親至濼水迎候。魯侯致周王之命，將婚事議定。齊侯十分感激，先設大享，款待魯侯夫婦。然後迎文姜至於宮中，只說與舊日宮嬪相會。誰知襄公預造下密室，另治私宴，與文姜敘情。兩下迷戀不捨，遂留宿宮中，成苟且之事。次日，魯侯情知不做好事，即遣人告辭齊侯。

卻說齊襄公一來捨不得文姜回去，二來懼魯侯懷恨成仇。遂請魯侯於牛山一遊，並吩咐公子彭生待席散之後，送魯侯回邸，要在車中結果魯侯性命。彭生依計而行，托言魯侯醉後暴薨。魯之從人回國，備言車中被弒之由。公子慶父，乃桓公之庶長子，欲伐齊聲罪。大夫申繻問計於謀士施伯，對曰：「此曖昧之事，不可聞於鄰國。況魯弱齊強，伐未可必勝，反彰其醜。不如含忍，姑請究車中之故，使齊殺公子彭生，以解說於列國。齊必聽從。」申繻遂遣人如齊，致書迎喪。齊襄公覽畢，果斬彭生於市曹。襄公一面遣人往周王處謝婚，並訂娶期；一面遣人送魯侯喪車回國，文姜仍留齊不歸。

魯世子同嗣位，是為莊公。時周莊王之四年也。魯使大夫顓孫生至周，為齊迎婚。周莊王擇人使魯，周公黑肩願行，莊王不許，別遣大夫榮叔。原來莊王之弟王子克，有寵於先王，周公黑肩曾受臨終之托。莊王疑黑肩有外心，恐其私交外國，樹成王子克之黨，所以不用。黑肩知莊王疑己，夜詣王子克家，商議欲乘嫁王姬之日，聚眾作亂，弒莊王而立子克。大夫辛伯聞其謀，以告莊王。乃殺黑肩，而逐子克。子克奔燕。此事表過不提。

且說顓孫生送王姬至齊，就奉魯侯之命，迎夫人姜氏歸魯。齊襄公十分難捨，礙於公論，只得放回。姜氏一者貪歡戀愛，不捨齊侯；二者背理賊倫，羞回故里。車至禚地，見行館整潔，嘆曰：「此地不魯不齊，正吾家也！」魯侯知其無顏歸國，乃築館於祝丘，迎姜氏居之。姜氏遂往來於兩地。

再說齊襄公拉殺魯桓公，國人沸沸揚揚。襄公心中暗愧，欲行一二義舉，以服眾心。想：「鄭弒其君，衛逐其君，兩件都是大題目。但衛公子黔牟乃周王之婿，未可便與作對。不若先討鄭罪，諸侯必然畏服。」又恐起兵伐鄭，勝負未卜，乃佯遣人致書子亹，相約會盟。子亹大喜，攜高渠彌同往。齊襄公一併擒而殺之，遣使告於鄭。諸大夫欲迎厲公，祭足曰：「出亡之君，不可再辱宗廟。」遂迎公子儀於陳。子儀即位，委國於祭足，恤民修備，遣使修聘於齊、陳諸國。厲公無間可乘，自此鄭國稍安。

第十四回
衛侯朔抗王入國
齊襄公出獵遇鬼

卻說王姬至齊，與襄公成婚。備聞襄公淫妹之事，鬱鬱成疾，不及一年遂卒。襄公自此益無忌憚。心下思想文姜，偽以狩獵為名，不時往禚。遣人往祝丘，密迎文姜到禚，晝夜淫樂。恐魯莊公發怒，欲以兵威脅之，乃親率重兵襲紀。紀與魯有婚姻之好，遂遣人往魯求救。魯莊公遣使往鄭乞援。鄭伯子儀因厲公在櫟，不敢出師。魯侯孤掌難鳴，懼齊兵威，不敢與戰。紀遂為齊所滅，時周莊王七年也。齊襄公滅紀凱旋，衛侯朔迎賀滅紀之功，再請伐衛之期。襄公曰：「今王姬已卒，此舉無礙。」遂約會宋、魯、陳、蔡四國之君，一同伐衛，共納惠公。衛侯遣使告急於周。然五國兵強，王師一到，即被殺得七零八落。衛城遂破，公子泄、公子職被殺。公子黔牟是周王之婿，齊襄公赦之不誅，放歸於周。衛侯朔鳴鐘擊鼓，重登侯位。

卻說齊襄公自敗王師、放黔牟之後，誠恐周王來討，乃使大夫連稱為將軍，管至父為副，領兵戍葵丘，以遏東南之路。二將臨行，請於襄公曰：「戍守勞苦，臣不敢辭，以何期為滿？」時襄公方食瓜，乃曰：「今此瓜熟之時，明歲瓜再熟，當遣人代汝。」二將往葵丘駐紮，不覺一年光景。

忽一日，戍卒進瓜嘗新，二將想起瓜熟之約：「此時正該交代，如何主公不遣人來？」特差心腹往國中探信，聞齊侯在穀城與文姜歡樂，有一月不回。連稱大怒。管至父恐襄公忘之，乃使人獻瓜於襄公，因求交代。襄公怒曰：「代出孤意，奈何請耶？再候瓜一熟，可也。」使人回報，連稱恨恨不已，謂管至父曰：「今欲行大事，計將安出？」管至父曰：「凡舉事必先有所奉。公孫無知乃公子夷仲年之子。自主公即位，因無知向在宮中，與主公角力，無知足勾主公僕地，主公不悅。一日，無知又與大夫雍廩爭道，主公怒其不遜，遂疏黜之。無知銜恨於心久矣。我等不若密通無知，內應外合，事可必濟。」連稱曰：「當於何時？」管至父曰：「主上性喜用兵，又好遊獵。但得預聞出外之期，方不失機會也。」連稱曰：「吾妹在宮中，失寵於主公，亦懷怨望。今囑無知陰與吾妹合計，伺主公之間隙，星夜相聞，可無誤事。」於是再遣心腹，致書於公孫無知。無知得書大喜，陰使女侍通信於連妃，且以連稱之書示之：「若事成之日，當立為夫人。」連妃許之。

周莊王十一年冬十月，齊襄公知姑棼之野有山名貝丘，禽獸所聚，可以遊獵。乃使人整頓車徒，將於次月往彼田狩。連妃遣宮人送信於公孫無知。無知星夜傳信葵丘，通知連、管二將軍，約定十一月初旬舉事。連稱曰：「主上出獵，國中空虛，吾等率兵直入都門，擁立公孫何如？」管至父曰：「主上睦於鄰國，若乞師來討，何以禦之？不若伏兵於姑棼，先殺昏君，然後奉

公孫即位，事可萬全也。」那時葵丘戍卒，因久役在外，無不思家。連稱密傳號令，各備乾糧，往貝丘行事，軍士人人樂從。不在話下。

再說齊襄公駕車出遊，宿於姑棼離宮。適二更時分，連稱與管至父引著眾軍士，殺入離宮。襄公驚惶無措，幸臣孟陽曰：「臣願以身代，不敢恤死。」即臥於床，以面向內。襄公親解錦袍覆之，伏身戶後。連稱殺入寢室，見團花帳中，臥著一人，錦袍遮蓋。手起劍落，頭離枕畔，舉火燭之，年少無鬚。連稱曰：「此非君也。」使人遍搜房中，並無蹤影。連稱自引燭照之，忽見戶檻之下，露出絲文屨一隻，知戶後藏躲有人。打開戶後看時，那昏君做一堆兒蹲著。連稱認得諸兒，一把提出戶外，擲於地下，砍為數段。以床褥裹其屍，與孟陽同埋於戶下。

連稱、管至父重整軍容，長驅齊國。公孫無知預集私甲，一聞襄公兇信，引兵開門，接應連、管二將入城。二將托言：「曾受先君僖公遺命，奉公孫無知即位。」立連妃為夫人。連稱為正卿，號為國舅。管至父為亞卿。諸大夫雖勉強排班，心中不服。惟雍廩再三稽首，謝往日爭道之罪，極其卑順。無知赦之，仍為大夫。高、國稱病不朝，無知亦不敢黜之。

第十五回

雍大夫計殺無知 魯莊公乾時大戰

卻說管夷吾字仲，生得相貌魁梧，精神俊爽。博通墳典，淹貫古今，有經天緯地之才，濟世匡時之略。與鮑叔牙為生死之交。值襄公即位，長子曰糾，魯女所生；次子小白，莒女所生。雖皆庶出，俱已成立，欲為立傅以輔導之。管夷吾謂鮑叔牙曰：「君生二子，異日為嗣，非糾即白。吾與爾各傅一人。若嗣立之日，互相薦舉。」叔牙然其言。於是管夷吾同召忽為公子糾之傅，叔牙為公子小白之傅。襄公欲迎文姜至禚相會。叔牙謂小白曰：「有奇淫者，必有奇禍。吾當與子適他國，以俟後圖。」乃奔莒國。襄公聞之，亦不追還。及公孫無知篡位，來召管夷吾。夷吾曰：「此輩兵已在頸，尚欲累人耶？」遂與召忽共計，奉糾奔魯。

卻說雍廩懷匕首直叩宮門，見了無知，奏言：「公子糾率領魯兵，旦晚將至，幸早圖應敵之計。」無知問：「國舅何在？」雍廩曰：「國舅與管大夫郊飲未回，百官俱集朝中，專候主公議事。」無知信之，方出朝堂，尚未坐定，諸大夫一擁而前，雍廩自後刺之，血流公座，登時氣絕。計無知為君，才一月餘耳。哀哉！連夫人聞變，自縊於宮中。雍廩與諸大夫一面遣人於姑棼離宮，取出襄公之屍，重新殯殮。一面遣人於魯國迎公子糾為君。

魯莊公聞之，大喜。親率兵車三百乘，護送公子糾入齊。管夷吾謂魯侯曰：「公子小白在莒，莒地比魯為近，倘彼先入，主客分矣。乞假臣良馬，先往邀之！」魯侯從其言。卻說公子小白聞國亂無君，與鮑叔牙計議，向莒子借得兵車百乘，護送還齊。管夷吾引兵晝夜賓士，正遇莒兵停車造飯。管夷吾見小白端坐車中，驀地彎弓搭箭，覷定小白，颼的射來。小白大喊一聲，口吐鮮血，倒於車上。鮑叔牙急忙來救，管夷吾加鞭飛跑去了。誰知這一箭只射中小白的帶鉤。小白知夷吾妙手，恐他又射，一時急智，嚼破舌尖，噴血詐倒。鮑叔牙曰：「夷吾雖去，恐其又來，此行不可遲也。」乃使小白變服，從小路疾馳。將近臨淄，鮑叔牙單車先入城中，遍謁諸大夫，盛稱公子小白之賢。於是迎小白入城即位，是為桓公。魯莊公知小白未死，大怒，不肯退兵。齊軍遂於乾時設伏以待。魯兵不能抵擋，大敗而走。

齊侯小白早朝，百官稱賀。鮑叔牙進曰：「子糾在魯，有管夷吾、召忽為輔，魯又助之，心腹之疾尚在，未可賀也。」齊侯小白曰：「為之奈何？」鮑叔牙曰：「臣當統三軍之眾，壓魯境上，請討子糾，魯必懼而從也。」齊侯曰：「寡人請舉國以聽子。」鮑叔牙乃簡閱車馬，率領大軍，直至汶陽，清理疆界。遣公孫隰朋，致書於魯侯。隰朋臨行，鮑叔牙囑之曰：「管夷吾天下奇才，吾言於君，將召而用之，必令無死。」隰朋曰：「倘魯欲殺之如何？」鮑叔曰：「但提起射鉤之事，魯必信矣。」隰朋唯唯而去。

第十六回
釋檻囚鮑叔薦仲 戰長勺曹劌敗齊

卻說魯莊公得鮑叔牙之書，即召施伯計議曰：「今殺糾與存糾孰利？」施伯曰：「小白初立，即能用人。況齊兵壓境，不如殺糾，與之講和。」魯莊公乃使人殺公子糾，執召忽、管仲至魯。將納檻車，召忽仰天大慟曰：「為子死孝，為臣死忠，分也。忽將從子糾於地下，安能受桎梏之辱？」遂以頭觸殿柱而死。管夷吾曰：「自古人君，有死臣必有生臣。吾且生入齊國，為子糾白冤。」便束身入檻車之中。行至堂阜，鮑叔牙先在，見夷吾如獲至寶，迎之入館。

卻說齊桓公欲拜鮑叔牙為上卿，任以國政。鮑叔牙曰：「夫治國家者，內安百姓，外撫四夷，勛加於王室，澤布於諸侯，國有泰山之安，君享無疆之福，功垂金石，名播千秋。此帝臣王佐之任，臣何以堪之？」桓公不覺欣然動色，促膝而前曰：「如卿所言，當今亦有其人否？」鮑叔牙曰：「君不求其人則已，必求其人，其管夷吾乎？」桓公乃命太卜擇吉日，郊迎管子。鮑叔牙仍送管夷吾於郊外公館之中。至期，三浴而三釁之。衣冠袍笏，比於上大夫。桓公親自出郊迎之，與之同載入朝。百姓觀者如堵，無不駭然。

管夷吾已入朝，稽首謝罪。桓公親手扶起，賜之以坐。夷吾曰：「臣乃俘戮之餘，得蒙宥死，實為萬幸。敢辱過禮？」桓公曰：「寡人有問於子，子必坐，然後敢請。」夷吾再拜就坐。桓公曰：「如何而能使民？」夷吾對曰：「欲使民者，必先愛民，而後有以處之。」桓公曰：「愛民之道若何？」對曰：「公修公族，家修家族，相連以事，相及以祿，則民相親矣。赦舊罪，修舊宗，立無後，則民殖矣。省刑罰，薄稅斂，則民富矣。卿建賢士，使教於國，則民有禮矣。出令不改，則民正矣。此愛民之道也。」桓公曰：「愛民之道既行，處民之道若何？」對曰：「士、農、工、商，謂之四民。士之子常為士，農之子常為農，工、商之子常為工、商，習焉安焉，不遷其業，則民自安矣。」桓公曰：「民既安矣，甲兵不足，奈何？」對曰：「欲足甲兵，當制贖刑，重罪贖以犀甲一戟，輕罪贖以鞼盾一戟，小罪分別入金，疑罪則宥之。訟理相等者，令納束矢，許其平。金既聚矣，美者以鑄劍戟，試諸犬馬。惡者以鑄鋤斤欘，試諸壤土。」桓公曰：「甲兵既定，財用不足如何？」對曰：「銷山為錢，煮海為鹽，其利通於天下。因收天下百物之賤者而居之，以時貿易。為女閭三百，以安行商。商旅如歸，百貨駢集，因而稅之，以佐軍興。如是而財用可足矣。」桓公曰：「財用既足，然軍旅不多，兵勢不振，如何而可？」

對曰：「兵貴於精，不貴於多；強於心，不強於力。君若正卒伍，修甲兵，天下諸侯皆將正卒伍，修甲兵，臣未見其勝也。君若強兵，莫若隱其名而修其實。臣請作內政而寄之以軍令焉。」桓公曰：「兵勢既強，可以征天下諸侯乎？」對曰：「未可也。周室未屏，鄰國未附，君欲從事於天下諸侯，莫若尊周而親鄰國。」桓公曰：「其道若何？」對曰：「審吾疆埸，而反其侵地，重為皮幣以聘問，而勿受其資，則四鄰之國親我矣。請以遊士八十人，奉之以車馬衣裘，多其資帛，使周遊於四方，以號召天下之賢士。又使人以皮幣玩好，鬻行四方，以察其上下之所好。擇其瑕者而攻之，可以益地；擇其淫亂篡弒者而誅之，可以立威。如此，則天下諸侯，皆相率而朝於齊矣。然後率諸侯以事周，使修職貢，則王室尊矣。方伯之名，君雖欲辭之，不可得也。」桓公與管夷吾連語三日三夜，字字投機，全不知倦。桓公大悅。乃復齋戒三日，告於太廟，拜管夷吾為相國。

卻說魯莊公聞齊國拜管仲為相，大怒曰：「悔不從施伯之言，反為孺子所欺！」乃簡車蒐乘，謀伐齊。桓公遂拜鮑叔牙為將，率師直犯長勺。鮑叔牙聞魯侯引兵而來，乃嚴陣以待。莊公亦列陣相持。鮑叔牙有輕魯之心，下令擊鼓進兵，先陷者重賞。莊公聞鼓聲震地，亦教鳴鼓對敵。曹劌止之曰：「齊師方銳，宜靜以待之。」傳令軍中：「有敢喧嘩者斬。」齊兵來衝魯陣，陣如鐵桶不能衝動，只得退後。少頃，對陣鼓聲又震。魯軍寂如不聞，齊師又退。鮑叔牙曰：「魯怯戰耳。再鼓之，必走。」曹劌又聞鼓響，謂莊公曰：「敗齊此其時矣，可速鼓之！」論魯是初次鳴鼓，論齊已是第三通鼓了。齊兵見魯兵兩次不動，以為不戰。誰知鼓聲一起，突然而來，刀砍箭射，勢如疾雷不及掩耳，殺得齊兵七零八落，大敗而奔。莊公欲行追逐，曹劌曰：「未可也，臣當察之。」乃下車，將齊兵列陣之處，周圍看了一遍，復登車軾遠望。良久曰：「可追矣。」莊公乃驅車而進，追三十餘里方還，所獲輜重甲兵無算。

第十七回

宋國納賂誅長萬
楚王杯酒虜息媯

話說魯莊公大敗齊師，乃問於曹劌曰：「卿何以一鼓而勝三鼓？」曹劌曰：「夫戰以氣為主，氣勇則勝，氣衰則敗。一鼓氣方盛，再鼓則氣衰，三鼓則氣竭。吾不鼓以養三軍之氣，彼三鼓而已竭，我一鼓而方盈，以盈禦竭，不勝何為？」莊公曰：「齊師既敗，始何所見而不追，繼何所見而追？」曹劌曰：「齊人多詐，恐有伏兵。吾視其轍跡縱橫，軍心已亂；又望其旌旗不整，急於賓士，是以逐之。」莊公曰：「卿可謂知兵矣！」乃拜為大夫。

齊師敗歸，桓公遂遣使乞師於宋，同謀伐魯。宋師失利，主將南宮長萬被擒。齊遂全軍而返。是年，齊桓公遣使告即位於周，且求婚焉。明年，周使魯莊公主婚，將王姬下嫁於齊。徐、蔡、衛各以其女來媵。因魯有主婚之勞，故此齊、魯復通，約為兄弟。其秋，宋大水，魯莊公曰：「齊既通好，何惡於宋？」使人弔之。宋感魯恤災之情，亦遣人來謝，因請南宮長萬。魯莊公釋之歸國。自此三國和好，各消前隙。

再說周莊王十五年，王有疾，崩。太子胡齊立，是為僖王。訃告至宋。時宋閔公與宮人遊於蒙澤，使南宮長萬擲戟為戲。閔公曰：「周已更立新王，即當遣使吊賀。」長萬奏曰：「臣未睹王都之盛，願奉使一往。」閔公笑曰：「宋國即無人，何至以囚奉使？」宮人皆大笑。長萬面頰發赤，羞變成怒，大罵曰：「無道昏君，汝知囚能殺人乎？」閔公亦怒曰：「賊囚，怎敢無禮！」便去搶長萬之戟，欲以刺之。長萬也不來奪戟，徑提博局，把閔公打倒。再復揮拳，嗚呼哀哉，閔公死於長萬拳下。

長萬遂奉閔公之從弟公子游為君。群公子出奔蕭，公子禦說奔亳。長萬曰：「禦說文而有才，且君之嫡弟，今在亳，必有變。若殺禦說，群公子不足慮也。」乃使其子南宮牛率師圍亳。冬十月，蕭叔大心率眾，合曹國之師救亳。公子禦說悉起亳人，開城接應。內外夾攻，南宮牛大敗被殺，宋兵盡降於禦說。戴叔皮獻策於禦說：「即用降兵旗號，假稱南宮牛已克亳邑，擒了禦說，得勝回朝。」先使數人一路傳言，南宮長萬信之，不做準備。群公子兵到，賺開城門，一擁而入。長萬倉忙無計，急奔朝中，欲奉子遊出奔。見滿朝俱是甲士填塞，有內侍走出，言：「子遊已被眾軍所殺。」長萬長嘆一聲，翻身至家，扶母登輦。斬門而出，徑望陳國而去。

卻說群公子奉公子禦說即位，是為桓公。桓公遣使至陳，以重寶獻於陳宣公。宣公貪其賂，許送長萬。又慮長萬絕力難制，乃使公子結謂長萬曰：「寡君得吾子，猶獲十城。宋人雖百請，猶不從也。寡君恐吾子見疑，使結布腹心。」長萬泣曰：「君能容萬，萬又何求？」公子結乃攜酒為歡，結為兄弟。明日，長萬親至公子結之家稱謝。公子結復留款，長萬歡飲大醉，臥於坐席。公子結使力士以犀草包裹，用牛筋束之，並囚其老母，星夜傳至於宋。宋桓公命綁至市曹，剁為肉泥。八十歲老母，亦並誅之。桓公以蕭叔大心有救亳

之功，升蕭為附庸，稱大心為蕭君。

卻說蔡哀侯獻舞，與息侯同娶陳女為夫人。息夫人嬀氏有絕世之貌，因歸甯於陳，道經蔡國。蔡哀侯使人要至宮中款待，語及戲謔，全無敬客之意。息嬀大怒而去。及自陳返息，遂不入蔡國。息侯聞蔡侯怠慢其妻，思有以報之。乃遣使入貢於楚，因密告楚文王曰：「蔡恃中國，不肯納款。若楚兵加我，我因求救於蔡，蔡君勇而輕，必然親來相救。我因與楚合兵攻之，獻舞可虜也。既虜獻舞，不患蔡不朝貢矣。」楚文王大喜，乃興兵伐息。息侯求救於蔡，蔡哀侯果起大兵，親來救息。安營未定，楚伏兵齊起，哀侯不能抵擋，急走息城。息侯閉門不納，乃大敗而走。楚兵從後追趕，直至莘野，活虜哀侯歸國。蔡哀侯始知中了息侯之計，恨之入骨。

楚文王回國，欲殺蔡哀侯烹之，以饗太廟。鬻拳諫曰：「王方有事中原，若殺獻舞，諸侯皆懼矣。不如歸之，以取成焉。」楚王遂釋蔡侯歸國，大排筵席，為之餞行，席中盛張女樂。有彈箏女子，儀容秀麗，楚王指謂蔡侯曰：「此女色技俱勝，可進一觴。」即命此女以大觥送蔡侯，蔡侯一飲而盡。還斟大觥，親為楚王壽。楚王笑曰：「君生平所見，有絕世美色否？」蔡侯想起息侯導楚敗蔡之仇，乃曰：「天下女色，未有如息嬀之美者，真天人也。」楚王曰：「其色何如？」蔡侯曰：「目如秋水，臉似桃花，舉動生態，目中未見其二。」楚王曰：「寡人得一見息夫人，死不恨矣！」

楚王思蔡侯之言，欲得息嬀，假以巡方為名，來至息國。息侯迎謁道左，極其恭敬。親自辟除館舍，設大饗於朝堂。息侯執爵而前，為楚王壽。楚王接爵在手，微笑而言曰：「昔者寡人曾效微勞於君夫人，今寡人至此，君夫人何惜為寡人進一觴乎？」息侯懼楚之威，不敢違拒，連聲唯唯，即時傳語宮中。不一時，但聞環珮之聲，夫人嬀氏盛服而至，別設氊褥，再拜稱謝。楚王答禮不迭。嬀氏取白玉卮滿斟以進，素手與玉色相映，楚王視之大驚。果然天上徒聞，人間罕見，便欲以手親接其卮。那嬀氏不慌不忙，將卮遞與宮人，轉遞楚王。楚王一飲而盡。嬀氏復再拜請辭回宮。楚王心念息嬀，反未盡歡。席散歸館，寢不能寐。

次日，楚王亦設享於館舍，名為答禮，暗伏兵甲。息侯赴席，酒至半酣，楚王假醉，謂息侯曰：「寡人有大功於君夫人，今三軍在此，君夫人不能為寡人一犒勞乎？」息侯辭曰：「敝邑褊小，不足以優從者，容與寡小君圖之。」楚王拍案曰：「匹夫背義，敢巧言拒我？左右何不為我擒下！」息侯正待分訴，伏甲猝起，就席間擒息侯而縶之。楚王自引兵徑入息宮，來尋息媯。息媯欲投井而死，楚王以好言撫慰，許以不殺息侯，不斬息祀。遂即軍中立息媯為夫人。楚王安置息侯於汝水，封以十家之邑，使守息祀。息侯忿鬱而死。

第十八回

曹沫手劍劫齊侯
桓公舉火爵甯戚

齊桓公設朝，群臣拜賀已畢，問管仲曰：「寡人承仲父之教，更張國政。今國中兵精糧足，百姓皆知禮義，意欲立盟定伯，何如？」管仲對曰：「今莊王初崩，新王即位，宋國近遭南宮長萬之亂，賊臣雖戮，宋君未定。君可遣使朝周，請天子之旨，大會諸侯，立定宋君。宋君一定，然後奉天子以令諸侯，內尊王室，外攘四夷。列國之中，衰弱者扶之，強橫者抑之，昏亂不共命者，率諸侯討之。海內諸侯，皆知我之無私，必相率而朝於齊。不動兵車，而霸可成矣。」桓公大悅。於是遣使至洛陽朝賀僖王，因請奉命為會，以定宋君。僖王曰：「伯舅不忘周室，朕之幸也。泗上諸侯，惟伯舅左右之，朕豈有愛焉？」使者回報桓公。桓公遂以王命佈告宋、魯、陳、蔡、衛、鄭、曹、邾諸國，約以三月朔日，共會北杏之地。

至期，宋、陳、邾、蔡四君皆到。四國見齊無兵車，乃各將兵車退在二十里之外。三月朔，昧爽，五國諸侯聚集於壇下。相見禮畢，桓公拱手告諸侯曰：「王政久廢，叛亂相尋。孤奉周天子之命，會群公以匡王室。今日之事，必推一人為主，然後權有所屬，而政令可施於天下。」陳宣公曰：「天子以糾合之命，屬諸齊侯，誰敢代之？宜推齊侯為盟會之主。」諸侯皆曰：「非齊侯不堪此任也。」桓公再三謙讓，然後登壇。五國排列已定，鳴鐘擊鼓，先於天子位前行禮，然後交拜，敘兄弟之情。

諸侯獻酬甫畢，管仲歷階而上曰：「魯、衛、鄭、曹，故違王命，不來赴會，不可不討。」陳、蔡、邾三君齊聲應曰：「敢不率敝賦以從。」惟宋桓公嘿然。是晚，宋公登車而去。齊桓公聞宋公背會逃歸，大怒，欲遣人追之。管仲曰：「追之非義，可請王師伐之，乃為有名。然事更有急於此者。」桓公曰：「何事更急於此？」管仲曰：「宋遠而魯近，且王室宗盟，不先服魯，何以服宋？」桓公曰：「伐魯當從何路？」管仲曰：「濟之東北有遂者，乃魯之附庸，國小而弱。若以重兵壓之，可不崇朝而下。遂下，魯必悚懼而求盟。平魯之後，移兵於宋，此破竹之勢也。」桓公乃親自率師至遂城，一鼓而下。魯莊公果懼。

魯莊公將往會齊侯，問：「群臣誰能從者？」曹沫請往。至於柯地，齊侯將雄兵布列壇下，傳令：「魯君若到，止許一君一臣登壇，餘人息屏壇下。」曹沫衷甲，手提利劍，緊隨著魯莊公。莊公一步一戰，曹沫全無懼色。兩君相見，各敘通好之意。三通鼓畢，對香案行禮。隰朋將玉盂盛血，跪而請歃。曹沫右手按劍，左手攬桓公之袖，怒形於色。管仲急以身蔽桓公，問曰：「大

夫何為者？」曹沫曰：「齊恃強欺弱，奪我汶陽之田，今日請還，吾君乃就歃耳。」管仲顧桓公曰：「君可許之。」桓公曰：「大夫休矣，寡人許子。」曹沫乃釋劍，代隰朋捧盂以進。兩君俱已歃訖。明日，桓公復置酒公館，與莊公歡飲而別。即命將原侵汶陽田，盡數交割還魯。

諸侯聞盟柯之事，皆服桓公之信義。於是衛、曹二國，皆遣人謝罪請盟。桓公約以伐宋之後，相訂為會。桓公兵至宋界，陳宣公、曹莊公先在，隨後周大夫單蔑兵亦至。相見已畢，商議攻宋之策。甯戚進曰：「依臣愚見，且不必進兵。臣雖不才，請掉三寸之舌，前去說宋公行成。」桓公大悅，傳令紮寨於界上，命甯戚入宋。戚乃乘一小車，與從者數人，直至睢陽。宋公知其來遊說，吩咐武士伺候。甯戚寬衣大帶，昂然而入，向宋公長揖。宋公端坐不答，戚乃仰面長嘆曰：「危哉乎，宋國也！」宋公駭然曰：「孤位備上公，忝為諸侯之首，危何從至？」戚曰：「明公自比與周公孰賢？」宋公曰：「周公聖人也，孤焉敢比之？」戚曰：「周公在周盛時，天下太平，四夷賓服，猶且吐哺握髮，以納天下賢士。明公以亡國之餘，處群雄角力之秋，繼兩世弒逆之後，即效法周公，卑躬下士，猶恐士之不至。乃妄自矜大，簡賢慢客，雖有忠言，安能至明公之前乎？不危何待！」

宋公愕然，離坐曰：「孤嗣位日淺，未聞君子之訓，先生勿罪！不知先生此來，何以教我？」戚曰：「天子失權，諸侯星散，君臣無等，篡弒日聞。齊侯不忍天下之亂，恭承王命，以主夏盟。明公列名於會，以定位也。若又背之，猶不定也。今天子赫然震怒，特遣王臣，驅率諸侯，以討於宋。明公既叛王命於前，又抗王師於後，不待交兵，臣已卜勝負之有在矣。以臣愚計，勿惜一束之贄，與齊會盟。兵甲不動，宋國安於泰山。」宋公曰：「今齊方加兵於我，安肯受吾之贄？」戚曰：「齊侯寬仁大度，不錄人過，不念舊惡。魯不赴會，一盟於柯，遂舉侵田而返之。況明公在會之人，焉有不納？」宋公大悅，遣使至齊軍中請成。桓公乃使宋公修聘於周，然後再訂會期。單蔑辭齊侯而歸，齊與陳、曹二君各回本國。

第十九回
擒傅瑕厲公復國
殺子頹惠王反正

齊桓公歸國，管仲奏曰：「東遷以來，莫強於鄭。昔莊公伐宋兼許，抗拒王師，今又與楚為黨。楚，僭國也，地大兵強，吞噬漢陽諸國，與周為敵。君若欲屏王室而霸諸侯，非攘楚不可。欲攘楚，必先得鄭。」桓公曰：「吾知鄭為中國之樞，久欲收之，恨無計耳！」甯戚進曰：「鄭公子突為君二載，祭足逐之而立子忽，高渠彌弒忽而立子亹，我先君殺子亹，祭足又立子儀。祭足以臣逐君，子儀以弟篡兄，犯分逆倫，皆當聲討。今子突在櫟，日謀襲鄭。況祭足已死，鄭國無人。主公命一將往櫟，送突入鄭，則突必懷主公之德，北面而朝齊矣。」桓公然之。遂命賓胥無引兵車二百乘，屯於櫟城二十里之外。鄭厲公突先聞祭足死信，密差心腹到鄭國打聽消息。忽聞齊侯遣兵送己歸國，心中大喜，出城遠接，大排宴會。

賓胥無與鄭伯突定計，夜襲大陵。大陵既破，傅瑕只得下車投降。鄭伯突銜傅瑕十七年相拒之恨，咬牙切齒，叱左右：「斬訖報來！」傅瑕大呼曰：「君若赦臣一命，臣願梟子儀之首。」且指天日為誓。鄭伯突乃縱之。傅瑕至鄭，夜見叔詹曰：「齊侯欲正鄭位，命大將賓胥無統領大軍，送公子突歸國。大陵已失，瑕連夜逃命至此。齊兵旦晚當至，事在危急。子能斬子儀之首，開城迎之，富貴可保，亦免生靈塗炭。」詹聞言嘿然，良久曰：「吾向日原主迎立故君之議，為祭仲所阻。今祭仲物故，是天助故君。」遂從瑕之謀，密使人致書於突。傅瑕然後參見子儀，訴以齊兵助突，大陵失陷之事。子儀大驚曰：「孤當以重賂求救於楚，待楚兵到日，內外夾攻，齊兵可退。」

叔詹故緩其事，過二日，尚未發使往。時櫟軍已至城下，叔詹曰：「臣當引兵出戰，君同傅瑕登城固守。」子儀信以為然。

卻說鄭伯突引兵先到，叔詹略戰數合，賓胥無引齊兵大進，叔詹回車便走。傅瑕從城上大叫曰：「鄭師敗矣！」子儀素無膽勇，便欲下城。瑕從後刺之，子儀死於城上。叔詹叫開城門，鄭伯同賓胥無一同入城。傅瑕先往清宮，遇子儀二子，俱殺之。迎突復位。國人素附厲公，歡聲震地。

再說周僖王在位五年崩，子閬立，是為惠王。惠王之二年，楚文王熊貲淫暴無政，喜於用兵。先年，曾與巴君同伐申國，而驚擾巴師。巴君怒，趁亂襲楚。楚軍大敗，楚王面頰中箭而奔。楚王以此行無功，又移兵伐黃。是夜宿於營中，夢息侯盛怒而至。楚王大叫一聲，醒來箭瘡迸裂，血流不止，

夜半而薨。鬻拳迎喪歸葬。長子熊囏嗣立。

鄭厲公聞楚文王兇信，大喜曰：「吾無憂矣！」叔詹進曰：「今立國於齊、楚之間，不辱即危，非長計也。先君桓、武及莊，三世為王朝卿士，是以冠冕列國，征服諸侯。今新王嗣統，君不若朝貢於周。若賴王之寵，以修先世卿士之業，雖有大國，不足畏也。」厲公曰：「善。」乃遣大夫師叔如周請朝。師叔回報：「周室大亂。昔周莊王嬖妾姚姬，生子頹，莊王愛之，使大夫蔿國為之師傅。子頹性好牛，嘗養牛數百，親自餵養，飼以五穀，被以文繡，謂之『文獸』。凡有出入，僕從皆乘牛而行，踐踏無忌。又陰結大夫蔿國、邊伯、子禽、祝跪、詹父，往來甚密。僖王之世，未嘗禁止。今新王即位，子頹驕橫益甚。新王惡之，乃裁抑其黨。故五大夫作亂，奉子頹為君以攻王。賴周公忌父同召伯廖等死力拒敵，眾人不能取勝，乃出奔於蘇。先周武王時，蘇忿生為王司寇有功，謂之蘇公，授以南陽之田為采地。忿生死，其子孫為狄所制，乃叛王而事狄，又不繳還采地於周。桓王八年，乃以蘇子之田，畀我先君莊公，易我近周之田。於是蘇子與周嫌隙益深。衛侯朔惡周之立黔牟，亦有夙怨。蘇子因奉子頹奔衛，同衛侯帥師伐王城。周公忌父戰敗，同召伯廖等奉王出奔於鄢。五大夫等尊子頹為王，人心不服。君若興兵納王，此萬世之功也。」

厲公曰：「子頹懦弱，所恃者衛、燕之眾耳，五大夫無能為也。寡人再使人以理諭之，若悔禍反正，免動干戈，豈不美哉？」一面使人如鄢迎王，暫幸櫟邑。因厲公向居櫟十七年，宮室齊整故也。一面使人致書於王子頹。子頹得書，猶豫未決。五大夫曰：「騎虎者勢不能復下。豈有尊居萬乘，而復退居臣位者？此鄭伯欺人之語，不可聽之。」頹遂逐鄭使。鄭厲公乃遣人約會西虢公，同起義兵納王。虢公許之。鄭、虢二君，同伐王城。鄭厲公親率兵攻南門，虢公率兵攻北門。蔿國忙叩宮門，來見子頹。子頹因飼牛未畢，不即相見。蔿國曰：「事急矣！」乃假傳子頹之命，使邊伯、子禽、祝跪、詹父登陴守禦。周人不順子頹，聞王至，歡聲如雷，爭開城門迎接。蔿國方草國書，謀遣人往衛求救。書未寫就，人報：「舊王已入城坐朝矣！」蔿國自刎而死，祝跪、子禽死於亂軍之中，邊伯、詹父被周人綁縛獻功。子頹出奔西門，使石速押文牛為前隊，牛體肥行遲，悉為追兵所獲，與邊伯、詹父一同斬首。惠王復位，賞鄭虎牢以東之地，及後之鞶鑑。賞西虢公以酒泉之邑，及酒爵數器。二君謝恩而歸。鄭厲公於路得疾，歸國而薨。群臣奉世子捷即位，是為文公。

第二十回
晉獻公違卜立驪姬 楚成王平亂相子文

周惠王十年，徐、戎俱已臣服於齊。鄭文公見齊勢愈大，恐其侵伐，遣使請盟。乃復會宋、魯、陳、鄭四君，同盟於幽，天下莫不歸心於齊。

話分兩頭。卻說晉國姬姓，侯爵。自周成王時，剪桐葉為珪，封其弟叔虞於此。傳至稱代，凡立三十九年，薨，子佹諸立，是為晉獻公。獻公為世子時，娶犬戎主之侄女曰狐姬，生子曰重耳。小戎允姓之女，生子曰夷吾。後又與齊姜生子曰申生。獻公即位之年，立齊姜為夫人，申生為世子。時重耳已二十一歲矣。獻公十五年，興兵伐驪戎。驪戎乃請和，納其二女於獻公，長曰驪姬，次曰少姬。那驪姬生得貌比息嬀，妖同妲己，智計千條，詭詐百出。在獻公前，小忠小信，貢媚取憐。獻公寵愛無二，一飲一食，必與之俱。逾年，驪姬生一子，名曰奚齊。又逾年，少姬亦生一子，名曰卓子。獻公既心惑驪姬，又喜其有子，遂忘齊姜一段恩情，擇日告廟，立驪姬為夫人，少姬封為次妃。

卻說楚熊囏、熊惲兄弟，雖同是文夫人所生，熊惲才智勝於其兄，為文夫人所愛，國人亦推服之。熊囏既嗣位，心忌其弟，每欲因事誅之，以絕後患。左右多有為熊惲周旋者，是以因循不決。熊惲嫌隙已成，私畜死士，乘其兄出獵，襲而殺之，以病薨告於文夫人。文夫人雖則心疑，不欲明白其事，遂使諸大夫擁立熊惲為君，是為成王。以熊囏未嘗治國，不成為君，號為「堵敖」，不以王禮葬之。任其叔王子善為令尹，即子元也。子元自其兄文王之死，便有簒立之意。兼慕其嫂息嬀，天下絕色，欲與私通。

適文夫人有小恙，子元假稱問安，來至王宮。遂移臥具寢處宮中，三日不出。家甲數百，環列宮外。大夫鬥廉聞之，闖入宮門，直至臥榻，見子元方對鏡整鬢，讓之曰：「此豈人臣櫛沐之所耶？令尹宜速退！」子元曰：「此吾家宮室，與射師何與？」鬥廉曰：「王侯之貴，弟兄不得通屬。令尹雖介弟，亦人臣也。人臣過闕則下，過廟則趨，咳唾其地，猶為不敬，況寢處乎？且寡夫人密邇於此，男女別嫌，令尹豈未聞耶？」子元大怒曰：「楚國之政，在吾掌握，汝何敢多言！」命左右梏其手，拘於廡下，不放出宮。文夫人使侍人告急於鬥伯比之子鬥穀於菟，使其入宮靖難。鬥穀於菟密奏楚王，約會鬥梧、鬥御疆及其子鬥班，半夜率甲以圍王宮，將家甲亂砍。子元方擁宮人醉寢，夢中驚起，仗劍而出。恰遇鬥班，亦仗劍而入。子元喝曰：「作亂乃孺子耶！」鬥班曰：「我非作亂，特來誅亂者耳。」兩下就在宮中爭戰。不數合，鬥御疆、鬥梧齊到。子元奪門欲走，被鬥班一劍砍下頭來。鬥穀於菟將鬥廉開梏放出，一齊至文夫人寢室之外，稽首問安而退。次早，楚成王熊惲御殿，百官朝見已畢。楚王命滅子元之家，榜其罪狀於通衢。

子元死，令尹官缺。楚王欲用鬥廉。鬥廉辭曰：「方今與楚為敵者，齊也。齊用管仲、甯戚，國富兵強。臣才非管、寧之流明矣。王欲改紀楚政，與中原抗衡，非鬥穀於菟不可。」百官齊聲保奏：「必須此人，方稱其職。」楚王准奏，遂拜鬥穀於菟為令尹。楚王曰：「齊用管仲，號為仲父。今穀於菟尊顯於楚，亦當字之。」乃呼為子文而不名。子文既為令尹，倡言曰：「國家之禍，皆由君弱臣強所致。凡百官采邑，皆以半納還公家。」子文先於鬥氏行之，諸人不敢不從。又以郢城南極湘潭，北據漢江，形勝之地，自丹陽徙都之，號曰郢都。治兵訓武，進賢任能，以公族屈完為賢，使為大夫。族人鬥章才而有智，使與諸鬥同治軍旅。以鬥班為申公。楚國大治。

第二十一回
管夷吾智辨俞兒
齊桓公兵定孤竹

話說山戎乃北戎之一種，國於令支，屢犯中國。聞齊侯圖伯，遂侵擾燕國。燕莊公抵敵不住，遣人告急於齊。齊桓公問於管仲，管仲對曰：「方今為患，南有楚，北有戎，西有狄，此皆中國之憂，盟主之責也。即戎不病燕，猶思膺之。況燕人被師，又求救乎？」桓公乃率師救燕。

卻說令支子名密盧，聞齊師大至，解圍而去。桓公兵至薊門關，燕莊公出迎，謝齊侯遠救之勞。燕莊公曰：「此去東八十里，國名無終。可以招致，使為嚮導。」桓公使人召之，無終子即遣大將虎兒斑，率騎兵前來助戰。桓公使為前隊。兵行至葵茲，桓公將輜重資糧，分其一半，屯聚於此。令士卒伐木築土為關，留鮑叔牙把守。只用精壯，兼程而進。又東進三十里，地名伏龍山，桓公和燕莊公結寨於山上。王子成父、賓胥無立二營於山下。

次日，令支子密盧前來挑戰，大敗而回。速買獻計曰：「齊欲進兵，必由黃台山谷口而入，吾以重兵守之。伏龍山二十餘里皆無水泉，必仰汲於濡水。若將濡流壩斷，彼軍中乏水飲，必亂。」密盧大喜，依計而行。

管仲見戎兵退後，一連三日不見動靜，心下懷疑，使諜者探聽。牙將連摯稟道：「戎主斷吾汲道，軍中乏水，如何？」桓公傳令，教軍士鑿山取水，先得水者重賞。公孫隰朋進曰：「臣聞蟻穴居知水，當視蟻垤處掘之。蟻冬則就暖，居山之陽。夏則就涼，居山之陰。今冬月，必於山之陽。」軍士如其言，果於山腰掘得水泉，其味清冽。

密盧打聽得齊軍未嘗乏水，大駭。速買曰：「齊兵雖然有水，然涉遠而來，糧必不繼。吾堅守不戰，彼糧盡自然退矣。」密盧從之。管仲使賓胥無假託轉回葵茲取糧，卻用虎兒斑領路，引一軍取芝麻嶺迸發，以六日為期。教牙將連摯，日往黃臺山挑戰，以綴密盧之兵。如此六日，密盧忽聞齊軍殺入，連忙跨馬迎敵。速買知小路有失，無心戀戰，保著密盧望東南而走，徑投孤竹。桓公入城安民，吩咐不許殺戮降夷一人，戎人大悅。桓公即於降戎中挑選精壯千人，付虎兒斑帳下。休兵三日，然後起程。

再說密盧等行至孤竹，見其主答里呵，泣曰：「齊兵恃強，侵奪我國，意欲乞兵報仇。」答里呵曰：「此處有卑耳之溪，深不可渡。俺將竹筏盡行拘回港中，齊兵插翅亦飛不過。俟他退兵之後，俺和你領兵殺去。」

再說齊桓公大軍起程，行過了幾處山頭，只見前面大小車輛，俱壅塞不進。桓公面有懼色，忽見山凹裡走出一件東西來。似人非人，似獸非獸，約長一尺有餘，向桓公面前再三拱揖，然後以右手摳衣，竟向石壁疾馳而去。桓公大驚，問管仲曰：「卿有所見乎？」管仲曰：「臣無所見。」桓公述其形狀。管仲曰：「臣聞北方有登山之神，名曰『俞兒』，有霸王之主則出見。君之所見，其殆是乎？摳衣者，示前有水也。右手者，水右必深，教君以向左也。既有水阻，且屯軍山上，使人探明水勢，然後進兵。」探水者去之良久，回報：「下山不五里，即卑耳溪，溪水大而且深。右去水愈深，若從左而行，約去三里，水面雖闊而淺，涉之沒不及膝。」

虎兒斑請率本部兵先涉，管仲乃令軍人伐竹，以藤貫之，頃刻之間，成筏數百。下了山頭，將軍馬分為兩隊：王子成父同高黑引著一軍，從右乘筏而渡為正兵。賓胥無同虎兒斑引著一軍，從左涉水而渡為奇兵。

卻說答里呵差小番到溪中打聽，知滿溪俱是竹筏，兵馬紛紛而渡。答里呵大驚，即令黃花元帥率兵五千拒敵，密盧曰：「俺在此無功，願引速買為前部。」黃花元帥曰：「屢敗之人，難與同事。」跨馬徑行。答里呵謂密盧曰：「西北團子山，乃東來要路，相煩賢君臣把守，就便接應。」密盧口雖應諾，心中頗有不悅之意。

卻說黃花元帥與齊軍交戰，死傷甚眾。黃花單騎奔逃，將近團子山，見兵馬如林，乃是賓胥無等涉水而渡，先據了團子山。黃花不敢過山，棄了馬匹，扮作樵采之人，從小路爬山得脫。齊桓公大勝。

卻說密盧引軍剛到馬鞭山，前哨報導：「團子山已被齊兵所占。」只得就馬鞭山屯紮。黃花元帥逃命至馬鞭山，密盧曰：「元帥屢勝之將，何以單身至此？」黃花羞慚無極。回至無棣城，見答里呵，請兵報仇。宰相兀律古進曰：「國之北有地名曰旱海，乃砂磧之地。風沙刮起，咫尺不辨。若誤入迷谷，谷路紆曲難認，急不能出。誠得一人詐降，誘至彼地，不須廝殺，管取死亡八九。」黃花元帥欣然願往。更與騎兵千人，依計而行。

卻說密盧正與齊兵相持未決，喜黃花救兵來到，欣然出迎。黃花出其不意，即於馬上斬密盧之首。速買大怒，綽刀上馬來鬥黃花。速買料不能勝，徑奔虎兒斑營中投降。虎兒斑不信，叱軍士縛而斬之。黃花元帥並有密盧之

眾，直奔齊軍，獻上密盧首級，備言：「國主傾國逃去砂磧，與外國借兵報仇。」桓公見了密盧首級，只道黃花真心歸降。即用其為前部，引大軍進發，直抵無棣，果是個空城。桓公誠恐答里呵去遠，止留燕莊公兵一支守城，其餘盡發，連夜追襲。黃花請先行探路，大軍繼後。已到砂磧，桓公催軍速進。行了許久，不見黃花。但見白茫茫一片平沙，寒氣逼人。

時桓公與管仲並馬而行，仲謂桓公曰：「臣久聞北方有旱海，是極厲害之處，恐此是也，不可前行。」桓公急教傳令收軍，前後隊已自相失。管仲保著桓公，帶轉馬頭急走。只見天昏地慘，東西南北，茫然不辨。不知走了多少路，空中現出半輪新月。眾將聞金鼓之聲，追隨而至，屯紮一處。挨至天曉，計點眾將不缺，只不見隰朋一人。管仲見山谷險惡，絕無人行，急教尋路出去。奈東衝西撞，盤盤曲曲，全無出路。桓公心下早已著忙。管仲進曰：「臣聞老馬識途，可使虎兒斑擇老馬數頭，觀其所往而隨之，宜可得路也。」桓公依其言，取老馬數匹，縱之先行，委委曲曲，遂出谷口。

卻說黃花計已成，答裡呵再整軍容，來奪無棣城。燕莊公因兵少城空，不能固守，令人四面放火，乘亂殺出，直退回團子山下寨。

再說齊桓公大軍出了迷谷，遇見一支軍馬，使人探之，乃公孫隰朋也。於是合兵一處，徑奔無棣城來。一路看見百姓扶老攜幼，紛紛行走。管仲使人問之，答曰：「孤竹主逐去燕兵，已回城中，吾等向避山谷，今亦歸井里耳。」管仲曰：「吾有計破之矣！」乃使虎兒斑選心腹軍士數人，假扮作城中百姓，隨著眾人，混入城中，只待夜半舉火為應。管仲與齊桓公離城十里下寨。時答里呵方救滅城中之火，招回百姓復業。是夜黃昏時候，忽聞炮聲四舉，齊兵已將城門圍住。黃花大吃一驚，驅率軍民，登城守望。延至半夜，城中四五路火起。虎兒斑率十餘人，徑至南門，將城門砍開，放齊軍人來。黃花元帥死戰良久，力盡被殺。答里呵為王子成父所獲。至天明，迎接桓公入城。桓公數答里呵助惡之罪，親斬其首，懸之北門，以警戎夷。

燕莊公聞齊侯兵勝入城，亦自團子山飛馬來會。桓公曰：「令支、孤竹，辟地五百里，然寡人非能越國而有之也，請以益君之封。」燕莊公曰：「寡人借君之靈，得保宗社足矣，敢望益地？惟君建置之。」桓公曰：「北陲僻遠，若更立夷種，必然復叛，君其勿辭。東道已通，勉修先召公之業，貢獻於周，長為北藩，寡人與有榮施矣。」燕伯乃不敢辭。

桓公即無棣城大賞三軍，虎兒斑拜謝先歸。桓公休兵五日而行，再渡卑耳之溪。鮑叔牙自葵茲關來迎，桓公又吩咐燕伯設戍葵茲關，遂將齊兵撤回。燕伯送桓公出境，戀戀不捨，不覺送入齊界，去燕界五十餘里。桓公曰：「自古諸侯相送，不出境外。寡人不可無禮於燕君。」乃割地至所送之處畀燕，以為謝過之意。燕伯苦辭不允，只得受地而還。桓公還至魯濟，魯莊公迎勞於水次，設饗稱賀。桓公以莊公親厚，特分二戎鹵獲之半以贈魯。時周惠王之十五年也。是年秋八月，魯莊公薨，魯國大亂。

第二十二回
公子友兩定魯君
齊皇子獨對委蛇

話說公子慶父字仲，魯莊公之庶兄，其同母弟名牙字叔，則莊公之庶弟。莊公之同母弟曰公子友，字季，謂之季友。雖則兄弟三人同為大夫，一來嫡庶之分，二來惟季友最賢，所以莊公獨親信季友。莊公即位之三年，曾遊郎臺，於臺上窺見黨氏之女孟任，容色殊麗，遂載回宮。歲餘生下一子，名般。莊公欲立孟任為夫人，請命於母文姜。文姜不許，遂定下襄公始生之女為婚。只因姜氏年幼，直待二十歲上，方才娶歸。姜氏久而無子，其娣叔姜從嫁，生一子曰啟。先有妾風氏，生一子名申。姜氏雖為夫人，莊公念是殺父仇家，外雖禮貌，心中不甚寵愛。公子慶父生得魁偉軒昂，姜氏遂與慶父私通，情好甚密。因與叔牙為一黨，相約異日共扶慶父為君，叔牙為相。

卻說莊公疾篤，心疑慶父。故意先召叔牙，問以身後之事。叔牙果盛稱慶父之才。叔牙出，復召季友問之。季友對曰：「慶父殘忍無親，非人君之器。叔牙私於其兄，不可聽之，臣當以死奉般。」莊公點首。季友出宮，使叔牙待於大夫鍼季之家，即有君命來到。叔牙果往鍼氏。季友乃封鴆酒一瓶，使鍼季毒死叔牙。是夕，莊公薨，季友奉公子般主喪。

至冬十月，子般聞外祖黨臣病死，往臨其喪。慶父密使圉人犖夤夜奔黨大夫家行刺。般中脅而死，季友出奔陳國以避難。慶父佯為不知，歸罪於圉人犖，滅其家。姜氏欲立慶父。慶父曰：「二公子猶在，不盡殺絕，未可代也。不如立啟。」乃為子般發喪，立子啟為君。時年八歲，是為閔公。閔公內畏哀姜，外畏慶父。故使人訂齊桓公，會於落姑之地。桓公曰：「今者魯大夫誰最賢？」閔公曰：「惟季友最賢。」桓公乃使人召季友於陳。閔公載季友歸國，立為相。托言齊侯所命，不敢不從。

是冬，齊侯使大夫仲孫湫來候問。閔公見了仲孫湫，流涕不能成語。後見公子申，與之談論魯事，甚有條理。仲孫囑季友善視之。仲孫辭閔公歸，謂桓公曰：「不去慶父，魯難未已也！」桓公曰：「寡人以兵去之，何如？」仲孫曰：「慶父兇惡未彰，討之無名。臣觀其志，不安於為下，必復有變。乘其變而誅之，此霸王之業也。」桓公曰：「善。」

忽一日，大夫卜齮來見慶父，訴曰：「我有田與太傅慎不害田莊相近，被慎不害用強奪去。主公偏護師傅，反勸我讓他。特來求於主公前一言。」慶父謂卜齮曰：「主公年幼無知，雖言不聽。子若能行大事，我為子殺慎不害何如？」卜齮乃使勇士伏於武闈，候閔公夜出，突起殺之。慶父殺慎不害於家。季友聞變，夜叩公子申之門，兩人同奔邾國避難。國人聞魯侯被殺，相國出奔，皆怨卜齮而恨慶父。是日國中罷市，一聚千人，先圍卜齮之家，滿門遭戮。將攻慶父，聚者益眾。慶父遂微服扮作商人，出奔莒國。夫人姜氏乃奔邾國，求見季友。季友拒之弗見。季友聞慶父、姜氏俱出，使人告難於齊。齊桓公乃命上卿高傒，率甲士三千人，相機而動。高傒來至魯國，恰好公子申、季友亦到。高傒遂與季友定計，擁立公子申為君，是為僖公。季友使人如莒，要假手莒人以戮慶父，啖以重賂。

卻說慶父奔莒之時，載有魯國寶器，獻於莒子。莒子納之。至是復貪魯重賂，下令逐之。慶父乃自邾如齊。齊疆吏不敢擅納，乃寓居於汶水之上。恰好公子奚斯還至汶水，與慶父相見。慶父曰：「子魚能為我代言，乞念先君一脈，願留性命。」奚斯至魯復命，遂致慶父之言。僖公欲許之。季友私謂奚斯曰：「慶父若自裁，尚可為立後，不絕世祀也。」奚斯領命，再往汶上，乃於門外號啕大哭。慶父聞其聲，知是奚斯，乃解帶自縊於樹而死。僖公嘆息不已。忽報：「莒子遣其弟嬴拏，領兵臨境，特索謝賂。」季友率師迎敵，大敗莒軍，唱凱還朝。僖公親自迎之於郊，立為上相。僖公以公孫敖繼慶父之後，是為孟孫氏。慶父本曰仲孫，因諱慶父之惡，改為孟也。以公孫茲繼叔牙之後，是為叔孫氏。季友食采於費，加封以汶陽之田，是為季孫氏。於是季、孟、叔三家，鼎足而立，並執魯政，謂之「三桓」。

齊桓公知姜氏在邾，乃使豎貂往邾，送姜氏歸魯。姜氏行至夷，宿館舍，豎貂曰：「夫人與弒二君，何面目見太廟乎？不如自裁，猶可自蓋也。」姜氏聞之，閉門哭泣，至半夜寂然。豎貂啟門視之，已自縊死矣，乃飛報僖公。僖公迎其喪以歸，葬之成禮。謚之曰哀，故曰哀姜。

卻說齊桓公自救燕定魯以後，威名愈振。一日，獵於大澤之陂，桓公忽然停目而視，若有懼容。豎貂問曰：「君何所視也？」桓公曰：「寡人適見一鬼物。殆不祥乎！」乃趨駕歸，心懷疑懼，是夜遂大病如瘧。明日，管仲與諸大夫問疾。桓公召管仲，與之言見鬼：「寡人心中畏惡，不能出口，仲父試道其狀。」管仲不能答，曰：「容臣詢之。」桓公病益增。管仲憂之，懸書於門：「如有能言公所見之鬼者，當贈以封邑三分之一。」有一人，求見管仲。管仲揖而進之。其人曰：「君病見鬼乎？」管仲曰：「然。子能言鬼之狀否？吾當與子共家。」其人曰：「請見君而言之。」

管仲見桓公於寢室，曰：「君之病，有能言者。臣已與之俱來，君可召之。」桓公召入。見其荷笠懸鶉，心殊不喜。遽問曰：「仲父言識鬼者乃汝乎？」對曰：「公則自傷耳。鬼安能傷公？」桓公曰：「然則有鬼否？」對曰：

「有之。水有『罔象』，丘有『峷』，山有『夔』，野有『彷徨』，澤有『委蛇』。」桓公曰：「汝試言『委蛇』之狀。」對曰：「夫『委蛇』者，其大如轂，其長如轅，紫衣而朱冠。其為物也，惡聞轟車之聲，聞則捧其首而立。此不輕見，見之者必霸天下。」桓公囅然而笑，頓覺精神開爽，不知病之何往矣。

桓公曰：「子何名？」對曰：「臣名皇子，齊西鄙之農夫也。」桓公欲爵為大夫，皇子固辭。桓公乃賜之粟帛，復重賞管仲。

時周惠王十七年。狄人侵犯邢邦，又移兵伐衛。衛懿公使人如齊告急。諸大夫請救之，桓公曰：「伐戎之役，瘡痍未息。且俟來春，合諸侯往救可也。」其冬，衛大夫寧速至齊，言：「狄已破衛，殺衛懿公。今欲迎公子燬為君。」齊侯大驚曰：「不早救衛，孤罪無辭矣。」

第二十三回
衛懿公好鶴亡國
齊桓公興兵伐楚

話說衛惠公之子懿公，不恤國政，最好的是羽族中一物，其名曰鶴。懿公所畜之鶴，皆有品位俸祿。養鶴之人，亦有常俸。厚斂於民，以充鶴糧。民有饑凍，全不撫恤。大夫石祁子，乃石碏之後，為人忠直有名，與寧莊子名速，同秉國政，皆賢臣也。二人進諫屢次，俱不聽。公子燬知衛必亡，托故如齊。齊桓公妻以宗女，竟留齊國。燬有賢德，衛人陰歸附之。

單說北狄主名曰瞍瞞，常有迭蕩中原之意。及聞齊伐山戎，瞍瞞乃驅胡騎二萬伐邢，殘破其國。聞齊謀救邢，遂移兵向衛。衛懿公大驚，即時斂兵授甲，為戰守計。百姓皆逃避村野。懿公使司徒拘而問之，眾人曰：「君用一物，足以禦狄，安用我等？」懿公問：「何物？」眾人曰：「鶴。」懿公曰：「鶴何能禦狄耶？」眾人曰：「鶴既不能戰，是無用之物。君敝有用以養無用，百姓所以不服也。」懿公曰：「寡人知罪矣。」乃使人縱鶴。

狄兵殺至熒澤，懿公乃使石祁子代理國政，親將大軍以往。行近熒澤，狄人詐敗，引入伏中，一時呼哨而起，將衛兵截做三處。衛兵盡棄車仗而逃，懿公被狄兵圍之數重。須臾，衛兵前後隊俱敗，懿公被害，全軍俱沒。寧速與石祁子聞之，引著衛侯宮眷及公子申，乘夜乘小車出城東走。國人聞二大夫已行，各各攜男抱女，隨後逃命，哭聲震天。狄兵直入衛城。石祁子保宮眷先行，寧速斷後，且戰且走。將及黃河，喜得宋桓公遣兵來迎。狄兵方才退去，將衛國府庫及民間存留，劫掠一空，墮其城郭，滿載而歸。

卻說石祁子與寧速於漕邑創立廬舍，扶立公子申為君，是為戴公。戴公先已有疾，立數日遂薨。寧速如齊，迎公子燬嗣位。齊桓公乃遺以良馬一乘，祭服五稱，牛、羊、豕、雞、狗各三百隻。又以魚軒贈其夫人，兼美錦三十端。命公子無虧帥車三百乘送之。公子燬至漕邑即位，是為文公。公子無虧辭歸齊國，留甲士三千人，協戍漕邑，以防狄患。

忽邢國遣人告急於齊，言：「狄兵又到，勢不能支，伏望救援！」桓公即傳檄宋、魯、曹、邾各國，合兵救邢。宋、曹二國兵先到，桓公托言待魯、邾兵到，乃屯兵於聶北。狄兵攻邢，晝夜不息，約及兩月。邢人力竭，潰圍而出，俱投奔齊營求救。內一人哭倒在地，乃邢侯叔顏也。桓公扶起，即日拔寨都起。狄主瞍瞞聞三國大兵將至，放起一把火，望北飛馳而去。桓公傳令將火撲滅，問叔顏：「故城尚可居否？」叔顏曰：「百姓逃難者，大半在夷儀地方，願遷夷儀，以從民欲。」桓公乃命三國各具版築，築夷儀城，使叔顏居之。更為建立朝廟，添設廬舍，牛馬粟帛之類，皆從齊國運至。事畢，桓公欲為衛定都，乃令三國之兵，俱往楚丘興工，謂之「封衛」。

時楚成王熊惲，任用令尹子文圖治，有志爭霸。聞齊侯救邢存衛，心甚不樂。子文曰：「鄭居南北之間，為中原遮罩。王若欲圖中原，非得鄭不可。」成王遂遣大夫鬥章領兵，長驅至鄭。卻說鄭伯探知楚國興師，使人星夜告急

於齊。管仲進曰:「君若救鄭,不如伐楚,伐楚必須大合諸侯。蔡人得罪於君,君欲討之久矣。楚、蔡接壤,誠以討蔡為名,因而及楚。」桓公乃遍約宋、魯、陳、衛、曹、許之君,俱要如期起兵,名為討蔡,實為伐楚。

明年春,齊桓公命管仲為大將,出車三百乘,甲士萬人,分隊迸發。豎貂請先率一軍,潛行掠蔡,桓公許之。蔡穆公曉得豎貂是宵小之輩,乃使人密送金帛一車,求其緩兵。豎貂受了,遂私將軍機,備細洩漏於蔡。蔡侯大驚,當夜率領宮眷,開門出奔楚國。楚成王聞言,傳令檢閱兵車,準備戰守。數日後,齊侯兵至上蔡。七路諸侯陸續俱到,一個個躬率車徒,前來助戰,軍威甚壯。諸侯之師望南而進,直達楚界。只見界上,早有一人衣冠整肅,停車道左,磬折而言曰:「來者可是齊侯?可傳言楚國使臣奉候久矣。」那人姓屈名完,乃楚之公族,官拜大夫。

桓公曰:「楚人何以預知吾軍之至也?」管仲曰:「此必有人漏泄消息。」乃乘車而出,與屈完車上拱手。屈完曰:「齊居於北海,楚近於南海,雖風馬牛不相及也,不知君何以涉於吾地?」管仲對曰:「寡君奉命主盟,修復先業。爾楚國於南荊,當歲貢包茅,以助王祭。自爾缺貢,寡人是徵。爾其何辭?」屈完對曰:「周失其綱,朝貢廢缺,天下皆然,豈惟南荊?雖然,包茅不入,寡君知罪矣。完將復於寡君。」言畢,麾車而退。桓公乃傳令八軍同發,直至陘山。管仲令就此屯紮,不可前行。

卻說楚成王已拜鬥子文為大將,蒐甲厲兵,屯子漢南。諜報:「八國之兵,屯駐陘地。」子文進曰:「管仲知兵。今逗留不進,是必有謀。當遣使再往,察其意向,或戰或和,決計未晚。」成王曰:「何人可使?」子文曰:「屈完既與夷吾識面,宜再遣之。」屈完遂再至齊軍。

第二十四回

盟召陵禮款楚大夫
會葵丘義戴周天子

話說屈完再至齊軍，見齊桓公再拜。桓公答禮，問其來意。屈完曰：「寡君以不貢之故，致干君討，寡君已知罪矣。君若肯退師一舍，寡君敢不惟命是聽！」桓公曰：「大夫能輔爾君以修舊職，俾寡人有辭於天子，又何求焉？」屈完稱謝而去，歸報楚王。少頃，八路軍馬，拔寨俱起，退三十里，在召陵駐紮。楚王乃命屈完賫金帛八車，再往召陵犒師，復備菁茅一車，如周進貢。屈完見齊侯陳上犒軍之物，桓公命分派八軍。次日，立壇於召陵。桓公執牛耳為主盟，屈完稱楚君之命，同立載書：「自今以後，世通盟好。」禮畢，屈完再拜致謝。管仲下令班師。

陳大夫轅濤塗聞班師之令，與鄭大夫申侯商議曰：「師若取道於陳、鄭，糧食衣屨，所費不貲，國必甚病。不若東循海道而歸，使徐、莒承供給之勞。」申侯曰：「善，子試言之。」濤塗言於桓公曰：「君北伐戎，南伐楚，若以諸侯之眾，觀兵於東夷，東方諸侯，畏君之威，敢不奉朝請乎？」桓公曰：「大夫之言是也。」少頃，申侯請見，進曰：「臣聞師不逾時，懼勞民也。今師力疲矣，若出於東方，倘東夷梗路，恐不堪戰，將若之何？濤塗自恤其國，非善計也。君其察之！」桓公乃命執濤塗於軍，使鄭伯以虎牢之地，賞申侯之功。鄭伯雖然從命，自此心中有不樂之意。陳侯遣使納賂，再三請罪。桓公乃赦濤塗，諸侯各歸本國。

楚王見諸侯兵退，不欲貢茅。屈完曰：「不可失信於齊。且楚惟絕周，故使齊得私之以為重。若假此以自通於周，則我與齊共之矣。」楚王遂遣屈完為使，齎菁茅十車，加以金帛，貢獻天子。周惠王乃告於文武之廟，因以胙賜楚。屈完再拜稽首而退。屈完方去，齊桓公遣隰朋隨至。隰朋因請見世子，惠王有不樂之色，乃使次子帶與世子鄭一同出見。

隰朋自周歸，謂桓公曰：「周將亂矣。周王長子名鄭，先皇后姜氏所生，已正位東宮矣。姜后薨，次妃陳媯有寵，立為繼后，有子名帶。周王愛之，呼為太叔，遂欲廢世子而立帶。」桓公乃召管仲謀之。管仲對曰：「世子危疑，其黨孤也。君今具表周王，言：『諸侯願見世子，請世子出會諸侯。』世子一出，君臣之分已定，王雖欲廢立，亦難行矣。」桓公乃傳檄諸侯，以明年夏月會於首止。再遣隰朋如周表奏，周惠王只得許諾。

次年夏五月，齊、宋、魯、陳、衛、鄭、許、曹八國諸侯並集首止。世子鄭亦至，停駕於行宮。是夜，子鄭使人邀桓公至於行宮，訴乙太叔帶謀欲奪位之事。桓公曰：「小白當與諸臣立盟，共戴世子，世子勿憂也。」子鄭感謝不已，遂留於行宮。諸侯亦不敢歸國。子鄭恐久勞諸國，便欲辭歸京師。桓公曰：「所以願與世子留連者，欲使天王知吾等愛戴世子，不忍相捨之意。稍俟秋涼，當送駕還朝耳。」遂預擇盟期，用秋八月之吉。

卻說周惠王見世子鄭久不還轅，知是齊侯推戴，心中不悅。乃為璽書一通，封函甚固，密授太宰周公孔，使其通於鄭伯。宰孔不知書中何語，使人星夜達於鄭伯。鄭文公啟函讀之，言：「子鄭違背父命，不堪為嗣。朕意在次子帶也，叔父若能捨齊從楚，共輔少子，朕願委國以聽。」鄭伯喜，托言國中有事，不辭而行。齊桓公大怒，便欲奉世子以討鄭。管仲進曰：「俟成盟而後圖之。」桓公曰：「善。」即首止舊壇，歃血為盟。次日，世子鄭欲歸，各國各具車徒護送。齊桓公同衛侯親自送出衛境，世子鄭垂淚而別。

卻說楚成王聞鄭不與首止之盟，遂遣使通於申侯，欲與鄭修好。申侯密言於鄭伯曰：「非楚不能敵齊，況王命乎？」鄭文公惑其言，乃陰遣申侯輸款於楚。周惠王二十三年，齊桓公率同盟諸侯伐鄭，圍新密。楚王親將伐許，亦圍許城。諸侯聞許被圍，果去鄭而救許，楚師遂退。申侯歸鄭，自以為有全鄭之功，揚揚得意，滿望加封。鄭伯以虎牢之役，謂申侯已過分，不加爵賞。

申侯口中不免有怨望之言。明年春，齊桓公復率師伐鄭。

陳大夫轅濤塗，與申侯有隙，乃致書孔叔。孔叔以書呈於鄭文公。鄭伯乃召申侯責之曰：「汝言惟楚能抗齊，今齊兵屢至，楚救安在？」申侯方欲措辯，鄭伯喝教武士推出斬之。函其首，使孔叔獻於齊軍曰：「寡君昔者誤聽申侯之言，不終君好。今謹行誅，使下臣請罪於幕下，惟君侯赦宥之！」齊侯素知孔叔之賢，乃許鄭平。遂會諸侯於寧母。鄭文公終以王命為疑，不敢公然赴會，使其世子華代行，至寧母聽命。子華既見齊桓公，請屏去左右，然後言曰：「鄭國之政，皆聽於泄氏、孔氏、子人氏三族。若除此三臣，我願以鄭附齊。」桓公問計於管仲。管仲曰：「不可。諸侯所以服齊者，禮與信也。臣聞此三族皆賢大夫，鄭人稱為『三良』。以臣觀之，子華且將不免，君其勿許。」桓公從其言，子華遂辭歸鄭。管仲惡子華之奸，故泄其語於鄭人。鄭伯聞言，將子華囚禁於幽室之中。子華穴牆謀遁，鄭伯殺之。

是冬，周惠王崩。子鄭與周公孔、召伯廖商議，且不發喪，星夜遣人密報於齊侯。齊侯乃大合諸侯於洮，鄭文公亦親來受盟。同歃者，齊、宋、魯、衛、陳、鄭、曹、許，共八國諸侯。各各修表，遣其大夫如周。八國大夫假以問安為名，集於王城之外。諸大夫固請謁見新王，周、召二公遂請王世子嗣位，百官朝賀，是為襄王。惠后與叔帶暗暗叫苦，不敢復萌異志矣。

襄王元年，春祭畢，命宰周公孔賜胙於齊，以彰翼戴之功。齊桓公復大合諸侯於葵丘。時齊桓公偶與管仲論及周事。管仲曰：「周室嫡庶不分，幾至禍亂。今君儲位尚虛，亦宜早建，以杜後患。今番會盟，君試擇諸侯中之最賢者，以世子托之。」桓公點首。時宋桓公禦說薨，世子茲父即位，是為襄公。襄公墨衰赴會，桓公命管仲私詣宋襄公館舍，致齊侯之意。襄公親自來見齊侯，齊侯諄諄以公子昭囑之。至會日，諸侯先讓天使升壇，然後以次而升。宰周公孔捧胙東向而立，傳新王之命。桓公疾趨下階，再拜稽首，然後登堂受胙。桓公因諸侯未散，復申盟好，諸侯無不信服。盟事已畢，桓公既歸，自謂功高無比，益治宮室，務為壯麗。凡乘輿服御之制，比於王者。管仲乃於府中築臺三層，號為「三歸之臺」，言民人歸，諸侯歸，四夷歸也。又樹塞門，以蔽內外。設反坫，以待列國之使臣。

話分兩頭。卻說周太宰孔自葵丘辭歸，於中途遇見晉獻公亦來赴會。宰孔曰：「會已撤矣。」獻公頓足恨曰：「敝邑遼遠，不及觀衣裳之盛，何無緣也？」宰孔曰：「夫月滿則虧，水滿則溢。齊之虧且溢，可立而待，不會亦何傷乎？」獻公乃回轅西向，於路得疾，回至晉國而薨，晉乃大亂。

第二十五回
智荀息假途滅虢
窮百里飼牛拜相

話說晉獻公內蠱於驪姬，外惑於「二五」，益疏太子，親愛奚齊。一日，驪姬夜半而泣，獻公驚問其故。驪姬對曰：「妾聞申生為人，外仁而內忍。申生每為人言：君惑於妾，必亂國。君何不殺妾，以謝申生。勿以一妾亂百姓。」獻公曰：「申生仁於民，豈反不仁父乎？」驪姬對曰：「妾聞匹夫為仁，與在上不同。匹夫以愛親為仁，在上者以利國為仁。苟利於國，何親之有？」獻公意悚然，曰：「夫人言是也。若何而可？」驪姬曰：「今赤狄皋落氏屢侵吾國，君何不使之將兵伐狄，以觀其能用眾與否也。若其不勝，罪之有名。」獻公乃傳令使申生率曲沃之眾，以伐皋落氏。申生與皋落大戰於稷桑之地，皋落氏敗走，申生獻捷於獻公。

時有虞、虢二國，乃是同姓比鄰，唇齒相依，其地皆連晉界。虢公好兵而驕，屢侵晉之南鄙。獻公謀欲伐虢，驪姬請曰：「何不更使申生？」獻公躊躇未決，問於大夫荀息。荀息對曰：「臣聞虢公淫於色。君誠求美女，以進於虢，虢公必喜而受之。我更行賂犬戎，使侵擾虢境，然後乘隙而圖之。」獻公用其策，以女樂遺虢，虢公受之。自此，視朝稀疏矣。未幾，犬戎貪晉之賂，果侵擾虢境，兵至渭汭，為虢兵所敗。犬戎主遂起傾國之師。虢公率兵拒之，相持於桑田之地。

獻公復問於荀息曰：「今戎、虢相持，寡人可以伐虢否？」荀息對曰：「臣有一策，可以今日取虢，而明日取虞。君密使北鄙之人，生事於虢。虢之邊吏，必有責言，吾因以為名。君厚賂虞，而假道以伐虢。」獻公又用其策，虢之邊吏，果來責讓，兩下遂治兵相攻。虢公方有犬戎之患，不暇照管。虞公素愛璧、馬，獻公遂以垂棘之璧、屈產之乘交付荀息，使如虞假道。

虞公初聞晉來假道，意甚怒。及見璧、馬，不覺回嗔作喜，問曰：「此乃汝國至寶，天下罕有，奈何以惠寡人？」荀息曰：「寡君慕君之賢，畏君之強，故不敢自私其寶，願邀歡於大國。虢人屢侵我南鄙，寡君欲假道以請罪焉。倘幸而勝虢，所有虜獲，盡以歸君。寡君願與君世敦盟好。」虞公大悅。宮之奇諫曰：「君勿許也！諺云『唇亡齒寒』，晉吞噬同姓，非一國矣，獨不敢加於虞、虢者，以有唇齒之助耳。虢今日亡，則明日禍必中於虞矣！」虞公曰：「晉強於虢十倍，失虢而得晉，何不利焉？」宮之奇再欲進諫，百里奚牽其裾，乃止。宮之奇遂盡族而行，不言所之。

晉獻公遂拜里克為大將，荀息副之，率車四百乘伐虢，先使人報虞以兵至之期。虞公曰：「寡人辱受重寶，無以為報，願以兵從。」荀息曰：「君以兵從，不如獻下陽之關。」虞公曰：「下陽，虢所守也。寡人安得獻之？」荀息曰：「臣聞虢君方與犬戎大戰於桑田，君托言助戰，以車乘獻之，陰納晉兵，則關可得也。」虞公從其計。守將舟之僑信以為然，開關納車。車中

藏有晉甲，入關後一齊發作。里克驅兵直進，舟之僑恐虢公見罪，遂降晉。

卻說虢公聞晉師破關，急急班師，被犬戎兵掩殺一陣，大敗而走。奔至上陽守禦，茫然無策。晉兵至，築長圍以困之。自八月至十二月，城中樵采俱絕，連戰不勝。里克使舟之僑為書，射入城中，諭虢公使降。虢公乘夜開城，率家眷奔京師去訖。里克亦不追趕，安集百姓，秋毫無犯，留兵戍守。將府庫寶藏，盡數裝載，以十分之三，並女樂獻於虞公。虞公大喜。

里克托言有疾，休兵城外，俟病癒方行。虞公不時饋藥，候問不絕。如此月餘。忽諜報：「晉侯兵在郊外。」虞公慌忙郊迎致餼，兩君相見，彼此稱謝。獻公約與虞公較獵於箕山。虞公欲誇耀晉人，盡出城中之甲及堅車良馬，與晉侯馳逐賭勝。是日，忽有人報：「城中火起。」大夫百里奚密奏曰：「傳聞城中有亂，君不可留矣。」虞公乃辭晉侯先行，半路見人民紛紛逃竄，言：「城池已被晉兵乘虛襲破。」虞公大怒。來至城邊，只見城樓上一員大將，向虞公言曰：「前蒙君假我以道，今再假我以國，敬謝明賜。」

虞公正欲攻門，城頭上一聲梆響，箭如雨下。虞公正在危急之際，見後有單車驅至，視之，乃虢國降將舟之僑也。僑曰：「君誤聽棄虢，失已在前。今日之計，與其出奔他國，不如歸晉。晉君必無相害。」虞公躊躇未決。晉獻公隨後來到，使人請虞公相見。虞公不得不往。獻公笑曰：「寡人此來，為取璧、馬之值耳。」命以後車，載虞公宿於軍中。舟之僑薦百里奚之賢。獻公欲用奚，使僑通意。奚曰：「終舊君之世乃可。」僑去，奚嘆曰：「君子違，不適仇國，況仕乎？吾即仕，不於晉也。」

時秦穆公任好即位六年，尚未有中宮，使大夫公子縶求婚於晉，欲得晉侯長女伯姬為夫人。獻公許之。公子縶歸復命，路遇公孫枝，字子桑，乃晉君之疏族也。縶曰：「以子之才，何以屈於隴畝？肯從我遊於秦乎？」公孫枝曰：「若能見挈，固所願也。」縶與之同載歸秦。言於穆公，穆公使為大夫。穆公聞晉已許婚，復遣公子縶如晉納幣，遂迎伯姬。晉侯問媵於群臣，舟之僑進曰：「百里奚不願仕晉，其心不測，不如遠之。」乃用奚為媵。

卻說百里奚是虞國人，字井伯，年三十餘，娶妻杜氏，生一子。奚家貧不遇，欲出遊，念其妻子無依。杜氏曰：「妾聞男子志在四方，君豈可守妻子坐困乎？妾能自給，毋相念也。」奚遂去。遊於齊，求事襄公，無人薦引。久之，窮困乞食於銍，時奚年四十矣。銍人有蹇叔者，叩其姓名，因留飯，與談時事，奚應對如流。遂留奚於家，結為兄弟。值公孫無知弒襄公，新立為君，懸榜招賢。奚欲往應招。蹇叔曰：「無知非分竊立，終必無成。」奚乃止。後聞周王子頹好牛，乃辭蹇叔如周。奚以飼牛之術進，頹大喜，欲用為家臣。蹇叔自銍而至，奚與之同見子頹。退謂奚曰：「頹志大而才疏，吾立見其敗也，不如去之。」奚因久別妻子，意欲還虞。蹇叔曰：「虞有賢臣宮之奇者，吾之故人也。相別已久，吾亦欲訪之。弟若還虞，吾當同行。」遂與奚同至虞國。時奚妻杜氏，貧極不能自給，已流落他方，不知去處。

蹇叔與宮之奇相見，因言百里奚之賢。宮之奇遂薦奚於虞公，虞公拜奚為中大夫。蹇叔辭去，奚遂留事虞公。及虞公失國，奚周旋不捨。至是，晉用奚為媵於秦。奚行至中途而逃。將適宋，道阻，乃適楚。及宛城，宛之野人出獵，疑為奸細，執而縛之。奚曰：「我虞人也，因國亡逃難至此。」野人問：「何能？」奚曰：「善飼牛。」野人釋其縛，使之喂牛，牛日肥澤。野人大悅，聞於楚王。楚王乃使為圉人，牧馬於南海。

卻說秦穆公見晉媵有百里奚之名，而無其人，怪之。公子縶曰：「故虞臣也，今逃矣。」穆公謂公孫枝曰：「子桑在晉，必知百里奚之略，是何等人也？」公孫枝對曰：「賢人也。其人有經世之才，但不遇其時耳。」穆公曰：「寡人安得百里奚而用之？」公孫枝曰：「臣聞奚之妻子在楚，其亡必於楚，何不使人往楚訪之？」使者往楚，還報：「奚在海濱，為楚君牧馬。」穆公曰：「孤以重幣求之，楚其許我乎？」公孫枝曰：「百里奚不來矣！楚之使奚牧馬者，為不知奚之賢也。君以重幣求之，是告以奚之賢也。楚知奚之賢，必自用之。君不若以逃媵為罪，而賤贖之。」穆公乃使人持羖羊之皮五，進於楚王曰：「敝邑有賤臣百里奚者，逃在上國。寡人欲得而加罪，以警亡者。請以五羊皮贖歸。」楚王乃使人囚百里奚以付秦人。

百里奚將及秦境，秦穆公使公孫枝往迎於郊。先釋其囚，然後召而見之。

問：「年幾何？」奚對曰：「才七十歲。」穆公嘆曰：「惜乎老矣！」奚曰：「使奚逐飛鳥，搏猛獸，則臣已老。若使臣坐而策國事，臣尚少也。昔呂尚年八十，釣於渭濱，文王載之以歸，拜為尚父，卒定周鼎。臣今日遇君，較呂尚不更早十年乎？」穆公壯其言，正容而問曰：「敝邑介在戎狄，不與中國會盟，叟何以教寡人，俾敝邑不後於諸侯。幸甚！」奚對曰：「夫雍、岐之地，文、武所興。周不能守，而以畀之秦，此天所以開秦也。今西戎之間，為國不啻數十，並其地足以耕，籍其民可以戰。君以德撫而以力征，既全有西陲，然後扼山川之險，以臨中國，俟隙而進，則恩威在君掌中，而伯業成矣。」穆公不覺起立曰：「孤之有井伯，猶齊之得仲父也。」一連與語三日，言無不合。遂爵為上卿，任以國政。因此秦人都稱奚為「五羖大夫」。

第二十六回
歌扊扅百里認妻
獲陳寶穆公證夢

話說秦穆公深知百里奚之才，欲爵為上卿。百里奚辭曰：「臣之才，不如臣友蹇叔十倍。君欲治國家，請任蹇叔而臣佐之。」穆公乃遣公子縶假作商人，以重幣聘蹇叔於宋。百里奚另自作書致意。公子縶駕車，徑投鳴鹿村來。見數人息耕於隴上，相賡而歌。縶在車中，聽其音韻，有絕塵之致。乃下車，問耕者曰：「蹇叔之居安在？」耕者指示曰：「前去竹林深處，左泉右石，中間一小茅廬，乃其所也。」縶拱手稱謝。復登車，來至其處。縶停車於草廬之外，使從者叩其柴扉。有一小童子，啟門而問曰：「佳客何來？」縶曰：「吾訪蹇先生來也。」童子曰：「吾主與鄰叟觀泉於石樑，少頃便回。」縶坐於石上以待之。須臾之間，見一大漢，從田塍西路而來。縶見其容貌不凡，起身迎之，叩其姓名，大漢答曰：「某蹇氏，丙名，字白乙。」縶曰：「蹇叔是君何人？」對曰：「乃某父也。」縶重復施禮，口稱：「久仰。有故人百里奚，今仕於秦，有書信託某奉候尊公。」蹇丙曰：「先生請入草堂少坐，吾父即至矣。」言畢，推開雙扉，讓公子縶先入。公子縶與蹇丙談論些農桑之事，因及武藝。丙講說甚有次第，縶暗暗稱奇。獻茶方罷，蹇丙使童子往門首伺候其父。少頃，童子報曰：「翁歸矣！」

蹇丙趨出門外，先道其故。蹇叔進入草堂，曰：「適小兒言吾弟井伯有書，乞以見示。」公子縶遂將百里奚書信呈上。蹇叔啟緘觀之，曰：「井伯何以見知於秦君也？」公子縶將百里奚相秦之始末，敘述一遍：「今寡君欲爵以上卿，井伯自言不及先生，必求先生至秦，方敢登仕。」言訖，即喚左右於車廂中取出徵書禮幣。蹇叔沉吟半晌，嘆曰：「井伯懷才未試，求仕已久，今適遇明主。吾勉為井伯一行，不久仍歸耕於此耳。」公子縶誇白乙之才，亦要他同至秦邦。蹇叔許之。蹇叔登車，公子縶另自一車，並駕而行。

蹇叔既至，穆公降階加禮，賜坐而問之曰：「井伯數言先生之賢，先生何以教寡人乎？」蹇叔對曰：「秦地險而兵強，進足以戰，退足以守。所以不列於中華者，威德不及故也。」穆公曰：「威與德二者孰先？」蹇叔對曰：「德為本，威濟之。」穆公曰：「寡人欲布德而立威，何道而可？」蹇叔對曰：「臣請為君先教化而後刑罰。教化既行，民知尊敬其上，然後恩施而知感，刑用而知懼。管夷吾節制之師，所以號令天下而無敵也。」穆公曰：「誠如先生之言，遂可以霸天下乎？」蹇叔對曰：「未也。夫霸天下者有三戒：毋貪、毋忿、毋急。貪則多失，忿則多難，急則多蹶。君能戒此三者，於霸也近矣。」穆公大悅曰：「寡人得二老，真庶民之長也！」乃封蹇叔為右庶長，百里奚為左庶長，位皆上卿，謂之「二相」。並召白乙丙為大夫。自二相兼政，立法教民，興利除害，秦國大治。

卻說百里奚之妻杜氏，自從其夫出遊，紡績度日。後遇饑荒，攜其子趁食他鄉。輾轉流離，遂入秦國，以浣衣為活。其子名視，字孟明，日與鄉人打獵角藝，不肯營生。杜氏屢諭不從。及百里奚相秦，杜氏聞其姓名，曾於車中望見，未敢相認。因府中求浣衣婦，杜氏自願入府浣衣。一日，奚坐於堂上，樂工在廡下作樂。杜氏向府中人曰：「老妾頗知音律，願引至廡，一聽其聲。」府中人引至廡下，言於樂工，問其所習，杜氏曰：「能琴亦能歌。」乃以琴授之。杜氏援琴而鼓，其聲淒怨。樂工俱傾耳靜聽，自謂不及。再使之歌，杜氏曰：「老妾自流移至此，未嘗發聲。願言於相君，請得升堂而歌之。」樂工稟知百里奚，奚命之立於堂左。杜氏低眉斂袖，揚聲而歌。百里奚聞歌愕然，召至前詢之，正其妻也。遂相持大慟。良久，問：「兒子何在？」杜氏曰：「村中射獵。」使人召之。穆公聞百里奚妻子俱到，賜以粟千鍾、金帛一車。次日，奚率其子孟明視朝見謝恩。穆公亦拜視為大夫，與西乞術、白乙丙並號將軍，謂之「三帥」，專掌征伐之事。

姜戎子吾離，桀驁侵掠，三帥統兵征之。吾離兵敗奔晉。時西戎主赤斑見秦人強盛，使其臣由余聘秦，以觀穆公之為人。穆公與之遊於苑囿，由余曰：「君之為此者，役鬼耶，抑役人耶？役鬼勞神，役人勞民。」穆公異其言，曰：「汝戎夷無禮樂法度，何以為治？」由余笑曰：「禮樂法度，此乃中國所以亂也。自上聖創為文法，以約束百姓，僅僅小治。其後日漸驕淫，借禮樂之名，以粉飾其身；假法度之威，以督責其下。人民怨望，因生篡奪。若戎夷則不然，無形跡之相欺，無文法之相擾，不見其治，乃為至治。」

穆公默然，退而述其言於百里奚，曰：「今由余賢而用於戎，將為秦患，奈何？」奚對曰：「內史廖多奇智，君可謀之。」穆公即召內史廖，告以其故。廖對曰：「戎主僻處荒徼，未聞中國之聲。君試遺之女樂，以奪其志。留由余不遣，以爽其期。」穆公乃與由余同席而坐，共器而食，居常使蹇叔、百里奚、公孫枝等，輪流作伴，叩其地形險夷，兵勢強弱之實。一面裝飾美女，遣內史廖至戎報聘，以女樂獻之。戎主赤斑大悅，遂疏於政事。由余留秦一

年乃歸。戎主疑其有二心於秦，意頗疏之。由余見戎主耽於女樂，不理政事，不免苦口進諫。戎主拒而不納。穆公因密遣人招之。由余棄戎歸秦，即擢亞卿，與二相同事。由余遂獻伐戎之策。三帥兵至戎境，宛如熟路。戎主赤斑不能抵敵，遂降於秦。

穆公論功行賞，大宴群臣。群臣更番上壽，不覺大醉，回宮一臥不醒。世子罃召太醫入宮診脈，脈息如常，但閉目不能言動。欲命內史廖行禱，內史廖曰：「此是屍厥，必有異夢。須俟其自復，不可驚之。」世子罃守於床席之側，寢食俱不敢離。直候至第五日，穆公方醒。罃跪而問曰：「君睡已越五日，得無有異夢乎？」穆公驚問曰：「汝何以知之？」世子罃曰：「內史廖固言之。」穆公乃召廖至榻前，言曰：「寡人今者夢一婦人，手握天符，言奉上帝之命，來召寡人。寡人從之。至一宮闕，婦人引寡人拜於階下。有王者冕旒華袞，憑玉几上坐，傳命：『賜醴！』有如內侍者，以碧玉斝賜寡人酒。王者以一簡授左右，即聞堂上大聲呼寡人名曰：『任好聽旨，爾平晉亂！』如是者再。婦人遂教寡人拜謝，復引出宮闕。寡人問婦人何名。對曰：『妾乃寶夫人也，居於太白山之西麓。君能為妾立祠，當使君霸，傳名萬載。』已聞雞鳴，聲大如雷霆，寡人遂驚覺。不知此何祥也？」

廖對曰：「晉侯方寵驪姬，疏太子，保無亂乎？天命及君，君之福也。」穆公曰：「寶夫人何為者？」廖對曰：「臣聞先君文公之時，有陳倉人於土中得一異物。謀獻之先君，中途遇二童子，拍手笑曰：『汝虐於死人，今乃遭生人之手乎？』陳倉人請問其說，二童子曰：『此物名蝟，在地下慣食死人之腦，得其精氣，遂能變化。汝謹持之！』蝟亦張喙忽作人言曰：『彼二童子者，一雌一雄，名曰陳寶，乃野雉之精。得雄者王，得雌者霸。』陳倉人遂舍蝟而逐童子，二童子忽化為雉飛去。夫陳倉正在太白山之西，君試獵於兩山之間，以求其跡，則可明矣。」次日，穆公遂命駕車，獵於太白山。迤邐而西，將至陳倉山，獵人舉網得一雉雞，須臾化為石雞。獵者獻於穆公。穆公大悅，命沐以蘭湯，覆以錦衾，盛以玉匱。即日鳩工伐木，建祠於山上，名其祠曰：寶夫人祠。

第二十七回
驪姬巧計殺申生
獻公臨終囑荀息

話說晉獻公既並虞、虢二國，群臣皆賀，惟驪姬心中不樂。乃與優施相議，言：「里克乃申生之黨，功高位重，我無以敵之，奈何？」優施曰：「若求荀息為奚齊、卓子之傅，則可以敵里克有餘矣。」驪姬請於獻公，遂使荀息傅奚齊、卓子。驪姬又謂優施曰：「荀息已入我黨矣。里克在朝，必破我謀，克去而申生乃可圖也。」優施曰：「里克為人，外強而中多顧慮。誠以利害動之，彼必持兩端，然後可收而為我用。」驪姬曰：「善。」

優施預請予里克曰：「施有一杯之獻，願取閒邀大夫片刻之歡，何如？」里克許之。乃攜酒至克家。酒至半酣，施起舞為壽，因謂曰：「我有新歌，名《暇豫》，大夫得此事君，可保富貴也。」乃頓嗓而歌。歌訖，遂出門。里克心中怏怏。是夕，左思右想，捱至半夜，遂吩咐左右：「密喚優施到此問話。」優施跟著來人直達寢所，里克問曰：「汝必有所聞，可與我詳言，不可隱也。」施乃俯首就枕畔低語曰：「君已許夫人，殺太子而立奚齊，有成謀矣。」里克曰：「從君而殺太子，我不忍也。輔太子以抗君，我不及也。中立而兩無所為，可以自脫否？」施對曰：「可。」

施退，里克坐以待旦。次日，造大夫丕鄭父之家，屏去左右告之曰：「夜來優施告我曰：『君將殺太子而立奚齊也。』」丕鄭父曰：「子何以復之？」里克曰：「我告以中立。」丕鄭父嘆曰：「太子孤矣，禍可立而待也。」里克別去登車，詐墜於車下。次日遂稱傷足，不能赴朝。

優施回復驪姬，驪姬大悅。乃夜謂獻公曰：「太子久居曲沃，君何不召之。」獻公乃召申生。申生先見獻公，禮畢，入宮參見驪姬。驪姬設饗待之，言語甚歡。次日，申生入宮謝宴，驪姬又留飯。是夜，驪姬復向獻公垂淚言曰：「妾欲回太子之心，故召而禮之。不意太子無禮更甚。妾留太子午餐，索飲，半酣，戲謂妾曰：『我父老矣，若母何？』妾怒而不應。太子欲前執妾手，妾拒之乃免。君若不信，妾試與太子同遊於囿，君從臺上觀之，必有睹焉。」及明，驪姬召申生同遊於囿。驪姬預以蜜塗其發，蜂蝶紛紛，皆集其鬢。姬曰：「太子盍為我驅蜂蝶乎？」申生從後以袖麾之。獻公望見，心中大怒。遂使申生還曲沃，而使人陰求其罪。

過數日，獻公出田於翟桓。驪姬與優施商議，使人謂太子曰：「君夢齊姜訴曰：『苦饑無食。』必速祭之。」申生乃設祭，使人送胙於獻公。獻公未歸，乃留胙於宮中。六日後，獻公回宮。驪姬以鴆入酒，以毒藥傅肉。獻公取觶，欲嘗酒。驪姬跪而止之曰：「酒食自外來者，不可不試。」獻公乃以酒瀝地，地即墳起。又呼犬，取一臠肉擲之，犬啖肉立死。驪姬佯為不信，再呼小內侍，使嘗酒肉。小內侍才下口，七竅流血亦死。驪姬佯大驚，跪於獻公之前，帶噎而言曰：「太子所以設此謀者，徒以妾母子故也。妾寧代君而死，以快太子之志！」即取酒欲飲。獻公奪而覆之。驪姬哭倒在地，恨曰：「太子真忍心哉！」獻公半晌方言，以手扶驪姬曰：「爾起。孤便當暴之群臣，誅此賊子。」當時出朝，召諸大夫議事。

獻公以申生逆謀，告訴群臣。群臣不敢置對。東關五進曰：「太子無道，臣請為君討之。」獻公乃使東關五為將，梁五副之，率車二百乘，以討曲沃。狐突聞「二五」戒車，急使人密報太子申生。申生以告太傅杜原款。原款曰：「胙已留宮六日，其為宮中置毒明矣。子必以狀自理，毋束手就死為也。」申生曰：「我自理而不明，是增罪也。幸而明，君護姬，未必加罪，又以傷君之心。不如我死。」於是北向再拜，自縊而死。死之明日，東關五兵到，知申生已死，乃執杜原款囚之，以報獻公。獻公使原款證成太子之罪。原款大呼曰：「天乎冤哉！原款所以不死而就俘者，正欲明太子之心也。胙留宮六日，豈有毒而久不變者乎？」驪姬從屏後急呼曰：「原款輔導無狀，何不速殺之？」獻公使力士以銅錘擊破其腦而死。

梁五、東關五謂優施曰：「重耳、夷吾與太子一體也。太子雖死，二公子尚在，我竊憂之。」優施言於驪姬。驪姬夜半復泣訴獻公曰：「妾聞重耳、夷吾，實同申生之謀。申生之死，二公子歸罪於妾，終日治兵，欲襲晉而殺妾，以圖大事。君不可不察。」獻公意猶未信。早朝，近臣報：「蒲、屈二公子來覲，已至關。聞太子之變，即時俱回轅去矣。」獻公曰：「不辭而去，必同謀也。」乃遣寺人勃鞮率師往蒲，擒拿公子重耳；賈華率師往屈，擒拿公子夷吾。狐突喚其次子狐偃至前，謂曰：「重耳狀貌偉異，又素賢明，他日必能成事。汝可速往蒲，與汝兄毛，同心輔佐。」狐偃星夜奔蒲城來投重耳。重耳大驚，與狐毛、狐偃方商議出奔之事，勃鞮已攻入蒲城。重耳與毛、偃趨後園，勃鞮挺劍逐之。毛、偃先逾牆出，推牆以招重耳。勃鞮執重耳衣袂，劍起袂絕，重耳得脫去。三人遂奔翟國。

翟君見晉公子來到，欣然納之。須臾，城下有小車數乘，叫開城甚急。重耳疑是追兵，便教城上放箭。城下大叫曰：「我等非追兵，乃晉臣願追隨公子者。」重耳登城觀看，認得為首一人，姓趙，名衰，字子餘，仕晉朝為大夫。重耳即命開門放入，餘人乃胥臣、魏犨、狐射姑、顛頡、介之推、先軫，皆知名之士。翟君教開門放入，眾人進見。重耳泣曰：「諸君子能協心相輔，如肉傅骨，生死不敢忘德。」魏犨攘臂前曰：「公子居蒲數年，蒲人咸樂為公子死。若借助於狄，以用蒲人之眾，殺入絳城，以除君側之惡，安社稷而撫民人，豈不勝於流離道途為逋客哉？」重耳曰：「子言雖壯，然震驚君父，非亡人所敢出也。」魏犨乃一勇之夫，見重耳不從，遂咬牙切齒，以足頓地曰：「公子畏驪姬輩如猛虎蛇蠍，何日能成大事乎？」狐偃謂犨曰：「公子非畏驪姬，畏名義耳。」犨乃不言。

重耳自幼謙恭下士，凡朝野知名之士，無不納交。故雖出亡，患難之際，豪傑願從者甚眾。惟大夫郤芮，與呂飴甥腹心之契，虢射是夷吾之母舅，三人獨奔屈以就夷吾。相見之間，告以：「賈華之兵，旦暮且至。」夷吾即令斂兵為城守計。賈華故緩其圍，使人陰告夷吾曰：「公子宜速去。不然，晉兵繼至，不可當也。」夷吾乃奔梁國。賈華佯追之不及，以逃奔復命。

獻公疑群公子多重耳、夷吾之黨，異日必為奚齊之梗，乃下令盡逐群公子。晉之公族，無敢留者。於是立奚齊為世子。百官自「二五」及荀息之外，無不人人扼腕，多有稱疾告老者。時周襄王之元年也。

是秋九月，獻公赴葵丘之會不果，於中途得疾，至國還宮。獻公召荀息至於榻前，曰：「寡人欲以弱孤累大夫，大夫其許我乎？」荀息稽首對曰：「敢不竭死力！」獻公不覺墮淚，驪姬哭聲聞幕外。數日，獻公薨。驪姬抱奚齊以授荀息，時年才十一歲。荀息遵遺命，奉奚齊主喪。驪姬亦以遺命，拜荀息為上卿，梁五、東關五加左右司馬，斂兵巡行國中，以備非常。國中大小事體，俱關白荀息而後行。以明年為新君元年，告訃諸侯。

第二十八回
里克兩弒孤主 穆公一平晉亂

話說荀息擁立公子奚齊，百官都至喪次哭臨，惟狐突托言病篤不至。里克私謂丕鄭父曰：「孺子遂立矣，其若亡公子何？」丕鄭父曰：「此事全在荀叔，姑與探之。」二人登車，同往荀息府中。息延入，里克告曰：「主上晏駕，重耳、夷吾俱在外。叔不迎長公子嗣位，何以服人？」荀息曰：「我受先君遺托而傅奚齊，則奚齊乃我君矣。此外不知更有他人。」二人再三勸諭，荀息心如鐵石，乃相辭而去。二人密約，使心腹力士，變服雜於侍衛服役之中，刺殺奚齊於喪次。時優施在旁，亦被殺，一時幕間大亂。荀息聞變大驚，疾忙趨入，撫屍大慟，便欲觸柱而死。驪姬急使人止之。荀息乃與百官會議，更扶卓子為君，時年才九歲。梁五曰：「孺子之死，實里、丕二人為先太子報仇也。請以兵討之。」荀息曰：「二人者，晉之老臣，根深黨固。不如姑隱之，俟喪事既畢，改元正位，然後乃可圖矣。」梁五退謂東關五曰：「荀卿忠而少謀，做事迂緩，不可恃也。可伏甲東門，視克送葬，突起攻之，此一夫之力也。」東關五曰：「善。」乃召屠岸夷而語之。

夷密以其謀告於騅遄，問：「此事可行否？」遄曰：「故太子之冤，皆因驪姬母子之故。汝若輔佞仇忠，我等必不容汝。」夷曰：「大夫之教是也。」夷去，遄即與丕鄭父言之，鄭父亦言於里克，各整頓家甲，約定送葬日齊發。至期，里克稱病不會葬。東關五與屠岸夷甲士三百，偽圍里克之家。里克故意使人如墓告變。荀息草草畢葬，即使「二五」勒兵助攻。東關五之兵先至東市，屠岸夷來見，托言稟事，猝以臂拉其頸，頸折墜。屠岸夷大呼曰：「公子重耳，引秦、翟之兵，已在城外。我奉里大夫之命，為故太子申生伸冤，誅奸佞之黨，迎立重耳為君。」軍士聞重耳為君，無不踴躍願從者。梁五聞東關五被殺，急趨朝堂，卻被屠岸夷追及。里克、丕鄭父、騅遄各率家甲，一時亦到。梁五拔劍自刎。屠岸夷就荀息手中奪來卓子，擲之於階。荀息大怒，挺佩劍來鬥里克，亦被屠岸夷斬之。遂殺入宮中。驪姬走入後園，從橋上投水中而死。里克命戮其屍。盡滅「二五」及優施之族。

里克大集百官於朝堂，議曰：「今庶孽已除，公子中惟重耳最長且賢，當立。諸大夫同心者，請書名於簡。」丕鄭父曰：「此事非狐老大夫不可。」里克即使人以車迎之。狐突辭曰：「老夫二子從亡，若與迎，是同弒也。突老矣，惟諸大夫之命是聽。」里克遂執筆先書己名，以下共三十餘人。屠岸夷奉表往翟，奉迎公子重耳。重耳見表上無狐突名，疑之。乃謝曰：「重耳得罪於父，逃死四方。何敢乘亂而貪國！大夫其更立他子，重耳不敢違。」屠岸夷還報，里克欲遣使再往，大夫梁繇靡曰：「公子孰非君者，盍迎夷吾乎？」眾人俱唯唯。里克不得已，乃使屠岸夷輔梁繇靡迎夷吾於梁。

且說公子夷吾在梁，梁伯以女妻之，生一子，名曰圉。夷吾聞獻公已薨，奚齊、卓子被殺，諸大夫往迎重耳，遂與虢射、郤芮商議，要來爭國。忽見梁繇靡等來迎，不覺喜形於色。郤芮進曰：「重耳非惡得國者，其不行必有疑也，君勿輕信。方今晉臣用事，里、丕為首，君宜捐厚賂以啖之。君欲入國，非借強國之力為助不可。子盍遣使卑辭以求納於秦乎？」夷吾用其言，乃許里克以汾陽之田百萬，許丕鄭父以負蔡之田七十萬，皆書契而緘之。先使屠岸夷還報，留梁繇靡使達手書於秦，並道晉國諸大夫奉迎之意。

秦穆公謂蹇叔曰：「寡人聞重耳、夷吾皆賢公子也。寡人將擇而納之，未知孰勝？」蹇叔曰：「君何不使人往弔，以觀二公子之為人？」穆公乃使公子縶先弔重耳，次弔夷吾。公子縶至翟，見公子重耳，以秦君之命稱弔。禮畢，重耳即退。縶使閽者傳語：「公子宜乘時圖入，寡君願以敝賦為前驅。」重耳以告趙衰。趙衰曰：「卻內之迎，而借外寵以求入，雖入不光矣。」重耳乃出見使者曰：「君惠弔亡臣重耳，辱以後命。父死之謂何，而敢有他志？」

遂伏地大哭，稽顙而退。公子縶見重耳不從，心知其賢，嘆息而去。遂弔夷吾於梁，禮畢，縶亦以「乘時圖入」相勸。夷吾稽顙稱謝，握其手謂曰：「苟假君之寵，入主社稷，惟是河外五城，所以便君之東遊者，東盡虢地，南及華山，內以解梁為界，願入之於君，以報君德於萬一。」公子縶方欲謙讓，夷吾又曰：「亡人另有黃金四十鎰，白玉之珩六雙，願納於公子之左右。」公子縶乃皆受之。

縶返命於穆公，備述兩公子相見之狀。穆公曰：「重耳之賢，過夷吾遠矣。必納重耳。」公子縶對曰：「君如憂晉，則為之擇賢君。第欲成名於天下，則不如置不賢者。」穆公乃使公孫枝出車三百乘，以納夷吾。時齊桓公聞晉國有亂，乃遣公孫隰朋會周、秦之師，同納夷吾。夷吾即位，是為惠公，立子圉為世子。使梁繇靡從王子黨如周，韓簡從隰朋如齊，各拜謝納國之恩。惟公孫枝以索取河西五城之地，尚留晉國。惠公有不捨之意，乃集群臣議之。呂飴甥進曰：「君所以賂秦者，為未入，則國非君之國也。今既入矣，國乃君之國矣，雖不畀秦，秦其奈君何？」惠公乃命呂飴甥作書辭秦。惠公問：「誰人能為寡人謝秦者？」丕鄭父願往，惠公從之。

原來惠公曾許丕鄭父負蔡之田七十萬，惠公既不與秦城，安肯與里、丕二人之田？鄭父口雖不言，心中怨恨，特地討此一差，欲訴於秦耳。鄭父至秦，呈上國書。穆公覽畢，拍案大怒。鄭父曰：「晉之諸大夫，無不感君之恩，願歸地者。惟呂飴甥、郤芮二人從中阻撓。君若重幣聘問，而以好言召此二人，二人至，則殺之。君納重耳，臣與里克逐夷吾，為君內應，請得世世事君。何如？」穆公遂遣大夫泠至行聘於晉，欲誘呂飴甥、郤芮而殺之。

第二十九回
晉惠公大誅群臣
管夷吾病榻論相

話說里克主意，原要奉迎公子重耳，因重耳辭不肯就，夷吾又以重賂求人，因此只得隨眾行事。誰知惠公即位之後，所許之田，分毫不給。又任用虢射、呂飴甥、郤芮一班私人，將先世舊臣，一概疏遠，里克心中已自不服。及勸惠公畀地於秦，分明是公道話，郤芮反說他為己而設，好生不忿，忍了一肚子氣，不免露些怨望之意。及丕鄭父使秦，郤芮等恐其與里克有謀，私下遣人窺瞰。鄭父亦慮有人伺察，遂不別里克而行。里克知鄭父已出城，自往追之，不及而還。早有人報知郤芮。芮求見惠公，奏曰：「里克謂君奪其權政，又不與汾陽之田，心懷怨望。不若賜死，以絕其患。」惠公許之。郤芮遂詣里克之家，謂里克曰：「晉侯有命：『微子，寡人不得立，寡人不敢忘子之功。雖然，子弒二君，殺一大夫，為爾君者難矣！寡人奉先君之遺命，不敢以私勞而廢大義，惟子自圖之。』」克遂自刎而死。

惠公殺了里克，群臣多有不服者。惠公曰：「秦夫人有言，托寡人善視賈君，而盡納群公子。何如？」郤芮曰：「群公子誰無爭心，不可納也。善視賈君，以報秦夫人可矣。」惠公乃入見賈君。時賈君色尚未衰，惠公忽動淫心，謂賈君曰：「秦夫人屬寡人與君為歡，君其無拒。」即往抱持賈君，賈君勉強從命。事畢，賈君垂淚言曰：「妾身不足惜，但聞先太子尚稿葬新城，君必遷塚而為之立謚，亦國人之所望於君者也。」惠公乃使人往曲沃擇地改葬，以其孝敬，謚曰「共世子」。

卻說丕鄭父同秦大夫泠至行及絳郊，忽聞誅里克之信。鄭父意欲轉回秦國，又念其子豹在絳城，躊躇不決。恰遇大夫共華在於郊外，遂邀與相見。鄭父曰：「吾今猶可入否？」共華曰：「里克同事之人尚多，今止誅克一人，其餘並不波及。子如懼而不入，是自供其罪矣。」鄭父乃催車入城，引冷至朝見，呈上國書禮物。惠公看見禮幣隆厚，又且繳還地券，心中甚喜，便欲遣呂飴甥、郤芮報秦。郤芮私謂飴甥曰：「秦使此來，不是好意。今群臣半是里、丕之黨，且先歸秦使而徐察之。」飴甥乃言於惠公，先遣泠至回秦，言：「晉國未定，稍待二臣之暇，即當趨命。」泠至只得回秦。

呂、郤二人使心腹每夜伏於丕鄭父之門，伺察動靜。鄭父密請祁舉、共華、賈華、騅遄等，夜至其家議事。心腹回報所見。郤芮乃與飴甥商議，使人請屠岸夷至，謂曰：「子禍至矣！子前助里克弒幼君，今克已伏法，君將有討於子。」屠岸夷泣曰：「夷乃一勇之夫，不知罪之所在。惟大夫救之。」郤芮曰：「君怒不可解也。今丕鄭父黨於里克，有迎立之心，與七輿大夫陰謀作亂，欲逐君而納公子重耳。子誠偽為懼誅者，而見鄭父，與之同謀。若

盡得其情，先事出首，吾即以所許丕鄭父負蔡之田，割三十萬以酬子功。」夷喜曰：「夷死而得生，大夫之賜也。然不善為辭，奈何？」呂飴甥乃擬為問答之語，使夷熟記。

是夜，夷遂叩丕鄭父之門，言有密事。鄭父起初未信，夷以飴甥所教之言相告，鄭父方才信之。約次日三更，再會定議。至期，屠岸夷復往。則祁舉、共華、賈華、騅遄皆先在，又有叔堅、纍虎、特宮、山祈四人，皆故太子申生門下，與鄭父、屠岸夷共是十人，重復對天歃血，共扶公子重耳為君。夷索鄭父手書，往迎重耳。鄭父已寫就了，簡後署名，共是十位。夷亦請筆書押。鄭父緘封停當，交付夷手。屠岸夷得書，如獲至寶，一徑投郤芮家。芮乃匿夷於家，將書懷於袖中，同呂飴甥往見國舅虢射。虢射夜叩宮門，見了惠公，細述丕鄭父之謀。次日，惠公早朝，呂、郤等預伏武士於壁衣之內。惠公召丕鄭父問曰：「知汝欲逐寡人而迎重耳，寡人敢請其罪！」鄭父方欲致辯，郤芮仗劍大喝曰：「汝遣屠岸夷將手書迎重耳，屠岸夷已被吾等伺候於城外拿下，搜出其書。同事共是十人。」惠公將原書擲於案下。呂飴甥拾起，按簡呼名，命武士擒下。惠公喝教：「押出朝門斬首！」丕豹聞父遭誅，飛奔秦國逃難。惠公進屠岸夷為中大夫，賞以負蔡之田三十萬。

卻說丕豹至秦，見了穆公，伏地大哭。穆公問其故，丕豹將其父被害緣由細述一遍。穆公問於群臣，蹇叔對曰：「以丕豹之言而伐晉，是助臣伐君，於義不可。」百里奚曰：「若百姓不服，必有內變，君且俟其變而圖之。」穆公深以為然。丕豹遂留仕秦為大夫。時周襄王之三年也。

是年，周王子帶以賂結好伊、雒之戎，使伐京師，而己從中應之。戎遂入寇，圍王城。周公孔與召伯廖悉力固守。襄王遣使告急於諸侯。秦穆公、晉惠公皆欲結好周王，各率師伐戎以救周。戎知諸侯兵至，焚掠東門而去。時齊桓公亦遣管仲將兵救周。聞戎兵已解，乃遣人詰責戎主。戎主懼齊兵威，使人謝曰：「爾甘叔招我來耳。」襄王於是逐王子帶。子帶出奔齊國。戎主使人詣京師，請罪求和，襄王許之。

是冬，管仲病，桓公親往問之，執其手曰：「仲父之疾甚矣。不幸而不起，寡人將委政於鮑叔牙，何如？」仲對曰：「鮑叔牙，君子也。雖然，不可以為政。其人善惡過於分明，見人之一惡，終身不忘，是其短也。」桓公曰：「隰朋何如？」仲對曰：「庶乎可矣。隰朋不恥下問，居其家不忘公門。天生隰朋，以為夷吾舌也。身死，舌安得獨存？恐君之用隰朋不能久耳。」桓公曰：「然則易牙何如？」仲對曰：「君即不問，臣亦將言之。彼易牙、豎刁、開方三人，必不可近也！」桓公曰：「此三人事寡人久矣。仲父平日何不聞一言乎？」仲對曰：「臣之不言，將以適君之意也。譬之於水，臣為之堤防焉，勿令泛溢。今堤防去矣，將有橫流之患，君必遠之！」桓公默然而退。

第三十回
秦晉大戰龍門山
穆姬登臺要大赦

話說管仲於病中，囑桓公斥遠易牙、豎刁、開方三人，薦隰朋為政。逾一日，桓公復往視仲，仲已不能言。是夜，仲卒。桓公哭之慟，曰：「哀哉，仲父！是天折吾臂也。」使上卿高虎董其喪，殯葬從厚。生前采邑，悉與其子，令世為大夫。桓公使公孫隰朋為政。未一月，隰朋病卒。桓公使鮑叔牙代朋之位，牙固辭。桓公曰：「今舉朝無過於卿者，卿欲讓之何人？」牙對曰：「臣之好善惡惡，君所知也。君必用臣，請遠易牙、豎刁、開方，乃敢奉命。」桓公即日罷斥三人，不許入朝相見。鮑叔牙乃受事。

話分兩頭。卻說晉自惠公即位，連歲麥禾不熟。至五年，復大荒，倉廩空虛，民間絕食，惠公欲乞糴於秦。郤芮進曰：「吾非負秦約也，特告緩其期耳。若乞糴而秦不與，秦先絕我，我乃負之有名矣。」惠公乃使大夫慶鄭，持寶玉如秦告糴。穆公集群臣計議。蹇叔、百里奚同聲對曰：「天災流行，何國無之，救災恤鄰，理之常也。順理而行，天必福我。」穆公遂運粟數萬斛於渭水，舳艫相接，命曰泛舟之役，以救晉之饑。晉人無不感悅。

明年冬，秦國年荒，晉反大熟。穆公乃使冷至齎寶玉，如晉告糴。虢射進曰：「去歲天饑晉以授秦，秦弗知取，而貸我粟，是甚愚也。今歲天饑秦以授晉，晉奈何逆天而不取？以臣愚意，不如約會梁伯，乘機伐秦。」惠公從其言，乃辭冷至。冷至曰：「寡君濟君之急，而不得報於君，下臣難以覆命。」呂飴甥、郤芮大喝曰：「汝前與丕鄭父合謀，以重幣誘我。今番又來饒舌！可歸語汝君，要食晉粟，除非用兵來取。」冷至含憤而退。

泠至回復秦君。穆公大怒曰：「人之無道，乃至出於意料若此！」遂大起三軍，共車四百乘，浩浩蕩蕩，殺奔晉國來。

晉之西鄙，告急於惠公。慶鄭進曰：「依臣愚見，只宜引罪請和，割五城以全信，免動干戈。」惠公大怒，喝令：「先斬慶鄭，然後發兵迎敵。」虢射曰：「未出兵，先斬將，於軍不利。姑赦令從征，將功折罪。」惠公准奏。當日大閱車馬，選六百乘，離絳州望西迸發。晉侯所駕之馬，名曰「小駟」，乃鄭國所獻。其馬身材小巧，惠公甚愛之。慶鄭又諫曰：「古者出征大事，必乘本國出產之馬。其馬生在本土，遇戰隨人所使，無不如志。今君臨大敵，而乘異產之馬，恐不利也。」惠公叱曰：「此吾慣乘，汝勿多言。」

卻說秦兵已渡河東，三戰三勝，直至韓原下寨。晉兵離韓原十里下寨。晉惠公用家僕徒為車右，而使郤步揚御車，逆秦師於韓原。穆公於龍門山下，整列以待。須臾，晉兵亦佈陣畢。兩陣對圓，中軍各鳴鼓進兵。屠岸夷恃勇，先撞入對陣。正遇白乙丙，兩下交戰，約莫五十餘合，殺得性起，各跳下車來。互相扭結，拳捶腳踢，直扭入陣後去了。晉惠公見屠岸夷陷陣，急叫韓簡、梁繇靡引軍衝其左，自引家僕徒等衝其右，約於中軍取齊。穆公亦分作兩路迎敵。

且說惠公之車，正遇見公孫枝。公孫枝橫戟大喝曰：「會戰者一齊上來！」只這一聲喝，把虢射嚇得伏於車中，不敢出氣。那小駟未經戰陣，亦被驚嚇，向前亂跑，遂陷於泥濘之中。正在危急，恰好慶鄭之車，從前而過。惠公呼曰：「鄭速救我！」鄭曰：「君穩乘小駟，臣當報他人來救也。」遂催轅轉左而去。

再說韓簡一軍衝入，與秦將西乞術交戰，三十餘合，未分勝敗。晉將蛾晰引軍又到，兩下夾攻，西乞術不能當，被韓簡一戟刺於車下。梁繇靡大叫：「敗將無用之物，可協力擒捉秦君。」韓簡不顧西乞術，驅率晉兵，來捉穆公。穆公嘆曰：「我今日反為晉俘，天道何在？」才嘆一聲，只見正西角上，一隊勇士，約三百餘人，高叫：「勿傷吾恩主！」穆公抬頭看之，見那三百餘人，如混世魔王手下鬼兵一般。韓簡與梁繇靡慌忙迎敵。又見一人飛車從北而至，乃慶鄭也，高叫：「勿得戀戰，主公已被秦兵困於龍門山泥濘之中，可速往救駕。」韓簡等無心廝殺，遂奔龍門山來救晉侯。誰知晉惠公已被公孫枝所獲，並家僕徒、虢射、步揚等，一齊就縛，已歸大寨去了。梁繇靡遂與韓簡各棄兵仗，來投秦寨。秦兵乘勝掩殺，晉兵大潰，六百乘得脫者，十分中之二三耳。慶鄭聞晉君見擒，遂偷出秦軍，與蛾晰同回晉國。

卻說秦穆公還於大寨，那壯士三百餘人，一齊到營前叩首。穆公問曰：「汝等何人，乃肯為寡人出死力耶？」壯士對曰：「君不記昔年亡善馬乎？吾等皆食馬肉之人也。」原來穆公曾出獵於梁山，夜失良馬數匹。尋至岐山之下，有野人三百餘，群聚而食馬肉。穆公乃索軍中美酒數十甕，使人賫往岐下，宣君命而賜之。野人感其恩。至是，聞穆公伐晉，皆捨命趨至韓原，前來助戰。穆公仰天嘆曰：「野人且有報德之義，晉侯獨何人哉？」乃問眾人：「有願仕者，寡人能爵祿之。」壯士齊聲應曰：「吾儕野人，但報恩主一時

之惠，不願仕也。」穆公各贈金帛，野人不受而去。

穆公點視將校不缺，單不見白乙丙一人。使軍士遍處搜尋，見白乙丙與屠岸夷相持滾入窟中，各各力盡氣絕，尚扭定不放手。軍士將兩下拆開，抬放車上，載回本寨。穆公嘆曰：「兩人皆好漢也！」問左右：「有識晉將姓名者乎？」公子縶奏曰：「此乃屠岸夷也。」穆公曰：「此人可留為秦用乎？」公子縶曰：「弒卓子，殺里克，皆出其手。今日正當順天行誅。」穆公乃下令將屠岸夷斬首。親解錦袍，以覆白乙丙，命百里奚先以溫車載回秦國就醫。半年之後，方才平復。此是後話。

再說穆公大獲全勝，拔寨都起。使公孫枝率車百乘，押送晉君至秦。虢射、韓簡、梁繇靡等，皆披髮垢面，草行露宿相隨，如奔喪之狀。秦兵回至雍州界上，穆公集群臣議曰：「今晉君背寡人之德，即得罪於上帝也。寡人欲用晉君，郊祀上帝，何如？」公孫枝進曰：「不可。晉，大國也。吾俘虜其民，已取怨矣。又殺其君，以益其忿。晉之報秦，將甚於秦之報晉也！」公子縶曰：「將以公子重耳代之，殺無道而立有道，又何怨焉？」公孫枝曰：「公子重耳，仁人也。重耳不肯以父喪為利，其肯以弟死為利乎？如其肯入，必且為弟而仇秦。」穆公乃安置惠公於靈臺山之離宮，以千人守之。

穆公發遣晉侯，方欲起程。忽見一班內侍，皆服衰絰而至。那內侍口述夫人之命，曰：「上天降災，使秦、晉兩君，棄好即戎。晉君之獲，亦婢子之羞也。若晉君朝入，則婢子朝死；夕入，則婢子夕死。今特使內侍以喪服迎君之師，惟君裁之。」穆公大驚，問：「夫人在宮作何狀？」內侍奏曰：「夫人攜太子服喪服，徒步出宮，至於後園崇臺之上，立草舍而居。台下俱積薪數十層，吩咐：「只待晉君入城，便自殺於臺上。」穆公使內侍去其衰絰，以報穆姬曰：「寡人不日歸晉侯也。」穆姬方才回宮。

第三十一回
晉惠公怒殺慶鄭　介之推割股啖君

話說晉惠公囚於靈臺山，只道穆姬見怪，全不知衰絰逆君之事。未幾，穆公使公孫枝至靈臺山問候晉侯，許以復歸。公孫枝曰：「寡君獨以君夫人登臺請死之故，不敢傷婚姻之好。前約河外五城，可速交割，再使太子圉為質，君可歸矣。」惠公愧慚無地，即遣人歸晉，吩咐割地質子之事。穆公命孟明往定五城之界，設官分守。遷晉侯於郊外之公館，以賓禮待之。饋以七牢，遣公孫枝引兵護送晉侯歸國。

惠公自九月戰敗，囚於秦，至十一月才得釋。與難諸臣，一同歸國。惟虢射病死於秦，不得歸。惠公將至絳，太子圉率領眾臣，出郊迎接。惠公在車中望見慶鄭，怒從心起，使梁繇靡代數其罪。慶鄭陳詞一番，引頸受戮。惠公既歸國，遂使世子圉隨公孫枝入秦為質。因請屠岸夷之屍，葬以上大夫之禮，命其子嗣為中大夫。惠公謂郤芮曰：「寡人在秦三月，所憂者惟重耳。」郤芮曰：「必除了此人，方絕後患。寺人勃鞮，曾斬重耳之衣袂，常恐重耳入國，或治其罪。君欲殺重耳，除非此人可用。」惠公召勃鞮，與其黃金百鎰，使購求力士，自去行事。狐突聞勃鞮揮金如土，購求力士，密地裡訪問其故。聞謀大驚，即時密寫一信，遣人星夜往翟，報與公子重耳知道。

卻說重耳是日，正與翟君獵於渭水之濱。忽有一人冒圍而入，求見狐氏兄弟，說：「有老國舅家書在此。」毛、偃啟函讀之，大驚，將書稟知重耳。重耳曰：「吾妻子皆在此，此吾家矣。欲去將何之？」狐偃曰：「吾之適此，非以營家，使暫休足於此。今為日已久，宜徙大國。」重耳曰：「即行，適何國為可？」狐偃曰：「齊侯雖耄，伯業尚存。公子若至齊，齊侯必然加禮。」重耳以為然。乃罷獵歸，告其妻季隗曰：「晉君將使人行刺於我，恐遭毒手，將遠適大國，結連秦、楚，為復國之計。子宜盡心撫育二子。」季隗泣曰：「男子志在四方，非妾敢留。妾自當待子，子勿慮也。」

次早，重耳命壺叔整頓車乘，守藏小吏頭須收拾金帛。正吩咐間，只見狐毛、狐偃倉皇而至，言：「父親見勃鞮受命次日，即便起身。誠恐公子未行，難以提防，不及寫書，又遣能行快走之人，星夜趕至，催促公子速速逃避，勿淹時刻。」重耳聞信，不及裝束，遂與二狐徒步出於城外。壺叔見公子已行，止備犢車一乘，追上與公子乘坐。趙衰、臼季諸人，陸續趕上，不及乘車，都是步行。重耳問：「頭須如何不來？」有人說：「頭須席捲藏中所有逃去，不知所向。」重耳已失窠巢，又沒盤費，好不愁悶。公子出城半日，翟君始知，欲贈資裝，已無及矣。比及勃鞮到翟，訪問公子消息，公子已不在了。只得怏怏而回，復命於惠公。惠公沒法，只得暫時擱起。

再說公子重耳一心要往齊邦，卻先要經由衛國。數日，至於衛界，關吏叩其來歷。趙衰曰：「吾主乃晉公子重耳，避難在外，今欲往齊，假道於上國耳。」吏開關延入，飛報衛侯。衛文公曰：「寡人立國楚丘，並不曾借晉人半臂之力。衛、晉雖為同姓，未通盟好。若迎之，必當設宴贈賄，不如逐之。」乃吩咐守門閽者，不許放晉公子入城。重耳乃從城外而行。

是日，公子君臣，尚未早餐，忍饑而行。看看過午，到一處地名五鹿，見一夥田夫，同飯於隴上。重耳令狐偃問之求食。田夫笑曰：「堂堂男子，不能自資，而問吾求食耶？吾等乃村農，飽食方能荷鋤，焉有餘食及於他人？」偃曰：「縱不得食，乞賜一食器。」田夫乃戲以土塊與之曰：「此土可為器也。」魏犨大罵：「村夫焉敢辱吾！」奪其食器，擲而碎之。重耳亦大怒，將加鞭撲。偃急止之曰：「得飯易，得土難。土地，國之基也。天假手野人，以土地授公子，此乃得國之兆，又何怒焉？公子可降拜受之。」重耳果依其言，下車拜受。田夫不解其意，乃群聚而笑曰：「此誠癡人耳！」

再行十餘里，從者饑不能行，乃休於樹下。眾人爭采蕨薇煮食，重耳不能下嚥。忽見介之推捧肉湯一盂以進，重耳食之而美。食畢，問：「此處何從得肉？」介之推曰：「臣之股肉也。今公子乏食，臣故割股以飽公子之腹。」重耳垂淚曰：「亡人累子甚矣！將何以報？」之推曰：「但願公子早歸晉國，以成臣等股肱之義。臣豈望報哉！」良久，趙衰始至。眾人問其行遲之故，衰曰：「被棘刺損足脛，故不能前。」乃出竹筒中壺餐，以獻於重耳。重耳曰：「子餘不苦饑耶？何不自食？」衰對曰：「臣雖饑，豈敢背君而自食耶？」重耳即以壺漿賜趙衰，衰汲水調之，遍食從者。重耳君臣一路覓食，半饑半飽，至於齊國。

齊桓公素聞重耳賢名，一知公子進關，即遣使往郊，迎入公館，設宴款待。席間問：「公子帶有內眷否？」重耳對曰：「亡人一身不能自衛，安能攜家乎？」桓公曰：「寡人獨處一宵，如度一年。公子絀在行旅，而無人以侍巾櫛，寡人為公子憂之。」於是擇宗女中之美者，納於重耳。贈馬二十乘。桓公又使廩人致粟，庖人致肉，日以為常。重耳大悅，嘆曰：「向聞齊侯好賢禮士，今始信之。」其時周襄王之八年也。

桓公自從前歲委政鮑叔牙，一依管仲遺言，將豎刁、易牙、開方三人逐去，食不甘味，夜不酣寢，口無謔語，面無笑容。長衛姬進曰：「君逐豎刁諸人，容顏日悴，何不召之？」桓公曰：「寡人亦思念此三人，召之恐拂鮑叔牙之意也。」長衛姬曰：「君但以調味，先召易牙，則開方、豎刁可不煩招而致也。」桓公從其言。鮑叔牙諫曰：「君豈忘仲父遺言乎？」桓公曰：「此三人有益於寡人，無害於國。仲父之言，無乃太過。」遂不聽叔牙之言，並召開方、豎刁。三人皆令復職。鮑叔牙憤鬱發病而死，齊事從此大壞矣。

第三十二回
晏蛾兒逾牆殉節　群公子大鬧朝堂

話說鮑叔牙發病而死，三人益無忌憚，欺桓公老耄無能，遂專權用事。時有鄭國名醫，姓秦名緩，字越人。古時有個扁鵲，精於醫藥。人見其手段高強，遂比之古人，亦號為扁鵲。一日，扁鵲遊至臨淄，謁見齊桓公，奏曰：「君有病在腠理，不治將深。」桓公曰：「寡人不曾有疾。」扁鵲出。後五日復見，奏曰：「君病在血脈，不可不治。」桓公不應。後五日又見，奏曰：「君之病已在腸胃矣，宜速治也。」桓公復不應。過五日，扁鵲又求見，望見桓公之色，退而卻走。桓公使人問其故。曰：「君之病在骨髓矣。夫腠理，湯熨之所及也。血脈，針砭之所及也。腸胃，酒醪之所及也。今在骨髓，雖司命其奈之何！臣是以不言而退也。」又過五日，桓公果病，使人召扁鵲。其館人曰：「秦先生五日前已束裝而去矣。」桓公懊悔無已。

桓公先有三位夫人，皆無子。以下又有如夫人六位，各生一子。第一位長衛姬，生公子無虧。第二位少衛姬，生公子元。第三位鄭姬，生公子昭。第四位葛嬴，生公子潘。第五位密姬，生公子商人。第六位宋華子，生公子雍。那六位如夫人中，惟長衛姬事桓公最久。六位公子中，亦惟無虧年齒最長。內中只公子雍出身微賤，安分守己。其他五位公子，各樹黨羽，互相猜忌。桓公做了多年的侯伯，志足意滿，且是耽於酒色之人。到今日衰耄之年，但知樂境無憂境，不聽忠言聽諛言。那五位公子，各使其母求為太子，桓公也一味含糊答應，全沒個處分的道理。

忽然桓公疾病，臥於寢室。雍巫見扁鵲不辭而去，料也難治。遂與豎刁商議，假傳桓公之語，懸牌宮門，寫道：「寡人有怔忡之疾，惡聞人聲。不論群臣子姓，一概不許入宮。一應國政，俱俟寡人病痊日奏聞。」巫、刁二人把住宮門，單留公子無虧，住長衛姬宮中。他公子問安，不容入宮相見。過三日，桓公未死，巫、刁將他左右侍衛之人，盡行逐出，把宮門塞斷。又於寢室周圍，築起高牆三丈，內外隔絕。止存牆下一穴，早晚使小內侍鑽入，打探生死消息。

再說桓公伏於床上，呼喚左右，不聽得一人答應。只聽撲蹋一聲，似有人自上而墜。須臾推窗入來，乃賤妾晏蛾兒也。桓公曰：「我腹中覺餓，正思粥飲，為我取之。」蛾兒對曰：「易牙與豎刁作亂，守禁宮門，築起三丈高牆，隔絕內外，飲食從何處而來？」桓公曰：「汝如何得至於此？」蛾兒對曰：「妾曾受主公一幸之恩，逾牆而至，欲以視君之瞑也。」桓公曰：「太子昭安在？」蛾兒對曰：「被二人阻擋在外，不得入宮。」桓公連叫數聲，吐血數口，嘆曰：「我有寵妾六人，子十餘人，無一人在目前者。我死若有知，何面目見仲父於地下？」乃以衣袂自掩其面，連嘆數聲而絕。晏蛾兒痛哭一場，乃解衣以覆桓公之屍，復肩負窗槅二扇以蓋之，權當掩覆之意。向床下叩頭曰：「君魂且勿遠去，待妾相隨！」遂以頭觸柱，腦裂而死。

是夜，小內侍鑽牆穴而入，方知桓公已死。豎刁與雍巫商議，先定了長公子的君位，然後發喪。二人稟明長衛姬後，各率宮甲數百，殺入東宮，來擒世子。且說世子昭是夕方挑燈獨坐，恍惚之間，見一婦人前來謂曰：「太子還不速走，禍立至矣！妾乃晏蛾兒也，奉先公之命，特來相報。」昭忽然驚醒，不見了婦人。忙呼侍者取行燈相隨，開了便門，步至上卿高虎之家，訴稱如此。忽閽人傳報：「宮甲圍了東宮。」嚇得世子昭面如土色。高虎使昭變服，與從人一般，差心腹人相隨，出了東門，望宋國急急而去。

卻說巫、刁二人不見世子昭的蹤影，看看鼓打四更，雍巫曰：「不如且歸宮，擁立長公子。」二人收甲，未及還宮，但見朝門大開，百官紛紛而集。眾官員聞說巫、刁二人，率領許多甲士出宮，都到朝房打聽消息。又聞東宮被圍，三三兩兩，正商議去救護世子。恰好巫、刁二人兵轉，大夫管平挺身

出曰：「今日先打死這兩個奸臣，除卻禍根，再作商議。」手挺牙笏，望豎刁頂門便打。豎刁用劍架住，雍巫大喝曰：「甲士們，今番還不動手？」數百名甲士，一齊發作，將眾官員亂砍。眾人手無兵器，況且寡不敵眾，弱不敵強，死於亂軍之手者，十分之三。其餘帶傷者甚多，俱亂竄出朝門去了。

再說巫、刁二人，殺散了百官，天已大明，遂於宮中扶出公子無虧，至朝堂即位。階下拜舞稱賀者，剛剛只有雍巫、豎刁二人。無虧又慚又怒。雍巫奏曰：「大喪未發，此事必須召國、高二老入朝，方可號召百官，壓服人眾。」無虧准奏，即遣內侍分頭宣召右卿國懿仲、左卿高虎。國懿仲與高虎聞內侍將命，知齊侯已死，且不具朝服，即時披麻戴孝，入朝奔喪。巫、刁二人，急忙迎住於門外，謂曰：「今日新君御殿，老大夫權且從吉。」國、高二老齊聲答曰：「未殯舊君，先拜新君，非禮也。誰非先公之子，老夫何擇，惟能主喪者，則從之。」巫、刁語塞。國、高乃就門外，望空再拜，大哭而出。豎刁曰：「主上但據住正殿，臣等列兵兩廡，俟公子有入朝者，即以兵劫之。」

無虧從其言。且說衛公子開方，獨與公子潘相善。聞巫、刁擁立無虧，乃悉起家丁死士，列營於右殿。公子商人與公子元亦各起家甲，成隊而來。公子元列營於左殿，公子商人列營於朝門，相約為犄角之勢。

眾官知世子出奔，皆閉門不出。惟有老臣國懿仲、高虎心如刀刺，未得其策。如此相持，不覺兩月有餘。高虎曰：「吾等且奉公子無虧主喪何如？」懿仲曰：「立子以長，立無虧不為無名。」於是招呼群臣，同去哭靈。國懿仲與高虎直至朝堂，告無虧曰：「臣等聞為人子者，生則致敬，死則殯葬。未聞父死不殮，而爭富貴者。今先君已死六十七日矣，尚未入棺。公子雖御正殿，於心安乎？」言罷，群臣皆伏地痛哭。無虧亦泣下曰：「孤非不欲成喪禮，其如元等之見逼何？」國懿仲曰：「公子若能主喪事，收殮先君，大位自屬。公子元等，老臣當以義責之。」無虧下拜曰：「此孤之願也。」

卻說桓公屍在床上，日久無人照顧，皮肉皆腐，蟲攢屍骨。惟晏蛾兒面色如生，形體不變。高虎等知為忠烈之婦，嘆息不已，亦命取棺殮之。公子元、公子潘、公子商人，聞桓公已殯，群臣俱奉無虧主喪，戴以為君。知不能與爭，乃各散去兵眾，俱衰麻入宮奔喪。兄弟相見，各各大哭。

卻說齊世子昭逃奔宋國，見了宋襄公，哭拜於地，訴以雍巫、豎刁作亂之事。襄公曰：「寡人以仁義為主，不救遺孤，非仁也。受人囑而棄之，非義也。」遂以納太子昭傳檄諸侯，約以來年春正月，共集齊郊。周襄王十年，宋襄公親合衛、曹、邾三國之師，奉世子昭伐齊，屯兵於郊。無虧使雍巫統兵出城禦敵，豎刁居中調度。高、國二卿分守城池。高虎謂國懿仲曰：「巫、刁專權亂政，必為齊患。不若乘此除之，迎世子奉以為君。」懿仲曰：「易牙統兵駐郊，吾召豎刁，托以議事，因而殺之。諒易牙無能為也。」高虎曰：「此計大妙！」乃伏壯士於城樓，托言機密重事，使人請豎刁相會。

第三十三回
宋公伐齊納子昭
楚人伏兵劫盟主

話說高虎使人請豎刁議事，豎刁昂然而來。高虎置酒樓中相待，三杯之後，高虎開言：「今宋公糾合諸侯，起大兵送太子到此。眾寡不敵，老夫欲借子之頭，以謝罪於宋耳！」刁愕然遽起。虎顧左右喝曰：「還不下手？」壁間壯士突出，執豎刁斬之。虎遂大開城門，使人傳呼曰：「世子已至城外，願往迎者隨我！」國人素惡雍巫、豎刁之為人，無不攘臂樂從，隨行者何止千人。無虧聞豎刁被殺，大怒，憤然出宮，下令欲發丁壯授甲，親往禦敵。內侍輩東喚西呼，國中無一人肯應，反叫出許多冤家出來。這些冤家，無非是眾官員子姓。當初被雍巫、豎刁殺害的，其家屬人人含怨。及聞高老相國殺了豎刁，往迎太子，無不喜歡。齊帶器械防身，到東門打探消息。恰好撞見無虧乘車而至，遂將其圍住。無虧抵擋不住，被眾人所殺。國懿仲將無虧屍首抬至別館殯殮，一面差人飛報高虎。再說雍巫在軍中，聞聽無虧、豎刁俱死，高虎率領國人，迎接太子昭為君，遂連夜逃奔魯國去訖。天明，高虎至郊外，迎接世子昭，與宋、衛、曹、邾四國請和。四國退兵。高虎奉世子昭行至臨淄城外，暫停公館。使人報國懿仲整備法駕，同百官出迎。

卻說公子元、公子潘聞知其事，約會公子商人，一同出郭奉迎新君。公子商人咈然曰：「諸侯之兵已退，我等不如各率家甲，聲言為無虧報仇，逐殺子昭。」公子元乃入宮稟知長衛姬。長衛姬命糾集無虧舊日一班左右，合著三位公子之黨，同拒世子。豎刁手下也來相助，分頭據住臨淄城各門。高虎謂世子昭曰：「無虧、豎刁雖死，餘黨尚存，況有三公子為主，閉門不納。

不如仍走宋國求救為上。」乃奉世子昭復奔宋國。宋襄公即命大將公孫固增添車馬，親將中軍，護送世子，直逼臨淄下寨。

宋襄公見國門緊閉，吩咐三軍準備攻城器具。是夜，三公子率四家之眾，來劫宋寨。兩下混戰，直至天明。四家人眾，被宋兵殺得七零八落。公子元逃奔衛國避難去訖。公子潘、公子商人收拾敗兵入城，宋兵緊隨其後，不能閉門，崔夭為世子昭御車，長驅直入。國懿仲聞四家兵散，世子已進城，乃聚集百官，同高虎擁立世子昭即位，是為孝公。孝公嗣位，大出金帛，厚犒宋軍。時魯僖公起大兵來救無虧，聞孝公已立，中道而返。公子潘與公子商人計議，將出兵拒敵之事，都推在公子元身上。國、高二國老，明知四家同謀，欲孝公釋怨修好，單治首亂雍巫、豎刁二人之罪，盡誅其黨，餘人俱赦不問。是秋八月，葬桓公於牛首堈之上，以晏蛾兒附葬於旁。

話分兩頭。卻說宋襄公自敗了齊兵，納世子昭為君，便想號召諸侯，代齊桓公為盟主。又恐大國難致，先約滕、曹、邾、鄫小國，為盟於曹國之南。曹、邾二君到後，滕子嬰齊方至。宋襄公不許嬰齊與盟，拘之一室。鄫君懼宋之威，亦來赴會，已逾期二日矣。宋襄公問於群臣曰：「寡人甫倡盟好，鄫小國，輒敢怠慢，後期二日，不重懲之，何以立威！」乃使人執鄫子殺而烹之。滕子嬰齊大驚，使人以重賂求釋，乃解嬰齊之囚。曹大夫僖負羈謂曹共公襄曰：「宋躁而虐，事必無成，不如歸也。」共公辭歸。襄公大怒，使公子蕩將兵車三百乘，伐曹，圍其城。僖負羈與公子蕩相持三月，蕩不能取勝。是時，鄭文公約魯、齊、陳、蔡四國之君，與楚成王為盟於齊境。宋襄公聞之大驚，乃召蕩歸。曹共公亦恐宋師再至，遣人至宋謝罪。

宋襄公見小國諸侯紛紛不服，大國反遠與楚盟，心中憤急。公子蕩進曰：「當今大國，無過齊、楚。齊紛爭方定，君誠不惜卑詞厚幣，以求諸侯於楚。借楚力以聚諸侯，復借諸侯以壓楚，此一時權宜之計也。」襄公即命公子蕩以厚賂如楚，楚成王許以明年之春，相會於鹿上之地。襄公復遣使如齊修聘，述楚王期會之事。齊孝公亦許之。時周襄王之十二年也。

至期，宋、齊、楚三君共登鹿上之壇。襄公毅然以主盟自居，先執牛耳。

楚成王心中不悅，勉強受歃。襄公拱手言曰：「茲父欲修舉盟會之政，借重二君之餘威，以合諸侯於敝邑之盂地，以秋八月為期。二君若不棄寡人，請同署之。」乃出征會之牘，先送楚成王求署。楚成王舉目觀覽，牘中敘合諸侯修會盟之意，效齊桓公衣裳之會，不以兵車。牘尾宋公先已署名。楚王笑而署名，以筆授孝公。孝公曰：「有楚不必有齊。寡人流離萬死之餘，幸社稷不隕，得從末歃為榮，何足重輕。」堅不肯署。論齊孝公心事，卻是怪宋襄公先送楚王求署，識透他重楚輕齊，所以不署。宋襄公卻認孝公是衷腸之語，遂收牘而藏之。楚成王既歸，大夫成得臣進曰：「宋公為人好名而無實，若伏甲以劫之，其人可虜也。」楚王曰：「寡人意正如此。」乃使成得臣、鬥勃二人為將，各選勇士五百人，預定劫盟之計。

且說宋襄公歸自鹿上，欣然有喜色。公子目夷諫曰：「楚，蠻夷也，其心不測。臣恐君之見欺也。」襄公不聽，傳檄征會。先遣人於盂地築起壇場，增修公館，務極華麗。至期，宋、楚、陳、蔡、許、曹、鄭七國之君，如期而至。惟齊孝公心懷怏怏，魯僖公未與楚通，二君不到。是早，襄公且循地主之禮，揖讓了一番，分左右兩階登壇。右階賓登，眾諸侯不敢僭楚成王，讓之居首。

左階主登，單只宋襄公及公子目夷君臣二人。既登盟壇之上，陳牲歃血，要天矢日，列名載書，便要推盟主為尊了。宋襄公指望楚王開口，以目視之。楚王低頭不語。襄公忍不住了，乃昂然而出曰：「今日之舉，寡人欲修先伯主齊桓公故業，尊王安民，息兵罷戰，諸君以為何如？」諸侯尚未答應，楚王挺身而前曰：「君言甚善！但不知主盟今屬何人？」襄公曰：「有功論功，無功論爵。」楚王曰：「寡人冒爵為王久矣，告罪佔先了。」便立在第一個位次。襄公謂楚王曰：「君言冒爵，乃僭號也。奈何以假王而壓真公乎？」成得臣在旁大喝曰：「今日之事，只問眾諸侯，為楚來乎？為宋來乎？」陳、蔡各國，平素畏服於楚，齊聲曰：「吾等實奉楚命，不敢不至。」襄公正在躊躇，只見成得臣、鬥勃卸去禮服，內穿重鎧，腰間各插小紅旗一面，將旗向壇下一招，那跟隨楚王人眾，何止千人，一個個俱脫衣露甲，手執暗器，飛奔上壇。成得臣先把宋襄公兩袖緊緊撚定，同鬥勃指揮眾甲士，擄掠壇上所陳設玉帛器皿之類。宋襄公見公子目夷緊隨在旁，低聲謂曰：「速歸守國，勿以寡人為念。」目夷乃乘亂逃回。

第三十四回
宋襄公假仁失眾
齊姜氏乘醉遣夫

話說楚成王假飾乘車赴會，拿住了宋襄公。乃邀眾諸侯至於館寓，面數宋襄公之罪，曰：「寡人今日統甲車千乘，踏碎睢陽城，為齊、鄫各國報仇。諸君但少駐車駕，看寡人取宋而回。」眾諸侯莫不唯唯。須臾，楚國大兵聚集。楚成王帶了宋襄公，殺向睢陽城來。

卻說公子目夷逃回本國，向司馬公孫固說知宋公被劫一事。公孫固乃向群臣言：「我等宜推戴公子目夷，以主國事。」群臣知目夷之賢，無不欣然。公子目夷告於太廟，南面攝政。方才安排停當，楚王大軍已到。將軍鬥勃向前打話，言：「爾君已被我拘執在此，早早獻土納降，保全汝君性命。」公孫固在城樓答曰：「賴社稷神靈，國人已立新君矣。生殺任你，欲降不可得也。」鬥勃曰：「某等願送汝君歸國，何以相酬？」公孫固曰：「故君被執，已辱社稷，雖歸亦不得為君矣。若要決戰，我城中甲車未曾損折，情願決一死敵。」鬥勃回報楚王。楚王大怒，喝教攻城。連攻三日，不能取勝。

楚王曰：「彼國既不用宋君，殺之何如？」成得臣對曰：「殺宋公猶殺匹夫耳，不能得宋，而徒取怨，不如釋之。今不與盂之會者，惟齊、魯二國。齊與我已兩次通好，且不必較。魯一向目中無楚，若以宋之俘獲獻魯，請魯君於亳都相會，魯必恐懼而來。魯侯甚賢，必然為宋求情，我因以為魯君之德，是我一舉而兼宋、魯也。」楚王乃退兵屯於亳都，用宜申為使，將虜獲數車，如曲阜獻捷。魯僖公大驚，只得至亳都赴會。其時，陳、蔡、鄭、許、曹五位諸侯，俱自盂地來會，和魯僖公共是六位，聚於一處商議。鄭文公開言，欲尊楚王為盟主，諸侯囁嚅未應。魯僖公奮然曰：「盟主須仁義布聞，人心悅服。楚若能釋宋公之囚，終此盟好，寡人敢不惟命是聽！」眾諸侯皆曰：「魯侯之言甚善。」楚王乃於亳郊，更築盟壇。約會已定，先一日，將宋公釋放，與眾諸侯相見。宋襄公且羞且憤，卻又不得不向諸侯稱謝。至日，鄭文公拉眾諸侯，敦請楚成王登壇主盟。襄公敢怒而不敢言。事畢，諸侯各散。公子目夷遣使迎襄公以歸，目夷退就臣列。

宋襄公被楚人捉弄一場，怨恨之情，痛入骨髓，但恨力不能報。又怪鄭伯倡議，尊楚王為盟主，正要與鄭國作對。時周襄王之十四年春三月，鄭文公如楚行朝禮，宋襄公遂起傾國之兵，親討鄭罪。鄭文公聞之大驚，急遣人告急於楚。成得臣進曰：「救鄭不如伐宋。」楚王即命得臣為大將，鬥勃副之，興兵伐宋。宋襄公正與鄭相持，得了楚兵之信，兼程而歸，列營於泓水之南以拒楚。公孫固謂襄公曰：「楚師之來，為救鄭也。吾以釋鄭謝楚，楚必歸。不可與戰。」襄公曰：「楚兵甲有餘，仁義不足。寡人兵甲不足，仁義有餘。」乃命建大旗一面於輅車，旗上寫「仁義」二字。公孫固暗暗叫苦。且說楚將成得臣屯兵於泓水之北，天明，甲乘始陸續渡水。公孫固請於襄公曰：「我今乘其半渡，突前擊之，是吾以全軍而制楚之半也。」襄公指大旗曰：「汝見『仁義』二字否？寡人堂堂之陣，豈有半濟而擊之理？」須臾，楚兵盡濟。公孫固又請於襄公曰：「楚方佈陣，尚未成列，急鼓之必亂。」襄公唾其面曰：「汝貪一擊之利，不顧萬世之仁義耶？」公孫固又暗暗叫苦。楚兵陣勢已成，宋兵皆有懼色。襄公自挺長戈，催車直衝楚陣。公孫固隨後趕上護駕，殺入重圍。見襄公身被數創，右股中箭，不能起立。乃扶襄公於自己車上，以身蔽之，奮勇殺出。成得臣乘勝追之，宋軍大敗。公孫固同襄公連夜奔回。宋兵死者甚眾，其父母妻子，皆相訕於朝外。

且說鄭文公的夫人羋氏，正是楚成王之妹，是為文羋。因楚兵大獲全勝，鄭文公夫婦同至柯澤稱賀，大出金帛，犒賞三軍。鄭文公敦請楚王來日赴宴。文羋所生二女，曰伯羋、叔羋，未嫁在室。文羋率之以甥禮見舅，楚王大喜。鄭文公同妻女更番進壽，自午至戌，吃得楚王酩酊大醉。楚王謂文羋曰：「妹與二甥，送我一程何如？」文芈曰：「如命。」文芈及二女，與楚王並駕而行，直至軍營。原來楚王看上了二甥美貌，是夜拉入寢室，遂成枕席之歡。次日，楚王將軍獲之半，贈予文芈，載其二女以歸，納之後宮。

再表晉公子重耳，前後留齊共七年了。遭桓公之變，國內大亂。及至孝公嗣位，附楚仇宋，紛紛多事，諸侯多與齊不睦。趙衰等私議曰：「今嗣君失業，諸侯皆叛，不如更適他國，別作良圖。」乃相與見公子，欲言其事。公子重耳溺愛齊姜，不問外事。眾豪傑伺候十日，尚不能見。乃共出東門外里許，其地名曰桑陰。一望都是老桑，綠蔭重重，日色不至。趙衰等九位豪傑，打一圈兒席地而坐。狐偃曰：「公子之行，在我而已。我等只說邀他郊外打獵，出了齊城，大家齊心劫他上路便了。但不知此行，得力在於何國？」趙衰曰：「宋方圖伯，盍往投之？如不得志，更適秦、楚，必有遇焉。」眾人商議許久方散。其時姜氏的婢妾十餘人，正在樹上採桑餵蠶，見眾人環坐議事，停手而聽之，盡得其語。回宮時，如此恁般，都述於姜氏知道。姜氏喝道：「那有此話，不得亂道！」乃命蠶妾十餘人，幽之一室，至夜半盡殺之，以滅其口。

蹴公子重耳起，告之曰：「從者將以公子更適他國，有蠶妾聞其謀，吾恐洩漏其機，或有阻當，今已除卻矣。公子宜早定行計。」重耳曰：「人生安樂，誰知其他。吾將老此，誓不他往。」姜氏曰：「自公子出亡以來，晉國未有寧歲。公子此行，必得晉國，萬勿遲疑！」重耳迷戀姜氏，猶弗肯。

次早，趙衰、狐偃、臼季、魏犨四人，立宮門之外，傳語：「請公子郊外射獵。」重耳尚高臥未起。齊姜急使人單召狐偃入宮，屏去左右，曰：「汝等欲劫公子逃歸，吾已盡知，不得諱也。吾夜來亦曾苦勸公子，奈彼執意不從。今晚吾當設宴，灌醉公子。汝等以車夜載出城，事必諧矣。」狐偃辭出，與趙衰等說知其事。是晚，姜氏置酒宮中，與公子把盞。重耳不覺酩酊大醉，倒於席上。姜氏使人召狐偃，狐偃急引魏犨、顛頡二人入宮，和衾連席，抬出宮中，安頓車上停當。狐偃拜辭姜氏，姜氏不覺淚流。狐偃等催趲車馬，連夜驅馳。約行五六十里，東方微白。重耳方才在車上翻身，喚宮人取水解渴。時狐偃執轡在傍，對曰：「要水須待天明。」重耳自覺搖動不安，曰：「可扶我下床。」狐偃曰：「非床也，車也。」重耳心下恍然，知為偃等所算。推衾而起，大罵曰：「汝等將我出城，意欲何為？」狐偃曰：「將以晉國奉公子也。」重耳勃然發怒，見魏犨執戈侍衛，乃奪其戈以刺狐偃。

第三十五回
晉重耳周遊列國
秦懷嬴重婚公子

話說公子重耳奪戈以刺偃，偃急忙下車走避，重耳亦跳下車挺戈逐之。趙衰等一齊下車解勸，並進曰：「今日之事，實出吾等公議，非子犯一人之謀。」魏犨亦厲聲曰：「大丈夫當努力成名，奈何戀戀兒女子目前之樂？」重耳改容曰：「事既如此，惟諸君命。」眾人再整輪轅，望前進發。不一日行至曹國。

卻說曹共公為人，專好遊嬉，不理朝政。朝中服赤芾乘軒車者，三百餘人，皆里巷市井之徒，脅肩諂笑之輩。見晉公子帶領一班豪傑到來，唯恐其久留曹國，都阻擋曹共公不要延接他。大夫僖負羈諫曰：「晉公子賢德聞於天下，且重瞳駢脅，大貴之徵，不可以尋常子弟視也。」曹共公道：「重瞳寡人知之，未知駢脅如何。姑留館中，俟其浴而觀之。」乃使館人自延公子進館，以水飯相待，不講賓主之禮。重耳怒而不食。館人進澡盆請浴，重耳乃解衣就浴。曹共公與嬖幸數人，微服至館，突入浴堂，迫近公子，看他的駢脅，言三語四，嘈雜一番而去。狐偃等聞嬉笑之聲，詢問館人，乃曹君也。君臣無不惱怒。

卻說僖負羈歸到家中，將晉公子過曹，曹君不禮之事告於其妻呂氏。呂氏曰：「妾觀晉公子從行者數人，皆英傑也。晉公子必能光復晉國，子當私自結納可也。妾已備下食品數盤，可藏白璧於中，子宜速往。」僖負羈從其言，夜叩公館。重耳聞曹大夫僖負羈求見饋飧，乃召之入。負羈再拜，先為曹君請罪，然後述自家致敬之意。重耳大悅，嘆曰：「不意曹國有此賢臣。亡人幸而返國，當圖相報。」重耳進食，得盤中白璧，謂負羈曰：「大夫惠顧亡人，使不饑餓於土地足矣，何用重賄？」再三不受。負羈退而嘆曰：「晉公子其志不可量也！」次日，重耳即行，負羈私送出城十里方回。

重耳去曹適宋。宋襄公聞晉公子遠來，不勝之喜。其奈傷股未痊，遂命公孫固郊迎授館，待以國君之禮，饋之七牢，又以馬二十乘相贈。重耳感激不已。住了數日，饋問不絕。狐偃見宋襄公病體沒有痊好之期，私與公孫固商議復國一事。公孫固曰：「公子若憚風塵之勞，敝邑雖小，亦可以息足。如有大志，敝邑新遭喪敗，力不能振，更求他大國，方可濟耳。」狐偃即日告知公子，束裝起程。宋襄公聞公子欲行，復厚贈資糧衣履之類，從人無不歡喜。自晉公子去後，襄公不久而薨。世子王臣主喪即位，是為成公。

再說重耳去宋，將至鄭國，早有人報知鄭文公。文公謂群臣曰：「重耳叛父而逃，列國不納。此不肖之人，不必禮之。」乃傳令門官，閉門勿納。重耳見鄭不相延接，遂驅車竟過。行至楚國，謁見楚成王。成王亦待以國君之禮，設享九獻。終席，楚王恭敬不衰，重耳言詞亦愈遜。由此兩人甚相得，重耳遂安居於楚。一日，楚王謂重耳曰：「公子若返晉國，何以報寡人？」重耳曰：「子女玉帛，君所餘也；羽毛齒革，則楚地之所產。若以君王之靈，得復晉國，願同歡好，以安百姓。倘不得已，與君王以兵車會於平原廣澤之間，請避君王三舍。」當日飲罷，楚將成得臣怒言於楚王曰：「重耳出言不遜，異日歸晉，必負楚恩，臣請殺之。」楚王曰：「晉公子賢，其從者皆國器，似有天助。楚其敢違天乎？」於是待晉公子益厚。

話分兩頭。卻說周襄王十五年，晉惠公抱病在身，不能視朝。其太子圉，久質秦國。聞惠公有疾，思想逃歸侍疾，以安國人之心。乃夜與其妻懷嬴說明其事。懷嬴泣下，對曰：「子一國太子，乃拘辱於此，其欲歸不亦宜乎？寡君使婢子侍巾櫛，今從子而歸，背棄君命，妾罪大矣。妾不敢從。亦不敢泄子之語於他人也。」太子圉遂逃歸於晉。秦穆公聞子圉不別而行，大怒，乃使人訪重耳蹤跡，知其在楚已數月矣。於是，遣公孫枝聘於楚王，因迎重耳至秦，欲以納之。重耳假意謂楚王曰：「亡人委命於君王，不願入秦。」

楚王曰：「楚、晉隔遠，秦與晉接境，朝發夕到。且秦君素賢，又與晉君相惡，此公子天贊之會也。」重耳拜謝。楚王厚贈金帛車馬，以壯其行色。

秦穆公聞重耳來信，郊迎授館，禮數極豐。秦夫人穆姬，亦敬愛重耳，而恨子圉，勸穆公以懷嬴妻重耳，結為姻好。穆公乃使公孫枝通語於重耳。重耳恐干礙倫理，欲辭不受。趙衰進曰：「吾聞懷嬴美而才，秦君及夫人之所愛也。不納秦女，無以結秦歡。成大事而惜小節，後悔何及？」重耳意乃決，擇吉布幣，就公館中成婚。秦穆公素重晉公子之品，又添上甥舅之親，情誼愈篤。三日一宴，五日一饗。秦世子亦敬事重耳，時時饋問。趙衰、狐偃等因與秦臣蹇叔、百里奚、公孫枝等深相結納，共躊躇複國之事。

再說太子圉自秦逃歸，是秋九月，晉惠公病篤，托孤於呂省、郤芮二人，使輔子圉：「群公子不足慮，只要謹防重耳。」呂、郤二人，頓首受命。是夜，惠公薨，太子圉主喪即位，是為懷公。懷公恐重耳在外為變，乃出令：「凡晉臣從重耳出亡者，限三個月內俱要喚回。若過期不至，祿籍除名，丹書注死。父子兄弟坐視不召者，並死不赦。」老國舅狐突二子狐毛、狐偃，俱從重耳在秦。郤芮私勸狐突作書，狐突再三不肯。懷公使人召狐突，曰：「寡人有令：『過期不至者，罪及親黨。』老國舅豈不聞乎？」突對曰：「臣二子委質重耳，非一日矣。忠臣事君，有死無二。即使逃歸，臣猶將數其不忠，戮於家廟。況召之乎？」懷公大怒，命斬於市曹。狐氏家臣，急忙逃奔秦國，報與毛、偃知道。

第三十六回
晉呂郤夜焚公宮　秦穆公再平晉亂

話說狐毛、狐偃兄弟，聞知父親狐突被子圉所害，捶胸大哭。遂同趙衰等來見重耳。重耳即時駕車來見穆公，訴以晉國之事。穆公曰：「此天以晉國授公子，不可失也！」重耳辭回甥館，只見門官通報：「晉國有人到此，說有機密事，求見公子。」公子召入，其人拜而言曰：「臣乃晉大夫欒枝之子欒盾也。因新君性多猜忌，以殺為威，百姓胥怨，群臣不服。臣父已約會郤溱、舟之僑等，只等公子到來，便為內應。」重耳大喜，與之訂約，以明年歲首為期。欒盾辭去。重耳乃入朝謁秦穆公，穆公曰：「寡人知公子急於歸國，當親送公子至河。」重耳拜謝而出。丕豹聞穆公將納公子重耳，願為先鋒效力，穆公許之。太史擇吉於冬之十二月。先三日，穆公設宴，贈以白璧十雙，馬四百匹，帷席器用，百物俱備，糧草自不必說。重耳君臣俱再拜稱謝。至日，穆公自統謀臣、大將，率兵車四百乘，送公子重耳離了雍州城，望東進發。行至黃河岸口，渡河船隻，俱已預備齊整。穆公重設餞筵，分軍一半，命公子縶、丕豹護送公子濟河，自己大軍屯於河西。

卻說壺叔主公子行李之事，今日渡河之際，收拾行裝，將日用的壞籩殘豆、敝席破帷，件件搬運入船。重耳見了，喝教拋棄於岸。狐偃私嘆曰：「公子未得富貴，先忘貧賤，他日憐新棄舊，可不枉了這十九年辛苦！不如辭之。」乃跪於重耳之前曰：「公子今已渡河，便是晉界。臣之一身，相從無益，願留秦邦，為公子外臣。」重耳大驚曰：「孤方與舅氏共用富貴，何出此言？」狐偃曰：「臣奔走數年，心力並耗，譬之餘籩殘豆，不可再陳，敝席破帷，不可再設。留臣無益，去臣無損，臣是以求去耳。」重耳垂淚，即命壺叔將已棄之物，一一取回。復向河設誓曰：「孤返國，若忘了舅氏之勞，不與同心共政者，子孫不昌！」

重耳濟了黃河，先破令狐，桑泉、臼衰望風迎降。晉懷公聞諜報大驚，即命呂省為大將，郤芮副之，屯於廬柳，以拒秦兵。公子縶乃為秦穆公書，使人送呂、郤軍中，勸二人倒戈來迎。呂、郤二人遂與狐偃、公子縶講和，立誓共扶重耳為君。懷公大驚，急集朝臣計議。那一班朝臣，都是向著公子重耳的，一個個託辭。懷公無奈，只得命勃鞮為御，出奔高梁。重耳入絳城即位，是為文公。時年已六十二歲矣。文公既立，遣人至高梁刺殺懷公。勃鞮收而葬之，然後逃回。文公宴勞秦將公子縶等，厚犒其軍。有丕豹哭拜於地，請改葬其父。文公許之。文公欲留用丕豹，豹辭曰：「臣已委質於秦庭，不敢事二君也。」乃隨公子縶到河西，回復秦穆公。穆公班師回國。

卻說呂省、郤芮迫於秦勢，雖然一時迎降，到底不能釋然。乃相與計較，欲率家甲造反，焚燒公宮，弒了重耳，別立他公子為君。思想：「惟寺人勃鞮，乃重耳之深仇，可邀與共事。」使人招之。三人歃血為盟，約定二月晦日會齊，

夜半一齊舉事。勃鞮雖然當面應承，心中不以為然，遂於深夜往見狐偃，曰：「某有機密事來告，必面見主公，方可言之。」狐偃大驚，入見文公，述勃鞮求見之語。文公意猶未釋，乃使近侍傳語責之。勃鞮呵呵大笑曰：「先君獻公，與君父子；惠公，則君之弟也。勃鞮小臣，昔時惟知有獻、惠，安知有君哉？但恐臣去，而君之禍不遠也。」文公乃召勃鞮入宮。勃鞮將呂、郤之謀，如此恁般，細述一遍：「主公不若乘間與狐國舅微服出城，往秦國起兵。臣請留此，為誅二賊之內應。」狐偃曰：「事已迫矣！臣請從行。國中之事，子餘必能料理。」文公叮囑勃鞮：「凡事留心，當有重賞！」勃鞮叩首辭出。文公與狐偃商議了多時，召心腹內侍，吩咐如此如此，不可洩漏。至五鼓，托言感寒疾腹病，使小內侍執燈如廁，遂出後門，與狐偃登車出城而去。離了晉界，直入秦邦，遣人繳密書於秦穆公，約於王城相會。穆公聞晉侯微行來到，即日命駕，竟至王城。相見之間，說明來意。穆公乃遣大將公孫枝屯兵河口，打探絳都消息。晉侯權住王城。

至二月晦日晚，郤芮、呂省命家眾各帶兵器火種，於宮門放起火來。呂、郤二人仗劍直入寢宮，來尋文公，並無蹤影。忽聞外面喊聲大舉，勃鞮倉忙來報曰：「狐、趙、欒、魏等各家，悉起兵眾前來救火。我等不如乘亂出城，候至天明，再作區處。」呂、郤只得號召其黨，殺出朝門而去。二人屯兵郊外，打聽得晉君未死，欲奔他國。勃鞮紿之曰：「二位與秦君原有舊識，今假說公宮失火，重耳焚死。去投秦君，迎公子雍而立之。吾當先往道意。」勃鞮遂渡河，求見公孫枝，說出真情。公孫枝曰：「既賊臣見投，當誘而誅之。」乃為書托勃鞮往召呂、郤。呂、郤欣然而往。公孫枝設席相款，一面遣人報知秦穆公。呂、郤等留連三日，行至王城。穆公伏晉文公於圍屏之後。呂、郤等繼至，謁見已畢，說起迎立子雍之事。穆公曰：「公子雍已在此了。」只見圍屏後一位貴人，不慌不忙，叉手步出。呂、郤睜眼看之，乃文公重耳也。嚇得魂不附體，叩頭不已。文公大罵，喝叫武士拿下，就命勃鞮監斬。須臾，二顆人頭獻於階下。文公即遣勃鞮，將呂、郤首級往河西招撫其眾，一面將捷音馳報國中。趙衰等忙備法駕，往河東迎接晉侯。

第三十七回
介之推守志焚綿上
太叔帶怙寵入宮中

話說晉文公在王城誅了呂省、郤芮，向秦穆公再拜稱謝。因以親迎夫人之禮，請逆懷嬴歸國。穆公大喜，親送其女，至於河上，以精兵三千護送。趙衰諸臣，早備法駕於河口，迎接夫婦升車。文公至絳，國人無不額手稱慶。遂立懷嬴為夫人。文公追恨呂、郤二人，欲盡誅其黨。趙衰諫曰：「惠、懷以嚴刻失人心，君宜更之以寬。」文公乃頒行大赦。呂、郤之黨甚眾，雖見赦文，猶不自安，訛言日起，文公心以為憂。忽一日，小吏頭須叩宮門求見。文公怒曰：「此人竊吾庫藏，今日尚何見為？」閽人如命辭之。頭須曰：「頭須此來，有安晉國之策。君必拒之，頭須從此逃矣。」閽人遽以其言告於文公。文公乃召頭須入見。頭須叩頭請罪訖，然後言曰：「臣之獲罪，國人盡知。若主公出遊而用臣為御，使舉國之人，皆知主公之不念舊惡，而群疑盡釋矣。」文公乃托言巡城，用頭須為御。自是訛言頓息。

文公先為公子時，初娶徐嬴早卒。再娶偪姞，生一子一女，子名驩，女曰伯姬。偪姞亦薨於蒲城。文公出亡時，子女俱幼，棄之於蒲，亦是頭須收留。一日，乘間言於文公。文公大驚曰：「寡人以為死於兵刃久矣。何不早言？」頭須奏曰：「君周遊列國，所至送女，生育已繁。未卜君意何如，是以不敢遽白耳。」文公即命頭須往蒲，迎其子女以歸，使懷嬴母之。遂立驩為太子，以伯姬賜與趙衰為妻，謂之趙姬。翟君聞晉侯嗣位，送季隗歸晉。齊孝公亦遣使送姜氏於晉。文公將齊、翟二姬平昔賢德，述於懷嬴。懷嬴稱讚不已，固請讓夫人之位於二姬。於是立齊女為夫人，翟女次之，懷嬴又次之。趙姬聞季隗之歸，亦勸其夫趙衰，迎接叔隗母子以歸。趙姬以內子之位讓翟女，趙衰不可。文公遂宣叔隗母子入朝，立叔隗為內子，立其子盾為嫡子。

再說晉文公欲行復國之賞，乃大會群臣，無采地者賜地，有采地者益封。受賞者無不感悅。惟魏犨、顛頡二人，自恃才勇，見趙衰、狐偃都是文臣，其賞卻在己上，心中不悅。又有介之推，為人狷介無比。託病居家，甘守清貧，躬自織屨，以侍奉其老母。晉侯論功行賞，不見之推，偶爾忘懷，竟置不問了。鄰人解張，見國門之上，懸有詔令：「倘有遺下功勞未敘，許其自言。」特地叩之推之門，報此消息。之推乃負其母奔綿上，結廬於深谷之中。解張乃作書夜懸於朝門。近臣收得此書，獻於文公。文公覽畢，大驚曰：「今寡人大賞功臣，而獨遺之推，寡人之過何辭？」即使人往召之推，之推已不在矣。解張進曰：「之推恥於求賞，負其母隱於綿上深谷之中。小人恐其功勞泯沒，是以懸書代為白之。」文公遂拜解張為下大夫，即日駕車，親往綿山，訪求

之推。文公命停車於山下，使人遍訪，數日不得。文公面有慍色，謂解張曰：「吾聞之推甚孝，若舉火焚林，必當負其母而出矣。」乃使軍士於山前山後，周圍放火。火烈風猛，延燒數里，三日方息。之推終不肯出，子母相抱，死於枯柳之下。軍士尋得其骸骨。文公見之，為之流涕。命葬於綿山之下，立祠祀之。改綿山曰介山。焚林之日，乃三月五日清明之候。國人思慕之推，不忍舉火，為之冷食一月。後漸減至三日。因以清明前一日為寒食節，遇節，家家插柳於門，以招之推之魂。

文公既定君臣之賞，大修國政，舉善任能，省刑薄斂，國中大治。周襄王使太宰周公孔，賜文公以侯伯之命。襄王自此疏齊而親晉。

是時鄭文公臣服於楚，不通中國，恃強凌弱。怪滑伯事衛不事鄭，乃興師伐之。衛文公訴鄭於周。周襄王使大夫游孫伯、伯服至鄭，為滑求解。鄭文公命拘游孫伯、伯服於境上，俟破滑凱旋，方可釋之。襄王大怒，乃使頹叔、桃子如翟，借兵伐鄭。翟君欣然奉命，攻破櫟城，以兵戍之，遣使告捷於周。周襄王大喜，復命頹叔、桃子往翟求婚。翟人送叔隗至周，襄王遂以叔隗主中宮之政。說起那叔隗，雖有韶顏，素無閫德。在本國專好馳馬射箭，今日嫁與周王，居於深宮，甚不自在。一日，請於襄王曰：「妾幼習射獵，今鬱鬱宮中，四肢懈倦。王何不舉大狩，使妾觀之？」襄王遂大集車徒，較獵於北邙山。有司張幕於山腰，襄王與隗后坐而觀之。打圍良久，諸將各獻所獲之禽，或一十，或二十。惟有一位貴人，所獻逾三十之外。那貴人乃襄王之庶弟，名曰帶，國人皆稱曰太叔，爵封甘公。先年出奔齊國。因惠后再三辯解求恕，襄王不得已，召而復之。隗后見甘公帶才貌不凡，十分心愛，遂言於襄王曰：「妾意欲自打一圍，以健筋骨。」襄王即命將士重整圍場。隗后曰：「車行不如騎迅。妾隨行諸婢，凡翟國來的，俱慣馳馬。請於王前試之。」襄王問同姓諸卿中：「誰人善騎？保護王后下場。」甘公帶奏曰：「臣當效勞。」隗后要在太叔面前，施逞精神。太叔亦要在隗后面前，誇張手段。未試弓箭，且試跑馬。隗后將馬連鞭幾下，那馬騰空一般去了。太叔亦躍馬而前。轉過山腰，剛剛兩騎馬，討個並頭。隗后誇獎甘公曰：「久慕王子大才，今始見之。

太叔明早可到太后宮中問安，妾有話講。」言猶未畢，侍女數騎俱到。隗后以目送情，甘公輕輕點頭，各勒馬而回。

次日，甘公帶至惠后宮中問安。其時隗后已先在矣，遂與太叔眉來眼去，兩下意會，托言起身，遂私合於側室之中。太叔連宵達旦，潛住宮中，只瞞得襄王一人。甘公帶與隗后私通，漸漸不避耳目，自然敗露出來。

卻說宮婢中有個小東，頗有幾分顏色，善於音律。太叔一夕歡宴之際，使小東吹玉簫，太叔歌而和之。是夕開懷暢飲，醉後不覺狂蕩，便按住小東求歡。小東懼怕隗后，解衣脫身。太叔大怒，欲尋小東殺之。小東竟奔襄王別寢，叩門哭訴，說太叔如此恁般。襄王大怒，取了床頭寶劍，趨至中宮，要殺太叔。

第三十八回
周襄王避亂居鄭
晉文公守信降原

話說周襄王來殺太叔，才行數步，忽然轉念：「太叔乃太后所愛，外人不知其罪。不如暫時隱忍，俟明日詢有實跡。」復回寢宮，使隨身內侍，打探太叔消息。回報太叔已脫身出宮去矣。次早，襄王命拘中宮侍妾審問，遂將前後醜情，一一招出。襄王將隗后貶入冷宮，太叔帶逃奔翟國去了。頹叔、桃子聞變大驚，即日乘輕車疾馳，趕上太叔，做一路商量。不一日，行到翟國，太叔停駕於郊外。頹叔、桃子先入城見了翟君，告訴道：「當初我等原為太叔請婚，周王聞知美色，乃自取之，立為正宮。只為往太后處問安，與太叔相遇，偶然敘起前因，說話良久，被宮人言語誣謗。周王輕信，將王后貶入冷宮，太叔逐出境外。乞假一旅之師，殺入王城，扶立太叔為王，救出王后。」翟君遂撥步騎五千，使大將赤丁同頹叔、桃子，奉太叔以伐周。

周襄王聞翟兵臨境，遣大夫譚伯為使，至翟軍中。赤丁殺之，驅兵直逼王城之下。襄王大怒，乃拜卿士原伯貫為將，率車三百乘，出城禦敵。伯貫中計被擒，翟軍大獲全勝，遂圍王城。周襄王大驚，謂周、召二公曰：「太叔此來，為隗后耳。若取隗氏，必懼國人之謗，不敢居於王城。二卿為朕繕兵固守，以待朕之歸可也。」周、召二公頓首受命。襄王問於富辰曰：「周之接壤，惟鄭、衛、陳三國，朕將安適？」富辰對曰：「陳、衛弱，不如適鄭。王以翟伐鄭，鄭心不平，固日夜望翟之背周，以自明其順也。」襄王意乃決。富辰乃盡召子弟親黨，約數百人，開門直犯翟營，牽住翟兵。襄王同簡師父、左鄢父等十餘人，出城望鄭國而去。富辰與赤丁大戰，力盡而死。

富辰死後，翟人方知襄王已出王城。太叔命釋原伯貫之囚，使於門外呼之。周、召二公立於城樓之上，謂太叔曰：「本欲開門奉迎，恐翟兵入城剽掠，是以不敢。」太叔請於赤丁，求其屯兵城外。赤丁許之。太叔遂入王城，先至冷宮，放出隗后，然後往謁惠太后。太后喜之不勝，一笑而絕。太叔且不治喪，先與隗后宮中聚闊。欲尋小東殺之，小東已投井自盡矣。次日，太叔假傳太后遺命，自立為王，以叔隗為王后，臨朝受賀。發府藏大犒翟軍，然後為太后發喪。太叔知眾論不服，恐生他變，乃與隗氏移駐於溫。王城內國事，悉委周、召二公料理。原伯貫逃往原城去了。

且說周襄王避出王城，行至氾地。襄王借宿於農民封氏草堂之內。大夫

左鄢父進曰：「吾主作速告難於諸侯，料諸侯必不坐視。」簡師父奏曰：「今日諸侯有志圖伯者，惟秦與晉。他國非所望也。」襄王乃命簡師父告於晉，使左鄢父告於秦。

且說鄭文公聞襄王居氾，即日使工師往氾地創立廬舍，親往起居。魯、宋諸國，亦遣使問安，各有饋獻。惟衛文公不至。

再說簡師父奉命告晉。晉文公乃大閱車徒，分左右二軍，使趙衰將左軍，魏犨佐之；郤溱將右軍，顛頡佐之。文公引狐偃、欒枝等，左右策應。臨發時，河東守臣報稱：「秦伯親統大兵勤王，已在河上。」文公一面使狐偃之子狐射姑，行賂於戎、狄，以求東道。一面使胥臣往河上辭秦。秦穆公乃遣公子縶隨左鄢父至氾，問勞襄王。穆公班師而回。文公使右軍將軍郤溱等圍溫，左軍將軍趙衰等迎襄王於氾。襄王復至王城，周、召二公迎之入朝。

溫人聞周王復位，乃群聚攻頹叔、桃子，殺之，大開城門以納晉師。太叔帶忙攜隗后登車，卻得魏犨追到。太叔被魏犨一刀斬之。軍士擒隗氏來見，犨命眾軍亂箭攢射。魏犨帶二屍以報郤溱，溱乃埋二屍於神農澗之側。晉文公親至王城，朝見襄王奏捷。襄王設醴酒以饗之，割畿內溫、原、陽樊、攢茅四邑，以益其封。文公謝恩而退，使魏犨定陽樊之田，顛頡定攢茅之田，欒枝定溫之田，親率趙衰定原之田。

卻說文公同趙衰略地至原。原伯貫紿其下曰：「晉兵圍陽樊，盡屠其民矣。」原人恐懼，共誓死守。趙衰曰：「民所以不服晉者，不信故也。請下令，軍士各持三日之糧，若三日攻原不下，即當解圍而去。」文公依其言。到第三日夜半，有原民縋城而下，言：「城中已探知陽樊之民，未嘗遭戮，相約於明晚獻門。」文公曰：「寡人原約攻城以三日為期，三日不下，解圍去之。今滿三日矣，寡人明早退師。」黎明，即解原圍。原民爭建降旗於城樓，縋城以追文公之軍者，紛紛不絕。原伯貫不能禁止，只得開城出降。文公以單車直入原城，百姓鼓舞稱慶。原伯貫來見，文公待以王朝卿士之禮，遷其家於河北。文公使趙衰為原大夫，兼領陽樊。以郤溱為溫大夫，兼守攢茅。各留兵二千戍其地而還。

第三十九回

柳下惠授詞卻敵
晉文公伐衛破曹

話說齊孝公欲用兵中原，以振先業，乃親率車徒二百乘，欲侵魯之北鄙。邊人告急，大夫臧孫辰言於魯僖公曰：「齊挾忿深入，請以辭令謝之。臣舉一人，乃先朝司空無駭之子，展氏獲名，字子禽，官拜士師，食邑柳下。因居官執法，不合於時，棄職歸隱。」僖公使人召之，展獲辭以病不能行。臧孫辰曰：「禽有從弟名喜，頗有口辯。可令喜就獲之家，請其指授。」僖公從之。展喜至柳下，道達君命。展獲曰：「夫圖伯莫如尊王，若以先王之命責之，何患無辭？」展喜復於僖公。僖公已具下犒師之物，交與展喜。喜至汶南地方，剛遇齊兵前隊，乃崔夭為先鋒。展喜先將禮物呈送崔夭。崔夭引至大軍，謁見齊侯，呈上犒軍禮物。孝公曰：「魯人聞寡人興師，亦膽寒乎？」喜答曰：「敝邑別無所恃，所恃者先王之命耳。昔周先王封太公於齊，封我先君伯禽於魯，使周公與太公割牲為盟，誓曰：『世世子孫，同獎王室，無相害也。』敝邑恃此不懼。」孝公曰：「寡人願修睦，不復用兵矣。」即日傳令班師。臧孫辰曰：「齊師雖退，然其意實輕魯。臣請如楚，乞師伐齊，使齊侯不敢正眼覷魯。」僖公乃使人行聘於楚。

楚成王大喜，即拜成得臣為大將，率兵伐齊。取陽穀之地，奏凱還朝。令尹子文時已年老，請讓政於得臣。楚王乃以得臣為令尹，掌中軍元帥事。明日，楚王拜得臣為大將，親統大兵，糾合陳、蔡、鄭、許四路諸侯，一同伐宋。宋成公使司馬公孫固如晉告急。狐偃進曰：「若興師以伐曹、衛，楚必移兵來救，則齊、宋寬矣。」晉文公曰：「作三軍，必須立元帥，誰堪其任？」

趙衰對曰：「夫為將者，臣所見惟郤穀一人耳。」文公乃召郤穀為元帥。擇日，大蒐於被廬，作中上下三軍。郤穀將中軍，郤溱佐之。狐毛將上軍，狐偃佐之。欒枝將下軍，先軫佐之。荀林父禦戎，魏犨為車右，趙衰為大司馬。郤穀登壇發令。三通鼓罷，操演陣法。一連操演三日，奇正變化，指揮如意。眾將無不悅服。方欲鳴金收軍，忽將台之下，起一陣旋風，竟將大帥旗杆，吹為兩段，眾皆變色。郤穀曰：「帥旗倒折，主將當應之。吾不能久與諸子同事，然主公必成大功。」時周襄王十九年也。

明年春，晉文公使人如衛假道伐曹。衛成公不許。文公乃命迂道南行。渡了黃河，行至五鹿之野。五鹿百姓，不意晉兵猝然來到，爭先逃竄，守臣禁止不住。先軫兵到，一鼓拔之。遣人報捷於文公。郤穀忽然得病，文公親往視之。郤穀曰：「臣死在旦夕，尚有一言奉啟。君之伐曹、衛，本謀固以致楚也。君還遣一使結好齊侯，願與結盟。倘得齊侯降臨，則衛、曹必懼而請成，因而收秦。此制楚之全策也。」文公遂遣使通好於齊。時齊孝公已薨，國人推立其弟潘，是為昭公。潘正欲結晉以抗楚，聞知晉侯屯軍斂盂，即日命駕至衛地相會。楚丘城中，訛傳晉兵將到，一夕五驚。衛成公乃使大夫元咺同其弟叔武攝國事，自己避居襄牛之地。一面使大夫孫炎，求救於楚。

是月，郤穀卒於軍。晉文公使人護送其喪歸國，以先軫升為元帥，用胥臣佐下軍。三月，晉師圍曹。曹大夫于朗進曰：「臣請詐為密書，約以黃昏獻門。預使精兵挾弓弩，伏於城內。哄得晉侯入城，將懸門放下，萬矢俱發，不愁不為齏粉。」曹共公從其計。晉侯欲進城，先軫曰：「臣請試之。」乃擇軍中長須偉貌者，穿晉侯衣冠代行。寺人勃鞮自請為禦。假晉侯引著五百餘人，長驅而入。未及一半，但聞梆聲亂響，箭如飛蝗射來。可惜勃鞮及三百餘人，死做一堆。晉侯怒上加怒，攻城愈急。于朗又獻計曰：「可將射死晉兵，暴屍於城上，此乃搖動軍心之計也。」曹共公從之。晉軍見城頭懸屍，口中怨嘆不絕。先軫曰：「曹國墳墓，俱在西門之外。請列營於墓地，若將發掘者，城中必懼。」文公乃令軍中揚言：「將發曹人之墓。」曹共公使人於城上大叫：「休要發墓，今番真正願降。」先軫亦使人應曰：「汝能殯殮死者，以棺送還吾軍，吾當斂兵而退矣。」曹人復曰：「既如此，請寬限三日。」曹共公果然收取城上屍骸，各備棺木。先軫定下計策，預令狐毛、狐偃、欒枝、胥臣整頓兵車，分作四路埋伏。到第四日，城門開處，棺車分四門推出。才出得三分之一，四路伏兵一齊發作，城門被喪車填塞，急切不能關閉，晉兵乘亂攻入。晉文公率眾將登城樓受捷，面數曹伯之罪，喝教：「幽於大寨，俟勝楚之後，待聽處分。」時僖負羈已除籍為民，家住北門，環北門一帶，傳令：「不許驚動，如有犯僖氏一草一木者斬首！」

卻說魏犨、顛頡二人，素有挾功驕恣之意。今日見晉侯保全僖氏之令，魏犨憤然曰：「吾等擒君斬將，主公並無一言褒獎。些須盤飧，如此用情。」顛頡曰：「不如一把火燒死他。」二人候至夜靜，私領軍卒，圍住僖負羈之家，前

後門放起火來。魏犨躍上門樓，欲尋僖負羈殺之。誰知失腳墜地，一根敗棟正打在胸脯上，登時口吐鮮血。只得掙扎起來，盤旋而出。狐偃、胥臣見僖負羈家中被火，急教軍士撲滅。僖負羈率家人救火，觸煙而倒，比及救起，已不省人事。其妻乃抱五歲孩兒僖祿奔後園，立汙池中得免。狐偃、胥臣訪知是魏犨、顛頡二人放的火，大驚，不敢隱瞞，飛報文公。文公先到北門來看僖負羈，負羈張目一看，遂瞑。負羈妻抱著五歲孩兒僖祿，哭拜於地。文公亦為垂淚，即懷中拜為大夫，厚贈金帛，殯葬負羈。文公欲誅魏犨、顛頡。趙衰奏曰：「魏犨材勇，殺之誠為可惜。臣以為借顛頡一人，亦足警眾。」文公曰：「聞魏犨傷胸不能起，何惜此旦暮將死之人，而不以行吾法乎？」趙衰曰：「臣請以君命問之。」文公乃使趙衰視魏犨之病。

第四十回
先軫詭謀激子玉
晉楚城濮大交兵

話說趙衰奉命來看魏犨，魏犨如常裝束而出。趙衰問曰：「聞將軍病，猶能起乎？」魏犨曰：「君命至此，不敢不敬，故勉強束胸以見吾子。犨自知有罪當死，萬一獲赦，尚將以餘息報君父之恩，其敢自逸！」於是距躍者三，曲踴者三。趙衰乃復命於文公，言：「魏犨雖傷，尚能躍踴，且不失臣禮，不忘報效。」文公乃將顛頡斬首，革魏犨之職。

話分兩頭。卻說楚成王伐宋，直至睢陽。忽聞衛國告急，楚王乃留元帥成得臣及一班將佐，同各路諸侯圍宋。自統中軍，親往救衛。行至半途，聞晉兵已移向曹國。正議救曹，未幾，報至：「晉兵已破曹，執其君。」楚王大驚，遂遣人往穀，以穀地仍復歸齊，與齊講和。又遣人往宋，取回成得臣之師。成得臣自恃其才，謂眾諸侯曰：「宋城旦暮且破，奈何去之？」遂使鬥越椒回見楚王，曰：「願少待破宋，奏凱而回。如遇晉師，請決一死戰。」楚王吩咐越椒，戒得臣勿輕戰，可和則和。成得臣攻宋愈急，晝夜不息。

宋成公心下轉慌，乃籍庫藏中寶玉重器之數，造成冊籍，獻於晉侯，以求進兵。宋大夫門尹般、華秀老二人，縋城而出，見了晉侯，涕泣而言。文公謂先軫曰：「宋事急矣！郤穀曾為寡人策之，非合齊、秦為助不可。今楚歸穀地於齊，與之通好。秦、楚又無隙，未肯合謀，將若之何？」先軫對曰：「使宋以賂晉之物，分賂齊、秦，求二國向楚宛轉，乞其解圍。楚若不從，則齊、秦之隙成矣。」文公乃使門尹般以寶玉重器之數，分作二籍，轉獻齊、秦二國。齊昭公乃命崔夭為使，秦穆公亦遣公子縶為使，俱如楚軍與得臣討情。文公又命狐偃同門尹般收取衛田，命胥臣同華秀老收取曹田，把兩國守臣，盡行趕逐。崔夭、公子虀正在成得臣幕下替宋講和，恰好那些被逐的守臣，紛紛來訴。得臣大怒，謂齊、秦使者曰：「宋人如此欺負曹、衛，豈像個講和的？不敢奉命，休怪，休怪！」崔夭和公子虀即時辭回。晉侯遣人於中途邀迎二國使臣，到於營中，盛席款待，訴以：「楚將驕悍無禮，即日與晉交戰，望二國出兵相助。」崔夭、公子虀領命去了。

且說楚將宛春獻策曰：「可遣一使至晉軍，好言講解，要晉復了曹、衛之君，還其田土。我這裡亦解宋圍，大家罷戰休兵，豈不為美？」得臣乃緩宋國之攻，命宛春為使，乘單車直造晉軍，謂文公曰：「楚之有曹、衛，猶晉之有宋也。君若復衛封曹，得臣亦願解圍去宋。」先軫曰：「且請暫住後營，容我君臣計議施行。」欒枝引宛春歸於後營。先軫曰：「宛春此來，蓋子玉奸計。為今之計，不如私許曹、衛，以離其黨。再拘執宛春，以激其怒。得臣性剛而躁，必移兵索戰於我，是宋圍不求解而自解也。」文公遂命欒枝押送宛春於五鹿，交付守將郤步揚小心看管。其原來車騎從人，盡行驅回。文公使人告曹共公曰：「君若遣一介告絕於楚，以明君之與晉，即當送君還曹耳。」曹共公信以為然，遂為書遺得臣。文公又使人往襄牛見衛成公，亦以復國許之。成公亦致書得臣。時得臣方聞宛春被拘之報，正在發怒。又得曹、衛二國書箚，俱是從晉絕楚的話頭，氣得心頭一片無明火，直透上三千丈不止。遂吩咐大小三軍，撤了宋圍，且去尋晉重耳做對。鬥越椒曰：「吾王曾叮嚀不可輕戰。況齊、秦二國，必然遣兵助晉。我國必須入朝請添兵益將，方可赴敵。」得臣從之。越椒往見楚王，奏知請兵交戰之意。楚王乃使鬥宜申將西廣之兵而往。成得臣之子成大心，聚集宗人之兵，約六百人，自請助戰。楚王許之。鬥宜申同越椒領兵至宋，得臣看兵少，心中愈怒。即日約會四路諸侯之兵，拔寨都起。直逼晉侯大寨，做三處屯聚。

晉文公集諸將問計。狐偃曰：「主公昔日在楚君面前，曾有一言：『他日治兵中原，請避君三舍。』若我退，楚亦退，必不能復圍宋矣。如我退而楚進，則以臣逼君，其曲在彼。」文公乃傳令：「三軍俱退！」直退到九十里之程，地名城濮，方教安營息馬。時齊昭公、秦穆公各遣人領兵，協同晉師戰楚，俱於城濮下寨。宋圍已解，宋成公亦遣司馬公孫固助戰。卻說成得臣見晉軍移營退避，傳令：「速進！」楚軍行九十里，恰與晉軍相遇。

文公使先軫再閱兵車，共七百乘，精兵五萬餘人，齊、秦之眾，不在其內。先軫分撥兵將，使狐毛、狐偃引上軍，同秦國副將白乙丙攻楚左師，與鬥宜申交戰。使欒枝、胥臣引下軍，同齊國副將崔夭，攻楚右師，與鬥勃交戰。各授計策行事。自與郤溱、祁瞞中軍結陣，與成得臣相持。卻教荀林父、士會，各率五千人為左右翼，準備接應。再教國歸父、小子憖，各引本國之兵，從間道抄出楚軍背後埋伏。魏犨自請為先鋒。先軫曰：「從有莘南去，地名空桑，與楚連谷地面接壤。老將軍可引一支兵，伏於彼處，截楚敗兵歸路，擒拿楚將。」魏犨欣然去了。次日黎明，晉、楚三軍，各自成列。

且說晉下軍大夫欒枝，打探楚右師用陳、蔡為前隊，乃使白乙丙出戰。陳轅選、蔡公子印，爭先出車。未及交鋒，晉兵忽然退後。二將方欲追趕，只見對陣門旗開處，胥臣領著一陣大車，衝將出來。駕車之馬，都用虎皮蒙背，敵馬見之，認為真虎，驚惶跳躑。執轡者拿把不住，牽車回走，反衝動鬥勃後隊。胥臣和白乙丙乘亂掩殺，公子印戰死，鬥勃中箭而逃，楚右師大敗。欒枝遣軍卒，假扮作陳、蔡軍人，往報楚軍，說：「右師已得勝，速速進兵，

共成大功。」得臣急催左師並力前進。鬥宜申見對陣大旆高懸，料是主將，衝殺過來。狐偃迎住，略戰數合，只見陣後大亂，回轅便走，大旆亦往後退行。鬥宜申指引鄭、許二將，盡力追逐。忽然鼓聲大震，先軫、郤溱引精兵一支，從半腰裡橫衝過來，將楚軍截做二段。狐毛、狐偃翻身復戰，兩下夾攻。鄭、許之兵先自驚潰，宜申支架不住，拼死命殺出。遇著齊將崔夭，又殺一陣，盡棄其車馬器械，雜於步卒之中，爬山而遁。

話說楚元帥成得臣聞左右二軍，俱已進戰得利，遂令中軍擊鼓，使其子小將軍成大心出陣。成大心在陣前耀武揚威。祁瞞使人察之，回報：「是十五歲的孩子。」祁瞞喝教：「擂鼓！」戰鼓一鳴，陣門開處，祁瞞舞刀而出，小將軍便迎住交鋒。鬥越椒見小將軍未能取勝，即忙駕車而出，拈弓搭箭，一箭正射中祁瞞的盔纓。祁瞞吃了一驚，欲待退回本陣，恐衝動了大軍，只得繞陣而走。鬥越椒大叫：「此敗將不須追之，可殺入中軍，擒拿先軫！」

第四十一回
連谷城子玉自殺
踐土壇晉侯主盟

話說楚將鬥越椒與小將軍成大心，殺入中軍，卻得荀林父、先蔑兩路接應兵到。成得臣麾軍大進，先軫、郤溱兵到，兩下混戰多時。欒枝、胥臣、狐毛、狐偃一齊都到，如銅牆鐵壁，團裹將來。得臣急急傳令鳴金收軍，小將軍成大心一枝畫戟，神出鬼沒，保護其父得臣，拼命殺出重圍。晉文公在有莘山上，觀見晉兵得勝，忙使人傳諭各軍：「但逐楚兵出了宋、衛之境足矣。不必多事擒殺，以傷兩國之情，負了楚王施惠之意。」先軫遂約住諸軍，不行追趕。陳、蔡、鄭、許四國，各自逃生，回本國去了。

單說楚軍出了重圍，方知國歸父、小子慭二將已據了大寨，輜重糧草，盡歸其手。成得臣不敢經過，行至空桑地面，忽然連珠炮響，魏犨引一軍當路。鬥越椒大怒，叫小將軍保護元帥，獨力拒戰。鬥宜申、鬥勃勉強相幫。魏犨力戰三將，正在相持，忽見北來一人，大叫：「將軍罷戰，先元帥奉主公之命：『放楚將生還本國，以報出亡時款待之德。』」魏犨方才住手。得臣等奔走不迭，回至連谷。得臣大慟，乃與鬥宜申、鬥勃俱自囚於連谷，使其子大心部領殘軍，去見楚王，自請受誅。時楚成王尚在申城，見成大心至，大怒曰：「楚國之法，兵敗者死。諸將速宜自裁，毋汙吾斧鑕。」大心號泣而出，回復得臣。得臣自刎而死。

卻說蔿賈在家，問其父芳呂臣曰：「子玉剛愎而驕，不可獨任。然其人強毅不屈，使得智謀之士，以為之輔，可使立功。父親何不諫而留之？」呂臣曰：「王怒甚，恐言之無益。」賈曰：「父親不記范巫矞似之言乎？矞似善相人，曾言：『主上與子玉、子西三人，日後皆不得其死。』主上即賜子玉、子西免死牌各一面。」呂臣遂往見楚王，奏曰：「子玉罪雖當死，然吾王曾有免死牌在彼，可以赦之。」楚王急使人傳命：「敗將一概免死！」比及到連谷時，得臣先死半日矣。鬥宜申懸樑自縊，懸帛斷絕，留下性命。鬥勃原要收殮子玉、子西之屍，方才自盡，故亦不曾死。楚王還駕郢都，升蔿呂臣為令尹，貶鬥宜申為商邑尹，謂之商公。鬥勃出守襄城。令尹子文聞得臣兵敗，嘔血數升，伏床不起。召其子鬥般囑曰：「楚國為政，非汝則越椒。越椒傲狠好殺，若為政，必有非理之望，汝必逃之。」般再拜受命。子文遂卒。未幾，蔿呂臣亦死。成王使鬥般嗣為令尹，越椒為司馬，蔿賈為工正。

卻說晉文公移屯於楚大寨。國歸父、小子慭等辭歸，文公以軍獲之半遺之，二國奏凱而還。宋公孫固亦歸本國。先軫囚祁瞞至文公之前，奏其違命辱師之罪。文公曰：「若非上下二軍先勝，楚兵尚可制乎？」命司馬趙衰定其罪，斬祁瞞以徇於軍。大軍留有莘三日，然後下令班師。行至南河，哨馬稟覆：「河下船隻，尚未齊備。」文公使召舟之僑，僑亦不在。原來舟之僑事晉已久，滿望重用立功，卻差他南河拘集船隻，心中不平。恰好接得家報，其妻在家病重，僑暫且回國看視，遂誤了濟河之事。文公大怒，欲令軍士四下搜捕民船。先軫曰：「若使搜捕，必然逃匿。不若出令以厚賞募之。」文公懸賞軍門，百姓爭相應募，頃刻舟集如蟻，大軍遂渡了黃河。

行不數日，遙見一隊車馬，簇擁著一位貴人，從東而來，乃周天子之卿士王子虎也。聞晉侯伐楚得勝，天子親駕鑾輿，來犒三軍，先令虎來報知。文公遂與王子虎訂期，約以五月之吉，於踐土候周王駕臨。子虎辭去。大軍望衡雍而進，途中又見車馬一隊，有一使臣來迎，乃是鄭大夫子人九。奉鄭伯之命，恐晉兵來討其罪，特遣行成。文公乃許鄭成。大軍至衡雍下寨。文公一面使狐毛、狐偃帥本部兵，往踐土築造王宮；一面使欒枝入鄭城，與鄭伯為盟。鄭伯親至衡雍，致饍謝罪。文公復與歃血訂好。

卻說狐毛、狐偃築王宮於踐土，又別建館舍數處。晝夜並工，月餘而畢。傳檄諸侯：「俱要五月朔日，踐土取齊。」單說衛成公聞晉將合諸侯，謂寧俞曰：「徵會不及於衛，晉怒尚未息也。」寧俞對曰：「君不如讓位於叔武，以乞盟於踐土。武素孝友，豈忍代立？必當為復君之計矣。」衛侯心雖不願，無可奈何，使孫炎以君命致國於叔武。衛侯乃適陳。孫炎見叔武，致衛侯之命。武即同元咺赴會，使孫炎回復衛侯。元咺曰：「君性多猜忌，吾不遣親子弟相從，何以取信？」乃使其子元角，伴孫炎以往。公子歂犬私謂元咺曰：「子何不以讓國之事，明告國人，擁立夷叔而相之。晉人必喜。子挾晉之重以臨衛，是子與武共衛也。」元咺曰：「叔武不敢無兄，吾敢無君乎？」歂犬語塞而退。乃私往陳國，密報衛侯，反說：「元咺已立叔武為君，謀會晉以定其位。」衛侯遂陰使人往踐土，伺察叔武、元咺之事。

卻說周襄王以夏五月丁未日，駕幸踐土。晉侯率諸侯，預於三十里外迎接，駐蹕王宮。襄王御殿，諸侯謁拜稽首。起居禮畢，晉文公獻所獲楚俘於王。襄王大悅，策命晉侯為方伯。晉侯遜謝再三，然後敢受，遂以王命佈告於諸侯。襄王復命王子虎，冊封晉侯為盟主，合諸侯修盟會之政。晉侯於王宮之側，設下盟壇。諸侯先至王宮行覲禮，然後各趨會所。王子虎監臨其事。晉侯先登，執牛耳，諸侯以次而登。元咺已引叔武謁過晉侯了。是日，叔武攝衛君之位，附於載書之末。子虎讀誓詞，諸侯各各歃血為信。盟事既畢，晉侯欲以叔武見襄王，立為衛君，以代成公。叔武涕泣辭，元咺亦叩頭哀請，晉侯方才首肯。

第四十二回
周襄王河陽受覲
衛元咺公館對獄

話說衛成公遣人密地打探，見元嗄奉叔武入盟，名列載書，即時回報衛侯。衛侯大罵：「元咺背君之賊！扶立新君，卻又使兒子來窺吾動靜。吾豈容汝父子乎？」元角方欲置辯，衛侯拔劍一揮，頭已墜地。元角從人，慌忙逃回，報知其父咺。司馬瞞謂元咺曰：「君既疑子，子何不辭位而去，以明子之心耶？」咺嘆曰：「咺若辭位，誰與太叔共守此國者？夫殺子，私怨也；守國，大事也。」乃言於叔武，使奉書晉侯，求其復成公之位。

再說晉文公受了冊命而回，入國之日，一路百姓，簞食壺漿，共迎師旅。晉文公臨朝受賀，論功行賞。狐偃奏曰：「先臣荀息，忠節可嘉。宜錄其後，以勵臣節。」文公准奏，遂召荀息之子荀林父為大夫。行賞已畢，使司馬趙衰議舟之僑之罪，喝命斬首示眾。自是三軍畏服，諸將用命。

一日，文公坐朝，正遇衛國有書到。文公曰：「此必叔武為兄求寬也。」陳穆公亦有使命至晉，代衛鄭致悔罪自新之意。文公乃各發回書，聽其復歸故國。叔武得晉侯寬釋之信，急發車騎如陳，往迎衛侯。衛侯心疑，遣寧俞先到楚丘，探其實信。寧俞至衛，望見叔武設座於殿堂之東，西向而坐，佯問曰：「太叔攝位而不御正，何以示觀瞻耶？」叔武曰：「此正位吾兄所御，吾敢居正乎？」寧俞曰：「俞今日方見太叔之心矣。」遂與訂期，約以六月辛未吉日入城。寧俞回復衛侯，言：「叔武真心奉迎，並無歹意。」衛侯也自信得過了。怎奈歂犬又說衛侯曰：「君不如先期而往，出其不意，可必入也。」衛侯即時發駕。歂犬請為前驅，除宮備難，衛侯許之。寧俞奏曰：「臣已與國人訂期矣。君駕若即發，臣請先行一程，以曉諭臣民，而安上下之心。」寧俞去後，衛侯催促御人，並力而馳。

寧俞先到國門，才轉身時，歂犬前驅已至，言：「衛侯只在後面。」歂犬先入城去了。時叔武聞寧俞報言：「君至。」忽聞前驅車馬之聲，認是衛侯已到，心中喜極，疾趨而出，正撞了歂犬。歂犬恐留下叔武，敘出前因，遂彎弓搭箭，射個正好。叔武被箭中心窩，望後便倒。寧俞急忙上前扶救，已無及矣。元咺聞叔武被殺，吃了一驚，痛哭了一場，急忙逃奔晉國去了。比及成公入城，只見寧俞帶淚而來，言：「叔武喜主公之至，不等沐完，握髮出迎，誰知枉被前驅所殺，使臣失信於國人，臣該萬死！」衛侯面有慚色。寧俞引衛侯視叔武之屍，衛侯枕其頭於膝上，不覺失聲大哭。寧俞曰：「不殺前驅，何以謝太叔之靈？」衛侯命將歂犬斬首號令，吩咐以君禮厚葬叔武。

再說衛大夫元咺，逃奔晉國，見了晉文公，伏地大哭，訴說衛侯疑忌叔武，故遣前驅射殺之事。晉文公把幾句好話，安慰了元咺，留在館驛。先軫進曰：「徵會討貳，伯主之職。臣請厲兵秣馬，以待君命。」狐偃曰：「不然。伯主所以行乎諸侯者，莫不挾天子之威。為君計，莫若以朝王為名，號召諸侯。視其不至者，以天子之命臨之。」趙衰曰：「朝覲之禮，不行久矣。臣懼天子之疑君而謝君也。莫若致王於溫，而率諸侯以見之。」文公大悅，乃命趙衰如周，謁見周襄王，奏言：「寡君重耳，感天王下勞錫命之恩，欲率諸侯至京師，修朝覲之禮，伏乞聖鑑！」襄王召王子虎計議，子虎對曰：「臣請面見晉使而探其意。」子虎到館驛見了趙衰，敘起入朝之事。趙衰曰：「古者，天子有時巡之典，省方觀民。況溫亦畿內故地也。天子若以巡狩為名，駕臨河陽，寡君因率諸侯以展覲，未知可否？」子虎入朝，述其語於襄王。襄王大喜，約於冬十月之吉，駕幸河陽。趙衰回復晉侯。晉文公以朝王之舉，播告諸侯，俱約冬十月朔，於溫地取齊。

至期，齊、宋、魯、蔡、秦、鄭等陸續俱到。秦穆公言：「前此踐土之會，因憚路遠後期，是以不果。今番願從諸侯之後。」晉文公稱謝。衛侯鄭自知有罪，意不欲往。寧俞諫曰：「若不往，是益罪也。」成公乃行。寧俞與鍼莊子、士榮三人相從。比至溫邑，文公不許相見，以兵守之。不一日，周襄王駕到，晉文公率眾諸侯迎至新宮駐蹕。次日五鼓，十路諸侯，冠裳佩玉，整整齊齊。朝禮既畢，晉文公將衛叔武冤情，訴於襄王，遂請王子虎同決其獄。襄王許之。文公邀子虎至於公館，賓主敘坐，使人以王命呼衛侯。子虎曰：「君臣不便對理，可以代之。」乃停衛侯於廡下，寧俞侍衛侯之側，寸步不離。鍼莊子代衛侯，與元咺對理。士榮攝治獄之官，質正其事。

元咺口若懸河，備細鋪敘。鍼莊子曰：「此皆歂犬讒譖之言，以致衛君誤聽。」元咺曰：「歂犬初與咺言，要擁立太叔。咺若從之，君豈得復入？只為咺仰體太叔愛兄之心，所以拒歂犬之請，不意彼反肆離間。衛君若無猜忌太叔之意，歂犬之譖，何由而入？咺遣兒子角，往從吾君，正是自明心跡。本是一團美意，乃無辜被殺。就他殺吾子角之心，便是殺太叔之心了。」士榮曰：「汝為其臣，如何君一入國，汝便出奔？」元咺曰：「咺奉太叔守國，實出君命。君且不能容太叔，能容咺乎？咺之逃，非貪生怕死，實欲為太叔伸不白之冤耳！」晉文公謂子虎曰：「衛鄭乃天子之臣，不敢擅決，可先將衛臣行刑。」喝教左右：「凡相從衛君者，盡加誅戮。」子虎曰：「吾聞寧俞，

衛之賢大夫，其調停於兄弟君臣之間，大費苦心，無如衛君不聽何？士榮攝為士師，斷獄不明，合當首坐。鍼莊子不發一言，自知理屈，可從末減。」文公依其言，乃將士榮斬首，鍼莊子刖足，寧俞姑赦不問。衛侯上了檻車，文公同子虎帶了衛侯，來見襄王，備陳衛家君臣兩造獄詞。襄王曰：「叔父之斷獄明矣，雖然，不可以訓。若臣與君訟，是無上下也。為臣而誅君，為逆已甚。朕恐其無以彰罰，而適以教逆也。朕亦何私於衛哉？」文公惶恐謝曰：「重耳見不及此。既天王不加誅，當檻送京師，以聽裁決。」文公仍帶衛侯，回至公館，使軍士看守如初。一面打發元咺歸衛，聽其別立賢君。

元咺至衛，與群臣計議。群臣共舉一人，乃是叔武之弟名適，字子瑕，為人仁厚。乃奉公子瑕即位，元咺相之。衛國粗定。

第四十三回
智寧俞假鴆復衛
老燭武縋城說秦

話說眾諸侯送襄王出河陽之境，就命先蔑押送衛侯於京師。時衛成公有微疾，晉文公使隨行醫衍，與衛侯同行。假以視疾為名，實使之鴆殺衛侯。襄王行後，眾諸侯未散，晉文公曰：「寡人奉天子之命，得專征伐。今許人一心事楚，不通中國。願偕諸君問罪於許。」時晉侯為主，八國諸侯，皆率車徒聽命，一齊向潁陽进發。只有鄭文公捷，托言祈禱，辭晉先歸，陰使人通款於楚。許人聞有諸侯之兵，亦遣人告急於楚。楚成王曰：「吾兵新敗，勿與晉爭。」遂不救許。諸侯之兵，圍了潁陽，水泄不漏。

時曹共公襄，尚羈五鹿城中。使小臣侯孺，攜重賂以行，往說晉侯。適晉文公因染寒疾，夢有衣冠之鬼，召太卜郭偃，占問吉凶。侯孺遂以金帛一車，致於郭偃，使借鬼神之事，為曹求解。布卦已畢，偃獻繇於文公，曰：「以卦合之於夢，必有失祀之鬼神，求赦於君也。以臣之愚度之，其曹乎？君若復曹伯，布寬仁之令，享鐘鼓之樂，又何疾之足患？」這一席話，說得文公心下豁然。即日遣人召曹伯襄於五鹿，使復歸本國為君，所畀宋國田土，亦吐還之。曹伯襄得釋，即統本國之兵，趨至潁陽，面謝晉侯復國之恩，遂協助眾諸侯圍許。許僖公見楚救不至，乃面縛銜璧，向晉軍中乞降，大出金帛犒軍。文公乃與諸侯解圍而去。秦穆公臨別，與晉文公相約：「異日若有軍旅之事，彼此同心協力，不得坐視。」二君相約已定，各自分路。

再表周襄王回至京師，周公閱請羈衛侯於館舍，聽其修省。襄王曰：「置大獄太重，舍公館太輕。」乃於民間空房，別立囚室而幽之。寧俞緊隨其君。

先蔑催促醫衍數次，奈寧俞防範甚密，無處下手。醫衍沒奈何，只得以實情告於寧俞。寧俞附耳言曰：「子既剖腹心以教我，敢不曲為子謀乎？近聞曹君獲宥，特以巫史一言。子若薄其鴆以進，而托言鬼神，君必不罪。」醫衍會意而去。寧俞假以衛侯之命，向衍取藥酒療疾。衍遂調鴆於甌以進，用毒甚少，雜他藥以亂其色。寧俞請嘗，衍佯不許，強逼衛侯而灌之。才灌下兩三口，衍忽然大叫倒地，口吐鮮血，不省人事。寧俞故意大驚小怪，命左右將太醫扶起。半晌方甦，問其緣故，衍言：「方灌酒時，忽見一神人言：『奉唐叔之命，來救衛侯。』遂用金鍾，擊落酒甌，使我魂魄俱喪也！」衛侯自言所見，與衍相同。寧俞佯怒，奮臂欲與衍鬥，左右為之勸解。先蔑與醫衍還晉，將此事回復文公。文公信以為然，赦醫衍不誅。

卻說魯僖公原與衛世相親睦，乃使臧孫辰先以白璧十雙，獻於周襄王，為衛求解。又到晉國，見了文公，以白璧十雙為獻。文公許之，即命先蔑再同臧孫辰如周，共請於襄王。乃釋衛成公之囚，放之回國。時元咺已奉公子瑕為君。寧俞乃使心腹人一路揚言:「衛侯將往楚國避難矣。」因取衛侯手書,付孔達為信,教他私結周歂、冶廑二人,如此恁般。黃昏左側,元咺巡至東門,只見周歂、冶廑二人一齊來迎。冶廑拿住元咺雙手,周歂手拔佩刀,劈頭砍來。周歂、冶廑率領家丁,殺入宮中,公子瑕投井而死。周歂、冶廑將衛侯手書,榜於朝堂,大集百官,迎接衛成公入城復位。

卻說晉文公一日坐朝,謂群臣曰:「鄭人不禮之仇未報,今又背晉款楚,吾欲合諸侯問罪。」乃使人以兵期告秦,約於九月上旬,同集鄭境。文公臨發,以公子蘭從行。蘭乃鄭伯捷之庶子,向年逃晉,此行蓋欲借為嚮導也。蘭辭曰:「君有討於鄭,臣不敢與其事。」文公乃留公子蘭於東鄙,自此有扶持他為鄭君之意。晉師既入鄭境,秦穆公亦引車來會。晉兵營於函陵,在鄭城之西。秦兵營於氾南,在鄭城之東。鄭文公手足無措,大夫叔詹進曰:「秦、晉合兵,其勢甚銳,不可與爭。但得一舌辯之士,往說秦公,使之退兵。」鄭伯曰:「誰可往說秦公者?」叔詹對曰:「佚之狐可。」鄭伯命佚之狐。狐對曰:「臣不堪也,願舉一人以自代。此人乃考城人也,姓燭名武,年過七十,乞主公加禮而遣之。」鄭伯遂召燭武入朝,燭乃受命而出。

燭武知秦東晉西,各不相照。是夜命壯士以繩索縋下東門,徑奔秦寨。武從營外放聲大哭,營吏擒來稟見穆公。穆公曰:「所哭何事?」武曰:「老臣哭鄭,兼亦哭秦。鄭亡不足惜,獨可惜者秦耳!」穆公大怒。武面無懼色,曰:「秦晉合兵臨鄭,鄭之亡,不待言矣。若亡鄭而有益於秦,老臣又何敢言?不惟無益,又且有損,君何為勞師費財,以供他人之役乎?鄭在晉之東界,秦在晉之西界。秦東隔予晉,南隔於周,能越周、晉而有鄭乎?鄭雖亡,尺土皆晉之有,於秦何與?夫秦、晉兩國,勢不相下。晉益強,則秦益弱矣。君之施於晉者,累世矣,曾見晉有分毫之報於君乎?」穆公聳然動色。燭武曰:「君若肯寬目下之圍,定立盟誓。君如有東方之事,行李往來,取給於鄭,猶君外府也。」穆公大悅,遂與燭武歃血為誓,反使杞子、逢孫、楊孫三將,留卒二千人助鄭戍守,密地班師而去。早有探騎報入晉營。文公大怒,狐偃在旁,請追擊秦師。

第四十四回
叔詹據鼎抗晉侯
弦高假命犒秦軍

話說狐偃進曰：「秦雖去不遠，臣請率偏師追擊之。」文公曰：「不可。若非秦君，寡人何能及此？」乃分兵一半，營於函陵，攻圍如故。鄭伯謂燭武曰：「晉兵未退，如之奈何？」燭武對曰：「聞公子蘭有寵於晉侯，若使人迎公子蘭歸國，以請成於晉，晉必從矣。」石申父乃攜重寶出城，直叩晉營求見，曰：「君侯赫然震怒，寡君知罪矣。不腆世藏，願效贄於左右。寡君有子蘭，獲侍左右。君侯使蘭監鄭之國，其敢有二心！」文公曰：「必迎立公子蘭為世子，且獻謀臣叔詹出來，方表汝誠心也。」石申父入城回復鄭伯。鄭伯曰：「聞子蘭昔有夢徵，立為世子，社稷必享之。但叔詹乃吾股肱之臣，豈可去孤左右？」叔詹對曰:「晉人索臣，臣不往，兵必不解。臣請往。」鄭伯涕淚而遣之。晉侯見了叔詹，命左右速具鼎鑊，將烹之。叔詹面不改色，據鼎耳而號曰：「自今已往，事君者以詹為戒！」文公悚然，命赦勿殺，曰：「寡人聊以試子也！」加禮甚厚。不一日，公子蘭取至。鄭伯立公子蘭為世子，晉師方退。自是秦、晉有隙。

是年魏犨醉後，墜車折臂，內傷病復發，嘔血斗餘死。文公錄其子魏顆嗣爵。未幾，狐毛、狐偃亦相繼而卒。晉文公哭之。胥臣進曰：「臣舉一人，乃郤芮之子郤缺也。此人若用於晉，不弱於子犯。」文公使內侍以簪纓袍服，往召郤缺。郤缺乃簪佩入朝。文公一見大喜，乃遷胥臣為下軍元帥，使郤缺佐之。復添二軍，謂之「新上」「新下」。舊有三軍，今又添二軍，共是五軍，亞於天子之制。楚成王聞之而懼，乃使大夫鬥章請平於晉。

周襄王二十四年，鄭文公捷薨，群臣奉公子蘭即位，是為穆公。是冬，晉文公有疾，召趙衰、先軫、狐射姑、陽處父諸臣，入受顧命。復恐諸子不安於國，預遣公子雍出仕於秦，公子樂出仕於陳。又使其幼子黑臀，出仕於周，以親王室。文公薨，世子驩主喪即位，是為襄公。

話分兩頭。卻說秦將杞子、逢孫、楊孫三人，屯戍於鄭之北門。見晉國送公子蘭歸鄭，立為世子，已將密報知會本國。及公子蘭即位，待杞子等無加禮。又聞晉文公亦薨，杞子遂與逢孫、楊孫商議，遣心腹人歸秦，言於穆公曰：「鄭人使我掌北門之管，若遣兵潛來襲鄭，我為內應，鄭可滅也。」秦穆公接此密報，召孟明視為大將，西乞術、白乙丙副之。挑選精兵三千餘人，車三百乘，出東門之外。孟明乃百里奚之子，白乙乃蹇叔之子。出師之日，蹇叔與百里奚，號哭而送之曰：「哀哉，痛哉！吾見爾之出，而不見爾之入也！」白乙見父親哀哭，欲辭不行。蹇叔乃密授以一簡，囑之曰：「汝可依吾簡中之言。」白乙領命而行。孟明自恃才勇，以為成功可必，恬不為意。大軍既發，蹇叔謝病不朝，求還銍村。穆公聞蹇叔決意歸田，贈以黃金二十斤，彩緞百束，群臣俱送出郊關而返。百里奚握公孫枝之手，告以蹇叔之言，如此恁般。公孫枝曰：「敬如命。」自去準備船隻。

卻說孟明見白乙領父密簡，特來索看。白乙丙啟而觀之，內有字二行曰：「此行鄭不足慮，可慮者晉也。崤山地險，爾宜謹慎。我當收爾骸骨於此！」孟明掩目急走，白乙意亦以為未必然。卻說鄭國有一商人，名曰弦高，以販牛為業。今日販了數百肥牛，行近黎陽津，遇一故人，名曰蹇他。弦高與蹇他相見，問：「秦國近有何事？」他曰：「秦遣三帥襲鄭，不久即至矣。」弦高大驚，心生一計。一面使人星夜奔告鄭國。一面打點犒軍之禮，選下肥牛二十頭隨身，餘牛俱寄頓客舍。弦高自乘小車，一路迎秦師上去。

來至滑國，地名延津，恰好遇見秦兵前哨。弦高攔住前路，高叫：「鄭國有使臣在此，願求一見！」孟明倒吃一驚，遂與弦高車前相見。弦高詐傳鄭君之命，謂孟明曰：「寡君聞三位將軍，將行師出於敝邑，不腆之賦，敬使下臣高遠犒從者。」孟明曰：「鄭君既犒師，何無國書？」弦高曰：「寡君聞從者驅馳甚力，恐俟詞命之修，或失迎犒。遂口授下臣，匍匐請罪，非有他也。」孟明附耳言曰：「寡君之遣視，為滑故也，豈敢及鄭？」傳令：「住軍於延津！」弦高稱謝而退。西乞、白乙問孟明：「駐軍延津何意？」孟明曰：「吾師千里遠涉，止以出鄭人之不意，可以得志。今滑國無備，不若襲滑而破之。」是夜三更，三帥兵分作三路，並力襲破滑城。滑君奔翟。

卻說鄭穆公接了商人弦高密報，使人往客館，窺覘杞子、逢孫、楊孫所為。則已收束車乘，厲兵秣馬，整頓器械。使者回報，鄭伯大驚。乃使老大夫燭武，先見杞子、逢孫、楊孫，各以束帛為贐。杞子大驚，乃緩詞以謝燭武，即日引親隨數十人，逃奔齊國。逢孫、楊孫，亦奔宋國避罪。戍卒無主，鄭穆公使佚之狐多齎行糧，分散眾人，導之還鄉。鄭穆公錄弦高之功，拜為軍尉。自此鄭國安靖。

卻說晉襄公在曲沃殯宮守喪，聞諜報：「秦國孟明將軍，統兵東去，不知何往？」襄公大驚，使人召群臣商議。先軫預已打聽明白，遂來見襄公。

第四十五回

晉襄公墨縗敗秦
先元帥免冑殉翟

話說中軍元帥先軫，來見襄公曰：「秦千里襲人，急擊之，不可失！」胥臣等皆贊成其謀。先軫遂請襄公墨縗治兵，曰：「臣料秦兵必不能克鄭，初夏必過澠池。其西有崤山兩座，乃秦歸必由之路。若伏兵於此處，出其不意，可使秦之兵將，盡為俘虜。」襄公曰：「但憑元帥調度。」先軫乃使其子先且居，同屠擊引兵五千，伏於崤山之左；使胥臣之子胥嬰，同狐鞫居引兵五千，伏於崤山之右。使狐偃之子狐射姑，同韓子輿引兵五千，伏於西崤山，預先砍伐樹木，塞其歸路。使梁繇靡之子梁弘，同萊駒引兵五千，伏於東崤山。先軫同趙衰、欒枝等一班宿將，跟隨晉襄公，離崤山二十里下寨。

再說秦兵滅了滑國，擄其輜重，滿載而歸。時夏四月初旬，行及澠池，白乙丙言於孟明曰：「此去正是崤山險峻之路，恐晉有埋伏，卒然而起，何以禦之？」孟明曰：「將軍畏晉如此，吾當先行。」乃遣驍將褒蠻子，前往開路。褒蠻子行至東崤山，忽然山凹裡飛出一隊車馬，車上立著一員大將，當先攔路，問：「汝是秦將孟明否？吾乃晉國大將萊駒是也！」蠻子曰：「汝乃無名小卒，何敢攔吾歸路？」萊駒大怒，挺長戈劈胸刺去。兩下交戰，萊駒見褒蠻子神勇，遂將車馬約在一邊，讓其過去。蠻子即差軍士傳報主帥孟明。孟明得報大喜，遂催趲西乞、白乙兩軍，一同進發。

再說孟明等三帥，進了東崤，一路都是有名的險處，車馬不能通行。孟明吩咐軍將，解了轡索，卸了甲冑。一步兩跌，備極艱難。正行之間，隱隱聞鼓角之聲，後隊有人報導：「晉兵從後追至矣！」孟明吩咐各軍，速速前進。將近絕命岩，眾人發起喊來，報道：「前面有亂木塞路，人馬俱不能通。」孟明見岩旁豎立紅旗一面，旗上有一「晉」字。傳令教軍士先將旗杆放倒，然後搬開柴木，以便跋涉。秦軍方才搬運柴木，只聞前面鼓聲如雷。山岩高處，立著一位將軍，姓狐名射姑，字賈季，大叫道：「汝家先鋒褒蠻子，已被縛在此了。來將早早投降，免遭屠戮！」孟明看這條路徑，只有尺許之闊，傳令：「此非交鋒之地，教大軍一齊退轉東崤寬展處。」才退至墮馬崖，只見東路旌旗，連接不斷，卻是大將梁弘同副將萊駒，引著五千人馬，從後一步步襲來。秦軍此時好像螞蟻在熱盤之上，東旋西轉，沒有個定處。

孟明教軍士從左右兩旁，尋個出路。只見左邊山頭上，有一支軍占住，右邊又豎起大將胥嬰的旗號。孟明大怒，同西乞、白乙二將，仍殺到墮馬崖來。那柴木上都摻有硫黃焰硝引火之物，被韓子輿放起火來。後面梁弘軍馬已到，逼得孟明等三帥叫苦不迭，無計可施。晉兵四下圍裹將來，秦家兵將，一個個束手受擒。諸將將俘獲軍士及車馬，並滑國擄掠來許多子女玉帛，盡數解到晉襄公大營。次日，襄公同諸將奏凱而歸，因殯在曲沃，且回曲沃。母夫人嬴氏曰：「秦、晉世為婚姻，孟明等貪功起釁，使兩國恩變為怨。吾量秦君，必深恨此三人。不如縱之還秦。」襄公悚然動心，即時詔有司釋三帥之囚，縱歸秦國。孟明等抱頭鼠竄而逃。先軫聞晉侯已赦三帥，怒氣衝衝，入見襄公，勃然唾襄公之面曰：「放虎歸山，異日悔之晚矣！」襄公方才醒悟，拭面而謝，問班部中：「誰人敢追秦囚者？」陽處父願往。

卻說孟明等三人得脫大難，比到河下，見一漁翁，奉公孫枝將令，在此相候。另有大船數隻泊於河中。孟明和西乞、白乙跣足下船，未及撐開，陽處父乘車而至。陽處父見孟明已在舟中，心生一計，解自家所乘左驂之馬，假託襄公之命，賜予孟明。孟明稽首拜謝曰：「蒙君不殺之恩，為惠已多，豈敢復受良馬之賜？此行寡君若不加戮，三年之後，當親至上國，拜君之賜耳！」陽處父再欲開口，船已蕩入中流去了。陽處父悶悶而回，奏聞於襄公。先軫憤然進曰：「彼雲『三年之後，拜君之賜』者，蓋將伐晉報仇也。不如先往伐之。」襄公以為然，遂商議伐秦之事。再說秦穆公聞三帥已釋放還歸，復用三帥主兵，愈加禮待。百里奚遂告老致政。穆公乃以由余、公孫枝為左右庶長，代蹇叔、百里奚之位。

再說晉襄公正議伐秦，忽邊吏馳報：「今有翟主白部胡，引兵犯界，已過箕城。」襄公大驚曰：「今翟君伐我之喪，是我仇也，子載為寡人創之。」先軫領命而出。

單說先軫升了中軍帳，問眾將:「誰肯為前部先鋒者？」一人昂然而出曰:「某願往。」先軫視之，乃新拜右車將軍狼瞫也。先軫罵曰：「爾新進小卒，豈藐我帳下無一良將耶？」遂叱去不用。以狐鞫居代之。狼瞫恨恨而出，遇其友人鮮伯於途。狼瞫曰：「我自請衝鋒，本為國家出力，誰知反觸了先軫那廝之怒，已將我罷職不用矣！」鮮伯大怒曰：「先軫妒賢嫉能，我與你刺殺那廝，以出胸中不平之氣。」狼瞫曰：「不可。大丈夫死必有名，子姑待之。」再說先軫發車四百乘，望箕城進發。安營停當，先軫喚集諸將授計曰：「箕城有地名曰大谷，其旁多樹木，可以伏兵。欒、郤二將，可分兵左右埋伏。二狐引兵接應，以防翟兵馳救。」諸將如計而行。次早，兩下結陣，翟主白部胡親自索戰。先

且居略戰數合，引車而退。白部胡引著百餘騎，奮勇來追。被先且居誘入大谷，左右伏兵俱起。白部胡殺出重圍，遇著一員大將，颼的一箭，正中白部胡面門，翻身落馬，軍士上前擒之。射箭者，乃新拜下軍大夫郤缺也。白部胡登時身死，郤缺割下首級獻功。

時先軫在中營，聞知白部胡被獲，遂索紙筆，寫表章一道，置於案上。竟與營中心腹數人，乘單車馳入翟陣。卻說白部胡之弟白暾，見有單車馳到，急提刀出迎，令弓箭手圍而射之。先軫奮起神威，手殺頭目三人，兵士二十於人，身上並無點傷。先軫見射不能傷，乃自解其甲以受箭。箭集如蝟，身死而屍不僵仆。有軍士認得的，言：「此乃晉中軍元帥先軫。」白暾乃率眾羅拜，祝曰：「神許我歸翟供養乎？則仆！」屍僵立如故。乃改祝曰：「神莫非欲還晉國否？我當送回！」祝畢，屍遂仆於車上。

第四十六回

楚商臣宮中弒父
秦穆公崤谷封屍

話說翟主白部胡被殺，白暾欲將先軫屍首，與晉打換部胡之屍，遣人到晉軍打話。

且說郤缺提了白部胡首級，同諸將到中軍獻功，不見了元帥。先且居於案上見表章一道，取而觀之，放聲大哭。忽報：「翟主之弟白暾，差人打話。」召而問之，乃是彼此換屍之事。且居複痛哭了一場。約定：「明日軍前，各抬亡靈，彼此交換。」次日，兩邊結陣相持。先且居素服登車，迎接父屍。晉軍中亦將白部胡首級，交割還翟。白暾叫道：「你晉家好欺負人！如何不把全屍還我？」先且居使人應曰：「若要取全屍，你自去大谷中亂屍內尋認。」白暾大怒，指揮翟騎衝殺過來。狐射姑橫戟而出，左有郤缺，右有欒盾，兩翼軍士圍裹將來。白暾急忙撥轉馬頭，射姑隨著馬尾趕來。白暾回首一看，帶轉馬頭，曰：「將軍別來無恙？將軍父子，俱住吾國十二年，相待不薄，今日留情，異日豈無相見？」狐射姑答道：「我放汝一條生路，汝速速回軍。」言畢回車。晉師凱旋，參見晉襄公，呈上先軫韻遺表。襄公憐軫之死，乃即柩前，拜先且居為中軍元帥，以代父職。

卻說楚成王之長子，名曰商臣。先時欲立為太子，問於鬥勃。勃對曰：「商臣之相，蜂目豺聲，其性殘忍，為亂必矣。」成王不聽，竟立為嗣。商臣聞鬥勃不欲立己，心懷怨恨，譖於成王。成王信其言，遂使人賜之以劍。鬥勃以劍刎喉而死。成大心自詣成王之前，叩頭涕泣，備述緣由。自此成王有疑太子商臣之意。後又愛少子職，遂欲廢商臣而立職，誠恐商臣謀亂，思尋其過失而誅之。宮人頗聞其語，傳播於外。商臣以告於太傅潘崇。潘崇曰：「除非行大事，乃可轉禍為福。」商臣乃部署宮甲，至夜半，遂圍王宮。潘崇仗劍，同力士數人入宮，徑造成王之前，曰：「王在位四十七年矣，今國人思得新王，請傳位於太子！」成王惶遽答曰：「孤即當讓位，但不知能相活否？」潘崇曰：「國豈有二君耶？」言畢，解束帶投於王前。成王遂以帶自挽其頸，潘崇命左右拽之，須臾氣絕。商臣遂以暴疾訃於諸侯，自立為王，是為穆王。令尹鬥般等，無人敢言。鬥宜申聞成王之變，與大夫仲歸謀弒穆王。事露，穆王使鬥越椒擒宜申、仲歸殺之。穆王召鬥般使殺公子職，鬥般辭以不能。穆王自舉銅錘擊殺之。公子職欲奔晉，鬥越椒追殺之於郊外。穆王拜成大心為令尹。未幾，大心亦卒。遂遷鬥越椒為令尹，蔿賈為司馬。

卻說周襄王二十七年，春二月，秦孟明視請於穆公，欲興師伐晉。穆公許之。孟明遂同西乞、白乙，率車四百乘伐晉。晉襄公遂拜先且居為大將。狼瞫自請以私屬效勞，先且居許之。晉軍西行至於彭衙，方與秦兵相遇。狼瞫請於先且居曰：「今日瞫請自試，非敢求祿功，但以雪前之恥耳。」言畢，遂與其友鮮伯等百餘人，直犯秦陣，所向披靡，殺死秦兵無算。鮮伯為白乙所殺。先且居望見秦陣已亂，遂驅大軍掩殺前去。孟明大敗而走。瞫遍體皆

傷，逾日而亡。晉兵凱歌還朝。卻說孟明兵敗回秦，穆公依舊使人郊迎慰勞。孟明自愧不勝，乃盡出家財，以恤陣亡之家。每日操演軍士，勉以忠義，期來年大舉伐晉。是冬，晉襄公復命先且居，糾合宋、陳、鄭，率師伐秦，取汪及彭衙二邑而還。至明年夏五月，孟明訓練已精，請穆公自往督戰。穆公乃選車五百乘，擇日興師。兵由蒲津關而出。既渡黃河，孟明出令，使盡焚其舟。孟明自為先鋒，長驅直入，破王官城，取之。

諜報至絳州，趙衰進曰：「秦怒已甚，此番起傾國之兵，將致死於我。不如避之。使稍逞其志，可以息兩國之爭。」襄公乃傳諭四境堅守，毋與秦戰。穆公遂引兵渡黃河上岸，屯於東崤。命軍士收檢屍骨，埋藏於山谷僻坳之處。宰牛殺馬，大陳祭享。穆公素服，親自瀝酒，放聲大哭。汪及彭衙二邑百姓，聞穆公伐晉得勝，哄然相聚，逐去晉之守將，還復歸秦。秦穆公奏凱班師。西戎主赤斑，打聽孟明得勝，遂率西方二十餘國，納地請朝，尊穆公為西戎伯主。是時秦之威名，直達京師。周襄王欲冊命秦伯為侯伯，尹武公曰：「不若遣使頒賜以賀秦，則秦知感，而晉亦無怨。」襄王從之。

第四十七回
弄玉吹簫雙跨鳳 趙盾背秦立靈公

卻說秦穆公有幼女，生時適有人獻璞，琢之得碧色美玉。女周歲，獨取此玉，因名弄玉。稍長，姿容絕世，善於吹笙。穆公命巧匠，剖此美玉為笙。女吹之，聲如鳳鳴。穆公鍾愛其女，築重樓以居之，名曰鳳樓。樓前有高臺，亦名鳳臺。弄玉年十五，穆公欲為之求佳婿。弄玉自誓曰：「必是善笙人，能與我唱和者，方是我夫。」穆公使人遍訪，不得其人。忽一日，弄玉取碧玉笙，臨窗吹之。微風拂拂，忽若有和之者。弄玉心異之，乃將玉笙置於床頭，勉強就寢。夢見一美丈夫騎彩鳳自天而下，謂弄玉曰：「我乃太華山之主也。上帝命我與爾結為婚姻，當以中秋日相見。」乃於腰間解赤玉簫，倚欄吹之。弄玉猛然驚覺。及旦，自言於穆公。乃使孟明以夢中形象，於太華山訪之。孟明登太華山，至明星岩下，果見一人，飄飄然有超塵出俗之姿。問其姓名，對曰：「某蕭姓，史名。足下來此何事？」孟明曰：「某乃本國右庶長百里視是也。吾主為愛女擇婿，聞足下精於音樂，吾主渴欲一見。」乃與共載而回。穆公坐於鳳臺之上，命蕭史奏之。曲畢，穆公大悅，命太史擇日婚配。太史奏今夕中秋上吉。乃使左右具湯沐，引蕭史潔體，賜新衣冠更換，送至鳳樓，與弄玉成親。約居半載，忽然一夜，夫婦於月下吹簫，遂有紫鳳集於臺之左，赤龍盤於臺之右。於是蕭史乘赤龍，弄玉乘紫鳳，自鳳臺翔雲而去。今人稱佳婿為「乘龍」，正謂此也。穆公自是厭言兵革，以國政專任孟明。又三年，穆公薨。太子即位，是為康公。

卻說晉襄公六年，立其子夷皋為世子，使庶弟公子樂出仕於陳。是年，趙衰、欒枝、先且居、胥臣先後皆卒。明年，捨二軍，仍復三軍之舊。以狐射姑為中軍元帥，趙盾佐之；以箕鄭父為上軍元帥，荀林父佐之；以先蔑為下軍元帥，先都佐之。狐射姑登壇號令，指揮如意，旁若無人。司馬臾駢諫曰：「夫剛而自矜，子玉所以敗於晉也，不可不戒。」射姑大怒，叱左右鞭之一百。眾人俱有不服之意。太傅陽處父密奏於襄公曰：「射姑剛而好上，不得民心，此非大將之才也。」襄公乃拜趙盾為中軍元帥，使狐射姑佐之。趙盾大修政令，國人悅服。是年秋，晉襄公薨。群臣欲奉太子即位。趙盾曰：「國家多難，不可以立幼主。今公子雍，見仕於秦，可迎之以嗣大位。」狐射姑曰：「不如立公子樂。樂仕於陳，而陳素睦於晉。迎之，則朝發而夕至矣。」趙盾曰：「不然。必公子雍乃可。」眾議方息。乃使先蔑為正使，士會副之，如秦報喪，因迎公子雍為君。狐射姑見趙盾不從其言，陰使人召公

子樂於陳。早有人報知趙盾。盾使其客公孫杵臼，率家丁伏於中路。候公子樂行過，要而殺之。狐射姑乃與其弟狐鞫居謀，殺陽處父。

至冬十月，葬襄公於曲沃。葬畢，奉主入廟。趙宣子即廟中謂諸大夫曰：「今君柩在殯，而狐鞫居擅殺太傅。此不可不討也！」乃執鞫居付司寇，數其罪而斬之。狐射姑懼趙盾已知其謀，乃夜乘小車，出奔翟國，投翟主白暾去訖。時翟國侵魯，魯與齊、衛合兵伐翟，白暾走死，遂滅其國。狐射姑轉入赤翟潞國，依潞大夫酆舒。趙盾使臾駢送其妻子往潞。臾駢喚集家丁，迎其妻子登車，將家財細細登籍，親送出境，毫無遺失。射姑嘆曰：「吾有賢人而不知，吾之出奔，宜也！」

再說先蔑同士會如秦，迎公子雍為君。秦康公喜，使白乙丙率車四百乘，送公子雍於晉。卻說襄夫人穆嬴自送葬歸朝之後，每日侵晨，必抱太子夷皋於懷，至朝堂大哭。國人聞之，無不哀憐穆嬴，而歸咎於趙盾。諸大夫亦以迎雍失策為言。趙盾患之，即時會集群臣，奉夷皋即位，是為靈公，時年才七歲耳。百官朝賀方畢，忽邊諜報稱：「秦遣大兵送公子雍已至河下。」趙盾乃使箕鄭父輔靈公居守，自領大軍，出迎秦師。先蔑先至晉軍來見趙盾，盾告以立太子之故。先蔑拂袖而出，見荀林父曰：「我受命往秦迎雍，則雍是我主，秦為吾主之輔。豈可自背前言？」遂奔秦寨。趙盾曰：「不如乘夜往劫秦寨，出其不意。」遂出令秣谷飼馬，軍士於寢蓐飽食，銜枚疾走，比至秦寨，鼓角齊鳴，殺入營門。秦師在睡夢中驚覺，四下亂竄。白乙丙死戰得脫，公子雍死於亂軍之中。先蔑乃奔秦，士會亦從秦師而歸。秦康公俱拜為大夫。趙盾遂令衛士送兩宅家眷及家財於秦。

按此一戰，各軍將皆有俘獲。惟先克部下驍將蒯得，貪進不顧，為秦所敗。先克欲按軍法斬之。諸將皆代為哀請。先克言於趙盾，乃奪其田祿。蒯得恨恨不已。

再說箕鄭父與士穀、梁益耳素相厚善，自趙盾升為中軍元帥，士穀、梁益耳俱失了兵柄，連箕鄭父也有不平之意。時鄭父居守，士穀、梁益耳俱聚做一處，欲反了趙盾，廢夷皋迎公子雍。商議已定。

第四十八回
刺先克五將亂晉　召士會壽餘紿秦

話說箕鄭父、士穀、梁益耳三人商議，欲更趙盾之位。不意趙盾襲敗秦兵，奏凱而回。先都為下軍佐，因主將先蔑為趙盾所賣，出奔於秦，亦恨趙盾。湊著蒯得被先克以軍事奪其田祿，中懷怨望，訴於士穀。穀曰：「先克倚恃趙孟之屬，故敢橫行如此。誠得一死士，先往刺克，則盾勢孤矣。只需如此恁般。」蒯得大喜，以士穀之言，告於先都。時冬月將盡，先克往箕城，謁拜其祖先軫之祠。先都使家丁伏於箕城之外，只等先克過去，群起刺殺之。趙盾大怒，嚴令司寇緝獲。先都等情慌，與蒯得商議，慫恿士穀、梁益耳等作速舉事。梁益耳醉中泄其語於梁弘，弘密告於臾駢，駢轉聞於趙盾。盾即聚甲戒車，吩咐伺候聽令。先都急走士穀處，催並速發。趙盾先遣臾駢圍先都之家，執都付獄。趙盾使人反以先都之謀，告於箕鄭父，請他入朝商議。箕鄭父不知是計，坦然入朝。趙盾留住於朝房，與之議先都之事。密遣荀林父、郤缺、欒盾分頭拿捕士穀、梁益耳、蒯得三人。俱下獄訖，荀林父等三將，至朝房回話。箕鄭父俯首就獄。趙盾奏聞晉靈公，將先都、士穀、箕鄭父、梁益耳、蒯得五人，斬於市曹。錄先克之子先穀為大夫。

卻說楚穆王自篡位之後，亦有爭伯中原之志。遂使鬥越椒帥車三百乘伐鄭，使公子朱帥車三百乘伐陳。鄭、陳俱降。穆王乃傳檄徵取鄭、陳二國之君，同蔡侯於厥貉取齊，相約伐宋。宋公乃親造厥貉，迎謁楚王。是時楚最強橫，遣鬥越椒行聘於齊、魯，儼然以中原伯主自待，晉不能制也。

周頃王四年，秦康公集群臣議曰：「今趙盾誅戮大臣，不修邊政。此時不伐晉，更何待乎？」乃大閱車徒，使孟明居守，拜西乞術為大將，白乙丙副之，出車五百乘。攻羈馬，拔之。趙盾聞報，自將中軍。盾有從弟趙穿，自請以其私屬，附於上軍。趙盾許之。三軍方出絳城，行不十里，忽有乘車衝入中軍。韓厥使人問之，御者對曰：「趙相國忘攜飲具，奉軍令來取，特此追送。」韓厥斬御者而毀其車。諸帥言於趙盾曰：「此人負恩，恐不可用。」趙盾使人召韓厥。厥既至，盾乃降席而禮之曰：「吾聞事君者，比而不黨。子能執法如此，不負吾舉矣。勉之！」厥拜謝而退。

晉師營於河曲。臾駢獻策曰：「請深溝高壘，固守勿戰。彼不能持久，必退。退而擊之，勝可萬全。」趙盾從其計。秦康公求戰不得，問計於士會。士會對曰：「趙氏新任一人，姓臾名駢，此人廣有智謀。趙有庶子趙穿，晉先君之愛婿。聞其求佐上軍，趙孟不從而用駢，穿意必然懷恨。若使輕兵挑其上軍，趙穿必恃勇來追。」秦康公乃使白乙丙率車百乘，襲晉上軍挑戰。郤缺與臾駢俱堅持不動，趙穿率私屬百乘出迎。白乙丙回車便走，趙穿驅車追之。上軍元帥郤缺，急使人報之趙盾。盾大驚，乃傳令三軍，一時並出。

再說趙穿馳入秦壁，白乙丙接住交鋒。忽見晉大軍齊至，兩下各鳴金收軍。趙穿回至本陣。忽報：「秦國有人來下戰書。」盾啟而觀之，書曰：「請以來日決一勝負！」臾駢謂趙盾曰：「秦懼我也，夜必遁矣。請伏兵於河口，乘其將濟而擊之。」趙盾正欲發令埋伏，胥甲聞其謀，告於趙穿。穿遂與胥甲同至軍門，大呼曰：「我晉國兵強將廣，欲伏兵河口，為掩襲之計，是豈大丈夫所為耶？」秦諜者探知，乃連夜遁走。趙盾亦班師，回國治洩漏軍情之罪。

趙盾懼秦師復至，欲召士會。臾駢曰：「駢所善一人，名壽餘，即魏犨之從子也。此人頗能權變，要招來士會，只在此人身上。」盾大喜。臾駢即夕往叩壽餘之門，以招士會之策，告於壽餘。壽餘應允。次早，趙盾奏知靈公，言：「秦人屢次侵晉，宜令河東諸邑宰，結寨於黃河岸口，輪番戍守。」乃以靈公之命召魏壽餘，使督責有司，團兵出戍。壽餘奏曰：「河上綿延百餘里，處處可濟。暴露軍士，守之無益。」趙盾怒曰：「限汝三日內，取軍籍呈報。

再若抗違，當正軍法！」壽餘嘆息而出，吩咐家人整備車馬，欲奔秦國。是夜索酒痛飲，以進饌不潔，鞭膳夫百餘。膳夫奔趙府，首告壽餘欲叛晉奔秦之事。趙盾使韓厥帥兵往捕之。厥放走壽餘，只擒獲其妻子。

壽餘連夜遁往秦國，見秦康公，告訴趙盾如此恁般。又於袖中出一文書，乃是魏邑土地人民之數，獻於康公曰：「明公能收壽餘，願以食邑奉獻。」壽餘以目盼士會，士會心亦思晉，乃對曰：「河東諸城，無大於魏者。若得魏而據之，以漸收河東之地，亦是長策。只恐魏有司懼晉之討，不肯來歸耳！」壽餘曰：「魏有司雖晉臣，實魏氏之私也。若明公率一軍屯於河西，臣力能致之。」秦康公乃拜西乞術為將，士會副之，親率大軍前進。既至河口，安營了畢，前哨報：「河東有一支軍屯紮，不知何意？」壽餘曰：「此必魏人聞有秦兵，故為備耳。誠得一東方之人，與臣先往。」康公命士會同往，士會頓首辭曰：「晉人虎狼之性，暴不可測。萬一不從，拘執臣身，君加罪於臣之妻孥，無益於君。而臣之身家，枉被其殃，九泉之下，可追悔乎？」康公曰：「卿宜盡心前往。倘被晉人拘留，寡人當送還家口。」與士會指黃河為誓。士會同壽餘遂渡河而東。

第四十九回

公子鮑厚施買國
齊懿公竹池遇變

話說士會同壽餘濟了黃河，望東而行。只見一位年少將軍，引著一隊軍馬來迎。那將軍姓趙名朔，乃趙相國盾之子也。三人下車相見，同入晉去了。秦康公大怒，欲濟河伐晉。前哨報：「探得河東復有大軍到來。」西乞術乃班師。士會入見靈公，肉袒謝罪。靈公曰：「卿無罪也。」使列於六卿之間。秦康公使人送士會之妻孥於晉，士會感康公之義，致書稱謝，且勸以息兵養民，各保四境。康公從之。自此秦、晉不交兵者數十年。

周頃王六年，崩，太子班即位，是為匡王。時楚穆王薨，世子旅嗣位，是為莊王。趙盾乘此機會，大合諸侯於新城，諸侯始復附於晉。惟蔡侯附楚如故，不肯赴會。趙盾使郤缺引軍伐之，蔡人求和，乃還。

時齊昭公潘薨，太子舍即位。其母乃魯女子叔姬，謂之昭姬。公子商人，齊桓公之妾密姬所生，素有篡位之志。昭公末年，召公子元於衛，任以國政。商人忌公子元之賢，意欲結納人心，乃盡出其家財，周恤貧民。及世子舍即位，商人命死士即於喪幕中，刺殺世子舍。商人以公子元年長，乃偽言曰：「舍無人君之威，不可居大位，吾此舉為兄故也。」公子元大驚曰：「吾知爾之求為君也久矣，何乃累我？但爾為君以後，得容我為齊國匹夫，以壽終足矣！」商人即位，是為懿公。子元閉門託病，並不入朝。

且說昭姬日夜悲啼，懿公惡之，乃囚於別室。昭姬陰賂宮人，使通信於魯。魯文公畏齊之強，命大夫東門遂如周，告於匡王。匡王命單伯往齊，謂懿公曰：「既殺其子，焉用其母，何不縱之還魯，以明齊之寬德？」懿公無語。

遷昭姬於他宮，使人誘單伯曰：「吾子何不謁見國母，使知天子眷顧宗國之意？」單伯遂駕車隨使者入宮謁見昭姬。昭姬垂涕，略訴苦情。不虞懿公在外掩至，大罵曰：「單伯如何擅入吾宮，私會國母，欲行苟且之事耶？」遂並單伯拘禁，與昭姬各囚於一室。恨魯人以王命壓之，興兵伐魯。魯使上卿季孫行父如晉告急。晉趙盾奉靈公合八國諸侯，商議伐齊。齊懿公納賂於晉，且釋單伯還周，昭姬還魯，諸侯遂散歸本國。

卻說宋襄公夫人王姬，乃周襄王之女兄，宋昭公杵臼之祖母也。昭公即位，不任六卿，不朝祖母，疏遠公族，怠棄民事，日以從田為樂。昭公有庶弟公子鮑，美豔勝於婦人。襄夫人王姬心愛之，醉以酒，因逼與之通，許以扶立為君。遂欲廢昭公而立公子鮑。公子鮑聞齊公子商人，以厚施買眾心，得篡齊位。乃效其所為，亦散家財，以周給貧民。昭公七年，宋國歲饑，公子鮑盡出其倉廩之粟，以濟貧者。昭公八年，宋復大饑，公子鮑倉廩已竭，襄夫人盡出宮中之藏以助之施，舉國無不頌公子鮑之仁。公子鮑知國人助己。密告於襄夫人，謀弒昭公。襄夫人曰：「聞杵臼將獵於孟諸之藪，乘其駕出，我使公子須閉門，子帥國人以攻之。」鮑依其言，遂殺昭公。襄夫人擁公子鮑為君，是為文公。

趙盾聞宋有弒君之亂，乃命荀林父合衛、陳、鄭之師伐宋。宋右師華元至晉軍，求與晉和。荀林父遂與宋華元盟，定文公之位而還。鄭穆公退而言曰：「晉惟賂是貪，有名無實。不如棄晉從楚。」乃遣人通款於楚。

再說齊懿公商人，曾與大夫邴原，爭田邑之界。及是弒舍而自立，乃盡奪邴氏之田。時邴原已死，懿公使軍士掘其墓，出其屍，斷其足。邴原之子邴歜隨侍左右，請掩其父。懿公許之。復購求國中美色，淫樂惟日不足。有人譽大夫閻職之妻甚美，懿公見而悅之，因留宮中。謂閻職曰：「中宮愛爾妻為伴，可別娶也。」閻職敢怒而不敢言。

時夏五月，懿公命邴歜御車，閻職驂乘，往申池避暑。飲酒甚樂，懿公醉甚，苦熱，命取繡榻，置竹林密處，臥而乘涼。邴歜謂閻職曰：「今凶人醉臥竹中，此天遣我以報復之機，時不可失！」二人相與入竹林中。看時，

懿公正在熟睡，內侍守於左右。邴歜曰：「主公酒醒，必覓湯水，汝輩可預備以待。」內侍往備湯水。閻職執懿公之手，邴歜扼其喉，以佩劍刎之，頭墜於地。二人扶其屍，藏於竹林之深處，棄其頭於池中。早有人報知上卿高傾、國歸父，高傾曰：「盍討其罪而戮之，以戒後人？」國歸父曰：「弒君之人，吾不能討，而人討之，又何罪焉？」遂請公子元為君，是為惠公。

卻說魯文公娶齊昭公女姜氏為夫人，生二子，曰惡，曰視。其嬖妾秦女敬嬴，亦生二子，曰倭，曰叔肸。四子中惟倭年長，而惡乃嫡夫人所生。故文公立惡為世子。魯莊公有庶子曰公子遂，亦曰仲遂，住居東門，亦曰東門遂。敬嬴恃文公之寵，恨其子不得為嗣，乃以重賂交結仲遂，因以其子倭托之。周匡王四年，魯文公薨，世子惡主喪即位。時齊惠西元，新即大位，特地遣人至魯，會文公之葬。仲遂謂叔孫得臣曰：「今公子元新立，我國未曾致賀，而彼先遣人會葬，此修好之美意，不可不往謝之。乘此機會，結齊為援，以立公子倭，此一策也。」叔孫得臣曰：「子去，我當同行。」

第五十回

東門遂援立子倭
趙宣子桃園強諫

話說仲孫遂同叔孫得臣二人如齊拜賀新君。齊惠公賜宴，因問及魯國新君，仲遂對曰：「此子非先寡君所愛也。所愛者長子名倭，為人賢孝，國人皆思奉之為君，但壓於嫡耳。上國若有意為魯改立賢君，願結婚姻之好，專事上國。」惠公大悅，與仲遂、叔孫得臣歃血立誓。遂等既返。仲遂與敬嬴私自定計，伏勇士於廄中，使圉人偽報：「馬生駒，甚良。」敬嬴使公子倭同惡與視，往廄看駒毛色。勇士突起，並殺惡與視。季孫行父聞惡、視之死，撫嗣君之屍，哭之不覺失聲。仲遂曰：「今日之事，立君為急。公子倭賢而且長，宜嗣大位。」百官莫不唯唯。乃奉公子倭為君，是為宣公。

一日，朝賀方畢，仲遂啟奏：「君內主尚虛，臣前與齊侯，原有婚媾之約，事不容緩。」宣公乃使仲遂如齊，請婚納幣。遂於二月迎夫人姜氏以歸。宣公遣季孫行父往齊謝婚。齊惠公大悅，乃約魯君以夏五月，會於平州之地。至期，魯宣公先往，齊侯繼至。仲遂捧濟西土田之籍以進，齊侯並不推辭。事畢，宣公辭齊侯回魯。仲遂曰：「吾今日始安枕而臥矣。」

卻說楚莊王旅即位三年，日事田獵。及在宮中，惟日夜與婦人飲酒為樂。懸令於朝門曰：「有敢諫者，死無赦！」大夫申無畏入，曰：「適臣行於郊，有以隱語進臣者。臣不能解，願聞之於大王。」莊王曰：「是何隱語？」申無畏曰：「有大鳥，止於楚之高阜三年矣。不見其飛，不聞其鳴，不知此何鳥也？」莊王知其諷己，笑曰：「是非凡鳥也。三年不飛，飛必沖天。三年不鳴，鳴必驚人。子其俟之。」申無畏再拜而退。居數日，莊王淫樂如故。

大夫蘇從見莊王，莊王勃然變色曰：「明知諫之必死，而又欲入犯寡人，不亦愚乎？」蘇從曰：「臣之愚，不及王之愚之甚也！大王居萬乘之尊，樂在目前，患在日後。臣之愚，不過殺身。然大王殺臣，後世將呼臣為忠臣，與龍逄、比干並肩，臣不愚也。」莊王幡然起立，乃絕鐘鼓之懸，屏鄭姬，疏蔡女，任蔿賈、潘尪、屈蕩，以分令尹鬥越椒之權。令鄭公子歸生伐宋，戰於大棘，獲宋右師華元。命蔿賈救鄭，與晉師戰於北林，獲晉將解揚以歸，逾年放還。自是楚勢日強，莊王遂侈然有爭伯中原之志。

卻說晉靈公年長，好為遊戲。寵任一位大夫，名屠岸賈。靈公命岸賈於絳州城內，起一座花園，名曰桃園。園中築起三層高臺，中間建起一座絳霄樓。靈公不時登臨，或張弓彈鳥，與岸賈賭賽飲酒取樂。一日，召優人呈百戲於臺上，園外百姓聚觀。靈公曰：「彈鳥何如彈人？寡人與卿試之。」靈公彈右，岸賈彈左。人叢中一人彈去了半隻耳朵，一個彈中了左胛。嚇得眾百姓亂驚亂逃。靈公大怒，索性教左右會放彈的，一齊都放。那彈丸如雨點一般飛去，百姓躲避不迭。又有周人所進猛犬，名曰靈獒，能解人意。左右有過，靈公即呼獒使噬之，不死不已。其時列國離心，萬民嗟怨。趙盾等屢屢進諫，靈公如瑱充耳，全然不聽，反有疑忌之意。

忽一日，靈公朝罷，趙盾與士會尚在寢門，商議國家之事。只見有二內侍抬一竹籠，自閨而出。趙盾心疑，邀士會同往察之，乃肢解過的一個死人。趙盾大驚，問其來歷，內侍告訴道：「此人乃宰夫也。主公命煮熊蹯，急欲下酒，宰夫只得獻上。主公嘗之，嫌其未熟，以銅鬥擊殺之，又砍為數段。」士會直入中堂。靈公知其必有諫諍之言，乃迎而謂曰：「大夫勿言，寡人已知過矣，今當改之。」士會稽首對曰：「人誰無過，過而能改，社稷之福也。」言畢而退。至次日，靈公免朝，命駕車往桃園遊玩。趙盾乃先往桃園門外，候靈公至，上前參謁：「夫宮室變倖，田獵遊樂，一身之樂止此矣，未有以殺人為樂者。今主公縱犬噬人，放彈打人，又以小過支解膳夫，此有道之君所不為也。臣不忍坐視君國之危亡，故敢直言無隱。」靈公大慚，以袖掩面。屠岸賈曰：「相國暫請方便。如有政事，俟主公明日早朝，於朝堂議之，何如？」趙盾不得已，將身閃開。

岸賈侍靈公遊戲，忽然嘆曰：「此樂不可再矣！趙相國明早必然又來聒絮。」靈公憤然作色曰：「此老在，甚不便於寡人，何計可以除之？」岸賈曰：「臣有客鉏麑者，願效死力。若使行刺於相國，主公任意行樂，又何患哉？」是夜，鉏麑領命而行，潛伏趙府左右。聞譙鼓已交五更，見重門洞開，乘車已駕於門外。堂上燈光影影，相國趙盾，朝衣朝冠，端然而坐。鉏麑大驚，呼於門曰：「我，鉏麑也，寧違君命，不忍殺忠臣，我今自殺。恐有後來者，相國謹防之！」言罷，觸槐而死。盾吩咐家人，暫將鉏麑淺埋於槐樹之側。趙盾登車入朝。靈公見趙盾不死，問屠岸賈以鉏麑之事。岸賈答曰：「臣尚有一計，可殺趙盾。主公來日，召趙盾飲於宮中，先伏甲士於後壁。俟三爵之後，主公可向趙盾索佩劍觀看。臣從旁喝破：『趙盾拔劍於君前，欲行不軌。』甲士齊出，縛而斬之。」靈公曰：「可依計而行。」

明日，復視朝，靈公命屠岸賈引趙盾入宮中。庖人獻饌，酒三巡，靈公謂趙盾曰：「寡人聞吾子所佩之劍，蓋利劍也。幸解下與寡人觀之。」趙盾不知是計，方欲解劍。提彌明在堂下望見，大呼曰：「臣侍君宴，禮不過三爵，何為酒後拔劍於君前耶？」趙盾悟，遂起立。彌明怒氣勃勃，直趨上堂，扶盾而下。岸賈呼獒奴縱靈獒，令逐紫袍者。獒疾走如飛，追及盾於宮門之內。彌明力舉千鈞，雙手搏獒，折其頸，獒死。靈公怒甚，出壁中伏甲以攻盾，彌明以身蔽盾，教盾急走。彌明留身獨戰，寡不敵眾，力盡而死。

話說趙盾虧彌明與甲士格鬥，脫身先走。忽有一人狂追及盾，曰：「相國無畏，我來相救。」盾問曰：「汝何人？」對曰：「相國不記翳桑之餓人乎？則我靈輒便是。」原來五年之前，趙盾曾往九原山打獵而回，見有一男子臥地。盾疑為刺客，使人執之。其人餓不能起，問其姓名，曰：「靈輒也。囊空無所得食，已餓三日矣。」盾憐之，與之飯及脯。輒出一小筐，先藏其半而後食，曰：「家有老母，願以大人之饌，充老母之腹。」盾使盡食其餘，別取簞食與肉，置囊中授之。靈輒拜謝而去。後靈輒應募為公徒，適在甲士之數。念趙盾昔日之恩，特地上前相救。靈輒背負趙盾，趨出朝門。眾甲士殺了提彌明，合力來追。恰好趙朔悉起家丁，駕車來迎。盾急召靈輒欲共載，輒已逃去矣。趙盾謂朔曰：「吾不得復顧家矣。此去或翟或秦，尋一托身之處可也。」於是父子同出西門，望西路而進。

第五十一回
責趙盾董狐直筆
誅鬥椒絕纓大會

話說晉靈公見趙盾離了絳城，快不可言，遂攜帶宮眷於桃園住宿。再說趙穿在西郊射獵而回，正遇見盾、朔父子，停車相見，詢問緣由。趙穿別了盾、朔父子，回至絳城，知靈公住於桃園，假意謁見，言：「罪人之族，不敢復侍左右，乞賜罷斥！」靈公慰之曰：「盾累次欺蔑寡人，與卿何與？卿可安心供職。」穿謝恩畢，復奏曰：「主公既有高臺廣囿，何不多選良家女子，使明師教之歌舞，以備娛樂，豈不美哉？」靈公曰：「何人可使？」穿對曰：「大夫屠岸賈可使。」靈公遂命屠岸賈專任其事。趙穿遣開了屠岸賈，又奏於靈公曰：「桃園侍衛單弱，臣於軍中精選驍勇二百人，願充宿衛。」靈公復准其奏。趙穿遂挑選了二百名甲士，使列於桃園之外。靈公登臺閱之，大喜，即留趙穿侍酒。飲至二更，甲士二百人，毀門而入。趙穿以袖麾之，眾甲士認定了晉侯，一擁而上。靈公登時身死。

不一日，趙盾回車，入於絳城，巡到桃園，百官一時並集。趙盾伏於靈公之屍，痛哭了一場。吩咐將靈公殯殮，歸葬曲沃。一面會集群臣，議立新君。時靈公尚未有子，趙盾曰：「文公尚有一子，名曰黑臀。今仕於周，其齒已長，吾意欲迎立之，何如？」百官不敢異同。趙盾乃使趙穿如周，迎公子黑臀歸晉，即晉侯之位，是為成公。成公既立，專任趙盾以國政，以其女妻趙朔，是為莊姬。以趙同、趙括、趙嬰並為大夫，趙穿佐中軍如故。

趙盾終以桃園之事為歉。一日，步至史館，見太史董狐，索簡觀之。趙盾觀簡上，明寫：「秋七月乙丑，趙盾弒其君夷皋於桃園。」盾大驚曰：「太史誤矣！吾已出奔河東，安知弒君之事？」董狐曰：「子為相國，出亡未嘗越境，返國又不討賊，謂此事非子主謀，誰其信之？」盾嘆曰：「史臣之權，乃重於卿相！恨吾未即出境，悔之無及。」自是趙盾事成公，益加敬謹。

卻說楚令尹鬥越椒，久有謀叛之意。莊王伐陸渾時，亦慮越椒有變，特留蔿賈在國。越椒欲盡發本族之眾，鬥克不從，殺之，遂襲殺司馬蔿賈。賈子敖，扶其母奔於夢澤以避難。莊王聞變，兼程而行。越椒引兵來拒，軍威甚壯。莊王下令退兵隨國，揚言：「欲起漢東諸國之眾，以討鬥氏。」一面吩咐公子側與公子嬰齊，如此恁般，埋伏預備。次早，莊王引大軍退走。越椒率眾來追，追及後隊潘尪之軍。潘尪謂越椒曰：「吾子志在取王，何不速馳？」越椒乃捨潘尪，前馳六十里，至青山，遇楚將熊負羈，問：「楚王安在？」負羈曰：「王尚未至也。吾觀子眾饑困，且飽食，乃可戰耳。」越椒乃停車治爨。爨尚未熟，只見公子側、公子嬰齊兩路軍殺到。越椒之軍不能復戰，只得南走。回至清河橋，橋已拆斷。只見隔河一聲炮響，楚軍於河畔大叫：「樂伯在此，逆椒速速下馬受縛！」越椒大怒，命隔河放箭。

樂伯軍中有一小校，精於射藝，姓養名由基，軍中稱為神箭養叔。自請於樂伯，願與越椒較射。乃立於河口大叫曰：「聞令尹善射，吾當與比較高低，可立於橋堵之上，各射三矢，死生聽命！」越椒欺其無名，乃曰：「汝要與我比箭，須讓我先射三矢。」養由基曰：「就射百矢，吾何懼哉！」越椒挽弓先發一箭，養由基將弓梢一撥，那箭早落在水中。越椒又將第二箭搭上弓弦，覷得親切，嗖的發來。養由基將身一蹲，那枝箭從頭而過。越椒便取第三枝箭，端端正正地射去。養由基兩腳站定，並不轉動，箭到之時，張開大口，剛剛的將箭鏃咬住。越椒三箭都不中，心下早已著慌。養由基取箭在手，虛把弓拽一拽，卻不曾放箭。越椒聽得弓弦響，將身往左一閃。由基又虛把弓弦拽響，越椒又往右一閃。養由基乘他那一閃時，接手放一箭來，鬥越椒躲閃不及，這箭直貫其腦。鬥家軍見主將中箭，慌得四散奔走。楚將公子側、公子嬰齊分路追逐。越椒子鬥賁皇，逃奔晉國。莊王凱歌還於郢都，將鬥氏宗族，不拘大小，盡行斬首。只有鬥般之子，名曰克黃，官拜箴尹。領命使齊，聞越椒作亂之事，馳入郢都，自詣司寇請囚。莊王赦克黃之罪，曰：「克黃死不逃刑，乃忠臣也。」命復其官，改名曰鬥生，言其宜死而得生也。

莊王置酒大宴群臣於漸臺之上，妃嬪皆從。飲至日落西山，莊王命秉燭再酌，使所幸許姬姜氏，遍送諸大夫之酒。忽然一陣怪風，將堂燭盡滅。席中有一人，見許姬美貌，暗中以手牽其袂。許姬左手絕袂，右手攬其冠纓，纓絕，其人驚懼放手。許姬循步至莊王之前，附耳奏曰：「內有一人無禮，乘燭滅，強牽妾袖。妾已攬得其纓，王可促火察之。」莊王急命掌燈者：「且莫點燭！諸卿俱去纓痛飲，不絕纓者不歡。」於是百官皆去其纓，方許秉燭，竟不知牽袖者為何人也。後世名此宴為「絕纓會」。

一日，鬥生言蔿賈之子蔿敖之賢，莊王即命虞邱同鬥生駕車往夢澤，取蔿敖入朝聽用。卻說蔿敖字孫叔，人稱為孫叔敖。莊王一見，與語竟日，大悅曰：「楚國諸臣，無卿之比。」即日拜為令尹。孫叔敖考求楚國制度，立為軍法。用虞邱將中軍，公子嬰齊將左軍，公子側將右軍，養由基將右廣，屈蕩將左廣。四時蒐閱，各有常典。三軍嚴肅，百姓無擾。

是時鄭穆公蘭薨，世子夷即位，是為靈公。公子宋與公子歸生當國，尚依違於晉、楚之間，未決所事。楚莊王與孫叔敖商議，欲興兵伐鄭。忽聞鄭靈公被公子歸生所弒，莊王曰：「吾伐鄭益有名矣！」

第五十二回

公子宋嘗黿構逆
陳靈公袒服戲朝

話說公子歸生字子家，公子宋字子公，二人皆鄭國貴戚之卿也。鄭靈公元年，公子宋與歸生相約早起，將入見靈公。公子宋之食指，忽然翕翕自動。歸生異之。公子宋曰：「無他。我每常若跳動，是日必嘗異味。不知今日嘗何味耶？」將入朝門，內侍傳命，喚宰夫甚急。公子宋問之，對曰：「有鄭客從漢江來，得一大黿，獻於主公。主公使我召宰夫割烹，欲以享諸大夫也。」既入朝，見堂柱縛黿甚大，二人相視而笑。靈公問曰：「卿二人今日何得有喜容？」公子歸生對曰：「宋與臣入朝時，其食指忽動，言『每常如此，必得異味而嘗之。』今見堂下有巨黿，度主公烹食，必將波及諸臣。食指有驗，所以笑耳。」靈公戲之曰：「驗與不驗，權尚在寡人也！」次日，內侍果遍召諸大夫。靈公命布席敘坐，使人賜黿羹一鼎，自下席派起，至於上席。恰到第一、第二席，只剩得一鼎。靈公曰：「賜子家。是子公數不當食黿也，食指何嘗驗耶？」公子宋羞變成怒，徑趨至靈公面前，以指探其鼎，取黿肉一塊啖之，曰：「臣已得嘗矣！食指何嘗不驗也？」言畢，直趨而出。靈公亦怒，君臣皆不樂而散。

次日，公子宋與歸生一同入朝。歸生奏曰：「宋懼主公責其染指之失，特來告罪。」靈公曰：「寡人恐得罪子公，子公豈懼寡人耶？」拂衣而起。公子宋出朝，邀歸生至家，密語曰：「主公怒我甚矣！不如先作難，事成可以免死。」歸生掩耳曰：「一國之君，敢輕言弒逆乎？」公子宋曰：「吾戲言，子勿泄也。」歸生辭去。公子宋探知歸生與公子去疾相厚，乃揚言於朝曰：「子家與子良早夜相聚，不知所謀何事，恐不利於社稷也。」歸生急牽宋之臂，至於靜處，謂曰：「是何言與？」公子宋曰：「子不與我協謀，吾必使子先我一日而死。」歸生素性懦弱，曰：「任子所為，吾不汝泄也。」公子宋乃陰聚家眾，乘靈公秋祭齋宿，夜半潛入齋宮，以土囊壓靈公而殺之。

次日，歸生與公子宋共議，奉公子堅即位，是為襄公。襄公忌諸弟黨盛，私與公子去疾商議，欲盡逐其諸弟。去疾曰：「夫兄弟為公族，譬如枝葉盛茂，本是以榮。若剪枝去葉，本根俱露，枯槁可立而待矣。」襄公感悟，乃拜其弟十一人皆為大夫。明年，楚莊王使公子嬰齊為將，率師伐鄭。晉使荀林父救之，楚遂移兵伐陳。鄭襄公從晉成公盟於黑壤。

周定王三年，晉上卿趙盾卒。不日，晉成公病薨，立世子孺為君，是為景公。是年，楚莊王親統大軍，復伐鄭師於柳棼。晉郤缺率師救之，襲敗楚師。明年，楚莊王復伐鄭，屯兵於潁水之北。適公子歸生病卒，公子去疾追治嘗黿之事，殺公子宋，遣使請成於楚王。楚王許之，遣使約會陳侯。使者自陳還，言：「陳侯為大夫夏徵舒所弒，國內大亂。」

話說陳靈公為人，輕佻惰慢，耽於酒色。寵著兩位大夫，一個姓孔名寧，一個姓儀名行父。一君二臣，志同氣合。其時朝中有個大夫夏御叔，娶鄭穆公之女為妻，謂之夏姬。那夏姬生得蛾眉鳳眼，杏臉桃腮。生子曰徵舒，字子南，年十二歲上，御叔病亡。夏姬留徵舒於城內，從師習學，自家退居株林。孔寧、儀行父曾窺見夏姬之色，各有窺誘之意。夏姬有侍女荷華，慣與主母做腳攬主顧。孔寧先勾搭上了荷華，贈以簪珥，求薦於主母。遂得入馬，竊穿其錦襠以出，誇示於儀行父。行父慕之，亦以厚幣交結荷華，求其通款。夏姬愛之，倍於孔寧，乃自解所穿碧羅襦為贈。儀行父大悅，亦誇示於孔寧。孔寧心懷妒忌，想出一條計策來。遂獨見靈公，閒話間，說及夏姬之美，天下絕無。次日，靈公傳旨駕車，微服出遊株林，只教大夫孔甯相隨。孔甯先送信於夏姬，教他治具相候。又露其意於荷華，使之轉達。那邊夏姬，凡事預備停當。靈公至夏家，夏姬具禮服出迎。靈公視其貌，真天人也！筵席已具，夏姬執盞定席。飲酒中間，靈公目不轉睛，夏姬亦流波送盼。是夜，荷華引靈公直入內室。靈公更不攀話，擁夏姬入帷，解衣共寢。睡至雞鳴，夏姬抽自己貼體汗衫，與靈公穿上，曰：「主公見此衫，如見賤妾矣！」至天明，早膳已畢，孔寧為靈公御車回朝。

次日，靈公召孔寧至前，謝其薦舉夏姬之事。又召儀行父問曰：「如此樂事，何不早奏寡人？你二人卻占先頭，是何道理？」孔寧對曰：「譬如君有味，臣先嘗之。若嘗而不美，不敢進於君也。」靈公笑曰：「不然。譬如熊掌，就讓寡人先嘗也不妨。」孔、儀二人俱笑。靈公又曰：「汝二人雖曾入馬，他偏有表記送我。」乃扯襯衣示之。孔寧曰：「臣亦有之。」乃撩衣，見其錦襠。行父亦解開碧羅襦，與靈公觀看。靈公大笑曰：「我等三人，隨身俱有質證，異日同往株林，可作連床大會矣！」一君二臣，正在朝堂戲謔。把這話傳出朝門，惱了一位正直之臣，復身闖入朝門進諫。

第五十三回

楚莊王納諫復陳
晉景公出師救鄭

卻說陳大夫泄冶，整襟端笏，復身趨入朝門。孔、儀二人，先辭靈公而出。靈公欲起御座，泄冶膝步上前，牽住其衣，跪而奏曰：「今國中有失節之婦，而又君臣宣淫，互相標榜，朝堂之上，體統俱失。君臣之敬，男女之別，淪滅已極！此亡國之道也。君必改之！」靈公以袖掩面曰：「卿勿多言，

寡人行且悔之矣！」泄冶辭出朝門，孔、儀二人尚在門外打探。泄冶將二人喚出，責之。二人不能措對，唯唯謝教。泄冶去了，孔、儀二人，求見靈公，述泄冶責備其君之語。靈公奮然曰：「寡人寧得罪於泄冶，安肯捨此樂地乎？」孔、儀二人復奏曰：「主公若再往，恐難當泄冶絮聒。何不傳旨，殺了泄冶，則終身之樂無窮矣！」靈公點首曰：「由卿自為。」二人遂將重賄買出刺客，伏於要路，候泄冶入朝，突起殺之。自泄冶死後，君臣益無忌憚。三人不時同往株林，習以為常，公然不避。

徵舒漸漸長大知事，見其母之所為，心如刀刺，只是干礙陳侯，無可奈何。光陰似箭，徵舒年一十八歲。靈公欲悅夏姬之意，使嗣父職為司馬，執掌兵權。忽一日，陳靈公與孔、儀二人，復遊株林，宿於夏氏。徵舒因感嗣爵之恩，特地回家設享，款待靈公。酒酣之後，君臣復相嘲謔。徵舒厭惡其狀，退入屏後，潛聽其言。靈公謂儀行父曰：「徵舒軀幹魁偉，有些像你，莫不是你生的？」儀行父笑曰：「徵舒兩目炯炯，極像主公，還是主公所生。」孔寧從旁插嘴曰：「他的爹極多，是個雜種，便是夏夫人自家也記不起了！」三人拍掌大笑。徵舒羞惡之心，勃然難遏。暗將夏姬鎖於內室，卻從便門溜出，吩咐隨行軍眾：「把府第團團圍住，不許走了陳侯及孔、寧二人。」徵舒戎妝披掛，手執利刃，引著得力家丁數人，從大門殺進。口中大叫：「快拿淫賊！」陳侯急向後園奔走，徵舒隨後趕來，颼的一箭，正中當心。孔寧、儀行父望西邊奔入射圃，從狗竇中鑽出，不到家中，赤身奔入楚國去了。徵舒擁兵入城，只說陳侯酒後暴疾身亡，遺命立世子午為君，是為成公。徵舒懼諸侯之討，乃強逼陳侯往朝於晉，以結其好。

再說楚國使臣，未到陳國，聞亂而返。恰好孔寧、儀行父二人逃到，見了莊王，只說：「夏徵舒造反，弒了陳侯。」莊王遂集群臣商議。卻說楚國一位公族大夫，屈氏名巫，字子靈。此人文武全才，只有一件毛病，貪淫好色。數年前，曾出使陳國，遇夏姬出遊，竊見其貌，心甚慕之。及聞徵舒弒逆，力勸莊王興師伐陳。楚莊王親引三軍，直造陳都。夏徵舒潛奔株林。時陳成公尚在晉國未歸。楚莊王即命陳大夫轅頗為嚮導，自引大軍往株林進發，將徵舒拿住。莊王一見夏姬，心志迷惑。屈巫諫曰：「吾主用兵於陳，討其罪也。若納夏姬，是貪其色也。討罪為義，貪色為淫。」莊王曰：「子靈之言甚正，寡人不敢納矣。」時將軍公子側在旁，亦貪夏姬美貌，跪而請曰：「臣中年無妻，乞我王賜臣為室。」屈巫又曰：「此婦乃天地間不祥之物。天下多美婦人，何必取此淫物？」公子側曰：「既如此，我亦不娶了。」莊王曰：「物無所主，人必爭之。聞連尹襄老，近日喪偶，賜為繼室可也。」

莊王返陳，傳令將徵舒車裂以殉。遂滅陳以為楚縣。南方屬國，俱來朝賀。獨有大夫申叔時無慶賀之言。莊王使內侍傳語責之。申叔時隨使者求見楚王，曰：「今有人牽牛取徑於他人之田者，踐其禾稼，田主怒奪其牛。此獄若在王前，何以斷之？」莊王曰：「牽牛踐田，所傷未多也。奪其牛，太甚矣！寡人若斷此獄，薄責牽牛者，而還其牛。」申叔時曰：「王何明於斷獄，而昧於斷陳也？夫徵舒有罪，止於弒君，未至亡國也。王討其罪足矣。」莊王頓足曰：「善哉此言！」立召陳大夫轅頗，曰：「吾當復封汝國，汝可迎陳君而立之。」將出楚境，正遇陳侯午自晉而歸。君臣並駕至陳。

莊王以陳雖南附，鄭猶從晉，未肯服楚，乃悉起三軍兩廣之眾，殺奔滎陽而來。連尹襄老為前部，健將唐狡請曰：「狡願自率部下百人，前行一日，為三軍開路。」襄老壯其志，許之。唐狡所至力戰，當者輒敗，兵不留行。莊王率諸將直抵鄭郊，未曾有一兵之阻。莊王即召唐狡，欲厚賞之。唐狡對曰：「絕纓會上，牽美人之袂者，即臣也。蒙君王不殺之恩，故捨命相報。」莊王命軍正紀其首功。唐狡即夜遁去，不知所往。大軍攻破郊關，直抵城下。鄭堅守三月，力不能支。城破，鄭襄公肉袒牽羊，以迎楚師。莊王即麾軍退三十里。鄭襄公親至楚軍，謝罪請盟，留其弟公子去疾為質。

忽報：「晉國拜荀林父為大將，出車六百乘，前來救鄭。」令尹孫叔敖曰：「已得鄭矣，又尋仇於晉，焉用之？不如全師而歸。」莊王乃傳令南轅反旆，來日飲馬於河而歸。伍參夜求見莊王曰：「王以一國之主，而避晉之諸臣，將貽笑於天下，況能有鄭乎？」莊王愕然曰：「寡人從子戰矣！」即夜使人將乘轅一齊改為北向，進至管城，以待晉師。

第五十四回
荀林父縱屬亡師
孟侏儒托優悟主

話說晉景公即位三年，聞楚王親自伐鄭，乃拜荀林父為中軍元帥，起兵車六百乘，自絳州進發。到黃河口，前哨探得鄭已出降於楚，楚兵亦將北歸矣。荀林父召諸將商議行止。士會曰：「不如班師，以俟再舉。」林父遂命諸將班師。副將先穀挺身出曰：「元帥必欲班師，小將情願自率本部前進。」荀林父曰：「楚兵強將廣，汝偏師獨濟，如以肉投餒虎，何益於事？」先穀竟出營門，遇趙同、趙括。三人不秉將令，引軍濟河。韓厥來見荀林父，曰：「事已至此，不如三軍俱進。」林父遂傳令三軍並濟。

且說鄭襄公探知晉兵眾盛，乃集群臣計議。大夫皇戌進曰：「臣請為君使於晉軍，勸之戰楚。晉勝則從晉，楚勝則從楚。」鄭伯遂使皇戌往晉軍中。先穀不由林父之命，同趙同、趙括竟與皇戌定戰楚之約。誰知鄭襄公又別遣使往楚軍中，亦勸楚王與晉交戰。孫叔敖言於楚王曰：「晉人無決戰之意，不如請成。請而不獲，然後交兵，則曲在晉矣。」莊王使蔡鳩居往晉請罷戰修和。先穀對蔡鳩居罵曰：「汝奪我屬國，又以和局緩我。快去報與楚君，教他早早逃走，饒他性命！」蔡鳩居回轉本寨，奏知莊王。莊王大怒，命樂伯前往挑戰。樂伯乘單車，徑逼晉壘。晉軍分為三路追趕將來。樂伯將雕弓挽滿，左邊連射倒三四匹馬，右邊逢蓋面門亦中一箭。左右二路追兵，俱不能進，只有鮑癸緊緊隨後。樂伯只存下一箭了，欲射鮑癸，忽見趕出一頭麋來。樂伯一箭望麋射去，直貫麋心。乃使攝叔下車取麋，以獻鮑癸曰：「願充從者之膳。」鮑癸假意嘆曰：「楚將有禮，我不可犯也！」麾左右回車。

晉將魏錡知鮑癸放走了樂伯，心中大怒曰：「小將亦願以單車，探楚之強弱。」林父曰：「楚來求和，然後挑戰。子若至楚軍，也將和議開談，方是答禮。」趙旃先送魏錡登車，曰：「將軍報鳩居之使，我報樂伯，各任其事可也。」卻說上軍元帥士會，慌忙來見荀林父，曰：「魏錡、趙旃此行，必觸楚怒。倘楚兵猝然乘我，何以禦之？」先縠大叫曰：「旦晚廝殺，何以備為！」荀林父不能決。士會退謂郤克曰：「荀伯木偶耳！我等宜自為計。」乃使郤克約會上軍大夫鞏朔、韓穿，各率本部兵，分作三處，伏於敖山之前。

再說魏錡到楚軍中，竟自請戰而還。詭說：「楚王不准講和，定要交鋒。」荀林父見趙旃未回，乃使荀罃率車二十乘，步卒千五百人，往迎趙旃。潘黨見其車塵，謂楚王曰：「晉師大至矣！」莊王傳令，以左軍攻晉上軍，以右軍攻晉下軍，自引中軍兩廣之眾，直搗荀林父大營。晉軍全沒準備，魚奔鳥散，被楚兵亂殺一回。荀罃為熊負羈所擒。荀林父同韓厥，引著敗殘軍卒，沿河而走。先縠自後趕上，額中一箭。行至河口，趙括亦到。下軍正副將趙朔、欒書，被楚將公子側襲敗，驅率殘兵，亦取此路而來。林父出令曰：「先濟河者有賞。」兩軍奪舟，自相爭殺。先縠喝令軍士：「但有攀舷扯槳的，用刀亂砍其手。」各船俱效之。荀首得知其子荀罃被楚所獲，乃聚起荀氏家兵，多帶良箭，撞入楚軍。遇著老將連尹襄老，一箭射去，恰穿其頰。公子穀臣馳車來救，荀首又復一箭，中其右腕。穀臣被魏錡乘勢活捉過來，並載襄老之屍。荀首曰：「有此二物，可以贖吾子矣！」乃策馬急馳。

且說公子嬰齊來攻上軍。士會探信最早，先已結陣，且戰且走。嬰齊追及敖山之下，忽聞炮聲大震，一軍殺出。鞏朔接住嬰齊廝殺，不敢戀戰，保著士會，徐徐而走。嬰齊追來，前面炮聲又起，韓穿起兵來到。嬰齊見埋伏甚眾，鳴金退師。士會點查將士，並不曾傷折一人。時天已昏黑，楚軍已至邲城。伍參請速追晉師。莊王曰：「楚自城濮失利，貽羞社稷，此一戰可雪前恥矣。何必多殺？」乃下令安營。晉軍乘夜濟河，紛紛擾擾，直亂到天明方止。鄭襄公知楚師得勝，親自至邲城勞軍。莊王奏凱而還，嘉伍參之謀，用為大夫。卻說荀林父引敗兵還見景公，景公欲斬林父。群臣力保。景公遂

斬先穀，復林父原職。命六卿治兵練將，為異日報仇之舉。

周定王十二年春三月，楚令尹孫叔敖病篤，囑其子孫安曰：「吾有遺表一通，死後為我達於楚王。楚王若封汝官爵，汝不可受。」言畢遂卒。孫安取遺表呈上，莊王讀罷，即命駕往視其殮，撫棺痛哭。次日，以公子嬰齊為令尹。莊王欲以孫安為工正，安力辭不拜，退耕於野。莊王所寵優人孟侏儒，謂之優孟，身不滿五尺，平日以滑稽調笑，取歡左右。一日出郊，見孫安砍下柴薪，自負而歸。怪而問之，孫安曰：「父為相數年，一錢不入私門，吾安得不負薪乎？」優孟乃制孫叔敖衣冠劍履一具，並習其生前言動，宛如叔敖之再生也。值莊王宴於宮中，優孟扮叔敖登場。楚王一見，大驚。優孟對曰：「臣非真叔敖，偶似之耳。」楚王曰：「寡人見似叔敖者，亦足少慰寡人之思。卿可即就相位。」優孟對曰：「老妻有村歌勸臣，臣請歌之。」莊王聞優孟歌畢，即命優孟往召孫安。孫安敝衣草屨而至。莊王曰：「孫安不願就職，當封以萬家之邑。」孫安奏曰：「君王倘念先臣尺寸之勞，願得封寢丘，臣願足矣。」莊王曰：「寢丘瘠惡之土，卿何利焉？」孫安曰：「先臣有遺命，非此不敢受也。」莊王乃從之。

卻說晉臣荀林父，聞孫叔敖新故。乃請師伐鄭，大掠鄭郊，揚兵而還。鄭襄公大懼，遣使謀之於楚，且以其弟公子張，換公子去疾回鄭，共理國事。莊王曰：「鄭苟有信，豈在質乎？」乃悉遣之，因大集群臣計議。

第五十五回
華元登床劫子反
老人結草亢杜回

話說楚莊王大集群臣，計議卻晉之事。公子側曰：「莫若興師伐宋。」莊王曰：「伐之當奉何名？」公子嬰齊對曰：「可遣使報聘於齊，竟自過宋，令勿假道，且以探之。如以無禮之故，辱我使臣，我借此為辭，何患無名哉？」莊王乃命申無畏如齊修聘。無畏奏曰：「聘齊必經宋國，須有假道文書送驗。若無假道文書，必然殺臣。」莊王曰：「若殺子，我當興兵破滅其國，為子報仇。」無畏乃不敢辭。明日，率其子申犀，謁見莊王曰：「臣以死殉國，但願王善視此子。」莊王曰：「子勿多慮。」申無畏行至睢陽，關吏知其無假道文驗，飛報宋文公。時華元為政，奏於文公曰：「楚，吾世仇也。今不循假道之禮，欺我甚矣！請殺之！」宋公乃使人執申無畏至宋廷，殺之。從人棄車而遁，回報莊王。莊王即拜司馬公子側為大將，親自伐宋。

楚兵將睢陽城圍困，造樓車高與城等，四面攻城。華元遣使奔晉告急。晉景公欲發兵救之，謀臣伯宗諫曰：「楚糧運不繼，必不能久。今遣一使往宋，只說：『晉已起大軍來救。』諭使堅守。不過數月，楚師將去。」景公然其言。大夫解揚請行。解揚微服行及宋郊，被楚之遊兵盤詰獲住，獻於莊王。莊王搜得身邊文書，看畢，謂曰：「宋城破在旦夕矣，汝能反書中之言，當封汝為縣公。不然，當斬汝矣！」解揚恐無人達晉君之命，乃佯許曰：「諾。」莊王升解揚於樓車之上。揚遂呼宋人曰：「我晉國使臣解揚也，被楚軍所獲。我主公親率大軍來救，不久必至矣。」莊王叱左右斬訖報來。解揚全無懼色，徐聲答曰：「假使楚有臣而背其主之言，以取賂於外國，君以為信乎？臣請就誅。」莊王乃縱之使歸。

宋華元因解揚之告，繕守益堅。彼此相拒九個月頭。莊王沒奈何了，軍吏稟道：「營中只有七日之糧矣！」莊王乃親自登車，閱視宋城，見守陴軍士，甚是嚴整，即召公子側議班師。申叔時獻計曰：「宋之不降，度我不能久耳。若使軍士築室耕田，示以長久之計，宋必懼矣。」莊王乃下令，軍士沿城一帶起建營房。每軍十名，留五名攻城，五名耕種。華元聞之，謂宋文公曰：「楚王無去志矣。臣請入楚營，面見子反，劫之以和，或可僥倖成事也。」文公從之。華元捱至夜分，扮作謁者模樣，悄地從城上縋下，直到土堙邊。遇巡軍擊柝而來，華元問曰：「主帥在上乎？」巡軍曰：「在。今夜大王賜酒一樽，飲之已就枕矣。」華元走上土堙，見公子側和衣睡倒，以手推之。公子側醒來，要轉動時，兩袖被華元坐住了。急問：「汝是何人？」華元低聲答曰：「吾乃宋國右師華元也。奉主公之命，特地夜至求和。元帥若不允，元與元帥之命，俱盡於今夜矣！」言畢，右手於袖中掣出雪白一柄匕首。公子側慌忙答曰：「有事大家商量。子國中如何光景？」華元曰：「易子而食，拾骨而爨，已十分狼狽矣。倘蒙矜厄之仁，退師三十里，寡君願以國從。」公子側曰：「我不相欺，軍中亦只有七日之糧矣。明日我當奏知楚王，退軍一舍。」華元曰：「元情願以身為質，與元帥共立誓詞。」二人設誓已畢，華元連夜回復宋公。

次早天明，公子側將夜來華元所言，告於莊王。莊王降旨退軍，屯於三十里之外。華元先到楚軍，致宋公之命。公子側隨華元入城，與宋文公歃血為誓。宋公遣華元送申無畏之棺於楚營，即留身為質。莊王班師歸楚。

卻說晉景公聞楚人圍宋，經年不解，正欲發兵，忽報：「潞國有密書送到。」按潞國乃赤狄別種，隗姓，子爵。此時潞子名嬰兒，娶晉景公之娣伯姬為夫人。國相酆舒，專權用事。誣伯姬以罪，逼其君使縊殺之。潞子遂寫密書送晉，求晉起兵來討酆舒之罪。景公乃命荀林父為大將，出車三百乘伐潞。酆舒戰敗奔衛。衛穆公囚酆舒以獻於晉軍。荀林父令縛至絳都，殺之。晉師長驅直入潞城，林父數潞子嬰兒誣殺伯姬之罪，並執以歸。潞乃滅。林父留副將魏顆，略定赤狄之地。忽報：「秦國遣大將杜回起兵來到。」

魏顆排開陣勢，等待交鋒。杜回領著慣戰殺手三百人，大踏步直衝入陣來。晉兵遮攔不住，大敗一陣。魏顆下令，紮住營壘，且莫出戰。是夜，魏顆在營中悶坐，左思右想，矇矓睡去。耳邊似有人言「青草坡」三字，醒來不解其意。乃向其弟魏錡言之。魏錡曰：「輔氏左去十里，有個大坡，名為青草坡，或者秦軍合敗於此地也。弟先引一軍往彼埋伏，兄誘敵軍至此。」魏顆乃傳令：「拔寨都起。」揚言：「且回黎城。」杜回果然來追，魏顆引近青草坡來。一聲炮響，魏錡伏兵俱起。魏顆復身轉來，將杜回團團圍住。看看殺至青草坡中間，杜回忽然一步一跌，立腳不住。魏顆舉眼看時，遙見一老人，布袍芒履，將青草一路挽結，以攀杜回之足。魏顆、魏錡雙車碾到，把杜回活捉過來。魏顆即時將杜回斬首，解往稷山請功。

是夜，魏顆始得安睡，夢日間所見老人，前來致揖曰：「將軍知杜回所以獲乎？是老漢結草以禦之。我乃祖姬之父也。老漢九泉之下，感子活女之命，特效微力。」原來魏顆之父魏犨，有一愛妾，名曰祖姬。犨每出征，必囑魏顆曰：「吾若戰死沙場，汝當為我選擇良配，以嫁此女。」及魏犨病篤之時，又囑顆曰：「此女吾所愛惜，必用以殉吾葬。」言訖而卒。魏顆並不用祖姬為殉。魏錡問之，顆曰：「父平日吩咐必嫁此女，臨終乃昏亂之言。孝子從治命，不從亂命。」葬事畢，遂擇士人而嫁之。景公嘉魏顆之功，封以令狐之地。復遣士會領兵攻滅赤狄餘種。自是赤狄之土，盡歸於晉。

時晉國歲饑，盜賊蜂起。荀林父得一人，姓郄名雍，善億逆。郄雍每日獲盜數十人，市井悚懼，而盜賊愈多。大夫羊舌職謂林父曰：「元帥任郄雍以獲盜也。盜未盡獲，而郄雍之死期至矣。」

第五十六回
蕭夫人登臺笑客
逢丑父易服免君

話說羊舌職度郄雍必不得其死，林父請問其說。羊舌職對曰：「恃郄雍一人之察，不可以盡群盜。而合群盜之力，反可以制郤雍，不死何為？」未及三日，郄雍果被群盜所殺。荀林父憂憤成疾而死。晉景公聞羊舌職之言，召而問曰：「弭盜何策？」羊舌職對曰：「君如擇朝中之善人，顯榮之於民上，彼不善者將自化，何盜之足患哉？」景公又問：「當今晉之善人，何者為最？」羊舌職曰：「無如士會。」景公乃以士會為中軍元帥。士會將緝盜科條，盡行除削，專以教化勸民為善。於是奸民皆逃奔秦國，晉國大治。

景公復有圖伯之意，乃遣上軍元帥郤克，使魯及齊。郤克至魯修聘，禮畢，辭欲往齊。魯宣公使上卿季孫行父，同郤克一齊啟行。方及齊郊，只見衛上卿孫良夫、曹大夫公子首，也為聘齊來到。四位大夫下了客館。次日朝見，各致主君之意。禮畢，齊頃公入宮，見其母蕭太夫人，忍笑不住。蕭太夫人問曰：「外面有何樂事？」頃公對曰：「今有晉、魯、衛、曹四國，各遣大夫來聘。晉大夫郤克，是個瞎子，只有一隻眼光著看人。魯大夫季孫行父，是個禿子。衛大夫孫良夫，是個跛子。曹公子首，是個駝背。堂上聚著一班鬼怪，豈不可笑？」蕭太夫人不信。頃公曰：「來日兒命設宴於後苑，諸大夫必從崇臺之下經過。母親可登於臺上，張帷而竊觀之。」

次日，蕭太夫人已在崇臺之上了。頃公又於國中密選眇者、禿者、跛者、駝者各一人，使分御四位大夫之車。郤克眇，即用眇者為御；行父禿，即用禿者為御；孫良夫跛，即用跛者為御；公子首駝，即用駝者為御。車行過臺下，蕭夫人啟帷望見，不覺大笑。郤克聞臺上有婦女嬉笑之聲，心中大疑。草草數杯，即回館舍，使人詰問：「臺上何人？」「乃國母蕭太夫人也。」須臾，魯、衛、曹三國使臣，皆來告訴郤克，言：「齊國戲弄我等，以供婦人觀笑，是何道理？」郤克曰：「我等若不報此仇，非丈夫也！」四位大夫聚於一處，竟夜商量，不辭齊侯，各還本國而去。

是時魯卿東門仲遂、叔孫得臣俱卒，季孫行父為正卿，誓欲報仇。聞郤克請兵於晉侯，因與太傅士會主意不合，故晉侯未許。行父乃奏知宣公，使人往楚借兵。值楚莊王旅病薨，世子審即位，時年才十歲，是為共王。楚共王方有新喪，辭不出師。行父正在憤懣之際，有人自晉國來述：「郤克日夜言伐齊之利，晉侯惑之。士會乃告老讓之以政。今郤克為中軍元帥，不日興師報齊矣。」行父大喜，乃使人行聘於晉。時魯宣公病薨，季孫行父等擁立世子黑肱，時年一十三歲，是為成公。成公年幼，凡事皆決於季氏。

魯成公即位二年，齊頃公聞魯與晉合謀伐齊，一面遣使結好於楚，一面整頓車徒，躬先伐魯，攻破龍邑。正欲深入，哨馬探得衛國大將孫良夫，統兵將入齊境。頃公乃留兵戍龍邑，班師而南。行至新築界口，恰遇衛兵前隊副將石稷已到，兩下各結營壘。是夜，孫良夫率中軍往劫齊寨。齊人也慮衛軍來襲，已有整備。衛軍大敗。孫良夫收拾敗軍，歇息數日。留石稷等屯兵新築，自己親往晉國借兵。適值魯司寇臧宣叔亦在晉請師。郤克慮齊之強，請車八百乘，晉侯許之。師出絳州城，望東路進發。季孫行父同叔孫僑如帥師來會，孫良夫復約會曹公子首。各軍俱於新築取齊，次第前行。

齊頃公乃挑選五百乘，直至鞍地紮營。齊頃公親自披甲出陣，逢丑父為車右。兩家各結陣於鞍。齊侯自恃其勇，馳車直衝入晉陣。郤克援枹連擊，冒矢而進。左右一齊擊鼓，鼓聲震天。晉軍爭先馳逐，勢如排山倒海。齊軍不能當，大敗而奔。韓厥招引本部驅車來趕，齊軍紛紛四散。頃公繞華不注山而走。韓厥遙望金輿，盡力逐之。逢丑父謂頃公曰：「事急矣！主公快將錦袍繡甲脫下，與臣穿之，假作主公。主公可穿臣之衣，執轡於旁。」頃公依其言。更換方畢，韓厥之車，已到馬首。韓厥見錦袍繡甲，認是齊侯，再拜稽首曰：「願御君侯，以辱臨於敝邑！」丑父以瓢授齊侯曰：「丑父可為我取飲。」齊侯下車，繞山左而遁。韓厥以丑父獻，郤克見之曰：「此非齊侯也！」韓厥怒問丑父曰：「汝是何人？」對曰：「某乃車右將軍逢丑父。」郤克叱左右：「縛丑父去斬！」丑父大呼曰：「自今無有代其君任患者。丑父免君於患，今且為戮矣！」郤克命解其縛，使後車載之。

頃公既脫歸本營，復乘輕車馳入晉軍，訪求丑父。國佐、高固二將，恐齊侯有失，各引軍來救駕。哨馬報：「晉兵分五路殺來了！」國佐奏曰：「主公且回國中堅守，以待楚救。」齊侯遂引大軍，回至臨淄去了。郤克引大軍，及魯、衛、曹三國之師，長驅直入，直抵國都，志在滅齊。

第五十七回

娶夏姬巫臣逃晉
圍下宮程嬰匿孤

話說晉兵追齊侯，至袁婁安營下寨，打點攻城。齊頃公集諸臣問計。國佐進曰：「臣請以紀侯之甗及玉磬，行賂於晉，而請與晉平。魯、衛二國，則以侵地還之。」頃公從之。國佐乃捧著紀甗、玉磬二物，徑造晉軍。郤克曰：「倘真心請平，只依我兩件事。一來，要蕭君同叔之女為質於晉；二來，必使齊封內壟畝盡改為東西行。」國佐勃然發怒曰：「蕭君之女乃寡君之母。至於壟畝縱橫，皆順其地勢之自然，若惟晉改易，與失國何異？元帥必不允從，請收合殘兵，與元帥決戰於城下。」委甗、磬於地，朝上一揖，昂然出營去了。季孫行父與孫良夫在幕後聞其言，出謂郤克曰：「兵無常勝，不如從之。」郤克乃使良馬駕車，追及十里之外，強拉國佐，復轉至晉營。郤克使與季孫行父、孫良夫相見，乃曰：「克聽子矣。」國佐曰：「願同盟為信。」郤克命取牲血共歃，訂盟而別。釋放逢丑父復歸於齊。齊頃公進逢丑父為上卿。晉、魯、衛、曹之師，皆歸本國。

且說陳夏姬嫁連尹襄老，未及一年，襄老從軍於邲，夏姬遂與其子黑要烝淫。及襄老戰死，黑要戀夏姬之色，不往求屍。夏姬欲借迎屍之名，謀歸鄭國。申公屈巫遂賂其左右，使傳語於夏姬曰：「申公相慕甚切，若夫人朝歸鄭國，申公晚即來聘矣。」又使人謂鄭襄公曰：「姬欲歸宗國，盍往迎之？」鄭襄公果然遣使來迎夏姬。夏姬入朝辭楚王，奏聞歸鄭之故。言下淚珠如雨，楚莊王憐而許之。夏姬方行，屈巫遂致書於鄭襄公，求聘夏姬為內子。襄公受其聘幣。及聞齊師大敗，國佐已及晉盟，楚共王曰：「寡人當為齊伐衛、魯。

誰能為寡人達此意於齊侯者？」申公屈巫願往。巫先將家屬及財帛，裝載十餘車，陸續出城。自己乘軺車在後，星馳往鄭，致楚王師期之命。遂與夏姬在館舍成親。

夏姬枕畔謂屈巫曰：「此事曾稟知楚王否？」屈巫將莊王及公子側欲娶之事，訴說一遍：「下官不敢回楚，明日與夫人別尋安身之處。」次早，修下表章一通，寄復楚王，遂與夏姬同奔晉國。晉景公聞屈巫之來，即日拜為大夫。屈巫乃去屈姓以巫為氏，名臣。巫臣自此安居於晉。楚共王接得巫臣來表，大怒，乃使公子嬰齊領兵抄沒巫臣之族，使公子側領兵擒黑要而斬之。巫臣為晉劃策，請通好於吳國，因以車戰之法，教導吳人。留其子狐庸仕於吳為行人。自此吳勢日強，盡奪取楚東方之屬國。壽夢遂僭爵為王。

冬十月，楚王拜公子嬰齊為大將，同鄭師伐衛，殘破其郊。因移師侵魯，屯於楊橋之地。仲孫蔑賂之，請盟而退。晉亦遣使邀魯侯同伐鄭國，魯成公復從之。周定王二十年，鄭襄公堅薨，世子費嗣位，是為悼公。因與許國爭田界，許君訴於楚，楚共王使人責鄭。鄭悼公怒，乃棄楚從晉。是年，郤克卒。欒書代為中軍元帥。明年，楚公子嬰齊帥師伐鄭，欒書救之。

卻說晉景公寵用屠岸賈，遊獵飲酒。時梁山無故自崩，景公使太史卜之。屠岸賈行賂於太史，使以「刑罰不中」為言。屠岸賈奏曰：「趙盾弒靈公於桃園，此不赦之罪，成公不加誅戮，且以國政任之。延及於今，逆臣子孫，佈滿朝中，將謀叛逆。欒、郤二家畏趙氏之勢，隱忍不言。梁山之崩，天意欲主公正趙氏之罪耳。」景公惑其言，問於欒書、郤錡。二人先受岸賈之囑，不肯替趙氏分辨。景公遂信岸賈之言，書趙盾之罪於版。

韓厥知岸賈之謀，夜往下宮，報知趙朔，使預先逃遁。朔曰：「今岸賈奉有君命，必欲見殺，朔何敢避？但吾妻見有身孕，望將軍委曲保全，朔雖死猶生矣。」二人灑淚而別。趙朔私與莊姬約：「生女當名曰文，若生男當名曰武。」獨及閽客程嬰言之。莊姬從後門上溫車，程嬰護送，徑入宮中，投其母成夫人去了。比及天明，岸賈自率甲士，圍了下宮。將趙朔、趙同、趙括、趙旃各家老幼男女，盡行誅戮。旃子趙勝，時在邯鄲，獨免。後聞變，出奔於宋。簡點人數，單單不見莊姬。岸賈曰：「聞公主懷妊將產，萬一生男，留下逆種，必生後患。」即時來奏晉侯。景公曰：「生男則除之。」數日後，莊姬果然生下一男。成夫人吩咐宮中，假說生女。屠岸賈不信，親率女僕，遍索宮中。莊姬乃將孤兒置於褲中。及女僕牽出莊姬，搜其宮，一無所見，褲中絕不聞啼號之聲。岸賈心中狐疑，或言：「孤兒已寄出宮門去了。」遂懸賞於門：「有人首告孤兒真信，與之千金。知情不言，全家處斬。」

卻說趙盾有兩個心腹門客，一個是公孫杵臼，一個是程嬰。程嬰厚賂宮人，使通信於莊姬。莊姬密書一「武」字遞出。程嬰喜曰：「公主果生男矣！」乃謂杵臼曰：「趙氏孤在宮中，須用計偷出宮門，藏於遠地，方保無虞。」杵臼沉吟了半日，曰：「誠得他人嬰兒詐稱趙孤，吾抱往首陽山中。汝當出首，說孤兒藏處。屠賊得偽孤，則真孤可免矣。諸將中惟韓厥受趙氏恩最深，可以竊孤之事托之。」程嬰曰：「吾新生一兒，可以代之。」夜半，抱其子付於杵臼之手。即往見韓厥，先以「武」字示之，然後言及杵臼之謀。韓厥曰：「汝若哄得屠賊親往首陽山，吾自有出孤之計。」

程嬰乃揚言於眾曰：「屠司寇欲得趙孤乎，曷為索之宮中？」屠氏門客聞之，引見岸賈。岸賈叩其姓氏，對曰：「程氏名嬰，與公孫杵臼同事趙氏。公主生下孤兒，即遣婦人抱出宮門，托吾兩人藏匿。嬰恐日後事露，有人出首，彼獲千金之賞，我受全家之戮，是以告之。」岸賈曰：「孤在何處？」嬰曰：「在首陽山深處，急往可得，不久當奔秦國矣。」岸賈自率家甲三千，使程嬰前導，徑往首陽山。見臨溪有草莊數間，柴門雙掩。嬰指曰：「此即杵臼孤兒處也。」甲士縛杵臼來見岸賈。岸賈命搜其家，見壁室有鎖甚固。甲士去鎖，入其室，聞有小兒驚啼之聲，抱之以出。杵臼一見，大罵程嬰。程嬰羞慚滿面，謂岸賈曰：「何不殺之？」岸賈喝令：「將公孫杵臼斬首！」自取孤兒擲之於地，一聲啼哭，化為肉餅。屠岸賈起身往首陽山擒捉孤兒，韓厥卻教心腹門客，假作草澤醫人，入宮看病，將程嬰所傳「武」字，粘於藥囊之上。莊姬看見，已會其意。見左右宮人，俱是心腹，即以孤兒裹置藥囊之中。走出宮門，亦無人盤問。韓厥得了孤兒，藏於深室，使乳婦育之。

屠岸賈回府，將千金賞賜程嬰。程嬰辭不願賞，曰：「小人為趙氏門客已久，今殺孤兒以自脫，已屬非義，願以此金收葬趙氏一門之屍。」岸賈大喜曰：「子真信義之士也！即以此金為汝營葬之資。」程嬰乃拜而受之。盡收各家骸骨，棺木盛殮，分別葬於趙盾墓側。事畢，程嬰往見韓厥。厥將乳婦及孤兒交付程嬰。嬰撫為己子，攜之潛入盂山藏匿。

後三年，晉景公遊於新田，因遷其國，謂之新絳。百官朝賀，景公設宴，款待群臣。日色過晡，左右將治燭。忽然怪風一陣，捲入堂中。景公獨見一蓬頭大鬼，自戶外而入，將銅鍾來打景公。景公拔佩劍欲斬其鬼，誤劈自己之指，口吐鮮血，不省人事。

第五十八回

說秦伯魏相迎醫　報魏錡養叔獻藝

話說晉景公悶倒在地，遂病不能起。左右或言：「桑門大巫，能白日見鬼，盍往召之？」桑門大巫奉晉侯之召，甫入寢門，便言：「有鬼！蓬頭披髮，身長丈餘，其色甚怒。」景公曰：「不知此何鬼也？」大巫曰：「先世有功之臣，其子孫被禍最慘者是也。」屠岸賈在旁，即奏曰：「巫者乃趙盾門客，吾君不可聽信。」景公嘿然良久，曰：「寡人大限何如？」大巫曰：「恐君之病，不能嘗新麥也。」屠岸賈曰：「麥熟只在月內，君雖病，精神猶旺，何至如此？」叱之使出。

大夫魏錡之子魏相，聞秦有名醫高和、高緩，見為秦國太醫，即日馳軺車星夜往秦。秦桓公問其來意，魏相言辭慷慨，分剖詳明。桓公不覺起敬，即詔太醫高緩往晉。時晉景公病甚危篤，魏相引高緩至，入宮診脈畢，緩曰：「此病不可為矣！」景公曰：「何故？」緩對曰：「此病居肓之上，膏之下，既不可以灸攻，又不可以針達，藥力亦不能及。此殆天命也。」景公厚其餞送之禮，遣歸秦國。

時有小內侍江忠，夢見背負景公，飛騰於天上。屠岸賈聞其夢，賀景公曰：「君之疾必漸平矣。」晉侯聞言甚喜。忽報：「甸人來獻新麥。」景公命饔人舂而屑之為粥。饔人將麥粥來獻，景公忽然腹脹欲泄，喚江忠：「負我登廁。」才放下廁，一陣心疼，立腳不住，墜入廁中。江忠抱他起來，氣已絕矣。到底不曾嘗新麥。百官奉世子州蒲舉哀即位，是為厲公。

　　時宋共公遣上卿華元，行弔於晉。因與欒書商議，欲合晉、楚之成。欒書乃使其幼子欒鍼，同華元至楚，先與公子嬰齊相見。嬰齊見欒鍼年青貌偉，欲試其才，問曰：「上國用兵之法何如？」鍼對曰：「整。」又問：「更有何長？」鍼答曰：「暇。」嬰齊由此倍加敬重。遂引見楚王，定議兩國通和。楚司馬公子側，探知巫臣糾合吳子壽夢，與晉、魯、齊、宋、衛、鄭各國大夫會於鐘離，遂說楚王曰：「晉、吳通好，必有謀楚之情。宋、鄭俱從，楚之宇下一空矣。」共王乃命公子側帥師伐鄭，鄭復背晉從楚。晉厲公大怒，遂親率大軍，出車六百乘，浩浩蕩蕩，殺奔鄭國。一面使郤犨往魯、衛各國，請兵助戰。鄭成公遣使往楚求救。共王乃拜司馬公子側為中軍元帥，令尹公子嬰齊為左軍，右尹公子壬夫將右軍，自統親軍兩廣之眾，望北進發，來救鄭國。時楚兵已過鄢陵，晉兵不能前進，留屯彭祖岡，兩下各安營下寨。

　　來日，兩軍各堅壘相持，未戰。楚將潘黨於營後試射紅心，連中三矢，眾將哄然讚美。適值養由基至，曰：「汝但能射中紅心，未足為奇。我之箭能百步穿楊！」眾將乃取墨塗記楊枝一葉，使由基於百步外射之，其箭不見落下。眾將往察之，箭為楊枝掛住，其鏃正貫於葉心。潘黨曰：「若依我說，

將三葉次第記認，你次第射中，方見高手。」乃於楊樹上高低不等，塗記了三葉，寫個「一」「二」「三」字。養由基退於百步之外，將三矢也記個「一」「二」「三」的號數，以次發之，依次而中，不差毫釐。

潘黨曰：「殺人還以力勝，吾之射能貫數層堅甲，亦當為諸君試之。」遂教隨行組甲之士，脫下甲來，疊至七層。潘黨教把那七層堅甲，綳於射鵠之上。也立在百步之外，挽弓拈箭，盡力發去。這支箭直透過七層堅甲，如釘釘物，穿得堅牢，搖也搖不動。養由基曰：「吾亦試射一箭，未知何如？」遂拈弓在手，搭上箭，颼的射去。這支箭恰恰的將潘黨那一支箭，兜底送出布鵠那邊去了。由基這支箭，依舊穿於層甲孔內。潘黨方才心服。眾將命軍士將箭穿層甲，抬到楚共王面前。將兩人先後賭射之事，細細稟知楚王：「我國有神箭如此，何愁晉兵百萬？」楚王大怒曰：「將以謀勝，奈何以一箭僥倖耶？爾自恃如此，異日必以藝死！」養由基羞慚而退。

次日五鼓，兩軍中各鳴鼓進兵。厲公乘著戎輅，殺奔楚陣來。誰知車輪陷於淖中，馬不能走。楚共王之子熊茷，驅車飛趕過來。這裡欒書的軍馬亦到，熊茷回車便走，被欒書追上，活捉過來。楚軍一齊來救，卻得士燮引兵殺出，後隊郤至等俱到。楚兵恐墮埋伏，收兵回營。晉兵亦不追趕，各自歸寨。黎明，欒書命開營索戰，魏錡打陣。楚將工尹襄出頭。戰不數合，晉兵推出囚車，在陣上往來。楚共王見其子熊茷被囚於車，忙叫彭名鞭馬上前，來搶囚車。魏錡望見，徑追楚王，架起一支箭，颼的射去，正中楚王的左眼。晉兵一齊殺上，公子側引兵抵死拒敵，救脫了楚共王。時楚王怒甚，急喚神箭將軍養由基速來救駕。養由基飛車趕入晉陣，正撞見魏錡，一箭射去，正中魏錡項下，伏於弓衣而死。欒書引軍奪回其屍。

卻說晉兵追逐楚兵至緊，養由基立於陣前，追者輒射殺之，晉兵乃不敢逼。楚將嬰齊、壬夫各來接應，混戰一場，晉兵方退。欒鍼望見令尹旗號，知是公子嬰齊之軍，請於晉侯曰：「臣前奉使於楚，楚令尹子重問晉國用兵之法。臣以『整暇』二字對。今混戰未見其整，各退未見其暇。臣願使行人持飲獻之，以踐昔日之言。」晉侯曰：「善。」欒鍼乃使行人執酒榼，造於嬰齊之軍。嬰齊受其榼，對使飲之，謂使者曰：「來日陣前，當面謝也。」行人歸述其語。欒鍼曰：「楚君中矢，其師尚未肯退，奈何？」苗賁皇曰：「秣馬厲兵，雞鳴飽食，決一死戰，何畏乎楚？」時郤犨、欒黶從魯、衛請兵回轉，言二國各起兵來助，已在二十里遠近。楚諜探知，報聞楚王。楚王大驚，即使左右召中軍元帥公子側商議。

第五十九回

寵胥童晉國大亂
誅岸賈趙氏復興

話說楚中軍元帥公子側平日好飲，一醉竟日不醒。楚共王知其有此毛病，每出軍，必戒使絕飲。是日，楚王中箭回寨。公子側進曰：「容臣從容熟計，務要與主公雪此大恥。」公子側辭回中軍，坐至半夜，計未得就。有小豎名穀陽，見主帥愁思勞苦，客中藏有三重美酒，暖一甌以進。公子側愕然曰：「酒乎？」穀陽詭言曰：「非酒，乃椒湯耳。」公子側會其意，一吸而盡，問：「椒湯還有否？」穀陽只顧滿斟獻上。公子側斟來便吞，頹然大醉，倒於坐席之上。值楚王聞魯、衛之兵又到，急遣內侍往召公子側來。誰知公子側已入醉鄉。楚王只得召令尹嬰齊計議。嬰齊原與公子側不合，乃奏曰：「司馬貪杯誤事，臣亦無計可施。不如乘夜悄悄班師。」楚王當下拔寨都起。黎明，晉軍方知楚軍已遁去矣。欒書乃唱凱而還。

卻說公子側行五十里之程，方才酒醒。問道：「車馬往那裡走？」左右曰：「是回去的路。夜來楚王連召司馬數次，司馬醉不能起。楚王恐晉軍來戰，已班師矣。」公子側大哭曰：「豎子害殺我也！」楚共王行二百里，不見動靜，方才放心。恐公子側懼罪自盡，乃遣使傳命曰：「今日之戰，罪在寡人，無與司馬之事。」嬰齊恐公子側不死，別遣使謂公子側曰：「縱吾王不忍加誅，司馬何面目復臨楚軍之上乎？」公子側乃自縊而死。

卻說晉厲公勝楚回朝，驕侈愈甚。時胥童巧佞便給，厲公欲用為卿，奈卿無缺。胥童奏曰：「今三郤並執兵權，將來必有不軌之事，不如除之。」厲公曰：「郤氏反狀未明，誅之恐群臣不服。」胥童又奏曰：「鄢陵之戰，郤至已圍鄭君，兩下並車，私語多時，遂解圍放鄭君去了。其間必先有通楚事情。只需問楚公子熊茷，便知其實。」厲公即命胥童往召熊茷。胥童謂熊茷曰：「汝能依我一事，當送汝歸楚。」熊茷曰：「惟命。」胥童遂附耳言：「若見晉侯，必須如此恁般登答。」熊茷應允。胥童遂引至內朝來見。熊茷曰：「郤氏與吾國子重，素相交善，屢有書信相通，言：『君侯淫樂無度，非吾主也。襄公有孫名周，見在京師。他日南北交兵，吾當奉孫周以事楚。』」胥童介面曰：「何不遣郤至往周告捷，使人窺之。」厲公遂遣郤至獻楚捷於周。胥童陰使人告孫周曰：「晉國之政，半在郤氏。今溫季來王都獻捷，何不見之？」孫周以為然，遂至公館相拜，談論半日而別。厲公使人探聽回來，傳說如此。遂召胥童、夷羊五等一班嬖人共議，殺郤至、郤錡、郤犨。

卻說上軍副將荀偃，聞本帥郤錡被殺，即時駕車入朝。中軍元帥欒書，亦至朝門，正遇胥童引兵到來。胥童即呼於眾曰：「欒書、荀偃，與三郤同謀反叛，甲士與我一齊拿下。」甲士奮勇上前，圍裹了書、偃二人，直擁至朝堂之上。厲公即時御殿，長魚矯密奏曰：「三郤被誅，欒、荀二氏必將為郤氏復仇。主公今日不殺二人，朝中不得太平。」厲公曰：「寡人不忍也！」乃恕書、偃無罪，還復原職。長魚矯即時逃奔西戎去了。

一日，厲公同胥童出遊於嬖臣匠麗氏之家，三宿不歸。荀偃私謂欒書曰：「君之無道，子所知也。今百萬之眾，在子掌握，若行不測之事，別立賢君，

誰敢不從？」

欒書嘆曰：「吾世代忠於晉家，今日為社稷存亡，出此不得已之計。後世必議我為弒逆，我亦不能辭矣！」乃稱欲見晉侯議事。預使牙將程滑，將甲士三百人，伏於太陰山之左右。二人到匠麗氏謁見厲公，奏言：「主公三日不歸，臣等特來迎駕還朝。」厲公只得起駕。行至太陰山下，伏兵齊起。程滑先將胥童砍死，書、偃吩咐甲士將厲公拿住，囚於軍中。是夜，命程滑獻鴆酒於厲公，公飲之而薨。士匄、韓厥驟聞君薨，一齊出城奔喪，亦不問君死之故。葬事既畢，欒書乃遣人如京師，迎孫周為君。孫周嗣晉侯之位，是為悼公。即位之次日，即面責夷羊五等逢君於惡之罪，命左右推出朝門斬之。又將厲公之死，坐罪程滑，磔之於市。欒書驚憂成疾而卒。悼公素聞韓厥之賢，拜為中軍元帥。

韓厥私奏於悼公曰：「臣等皆賴先世之功，得侍君左右。然先世之功，無有大於趙氏者。屠岸賈假稱趙氏弒逆，滅絕趙宗，臣民憤怨，至今不平。天幸趙氏有遺孤趙武尚在，主公豈可不追錄趙氏之功乎？」悼公乃命韓厥往迎趙武，匿於宮中，詐稱有疾。明日，韓厥率百官入宮問安，屠岸賈亦在。悼公曰：「卿等知寡人之疾乎？只為功勞簿上有一件事不明，以此心中不快耳！趙衰、趙盾，兩世立功於國家，安忍絕其宗祀？」即呼趙武出來，遍拜諸將。韓厥曰：「此所謂孤兒趙武也。向所誅趙孤，乃門客程嬰之子耳。」屠岸賈此時魂不附體，拜伏於地上。悼公叱左右：「將岸賈綁出斬首！」即命韓厥同趙武，領兵圍屠岸賈之宅，無少長皆殺之。悼公拜趙武為司寇。又聞程嬰之義，欲用為軍正。嬰曰：「吾將往報杵臼於地下！」遂自刎而亡。

再說悼公大正群臣之位，賢者尊之，能者使之。大修國政，蠲逋薄斂，濟乏省役，百姓大悅。宋、魯諸國聞之，莫不來朝。楚共王即召群臣商議。公子壬夫進曰：「今宋大夫魚石、向為人、鱗朱、向帶、魚府五人，與右師華元相惡，見今出奔在楚。若資以兵力，用之伐宋，此以敵攻敵之計。晉若不救，則失諸侯矣；若救宋，必攻魚石，我坐而觀其成敗。」共王即命壬夫為大將，用魚石等為嚮導，統大軍伐宋。

第六十回
智武子分軍肆敵
偪陽城三將鬥力

話說楚共王親統大軍，同鄭成公伐宋。攻下彭城，使魚石等據之。是冬，宋平公使大夫老佐帥師圍彭城。楚令尹嬰齊引兵來救。老佐中箭而亡，嬰齊遂進兵侵宋。宋平公使右師華元至晉告急。悼公親統大軍來救，嬰齊乃班師歸楚。次年，悼公帥八國之兵，進圍彭城。宋大夫向戌使士卒向城上呼曰：「魚石等背君之賊，汝等何不擒逆賊來降？」彭城百姓聞之，開門以納晉師。晉悼公入城，命將五大夫斬首，遂移師問罪於鄭。楚右尹壬夫侵宋以救鄭，諸侯之師還救宋，因各散歸。是年，周簡王崩，世子泄心即位，是為靈王。靈王自始生時，口上便有髭鬚，故周人謂之髭王。髭王元年夏，鄭成公薨。世子髡頑即位，是為僖公。晉悼公以鄭人未服，大合諸侯於戚以謀之。魯大夫仲孫蔑獻計曰：「鄭地之險，莫如虎牢。誠築城設關，留重兵以逼之。」楚降將巫臣獻計曰：「吳與楚一水相通，今莫若更遣一介，導吳伐楚。楚東苦吳兵，安能北與我爭鄭乎？」晉悼公兩從之。乃合九路諸侯兵力，大城虎牢，增置墩台。鄭僖公果然恐懼，始行成於晉。晉悼公乃還。

時中軍尉祁奚年七十餘矣，告老致政。悼公問曰：「孰可以代卿者？」奚對曰：「莫如解狐。」悼公曰：「聞解狐卿之仇也？」奚對曰：「君問可，非問臣之仇也。」悼公乃召解狐，未及拜官，狐已病死。悼公復問曰：「解狐之外，更有何人？」奚對曰：「其次莫如午。」悼公曰：「午非卿之子耶？」奚對曰：「君問可，非問臣之子也。」悼公曰：「今中軍尉副羊舌職亦死，卿為我並擇其代。」奚對曰：「職有二子，曰赤，曰肸，二人皆賢。」悼公從其言，以祁午為中軍尉，羊舌赤副之。諸大夫無不悅服。

再說巫臣之子巫狐庸，奉晉侯命，如吳見吳王壽夢，請兵伐楚。壽夢使世子諸樊為將，治兵於江口。楚令尹嬰齊乃大閱舟師，簡精卒二萬人，由大江襲破鳩茲。驍將鄧廖率大小舟共百艘，望東進發。諸樊乃使公子夷昧，帥舟師數十艘，於東西梁山誘敵。公子餘祭，伏兵於採石港。鄧廖果中計。夷昧乘艨艟大艦至，鄧廖力盡被執，不屈而死。諸樊乘勝，進兵襲楚。嬰齊大敗，羞憤成疾，未至郢都，遂卒。

共王乃進右尹壬夫為令尹。壬夫賦性貪鄙，索賂於屬國。陳成公乃棄楚從晉。楚共王歸罪於壬夫，殺之。用其弟公子貞字子囊者代為令尹。大閱師徒，出車五百乘伐陳。時陳成公午已薨，世子弱嗣位，是為哀公。懼楚兵威，復歸附於楚。晉悼公聞之大怒，欲起兵與楚爭陳。忽報無終國君嘉父，遣大夫孟樂至晉，奏言：「山戎諸國，近因燕、秦微弱，窺中國無伯，復肆侵掠。寡君聞晉君精明，遣微臣奉聞，惟賜定奪。」悼公集諸將商議，司馬魏絳曰：「若興兵伐戎，楚兵必乘虛而生事，諸侯必叛晉而朝楚。不如和之。」悼公即命魏絳為和戎之使，與山戎諸國，歃血定盟。

時楚令尹公子貞已得陳國，又移兵伐鄭。鄭僖公大懼，欲遣使求援於晉。諸大夫懼違公子騑之意，莫肯往者。僖公發憤自行，是夜宿於驛舍。公子騑使門客伏而刺之，托言暴疾。立其弟嘉為君，是為簡公。使人報楚曰：「從晉皆髡頑之意，今髡頑已死，願聽盟罷兵。」楚公子貞受盟而退。晉悼公聞鄭復從楚，乃問於諸大夫曰：「今陳、鄭俱叛，伐之何先？」荀罃對曰：「鄭為中國之樞，自來圖伯，必先服鄭。」韓厥曰：「子羽識見明決，能定鄭者必此人。」乃告老致政。荀罃遂代為中軍元帥，統大軍伐鄭。鄭人請盟，荀罃許之。比及晉師返旆，楚共王復取成而歸。悼公大怒，荀罃獻計曰：「今欲收鄭，必先敝楚。欲敝楚，必用以逸待勞之策。臣請舉四軍之眾，分而為三，將各國亦分派配搭。每次只用一軍，更番出入。楚進則我退，楚退則我復進。以我之一軍，牽楚之全軍。彼求戰不得，求息又不得。如是而楚可疲，鄭可固也。」悼公即命荀罃三分四軍，定更番之制。因荀罃、荀偃叔侄同為大將，父荀首食采於智，偃父荀庚曾為中行將軍，故以智氏、中行氏別之。自此荀罃號為智罃，荀偃號為中行偃，軍中耳目，就不亂了。

智罃定分軍之令，方欲伐鄭。忽聞楚、鄭二國相比，侵掠宋境，以偪陽為東道。悼公乃發第一軍往攻偪陽，魯、曹、邾三國皆以兵從。偪陽大夫妘斑獻計曰：「魯師營於北門，我偽啟門出戰，其師必入攻。俟其半入，下懸門以截之。」偪陽子用其計。卻說魯將孟孫蔑率其部將叔梁紇、秦堇父、狄虒彌等攻北門，只見懸門不閉，堇父同虒彌恃勇先進，叔梁紇繼之。忽聞城上豁喇一聲，將懸門當著叔梁紇頭頂上放將下來。紇舉雙手把懸門輕輕托起。後軍就鳴金起來。堇父、虒彌二將，急忙回身。叔梁紇待晉軍退盡，把雙手一掀，就勢撒開，那懸門便落了閘口。次日，孟孫蔑整隊向城上搦戰。狄虒彌取大車輪一個，以堅甲蒙之，左手執以為櫓，右握大戟，跳躍如飛。偪陽城上，望見魯將施逞勇力，乃懸布於城下，叫曰：「我引汝登城，誰人敢登，

方見真勇。」秦堇父即以手牽布，須臾盤至城堞。偪陽人以刀割斷其布，堇父從半空中蹋將下來。城上布又垂下，堇父騰身復上。又被偪陽人斷布撲地，又一大跌。才爬起來，城上布又垂下，堇父挽布如前。偪陽人急割布時，已被堇父撈著一人，望城下一摔，跌個半熟。堇父亦隨布墜下。妘斑見魯將兇猛，吩咐軍民竭力固守。凡二十四日，忽然天降大雨。荀偃、士匄慮水患生變，同至中軍來稟智罃，欲求班師。

第六十一回

晉悼公駕楚會蕭魚
孫林父因歌逐獻公

話說荀偃、士匄同至中軍來稟智罃曰：「今時當夏令，水潦將發。不如暫歸，以俟再舉。」智罃大怒，罵曰：「老夫可曾說來。豎子在晉侯面前，一力承當。牽帥老夫，至於此地。今限汝七日之內，定要攻下偪陽。若還無功，照軍令狀斬首。」二將喏喏而退，謂本部軍將曰：「元帥立下嚴限，七日若不能破賊，必取吾等之首。今我亦與爾等立限，六日不能破城，先斬汝等，然後自刭，以申軍法。」遂約會魯、曹、邾三國，一齊並力。偃、匄身先士卒，親冒矢石，全然不避。五日城破，妘斑巷戰而死。悼公聞智罃已成大功，遂遣使至宋，以偪陽之地歸於宋公。

是冬，晉悼公以第二軍伐鄭。鄭國上卿公子嘉使人行成，智罃許之。比及楚公子貞來救鄭，則晉師已盡退矣。鄭復與楚盟。明年夏，晉悼公復以第三軍伐鄭。鄭遣使行成，荀罃又許之。楚共王大怒，使公子貞往秦借兵，約共伐鄭。秦景公乃使大將嬴詹帥車三百乘助戰。共王親帥大軍，望滎陽進發。鄭簡公大集群臣計議。公孫舍之獻策曰：「欲晉致死於我，莫如怒之。欲激晉之怒，莫如伐宋。」鄭簡公即命公孫舍之乘單車星夜南馳。正遇楚軍，公孫舍之下車拜伏於馬首之前。楚共王厲色問曰：「鄭反復無信，汝來是何意？」舍之奏曰：「寡君恐大王未鑑敝邑之誠，特遣下臣奉迎。大王若能問罪於宋，寡君願執鞭為前部。」共王回嗔作喜，使人辭謝秦師。同鄭伐宋，大掠而還。宋平公遣向戌如晉告急。悼公大怒，即日便欲興師。智罃進曰：「楚連年奔走道路，不勝其勞也。當示以強盛之形，堅其歸志。」悼公乃大合諸侯，一齊至鄭，觀兵於鄭之東門。鄭簡公乃使大夫伯駢行成於晉。

時晉軍營於蕭魚，伯駢來至晉軍。悼公召入，厲聲問曰：「汝以行成哄我，已非一次矣。今番莫非又是緩兵之計？」伯駢叩首曰：「寡君已別遣行人先告絕於楚，敢有二心乎？寡君薰沐而遣下臣，實欲委國於君侯，君侯勿疑。」悼公曰：「汝意既決，交盟可也。」是冬十二月，鄭簡公親入晉軍，與諸侯同會，因請受歃。悼公傳令：「將一路俘獲鄭人，悉解其縛，放歸本國。虎牢戍兵，盡行撤去，使鄭人自為守望。」又謂鄭簡公曰：「寡人知爾苦兵，欲相與休息。今後從晉從楚，出於爾心，寡人不強。」簡公感激流涕曰：「再有異志，鬼神必殛！」於是十二國車馬同日班師。悼公復遣使行聘各國，謝其向來用師之勞，諸侯皆悅。自此鄭國專心歸晉，不敢萌二三之念矣。時秦景公伐晉以救鄭，敗晉師於櫟，聞鄭已降晉，乃還。

周靈王十一年，吳子壽夢病篤，召其四子諸樊、餘祭、夷昧、季札至床前，謂曰：「汝兄弟四人，惟札最賢。我死之後，諸樊傳餘祭，餘祭傳夷昧，夷昧傳季札，傳弟不傳孫。務使季札為君，社稷有幸。」言訖而絕。諸樊乃宣明次傳之約，以父命即位。晉悼公遣使弔賀，不在話下。

周靈王十二年，晉將智罃、士魴、魏相相繼而卒。悼公使荀偃代智罃之任，士匄為副。諸大夫各修其職，弗敢懈怠。晉國大治，復興文、襄之業。是年秋九月，楚共王審薨，世子昭立，是為康王。吳王諸樊命大將公子黨帥師伐楚。楚將養由基迎敵，射殺公子黨，吳師敗還。諸樊遣使告敗於晉，大夫羊舌肸進曰：「秦附楚救鄭，敗我師於櫟，此宜先報。若伐秦有功，則楚勢益孤矣。」悼公遂使荀偃率三軍之眾，同十二國大夫伐秦。荀偃令各軍：「雞鳴駕車，視我馬首所向而行！」下軍元帥欒黶，素不服荀偃，遂帥本部東歸。早有人報知荀偃，偃曰：「出令不明，吾實有過。令既不行，何望成功？」遂班師。時欒鍼為下軍戎右，獨不肯歸，乃與范匄之子范鞅各引本部馳入秦軍。秦軍合兵圍之。欒鍼身中七箭，力盡而死。范鞅脫甲，乘單車疾馳得免。欒黶見范鞅獨歸，大怒，拔戈直刺范鞅。鞅遂奔秦國。秦景公大喜，待以客卿之禮。景公因范鞅而通於范匄，使庶長武聘晉，以修舊好，並請復范鞅之位。悼公從之，范鞅歸晉。自此秦、晉通和，終春秋之世，不相加兵。是年欒黶卒，子欒盈代為下軍副將。

卻說衛獻公名衎，親讒諂面諛之人，喜鼓樂田獵之事。大夫公孫剽頗有權略，上卿孫林父，亞卿寧殖，皆與剽結交。林父又暗結晉國為外援。獻公疑其有叛心。忽一日，獻公約孫、寧二卿共午食。二卿待命於門，自朝至午，不見使命來召。二卿心疑，乃叩宮門請見。守閽內侍答曰：「主公在後圃演射。」二人大怒，徑造後圃，望見獻公與射師公孫丁較射。獻公問：「二卿今日來此何事？」孫、寧二人齊聲答曰：「蒙主公約共午食，臣等伺候至今，腹且餒矣。恐違君命，是以來此。」獻公曰：「寡人貪射，偶爾忘之。俟改日再約可也。」孫、寧二人含羞而退，商議欲奉公孫剽為君。

林父連夜徑往戚邑，密喚家臣庾公差、尹公佗等，整頓家甲。遣其長子孫蒯，往見獻公，探其口氣。孫蒯假說：「臣父林父，偶染風疾，權且在河上調理，望主公寬宥。」獻公笑曰：「爾父之疾，想因過餓所致，寡人今不敢復餓子。」命內侍取酒相待，喚樂工歌詩侑酒。太師請問：「歌何詩？」

獻公曰：「《巧言》之卒章，頗切時事，何不歌之？」孫蒯聞歌，坐不安席，須臾辭去。回戚，述於林父。林父曰：「主公忌我甚矣！我不可坐而待死。」乃聚徒眾於丘宮，將攻獻公。

獻公懼，乃集宮甲約二百人，啟東門而出，欲奔齊國。孫蒯、孫嘉兄弟二人，引兵追及於河澤，大殺一陣。公孫丁矢無虛發，保著獻公，且戰且走。二孫不敢窮追而返。忽見庾公差、尹公佗二將，引兵而至，言：「奉相國之命，務取衛侯回報。」孫蒯、孫嘉曰：「有一善箭者相隨，將軍可謹防之。」庾公差曰：「得非吾師公孫丁乎？」原來尹公佗學射於庾公差，公差又學射於公孫丁。二將約馳十五里，趕著了獻公。因御人被傷，公孫丁在車執轡，回首一望，遠遠便認得是庾公差了，乃停車待之。

庾公差既到，謂尹公佗曰：「此真吾師也。」乃下車拜見。公孫丁舉手答之，麾之使去。庾公差登車曰：「今日之事，我若射，則為背師；若不射，則又為背主。我如今有兩盡之道。」乃抽矢叩輪，去其鏃，揚聲曰：「吾師勿驚！」連發四矢，前中軾，後中軫，左右中兩旁，單單空著君臣二人。庾公差射畢，叫聲：「師傅保重！」喝教回車。公孫丁亦引轡而去。尹公佗謂庾公差曰：「子有師弟之分，所以用情。弟子已隔一層，師恩為輕，主命為重。若無功而返，何以復吾恩主？」當下復身來追衛侯。

第六十二回
諸侯同心圍齊國
晉臣合計逐欒盈

話說尹公佗復身來追衛侯，將弓拽滿，望公孫丁便射。公孫丁不慌不忙，用手一綽，輕輕接住。就將來箭搭上弓弦，回射尹公佗，貫其左臂。再復一箭，結果了尹公佗性命。公孫丁仍復執轡賓士。行十餘里，只見後面車聲震動，飛也似趕來。獻公視之，乃同母之弟公子鱄冒死趕來從駕。遂做一路奔至齊國。孫林父既逐獻公，遂與寧殖合謀迎公孫剽為君，是為殤公。使人告難於晉。晉悼公問於中行偃曰：「衛人出一君復立一君，當何以處之？」偃對曰：「衛衎無道，諸侯莫不聞。今臣民自願立剽，我勿與知可也。」悼公從之。齊靈公聞晉侯不討孫、寧逐君之罪，乃嘆曰：「晉侯之志惰矣！我不乘此時圖伯，更待何時？」乃帥師伐魯北鄙，圍郕，大掠而還。

是冬，晉悼公薨。世子彪即位，是為平公。魯使叔孫豹弔賀，且告齊患。晉乃大合諸侯於湨梁。齊靈公不至，使大夫高厚代。荀偃大怒，欲執高厚，高厚逃歸。齊復興師伐魯北鄙，圍防，殺守臣臧堅。叔孫豹再至晉國求救。平公乃命大將中行偃合諸侯之兵，大舉伐齊。偃帥師濟河，會諸侯於魯濟之地。十二路車馬，一同往齊國進發。齊靈公使上卿高厚輔太子牙守國，自引著大軍，屯於平陰之城。城南有防，防有門，使析歸父於防門之外，深掘壕塹，選精兵把守。中行偃聞齊師掘塹而守，乃傳令使魯、衛之兵，自須句取路。使邾、莒之兵，自城陽取路，俱由琅邪而入。我等大兵，從平陰攻進，約定在臨淄城下相會。四國領計去了。荀偃將大軍分作三路，命車中各載木石，步卒每人攜土一囊。行至防門，把壕塹頃刻填平，殺將進去。齊兵不能當抵，析歸父逃入平陰城中，告訴靈公。靈公大驚，問諸將：「誰人敢為後殿？」寺人夙沙衛曰：「小臣願引一軍斷後。」忽有二將並出奏曰：「堂堂齊國，使寺人殿其師，豈不為諸侯笑乎？臣二人情願讓夙沙衛先行。」二將者，乃殖綽、郭最也。靈公從之，夙沙衛羞慚滿面而退。

行至石門山，只中間一條路徑。夙沙衛懷恨綽、最二人，候齊軍過盡，將隨行馬三十餘匹，殺之以塞其路。又將大車數乘，橫截山口。

再說綽、最行至石門隘口，急教軍士搬運死馬，疏通路徑。背後塵頭起處，晉驍將州綽一軍早到。殖綽問曰：「來將何人？」對曰：「吾乃晉國名將州綽也。」殖綽曰：「小將非別，齊國名將殖綽的便是。我與將軍以勇力齊名，何忍自相戕賊乎？」州綽曰：「將軍若肯束身歸順，小將力保將軍不死。」殖綽曰：「郭最性命，今亦交付將軍。」言罷，二人雙雙就縛。

州綽將綽、最二將解至中軍獻功。中行偃命暫囚於中軍，候班師定奪。大軍從平陰進發，直逼臨淄城下。魯、衛、邾、莒兵俱到，四面圍住。高厚督率軍民，協力固守。至第六日，忽有鄭國飛報來到，乃是大夫公孫舍之與公孫夏連名緘封，內中有機密至緊之事。鄭簡公發而視之，大懼，即持書至晉軍中，送與晉平公看了。平公召中行偃議之。偃對曰：「今齊守未虧，鄭國又有楚警，若鄭國有失，咎在於晉。不如且歸，為救鄭之計。料齊侯已喪膽，不敢復侵犯魯國矣。」平公乃解圍而去。鄭簡公辭晉先歸。

平公以楚師為憂，不樂。師曠曰：「臣請以聲卜之。」乃吹律歌《南風》，又歌《北風》。曠奏曰：「不出三日，當有好音至矣。」師曠字子野，乃晉國第一聰明之士。從幼好音樂，為晉太師掌樂之官。晉侯聞其言，乃駐軍以待之，使人前途遠探。未三日，探者同鄭大夫公孫蠆來回報，言：「楚師已去。」平公大喜曰：「子野真聖於音者矣！」乃將楚伐鄭無功，遍告諸侯，各回本國。中行偃行至中途，忽然頭上生一瘍疽，痛不可忍。延至二月，其瘍潰爛而死。殖綽、郭最乘偃之變，逃回齊國去了。范匄同偃之子吳，迎喪以歸。晉侯以范匄為中軍元帥，以吳為副將，仍以荀為氏，稱荀吳。

是年夏五月，齊靈公有疾，大夫崔杼與慶封商議，使人迎故太子光於即墨。慶封帥家甲，夜叩太傅高厚之門，執而殺之。太子光同崔杼入宮，殺公子牙。靈公聞變大驚，嘔血數升，登時氣絕。光即位，是為莊公。時晉上卿範匄，以前番圍齊，未獲取成，乃請於平公，復率大軍侵齊。才濟黃河，聞齊靈公兇信，即時班師。齊莊公恐晉師復至，使人如晉謝罪，請盟。晉平公大合諸侯於澶淵，與齊莊公歃血為盟，結好而散。

卻說下軍副將欒盈，乃欒黶之子。黶乃范匄之婿，匄女嫁黶，謂之欒祁。欒氏七代卿相，貴盛無比。晉朝文武，半出其門，半屬姻黨。欒黶死時，其夫人欒祁，才及四旬。因州賓屢次入府稟事，欒祁在屏後窺之，見其少俊，遂與私通。盈從晉侯伐齊，州賓公然宿於府中。盈歸，聞知其事，尚礙母親面皮，乃把他事，鞭治內外守門之吏。欒祁老羞變怒，因父范匄生辰，以拜壽為名，來至范府，乘間訴其父曰：「盈將為亂，奈何？」范匄詢其詳，欒祁曰：「盈日夜與智起、羊舌虎等，聚謀密室，欲盡去諸大夫，而立其私黨。恐我泄其消息，嚴敕守門之吏，不許與外家相通。」時范鞅在旁，助之曰：「彼黨羽至盛，不可不防也。」范匄乃密奏於平公，請逐欒氏。

平公私問於大夫陽畢。陽畢素惡欒黶而睦於范氏，乃對曰：「欒書實弒厲公。若除欒氏，以明弒逆之罪，而立君之威，此國家數世之福也。」平公以為然，召范匄入宮，共議其事。范匄曰：「不如使盈往築著邑之城。盈去，其黨無主，乃可圖矣。」平公乃遣欒盈往城著邑。盈去三日，平公御朝，宣佈欒書罪狀，懸於國門。遣大夫陽畢，將兵往逐欒盈。其宗族在國中者，盡行逐出。欒樂、欒魴率其宗人，竟往奔欒盈去了。叔虎等聞城門已閉，乃商議各聚家丁，欲乘夜為亂。趙氏有門客章鏗，居與叔虎家相鄰。聞其謀，報知趙武。趙武轉報范匄。匄使其子范鞅，率甲士三百，圍叔虎之第。

第六十三回
老祁奚力救羊舌
小范鞅智劫魏舒

話說范鞅領兵圍住叔虎府第。叔虎乘梯向牆外問曰：「小將軍引兵至此，何故？」范鞅曰：「吾奉晉侯之命，特來取汝。」即呼章鏗上前，使證之。叔虎扳起一塊牆石，望章鏗當頭打去。范鞅大怒，教軍士放火攻門。叔虎提戟當先，箕遺仗劍在後，冒火殺出。范鞅教軍士一齊放箭，二人雙雙被箭射倒。軍士將撓鉤搭出，已自半死，綁縛車中。中軍副將荀吳，率本部兵前來接應。中途正遇黃淵，亦被擒獲。范、荀合兵一處，復分路搜捕，直至天明。范鞅拘到智起、籍偃、州賓等，荀吳拘到中行喜、辛俞及叔虎之兄羊舌赤、羊舌肸，都囚於朝門之外。

單說羊舌赤字伯華，羊舌肸字叔向，與叔虎雖同是羊舌職之子，叔虎是庶母所生。大夫樂王鮒字叔魚，其時方嬖幸於平公。平日慕羊舌赤、肸兄弟之賢，意欲納交而不得。聞二人被囚，特到朝門，正遇羊舌肸，揖而慰之曰：「子勿憂，吾見主公，必當力為子請。」羊舌肸嘿然不應。樂王鮒有慚色。羊舌赤聞之，責其弟。羊舌肸笑曰：「叔魚行媚者也，君可亦可，君否亦否。祁老大夫外舉不避仇，內舉不避親，豈獨遺羊舌氏乎？」

少頃，晉平公臨朝，范匄以所獲欒黨姓名奏聞。平公亦疑羊舌氏兄弟三人皆在其數，問於樂王鮒曰：「叔虎之謀，赤與肸實與聞否？」樂王鮒心愧叔向，乃應曰：「至親莫如兄弟，豈有不知？」平公乃下諸人於獄，使司寇議罪。時祁奚已告老，其子祁午與羊舌赤同僚相善，星夜使人報信於父。奚聞信大驚，乃乘車連夜入都，叩門來見范匄。祁奚曰：「老夫為晉社稷存亡而來。賢人，社稷之衛也。羊舌職有勞於晉室，其子赤、肸，能嗣其美。一庶子不肖，遂聚而殲之，豈不可惜！」范匄蹴然離席曰：「匄與老大夫同詣君所言之。」於是併車入朝，求見平公，奏言：「赤、肸與叔虎，賢不肖不同，必不與聞欒氏之事。」平公大悟，赦出赤、肸二人，使復原職。智起、中行喜、籍偃、州賓、辛俞皆斥為庶人。惟叔虎與箕遺、黃淵處斬。州賓復與欒祁往來，范匄聞之，使力士刺殺州賓於家。

卻說守曲沃大夫胥午，昔年曾為欒書門客。欒盈行過曲沃，胥午迎款。留連三日，欒樂等報信已至，言：「陽畢領兵將到。」欒盈乃收拾車乘，出奔於楚。欒盈棲楚境上數月，欲往郢都見楚王，忽轉念曰：「吾祖父宣力國家，與楚世仇，倘不相容，奈何？」遂修整車從，望齊國進發。

再說齊莊公為人，好勇喜勝。嘗欲廣求勇力之士，自為一隊。由是於卿大夫士之外，別立「勇爵」，祿比大夫。一日，莊公視朝，近臣報導：「今有晉大夫欒盈被逐，來奔齊國。」莊公使人迎欒盈入朝。盈謁見，稽首哭訴其見逐之由。莊公曰：「寡人助卿一臂，必使卿復還晉國。」欒盈再拜稱謝。莊公賜以大館，設宴相款。州綽、邢蒯侍於欒盈之傍。莊公見其身大貌偉，因謂盈曰：「寡人欲暫乞二勇士為伴，卿不可辭。」欒盈只得應允。

單說崔杼之前妻，生下二子，曰成，曰彊，數歲而妻死。再娶東郭氏，乃是東郭偃之妹，先嫁與棠公為妻，謂之棠姜。生一子，名曰棠無咎。那棠姜有美色，崔杼因往弔棠公之喪，窺見姿容，娶為繼室。亦生一子，曰明。崔杼用東郭偃、棠無咎為家臣，以幼子崔明托之。

且說齊莊公一日飲於崔杼之室，崔杼使棠姜奉酒。莊公悅其色，乃厚賂東郭偃，使之通意，乘間與之私合。來往多遍，崔杼漸漸知覺，盤問棠姜。棠姜曰：「誠有之。彼挾國君之勢以臨我，非一婦人所敢拒也。」崔杼自此有謀弒莊公之意。

周靈王二十二年，吳王諸樊求婚於晉，晉平公以女嫁之。齊莊公謀於崔杼曰：「聞曲沃守臣乃欒盈之厚交，今欲以送媵為名，順便納欒盈於曲沃，使之襲晉。此事如何？」崔杼對曰：「主公必然親率一軍，為之後繼。若盈自曲沃而入，主公揚言伐衛，由濮陽自南而北，兩路夾攻，晉必不支。」莊公深以為然。以其謀告於欒盈，欒盈甚喜。家臣辛俞諫曰：「晉君不念欒氏之勳，黜逐吾主，誰不憐之？一為不忠，何所容於天地之間耶？」欒盈不聽。辛俞泣曰：「吾主此行，必不免。俞當以死相送！」乃自刎而死。

齊莊公遂以宗女姜氏為媵，遣大夫析歸父送之於晉。多用溫車，載欒盈及其宗族，欲送至曲沃。州綽、邢蒯請從。莊公恐其歸晉，乃使殖綽、郭最代之。行過曲沃，盈等遂易服入城。夜叩大夫胥午之門，午驚異，迎盈入於深室之中。盈告曰：「齊侯致我於此，齊兵且踵至矣。子若能興曲沃之甲，相與襲絳，絳可入也。」午曰：「晉勢方強，范、趙、智、荀諸家又睦，恐不能僥倖，奈何？」盈曰：「昔我佐魏絳於下軍，若更得魏氏為內助，此事可八九矣。」盈等遂藏於深室。次日，欒盈寫密信一封，送至絳州魏舒處。胥午搜括曲沃之甲，共二百二十乘，欒盈率之。黃昏起行，一夜便到。時范匄在家，忽然樂王鮒喘籲而至，報言：「欒氏已入南門。」范匄大驚，急呼其子范鞅斂甲拒敵。范匄憂國中有內應。鮒曰：「諸大夫皆欒怨家，可慮惟魏氏耳。」范匄乃使范鞅以君命召魏舒。時平公有外家之喪，范匄與樂王鮒，俱衷甲加墨縗，直入宮中，奏知平公，即御公以入於固宮。

卻說魏舒家在城北隅，范鞅乘軺車疾驅而往，但見車徒已列門外，舒戎裝在車，南向將往迎欒盈矣。范鞅下車，急趨而進曰：「欒氏為逆，主公已在固宮，鞅之父與諸大臣，皆聚於君所，使鞅來迎吾子。」魏舒未及答語，范鞅踴身一跳，早已登車，右手把劍，左手牽魏舒之帶，唬得魏舒不敢作聲。范鞅喝令：「東行往固宮！」於是車徒轉向東行，徑到固宮。

第六十四回
曲沃城欒盈滅族
且於門杞梁死戰

卻說魏舒與范匄同謁平公，共商議應敵之計。須臾，諸臣陸續而至。固宮止有前後兩門，俱有重關。范匄使趙、荀兩家之軍，協守南關二重。韓無忌兄弟，協守北關二重。祁午諸人，周圍巡儆。匄與鞅父子，不離平公左右。欒盈不見魏舒來迎，乃屯於市口，使人哨探，回報：「晉侯已往固宮，百官皆從，魏氏亦去矣。」欒盈大怒，即撫督戎之背曰：「用心往攻固宮，富貴與子共也！」督戎手提雙戟，乘車徑往固宮，要取南關。晉軍素聞其勇名，見之無不膽落。趙武部下有兩員驍將，叫作解雍、解肅。二將飛車出關，挺槍來戰督戎。督戎舞戟相迎，全無懼怯。解肅一槍刺來，督戎一戟拉去，磅的一聲，那支槍磟為兩段。解肅撇了槍桿便走。解雍也著了忙，被督戎一戟刺倒。便去追趕解肅。解肅徑奔北關，縋城而上。督戎趕不著，退轉來要結果解雍，已被軍將救入關去了。是夜，解雍傷重而死，趙武痛惜不已。荀吳曰：

「我部下有老將牟登，他有二子，牟剛、牟勁，俱有千斤之力。今夜使牟登喚來，明日同解將軍出戰。」言畢，自去吩咐牟登去了。

次早，牟剛、牟勁俱到，與解肅一同下關。三員猛將，開關而出。一支長槍，兩柄大刀，一齊都奔督戎。督戎殺得性起，跳下車來，將雙戟飛舞。牟勁車軸，被督戎打折，只得也跳下車來，著了督戎一戟，打得稀爛。老將牟登，喝叫關上鳴起金來。親自出關，接應牟剛、解肅進去。

趙武與荀吳連敗二陣，遣人告急於范匄。范匄悶悶不已。有一隸人侍側，姓斐名豹，原是屠岸賈手下驍將斐成之子，沒官為奴，在中軍服役。斐豹曰：「元帥若於丹書上除去豹名，小人當殺督戎，以報厚德。」范匄曰：「爾若殺了督戎，吾當請於晉侯，將丹書盡行焚棄，收爾為中軍牙將。」斐豹曰：「督戎恃勇性躁，專好獨鬥。小人情願單身下關，自有擒督戎之計。」范匄大喜，賞兕甲一副。次日，范匄命駕車，使斐豹驂乘，同至南關。關下督戎大呼搦戰。斐豹在關上呼曰：「督君還認得斐大否？你把兵車退後，我與你兩人，只在地下賭鬥。」督戎曰：「此論正合吾意。」遂將軍士約退。兩個就在關下交戰，約二十餘合，未分勝敗。斐豹詐言道：「我一時內急，可暫住手。」督戎哪裡肯放。斐豹捉個空隙就走，督戎隨後趕來。斐豹奔近短牆，跳將進去。督戎亦逾牆而入。斐豹隱身在一棵大樹之下，專等督戎進牆，出其不意，提起五十二斤的銅錘，自後擊之，正中其腦。斐豹急拔出腰間利刃，剁下首級，復跳牆而出。解肅、牟剛引兵殺出，欒軍大敗。

再說欒盈引大隊車馬，攻打北關。聞督戎被殺，全軍俱沒，嚇得手足無措。欒樂曰：「當令將士畢聚北門，於三更之後，放火燒關，或可入也。」欒盈從其計。晉侯喜督戎之死，置酒慶賀。韓無忌、韓起俱來獻觴上壽，飲至二更方散。才回北關，忽然車聲轟起，欒氏軍馬大集，延燒關門，乘勢占了外關。韓無忌等退守內關，遣人飛報中軍求救。范匄命魏舒往南關，替回荀吳一支軍馬，往北關幫助二韓。遂同晉侯登臺北望，見欒兵屯於外關，寂然無聲。范匄曰：「此必有計。」遂命其子范鞅，率斐豹引一支軍，從南關轉至北門，約會腹背夾攻。使趙武、魏舒，移兵屯於關外，以防南逸。

卻說荀吳奉范匄將令，專等時候。只見欒兵俱退出外關，心知外兵已到。一聲鼓響，關門大開，一齊殺出。欒盈亦慮晉軍內外夾攻，使欒魴用鐵葉車，塞外門之口。荀吳之兵，不能出外。范鞅兵到，欒樂認得車中乃是小將軍范鞅，乃驅車逐范鞅而射之。欒樂這一箭射個落空，便教回車退走，欲誘他趕來，覷得親切，好端的放箭。誰知殖綽、郭最忌欒樂善射，唯恐其成功，一見他退走，遂大呼曰：「欒氏敗矣！」御人聞呼，舉頭四望，轡亂馬逸。路上有大槐根，車輪誤觸之而覆，把欒樂跌將出來。斐豹趕到，用長戟鉤之，斷其手肘。欒榮不敢來救欒樂，急逃而免。殖綽、郭最難回齊國，郭最奔秦，殖綽奔衛。欒魴收兵保護欒盈，望南而奔。行至南門，又遇魏舒引兵攔住。欒盈垂淚告曰：「魏伯獨不憶下軍共事之日乎？」魏舒意中不忍，讓欒盈一路。欒盈、欒魴引著殘兵，急急奔回曲沃去了。范匄聞欒盈已去，知魏舒做人情，置之不言。乃謂范鞅曰：「從盈者，皆曲沃之甲，此去必還曲沃。彼爪牙已盡，汝率一軍圍之，不憂不下也。」荀吳亦願同往，范匄許之。二將帥車三百乘，圍欒盈於曲沃。范匄奉晉平公復回公宮，取丹書焚之，因斐豹得脫隸籍者二十餘家。范匄遂收斐豹為牙將。

卻說齊莊公以王孫揮為大將，擇吉出師。先侵衛地，衛人儆守，不敢出戰。齊兵遂望帝邱而北，直犯晉界。不一日，行至太行。莊公正議襲絳之事，聞欒盈敗走曲沃，晉侯悉起大軍將至，遂觀兵於少水而還。范鞅、荀吳圍曲沃月餘。盈等屢戰不勝，力盡不能守，城遂破。胥午伏劍而死。欒盈、欒榮俱被執。范鞅夜使人縊殺之，盡誅滅欒氏之族。惟欒魴縋城而遁，出奔宋國去了。鞅等班師回奏。於是范匄告老，趙武代之為政。

再說齊莊公還至齊境，留屯於境上，大蒐車乘。州綽、賈舉等，各賜堅車五乘，名為「五乘之賓」。賈舉稱臨淄人華周、杞梁之勇，莊公即使人召之。賜以一車，使之同乘。華周退而謂杞梁曰：「彼一人而五乘，我二人而一乘，乃辱我耳！盍辭之他往乎？」杞梁歸告其母。母曰：「汝生而無義，死而無名，雖在『五乘之賓』，人孰不笑汝！君命不可逃也。」杞梁以母之語述於華周，華周遂與杞梁共車，侍於莊公。莊公休兵數日，單用「五乘之賓」及選銳三千，往襲莒國。華周、杞梁自請為前隊，莊公許之。有小卒挺身出曰：「小人願隨二位將軍一行。」問其姓名，乃本國人隰侯重也。三人遂同一乘，風馳而去。次早，莒黎比公親率甲士三百人巡郊，遇華周、杞梁之車，使甲士重重圍之。周、梁謂隰侯重曰：「汝為我擊鼓勿休！」乃各挺長戟，跳下車來，左右衝突。三百甲士，被殺傷了一半。黎比公大敗而走。

齊莊公大隊已到，聞知二將獨戰得勝，使人召之還，曰：「寡人已知二將軍之勇矣！願分齊國，與將軍共之！」周、梁同聲對曰：「君以利啖我，是汙吾行也。」乃揖去使者，棄車步行，直逼且於門。黎比公令人於狹道掘溝炙炭。隰侯重仗楯自伏於炭上，令二子乘之而進。黎比公見二將已越火溝，急召善射者百人，伏於門之左右。華周、杞梁直前奪門，百矢俱發，二將冒矢突戰。杞梁重傷先死。華周身中數十箭，力盡被執。

卻說齊莊公引大隊行至且於門，聞三人俱已戰死，大怒，便欲攻城。黎比公遣使至齊軍中請成，莊公不准。忽報：「晉侯與宋、魯、衛、鄭各國之君，會於夷儀，謀伐齊國。」莊公乃許莒成。即日班師，命將杞梁殯於齊郊之外。莊公方入郊，適遇杞梁之妻孟姜，來迎夫屍。孟姜奉夫棺，將窆於城外。乃露宿三日，撫棺大慟，涕淚俱盡，繼之以血。齊城忽然崩陷數尺。華周歸齊，傷重，未幾亦死。是年大水，黃河俱氾濫，晉侯伐齊之議遂中止。

卻說齊右卿崔杼巴不得晉師來伐，欲行大事，已與左卿慶封商議事成之日，平分齊國。及聞水阻，心中鬱鬱。莊公有近侍賈豎，嘗以小事，受鞭一百。崔杼乃以重賂結之，凡莊公一動一息，俱令相報。

第六十五回

弒齊光崔慶專權
納衛衎寧喜擅政

話說周靈王二十三年，夏五月，莒黎比公親自至臨淄朝齊。莊公大喜，設饗於北郭。崔杼有心拿莊公破綻，詐稱寒疾不能起身，密使心腹叩信於賈豎。豎密報云：「主公只等席散，便來問相國之病。」崔杼乃謂其妻棠姜曰：「我今日欲除此無道昏君。汝若從吾之計，吾當立汝子為嗣。」棠姜曰：「焉敢不依？」崔杼乃使棠無咎，伏甲士百人於內室。

且說莊公愛棠姜之色，寢食不忘。事畢，趨駕往崔氏問疾。閽者謬對曰：「病甚重，方服藥而臥。」莊公大喜，竟入內室。棠姜豔妝出迎，未交一言，有侍婢來告：「相國口燥，欲索蜜湯。」棠姜同侍婢冉冉而去。莊公倚檻待之，須臾間，左右甲士俱起。莊公大驚，破戶而出，得一樓登之。棠無咎引甲士圍樓，莊公曰：「寡人知罪矣！容至太廟中自盡，以謝相國何如？」無咎曰：「我等但知拿姦淫之人，不知有君。君既知罪，即請自裁，毋徒取辱。」莊公欲逾牆走。無咎引弓射之，中其左股，從牆上倒墜下來。甲士一齊俱上，刺殺莊公。

齊國諸大夫聞崔氏作亂，皆閉門待信。惟晏嬰直造崔氏，入其室，枕莊公之股，放聲大哭。棠無咎曰：「必殺晏嬰，方免眾謗。」崔杼曰：「此人有賢名，殺之恐失人心。」晏嬰遂歸。未幾，慶封使其子慶舍，搜捕莊公餘黨，殺逐殆盡。以車迎崔杼入朝，然後迎公子杵臼為君，是為景公。時莒黎比公尚在齊國，崔、慶奉景公與黎比公為盟，黎比公乃歸莒。崔杼命太史伯以瘧疾書莊公之死，太史伯不從，書於簡曰：「夏五月乙亥，崔杼弒其君光。」

杼見之大怒，殺太史。太史有弟三人，曰仲、叔、季。仲復書如前，杼又殺之；叔亦如之，杼復殺之；季又書，杼執其簡謂季曰：「汝三兄皆死，汝獨不愛性命乎？」季對曰：「據事直書，史氏之職也。某即不書，天下必有書之者。」崔杼嘆曰：「吾懼社稷之隕，不得已而為此。」乃擲簡還季。是月，晉平公以水勢既退，復大合諸侯於夷儀，將為伐齊之舉。崔杼使左相慶封告於晉師，言：「群臣已代大國行討矣。新君杵臼，願改事上國。更以宗器若干，樂器若干為獻。」諸侯亦皆有賂。平公大悅，班師而歸，諸侯皆散。

卻說衛大夫孫林父、寧殖既逐其君衎，奉其弟剽為君。後寧殖死，子寧喜嗣為左相，日以復國為念。周靈王二十四年，衛獻公襲夷儀據之，使公孫丁私入帝邱城，謂寧喜曰：「子能復納寡人，衛國之政，盡歸於子。」寧喜乃為復書，密付來使，書中大約言：「子鮮乃國人所信，必得他到此面訂，方有商量。」子鮮者，公子鱄之字也。鱄乃私入帝邱城，來見寧喜。寧喜曰：「子鮮若能任其言，喜敢不任其事！」鱄向天誓曰：「鱄若負此言，不能食衛之粟。」喜曰：「子鮮之誓，重於泰山矣。」公子鱄回復獻公去了。

寧喜告於大夫石惡、北宮遺，二人皆贊成之。喜告於右宰穀，穀乃潛往夷儀，求見獻公。獻公謂穀曰：「子從左相處來，必有好音矣。」穀對曰：「臣

以便道奉候，喜不知也。」獻公曰：「子第為寡人致左相，速速為寡人圖成其事。左相縱不思復寡人，獨不思得衛政乎？」穀對曰：「所樂為君者，以政在也。政去，何以為君？」獻公曰：「不然。所謂君者，受尊號，享榮名，乘高車，駕上駟。豈必勞心政務，然後為樂哉？」穀嘿然而退。復見公子鱄，穀述獻公之言，鱄曰：「君淹恤日久，苦極望甘，故為此言。夫所謂君者，敬禮大臣，錄用賢能，節財而用之，恤民而使之，作事必寬，出言必信，然後能享榮名，而受尊號，此皆吾君之所熟聞也。」

時孫林父年老，同其庶長子孫蒯居戚，留二子孫嘉、孫襄在朝。周靈王二十五年，春二月，孫嘉出使聘齊，惟孫襄居守。適獻公又遣公孫丁來討信，寧喜遂陰集家甲，使右宰穀同公孫丁帥之以伐孫襄。孫氏府第牆垣堅厚，有家將雍鉏、褚帶二人，輪班值日巡警。是日褚帶當班，右宰穀帥卒攻門。雍鉏聞府第有事，亦起軍丁來接應。兩下混戰，互有殺傷。右宰穀度不能取勝，引兵而回。孫襄親自馳良馬追趕，公孫丁彎弓搭箭，一發正中其胸，卻得雍、褚二將齊上，救回去了。右宰穀回復寧喜，說孫家如此難攻。寧喜曰：「今夜吾自往攻之。如再無功，即當出奔，以避其禍。」北宮遺忽至，言：「孫襄已死，可速攻之。」寧喜悉起家眾，重至孫氏之門。雍鉏、褚帶急忙披掛，已被攻入大門。雍鉏踰後牆而遁，奔往戚邑去了。褚帶為亂軍所殺。

其時，天已大明。寧喜滅孫襄之家，斷襄之首，攜至公宮，來見殤公，撫劍言曰：「君乃孫氏所立，非先君之命。請君避位，以成堯舜之德。」殤公怒曰：「汝擅殺世臣，廢置任意，真乃叛逆之臣也！」即操戈以逐寧喜。寧喜一聲指麾，甲士齊上，將殤公拘住。世子角聞變，仗劍來救，被公孫丁趕上，一戟刺死。寧喜囚殤公於太廟，逼使飲鴆而亡。寧喜遣右宰穀、北宮遺同公孫丁往夷儀迎接獻公。獻公星夜驅馳，三日而至。大夫公孫免餘，直至境外相見。獻公執其手曰：「不圖今日復為君臣。」自此免餘有寵。

卻說孫嘉聘齊而回，中道聞變，徑歸戚邑。林父乃以戚邑附晉，乞賜發兵，協力守禦。晉平公以三百人助之，孫林父使晉兵專戍茅氏之地。寧喜聞林父請兵，晉僅發三百人，乃使殖綽將選卒千人，往襲茅氏。

第六十六回
殺寧喜子鱄出奔　戮崔杼慶封獨相

話說殖綽帥選卒千人，去襲晉戍，三百人不勾一掃，遂屯兵於茅氏。林父遣孫蒯同雍鉏引兵救之。孫蒯與雍鉏商議，雍鉏曰：「殖綽勇敵萬夫，必難取勝，除非用誘敵之計方可。」乃帥一百人馳往茅氏，一遇殖綽之兵，佯為畏懼，回頭便走。殖綽恃勇，單帶隨身軍甲數十人，乘輕車追之。雍鉏引往樹林中去了。殖綽也疑心林中有伏，便教停車。只見土山之上，又屯著一簇步卒，簇擁著一員將。那員將金鎏繡甲，叫著殖綽的姓名大罵。殖綽大怒。衛兵中有人認得的指道：「這便是孫相國的長子，叫作孫蒯。」殖綽喝教：「驅車！」剛剛到山坡之下，那車勢去得兇猛，踏著陷坑，馬就牽車下去，把殖綽掀下坑中。孫蒯預備弓弩，一等陷下，攢箭射之。

晉平公聞衛殺其戍卒，大怒。命正卿趙武，合諸大夫於澶淵，將加兵於衛。衛獻公同寧喜如晉，面訴孫林父之罪，平公執而囚之。齊景公遣使約會鄭簡公一同至晉，為衛求解。晉平公雖感其來意，然有林父先入之言，尚未肯統口。齊大夫晏嬰私謂羊舌肸曰：「晉為諸侯之長，林父始逐其君，既不能討，今又為臣而執君，為君者不亦難乎？」肸乃言於趙武，固請於平公，乃釋衛侯歸國。尚未肯釋寧喜。右宰穀勸獻公飾女樂十二人，進於晉以贖喜。晉侯悅，並釋喜。喜歸，愈有德色，每事專決，全不稟命。

時宋左師向戌，與晉趙武相善，亦與楚令尹屈建相善。倡議晉、楚二君，相會於宋，面定弭兵交見之約。楚自共王至今，屢為吳國侵擾，故屈建欲好晉以專事於吳。而趙武亦因楚兵屢次伐鄭，指望和議一成，可享數年安息之福。兩邊皆欣然樂從，遂遣使往各屬國訂期。晉使至於衛國，寧喜不通知獻公，逕自委石惡赴會。獻公聞之大怒，訴於公孫免餘。免餘往見寧喜，言：「會盟大事，豈可使君不與聞？」寧喜艴然曰：「子鮮有約言矣，吾豈猶臣也乎哉？」免餘乃往見其宗弟公孫無地、公孫臣曰：「相國之專，子所知也。若吾等偽為作亂，幸而成，君之福。不成，不過出奔耳。」無地曰：「吾弟兄願為先驅。」免餘請歃血為信。

時周靈王二十六年，寧喜方治春宴。無地與臣悉起家眾以攻寧氏。寧氏門內，設有伏機。無地不知，誤觸其機，陷於窟中。公孫臣揮戈來救，寧氏人眾，臣戰敗被殺。寧喜縛無地於庭柱，鞭之至死，然後斬之。右宰穀聞寧喜得賊，夜乘車來問。寧氏方啟門，免餘帥兵適至，乘之而入。先斬右宰穀於門。寧氏堂中大亂，寧喜懼而走，免餘奪劍逐之。喜身中兩劍，死於柱下。免餘盡滅寧氏之家，還報獻公。公子鱄聞之，即以牛車載其妻小，出奔晉國，隱於邯鄲，與家人織屨易粟而食，終身不言一「衛」字。

卻說宋左師向戌，倡為弭兵之會，面議交見之事。晉正卿趙武、楚令尹屈建俱至宋地，各國大夫陸續俱至。遂於宋西門之外，歃血訂盟。楚屈建暗暗傳令，衷甲將事，意欲劫盟，襲殺趙武。伯州犁固諫乃止。

再說齊右相崔杼，自弒莊公，立景公，威震齊國。左相慶封心中陰懷嫉忌。崔杼原許棠姜立崔明為嗣，因憐長子崔成損臂，不忍出口。崔成請讓嗣於明，願得崔邑養老。崔杼許之。東郭偃與棠無咎不肯。崔成訴於其弟崔彊。崔彊曰：「吾父在，東郭等尚然把持。父死，吾弟兄求為奴僕不能矣。」崔成曰：「姑浼左相為我請之。」成、彊二人求見慶封，告訴其事。慶封曰：「汝父惟偃與無咎之謀是從，異日恐為汝父之害，何不除之？」成、彊曰：「某等力薄，恐不能濟事。」慶封乃贈之精甲百具，兵器如數。成、彊大喜，夜半率家眾披甲執兵，散伏於崔氏之近側。候東郭偃、棠無咎入門，甲士突起，將二人攢戟刺死。崔杼聞變大怒，往見慶封，哭訴以家難。慶封佯為不知，悉起家甲，召盧蒲嫳使率之，吩咐：「如此如此。」崔成、崔彊見盧蒲嫳兵至，啟門納盧蒲嫳。嫳入門，喝令甲士：「還不動手！」成、彊未及答言，頭已落地。盧蒲嫳縱甲士抄擄其家，又毀其門戶。棠姜驚駭，自縊於房。盧蒲嫳懸成、彊之首於車，回復崔杼。杼見二屍，且憤且悲。行至府第，只見重門大開，並無一人行動。棠姜懸樑，尚未解索。崔杼驚得魂不附體，放聲大哭，亦自縊而死。崔明半夜潛至府第，盜崔杼與棠姜之屍，車載以出，葬於祖墓。事畢，崔明出奔魯國。慶封遂獨相景公。

時吳、楚屢次相攻，楚康王治舟師以伐吳。吳王餘祭怒楚見伐，使相國屈狐庸，誘楚之屬國舒鳩叛楚。楚令尹屈建帥師伐舒鳩，養由基自請為先鋒。屈建允其請，使大夫息桓助之。養由基行至離城，吳王之弟夷昧，同相國屈狐庸率兵來救。息桓欲俟大軍，養由基曰：「吳人善水，今棄舟從陸，射御非其長。」遂執弓貫矢，身先士卒。遇狐庸於車，欲射狐庸。狐庸引車而退，其疾如風。只見四面鐵葉車圍裹將來，把基困於垓心。萬矢齊發，養由基死於亂箭之下。息桓收拾敗軍，回報屈建。建乃伏精兵於棲山，使別將子強以

私屬誘吳交鋒，才十餘合遂走。夷昧逐之。至棲山之下，伏兵盡起，將夷昧圍住。卻得狐庸兵到，殺退楚兵，救出夷昧。吳師敗歸，屈建遂滅舒鳩。明年，楚康王復欲伐吳。吳盛兵以守江口，楚不能入，遂還師侵鄭。

卻說吳之鄰國名越，子爵。自夏暦周，凡三十餘世，至於允常。允常勤於為治，越始強盛，吳忌之。餘祭立四年，始用兵伐越，獲其宗人。餘祭觀舟醉臥，宗人解餘祭之佩刀，刺殺餘祭。餘祭弟夷昧，以次嗣立，以國政任季札。札請戢兵安民，通好上國，夷昧從之。

第六十七回

盧蒲癸計逐慶封
楚靈王大合諸侯

話說周靈王二十七年，靈王無疾而崩，次子貴即位，是為景王。是年，楚康王亦薨，子麇即位。未幾，令尹屈建亦卒，公子圍代為令尹。

再說齊相國慶封，荒淫自縱。一日，飲於盧蒲嫳之家。嫳使其妻出而獻酒，封見而悅之，遂與之通。因以國政交付於其子慶舍。封與嫳妻同宿，嫳亦與封之妻妾相通，兩不禁忌。嫳請召其兄盧蒲癸於魯，慶封從之。癸既歸齊，封使事其子慶舍。慶舍愛之，以其女慶姜妻癸。癸一心只要報莊公之仇，乃因射獵，極口誇王何之勇。慶舍使召之。王何歸齊，慶舍亦愛之。

時景公性愛食雞蹠，公卿家效之，皆以雞為食中之上品。御廚以舊額不能供應，往慶氏請益。盧蒲嫳勸慶舍勿益，御廚乃以鶩代之。是日，大夫高蠆字子尾、欒灶字子雅，侍食於景公。見食品無雞，但鶩骨耳，大怒。高蠆欲往責慶封，欒灶勸止之。盧蒲癸遂與王何謀曰：「高、欒二家，與慶氏有隙，可借助也。」何乃夜見高蠆，詭言慶氏謀攻高、欒二家。高蠆大怒曰：「慶封實與崔杼同弒莊公，吾等當為先君報仇。」乃陰與欒灶商議，伺間而發。秋八月，慶封率其族人慶嗣、慶遺，往東萊田獵。盧蒲癸部署家甲，預作準備。至期，齊景公行嘗祭於太廟，諸大夫皆從，慶舍以家甲環守廟宮。盧蒲癸、王何執寢戈，立於慶舍之左右。盧蒲癸托言小便，出外約會停當，密圍太廟。癸復入，倒持其戟，以示高蠆。蠆使從人以闔擊門扉三聲，甲士蜂擁而入。慶舍驚起，盧蒲癸從背後刺之，刃入於脅。王何以戈擊其左肩，肩折。慶舍以右手取俎壺投王何，何立死。慶舍傷重，大叫一聲而絕。景公大驚，欲走避。

晏嬰密奏曰：「群臣欲誅慶氏以安社稷，無他慮也。」景公方才心定。盧蒲癸遂盡滅慶氏之黨。

卻說慶封田獵而回，至於中途，遇慶舍逃出家丁，前來告亂。慶封遂還攻西門。城中守禦嚴緊，不能攻克，卒徒漸漸逃散。慶封懼，遂出奔吳國。吳王夷昧以朱方居之，厚其祿入，使伺察楚國動靜。慶封既奔，於是高蠆、欒灶為政，乃宣崔、慶之罪於國中。諸大夫分崔、慶之邑。二氏家財，悉為眾人所有。惟陳無宇一無所取。慶氏之莊，有木材百餘車，眾議納之陳氏。無宇悉以施之國人，由是國人咸頌陳氏之德。此周景王初年事也。

其明年，欒灶卒，子欒施嗣為大夫。高蠆忌高厚之子高止，乃逐高止。止之子高豎，據盧邑以叛。景公使大夫閭邱嬰帥師圍盧。閭邱嬰許為高氏立後，高豎遂出奔晉國。高蠆怒，譖殺閭邱嬰。諸公子皆為不平，紛紛譏議。高蠆以他事悉逐之，國中側目。未幾，高蠆卒，子高彊嗣為大夫。

是時晉、楚通和，列國安息。鄭大夫良霄字伯有，乃公子去疾之孫，時為上卿執政。性嗜酒，乃窟地為室，置飲具及鐘鼓於中，為長夜之飲。日中乘醉入朝，言於鄭簡公，欲遣公孫黑往楚修聘。公孫黑方與公孫楚爭娶徐吾犯之妹，不欲遠行，來見良霄求免。閽人辭曰：「主公已進窟室，不敢報也。」公孫黑大怒，遂悉起家甲，乘夜同印段圍其第，縱火焚之。良霄已醉，眾人扶之上車，奔雍梁。居數日，家臣漸次俱到。霄乃還攻鄭之北門。戰敗，逃於屠羊之肆，為兵眾所殺，家臣盡死。鄭簡公乃使公孫僑為政。

再說周景王二年，蔡景公為其世子般娶楚女芈氏為室。景公私通於芈氏。世子般怒，乃偽為出獵，與心腹內侍數人，潛伏於內室。景公入東宮，徑造芈氏之室。世子般率內侍突出，砍殺景公，遂自立為君，是為靈公。

周景王四年，晉、楚將會於虢。楚令尹公子圍乃共王之庶子，為人桀驁不恭，欺熊麇微弱，事多專決。至是，將赴虢之會，圍請先行聘於鄭，欲娶豐氏之女。熊麇許之。公子圍遂僭用國君之儀，衣服器用，擬於侯伯。將及鄭郊，郊人疑為楚王，驚報國中。鄭君臣匍匐出迎，及相見，乃公子圍也。公孫僑惡之，使游吉辭以城中舍館頹壞，乃館於城外。公子圍使伍舉入城，議婚豐氏，鄭伯許之。臨娶時，公子圍忽萌襲鄭之意，欲借迎女為名，乘機行事。公孫僑曰：「圍之心不可測，必去眾而後可。」於是游吉往見公子圍曰：「聞令尹將用眾迎，敝邑褊小，不足以容從者。請除地於城外，以聽迎婦之命。」伍舉密言於圍曰：「鄭人知備我矣，不如去兵。」乃使士卒悉棄弓矢，垂櫜而入。迎豐氏於館舍。

再說楚公子圍歸國，值熊麇抱病在宮。圍入宮問疾，解冠纓加熊麇之頸，須臾而死。麇有二子，俱為圍所殺。麇弟子干奔晉，子晳奔鄭。公子圍嗣即王位，改名熊虔，是為靈王。靈王愈加驕恣，有獨霸中原之意。使伍舉求諸侯於晉，並求婚於晉侯。晉平公新喪趙武，不敢違抗，一一聽之。

周景王六年，冬十二月，靈王遣使大徵會於諸侯，約以明年春三月為會於申。至次年之春，諸國赴會者，接踵不絕。惟魯、衛托故不至，宋遣大夫向戌代行。其他蔡、陳、徐、滕等國君，俱親身赴會。楚靈王大率兵車，來至申地，諸侯俱來相見。靈王盛陳車乘，以恐脅諸侯，即申地為會盟。使大夫屈申，率諸侯之師伐吳，圍朱方，執齊慶封，盡滅其族。屈申聞吳人有備，遂班師，以慶封獻功。靈王乃負慶封以斧鉞，綁示軍前，以刀按其頸，迫使自言其罪。慶封大聲叫曰：「各國大夫聽者：無或如楚共王之庶子圍，弒其君而代之，以盟諸侯。」觀者皆掩口而笑。靈王大慚，使速殺之。

靈王自申歸楚，怪屈申從朱方班師，不肯深入，殺之。是年冬，吳王夷昧帥師伐楚，以報朱方之役。楚靈王大怒，復起諸侯之師伐吳。越君允常恨吳侵掠，亦使大夫常壽過帥師來會。楚先鋒薳啟疆為吳人所敗，楚靈王自引大兵，至於吳界。吳設守甚嚴，不能攻入而還。靈王既歸，恥其無功，乃大興土木，欲以物力制度，誇示諸侯。築一宮名曰章華，廣袤四十里。中築高臺，以望四方，曰章華臺。凡有罪而逃亡者，皆召使歸國，以實其宮。宮成，遣使徵召四方諸侯，同來落成。

第六十八回

賀虒祁師曠辨新聲
散家財陳氏買齊國

話說楚靈王有一癖性，偏好細腰。既成章華之宮，選美人腰細者居之，以此又名曰細腰宮。宮人求媚於王，減食忍餓，以求腰細，甚有餓死而不悔者。國人化之，皆以腰粗為醜，不敢飽食。靈王戀細腰之宮，日夕酣飲其中，晝夜不絕。一日，大夫薳啟疆邀請魯昭公至。楚靈王問曰：「魯侯之貌如何？」啟疆曰：「白面長身，鬚垂尺餘，威儀甚可觀也。」靈王乃密傳一令，精選國中長軀長髯，出色大漢十人，命為儐相，然後接見魯侯。魯侯乍見，錯愕

不已。遂同遊章華之宮。魯侯見土木壯麗，誇獎之聲不絕。靈王面有驕色，遂陟章華之臺。既升絕頂，樂聲嘹亮，俱在天際，觥籌交錯，粉香相逐，飄飄乎如入神仙洞府。大醉而別，靈王贈魯侯以大屈之弓。「大屈」者，弓名，乃楚庫所藏之寶弓也。

次日，靈王心中不捨此弓，有追悔之意。薳啟疆曰：「臣能使魯侯以弓還歸於楚。」乃造公館，見魯侯，佯為不知，問曰：「寡君昨宴好之際，以何物遺君？」魯侯出弓示之。啟疆見弓，即再拜稱賀。魯侯曰：「一弓何足為賀？」啟疆曰：「此弓名聞天下，齊、晉與越三國，皆遣人相求，寡君嫌有厚薄，未敢輕許。今特傳之於君。彼三國者，將望魯而求之，魯其備禦三鄰，慎守此寶。敢不賀乎？」魯侯蹴然，乃遣使還弓於楚，遂辭歸。

卻說晉平公聞楚以章華之宮，號召諸侯。乃於曲沃汾水之傍，起造宮室，略仿章華之制，廣大不及，而精美過之，名曰虒祁之宮。亦遣使佈告諸侯。列國聞落成之命，不敢不遣使來賀。惟鄭簡公因前赴楚靈王之會，未曾朝晉。衛靈公元新嗣位，未見晉侯。所以二國之君，親自至晉。

衛君先到。朝賀禮畢，平公設宴於虒祁之臺。酒酣，平公曰：「素聞衛有師涓者，善為新聲，今偕來否？」靈公起對曰：「見在臺下。」乃召師涓登臺。平公亦召師曠，即令師涓坐於曠之傍。平公問師涓曰：「近日有何新聲？」師涓奏曰：「途中適有所聞，願得琴而鼓之。」平公命左右設几，取古桐之琴。涓先將七弦調和，然後拂指而彈。曲未及半，師曠遽以手按琴曰：「且止。此亡國之音，不可奏也。」平公曰：「何以見之？」師曠奏曰：「殷末時，樂師名延者，與紂為靡靡之樂，紂聽之而忘倦，即此聲也。及武王伐紂，師延抱琴東走，自投於濮水之中。涓之途中所聞，其必在濮水之上矣。」衛靈公暗暗驚異。平公曰：「此前代之樂，奏之何傷？寡人所好者，新聲也。涓其為寡人終之。」師涓重整弦聲，備寫抑揚之態，如訴如泣。

平公大悅，問師曠曰：「此曲名為何調？」師曠曰：「此所謂《清商》也。雖悲，不如《清徵》。」平公曰：「可得而聞乎？」師曠曰：「今君德薄，不當聽此曲。」平公曰：「寡人酷嗜新聲，子其無辭。」師曠不得已，援琴而鼓。有玄鶴一群，自南方來，延頸而鳴，舒翼而舞。平公鼓掌大悅，嘆曰：「音至《清徵》，無以加矣！」師曠曰：「更不如《清角》。」平公大驚曰：「何不並使寡人聽之？」師曠曰：「《清角》更不比《清徵》，臣不敢奏也。」平公曰：「寡人老矣！誠一聽《清角》，雖死不恨。」師曠固辭。平公起立，迫之再三。師曠不得已，復援琴而鼓。一奏之，有玄雲從西方而起。再奏之，狂風驟發，疾雷一聲，大雨如注。從者驚散，平公恐懼，與靈公伏於廊室之間。良久，風息雨止，從者漸集，扶攜兩君下臺而去。

是夜，平公受驚，遂得心悸之病。夢中見一物，色黃，大如車輪，其狀如鱉，前二足，後一足。及旦，平公以夢中所見，告之群臣，皆莫能解。須臾，驛使報：「鄭君已到館驛。」羊舌肸曰：「吾聞鄭大夫子產博學多聞，鄭伯相禮，必用此人，吾當問之。」肸至館驛致餼，公孫僑曰：「鱉三足者，其名曰能。昔禹父曰鯀，治水無功，舜乃殛鯀於東海之羽山，截其一足，其神化為黃能，入於羽淵。今周室將衰，政在盟主，宜佐天子，以祀百神。君或者未之祀乎？」羊舌肸以其言告於平公。平公命大夫韓起，祀鯀如郊禮。平公病稍定。公孫僑將歸鄭，私謂羊舌肸曰：「君不恤民隱，而效楚人之侈，心已僻矣，疾更作，將不可為。吾所對，乃權詞以寬其意也。」月餘，平公病復作，遂薨。群臣奉世子夷嗣位，是為昭公。

再說齊大夫高彊，年少嗜酒，欒施亦嗜酒，相得甚歡。與陳無宇、鮑國蹤跡少疏。欒、高二人每聚飲，醉後輒言陳、鮑兩家長短。陳、鮑聞之，漸生疑忌。忽一日，高彊因醉中，鞭撲小豎。小豎懷恨，乃乘夜奔告陳無宇，言：「欒、高欲聚家眾，來襲陳、鮑二家，期在明日矣。」復奔告鮑國。鮑國忙令小豎往約陳無宇，共攻欒、高。兩家甲士同時起行，無宇當先，鮑國押後，殺向欒家，將前後府門，團團圍住。欒施方持巨觥欲吸，聞陳、鮑二家兵到，不覺觥墜於地。高彊謂欒施曰：「亟聚家徒，授甲入朝，奉主公以伐陳、鮑，無不克矣。」欒施乃悉聚家眾。高彊當先，欒施在後，從後門突出，徑奔公宮。陳無宇、鮑國緊緊追來。高氏族人聞變，亦聚眾來救。

景公在宮中，聞四族率甲相攻，急命閽者緊閉虎門。使內侍召晏嬰入宮。

欒施、高彊屯於門之右，陳、鮑之甲屯於門之左，兩下相持。須臾，晏嬰入見。景公曰：「四族相攻，兵及寢門，何以待之？」晏嬰奏曰：「欒、高怙累世之寵，專行不忌，已非一日。高止之逐，閭邱之死，國人胥怨。今又伐寢門，罪誠不宥。但陳、鮑不候君命，擅興兵甲，亦不為無罪也。惟君裁之！」景公曰：「欒、高之罪，重於陳、鮑，宜去之。」乃使王黑以公徒助陳、鮑。欒、高兵敗，遂奔魯國。陳、鮑逐兩家妻子，而分其家財。陳無宇將所分食邑及家財，盡登簿籍，獻於景公。景公大悅。景公之母夫人曰孟姬，無宇又私有所獻。孟姬言於景公曰：「陳無宇誅剪強家，以振公室，何不以高唐之邑賜之？」景公從其言，陳氏始富。陳無宇以公命召諸公子，凡幄幕器用，皆自出家財，私下完備，遣人分頭往迎。諸公子感激無已。無宇又大施恩惠於公室，凡公子、公孫之無祿者，悉以私祿分給之。又訪求國中之貧約孤寡者，私與之粟。國中無不頌陳氏之德，願為效死而無地也。

再說楚靈王聞晉築虒祁宮，諸侯皆賀，大有不平之意，欲興師以侵中原。伍舉曰：「必擇有罪者征之，方為有名。蔡世子般弒其君父，蔡近於楚，若討蔡而兼其地，則義利兩得矣。」說猶未了，近臣報：「陳侯弱已薨，公子留嗣位。」伍舉曰：「陳世子偃師，名在諸侯之策。以臣度之，陳國必有變矣。」

第六十九回

楚靈王挾詐滅陳蔡
晏平仲巧辯服荊蠻

話說陳哀公元妃生子偃師，已立為世子矣。次妃生公子留，三妃生公子勝。次妃善媚得寵，哀公乃以其弟司徒公子招為留太傅，公子過為少傅，囑咐招、過：「異日偃師當傳位於子留。」周景王十一年，陳哀公病廢在床。公子招謂公子過曰：「公孫吳且長矣，若偃師嗣位，必復立吳為世子。今君病廢已久，殺偃師而立留，可以無悔。」公子過遂與招定計，以其事托孔奐。孔奐陰召心腹力士，混於守門人役數內。世子偃師問安畢，夜出宮門，力士刺殺之。須臾，公子招同公子過到，一面使人搜賊，一面倡言：「陳侯病篤，宜立次子留為君。」陳哀公聞變，憤恚自縊而死。

司徒招奉公子留主喪即位，遣大夫於徵師以病薨赴告於楚。時伍舉侍於靈王之側，忽報：「陳侯第三子公子勝同侄兒公孫吳求見。」靈王召之。二人哭拜於地。公子勝開言：「嫡兄世子偃師，被司徒招與公子過設謀枉殺，致父親自縊而死。擅立公子留為君，我等特來相投。」靈王詰問於徵師，徵師無言可答。靈王怒，喝教刀斧手，將徵師綁下斬訖。乃出令興師伐陳。公子留懼禍不願為君，出奔鄭國去了。楚靈王大兵至陳。陳人皆憐偃師之死，見公孫吳在軍中，咸簞食壺漿，以迎楚師。司徒招請公子過議事。招曰：「退楚只需一物，欲問汝借。」過問：「何物？」招曰：「借汝頭耳！」過大驚，方欲起身。招左右將過擊倒，即拔劍斬其首，親自持赴楚軍，密奏曰：「殺世子立留，皆公子過之所為。今公子留懼罪出奔，陳國無主，願大王收為郡縣。」靈王大喜，司徒招叩謝而去。次日，司徒招備法駕儀從，來迎楚王入城。

靈王坐於朝堂，陳國百官俱來參謁。靈王叱左右將孔奐斬訖。復謂司徒招曰：「寡人赦汝一命，便可移家遠竄東海。」招只得拜辭。靈王謂公孫吳曰：「本欲立汝，但招、過之黨尚多，恐為汝害，汝姑從寡人歸楚。」乃命毀陳之宗廟，改陳國為縣。以穿封戌守陳地，謂之陳公。陳人大失望。

靈王休兵一載，然後伐蔡。駐軍於申地，使人致幣於蔡，請靈公至申地相會。蔡侯立其子有為世子，使大夫公孫歸生輔之監國。即日命駕至申，謁見靈王。靈王設宴款待蔡侯，大陳歌舞，賓主痛飲甚樂。蔡侯不覺大醉。靈王擲杯為號，甲士突起，縛蔡侯於席上。靈王命將蔡侯磔死，從死者共七十人。大書蔡侯般弒逆之罪於版，遂命公子棄疾統領大軍，長驅入蔡。

卻說蔡世子有，探聽蔡侯被殺，楚兵不日臨蔡，即時糾集兵眾，授兵登埤。楚兵至，圍之數重。世子有募國人能使晉者。蔡洧之父蔡略，從蔡侯于申，在被殺七十人之中。洧應募而出，乘夜縋城北走，直達晉國，來見晉昭公，哭訴其事。昭公乃命韓起約會諸國，商議救蔡。時宋國右師華亥在會，韓起獨謂華亥曰：「盟宋之役，汝家先右師實倡其謀，約定南北弭兵。今楚首先敗約，汝袖手不發一言，非楚無信，乃爾國之欺謾也。」華亥觳觫對曰：「今各國久弛武備，不若遵弭兵之約，遣一使為蔡請宥。」韓起見各國大夫俱有懼楚之意，料救蔡一事，鼓舞不來，乃遣大夫狐父，徑至申城，來見楚靈王。蔡洧號泣而去。狐父到申城將書呈上，靈王覽畢笑曰：「汝去回復汝君，陳、蔡乃孤家屬國，不勞照管。」狐父怏怏而回。

蔡洧回至蔡國，被楚巡軍所獲，囚於後軍。公子棄疾知晉救不至，攻城益力。自夏四月圍起，直至冬十一月，公孫歸生積勞成病，臥不能起。城中食盡，守者疲困，不能禦敵。楚師蟻附麗上，城遂破。棄疾入城，撫慰居民，將世子有上了囚車，並蔡洧解到靈王處報捷。時靈王駕已至九岡山。適棄疾捷報到，即命取世子有充作犧牲，殺以祭神。蔡洧哀泣三日。靈王以為忠，乃釋而用之。蔡洧陰懷復仇之志，說靈王曰：「今王奄有陳、蔡，與中華接壤，若高廣其城，各賦千乘，以威示諸侯。四方誰不畏服？」靈王悅其諛言，日漸寵用。於是重築陳、蔡之城，倍加高廣，即用棄疾為蔡公。

諸侯畏楚之強，小國來朝，大國來聘。就中單表一人，乃齊國上大夫晏嬰，字平仲，奉齊景公之命，修聘楚國。靈王謂群下曰：「晏平仲身不滿五尺，而賢名聞於諸侯。寡人欲恥辱晏嬰，以張楚國之威，卿等有何妙計？」太宰薳啟疆密奏曰：「必須如此如此。」靈王大悅。薳啟疆夜發卒徒於郢城東門之傍，另鑿小竇，剛剛五尺。不一時，晏嬰輕車羸馬，來至東門。見城門不開，遂使御者呼門。守者指小門示之曰：「大夫出入此竇，寬然有餘，何用啟門？」晏嬰曰：「此狗門，非人所出入也。使狗國者，從狗門入；使人國者，還須從人門入。」使者飛報靈王。王乃命開東門，延之入城。

將入朝，朝門外有十餘位官員，列於兩行。晏子慌忙下車，眾官員向前逐一相見。鬥成然先開口曰：「吾聞齊乃太公所封之國，何自桓公一霸之後，篡奪相仍，今日朝晉暮楚，君臣奔走道路，殆無寧歲？平仲之賢，不讓管子。乃不思大展經綸，丕振舊業，而服事大國，自比臣僕，誠愚所不解也。」晏子揚聲對曰：「夫識時務者為俊傑。寡君知天運之盛衰，達時務之機變，所以養兵練將，待時而舉。今日交聘，乃鄰國往來之禮，何謂臣僕？爾祖子文，

為楚名臣，識時通變，倘子非其嫡裔耶？何言之悖也。」成然羞慚而退。須臾，楚上大夫陽匄字子瑕問曰：「平仲固自負識時通變之士，然崔、慶之難，齊臣效節死義者無數。子乃齊之世家，上不能討賊，下不能避位，中不能致死，何戀戀於名位耶？」晏子即對曰：「抱大節者，不拘小諒；有遠慮者，豈固近謀。吾聞君死社稷，臣當從之。今先君莊公，非為社稷而死。且人臣遇國家之難，能則圖之，不能則去之。吾之不去，欲定新君，以保宗祀，非貪位也。使人人盡去，國事何賴？況君父之變，何國無之？子謂楚國諸公在朝列者，人人皆討賊死難之士乎？」這一句話，暗指著楚熊虔弒君，諸臣反戴之為君，但知責人，不知責己。公孫瑕無言可答。

須臾，靈王升殿，晏子入見。靈王一見晏子，遽問曰：「齊國固無人耶？」晏子曰：「齊國中呵氣成雲，揮汗成雨，行者摩肩，立者並跡，何謂無人？」靈王曰：「然則何為使小人來聘吾國？」晏子曰：「敝邑出使有常典，賢者奉使賢國，不肖者奉使不肖國，大人則使大國，小人則使小國。臣小人，又最不肖，故以使楚。」楚王慚其言，然心中暗暗驚異。少頃，武士三四人，縛一囚從殿下而過。靈王遽問：「囚何處人？」武士對曰：「齊國人。」靈王曰：「所犯何罪？」武士對曰：「坐盜。」靈王乃顧謂晏子曰：「齊人慣為盜耶？」晏子頓首曰：「臣聞：江南有橘，移之江北，則化而為枳。所以然者，地土不同也。今齊人生於齊，不為盜，至楚，則為盜，楚之地土使然，於齊何與焉？」靈王嘿然良久，乃厚為之禮，遣歸齊國。

齊景公嘉晏嬰之功，尊為上相，賜以千金之裘，欲割地以益其封，晏子皆不受。一日，景公幸晏子之家，見其妻，笑曰：「老且醜矣！寡人有愛女，年少而美，願以納之於卿。」嬰對曰：「臣妻雖老且醜，然向已受其托矣，安忍倍之？」景公於是深信晏子之忠，益隆委任。

第七十回

殺三兄楚平王即位
劫齊魯晉昭公尋盟

話說周景王十二年，楚靈王既滅陳、蔡，自謂天下可唾手而得，欲遣使至周，求其九鼎。右尹鄭丹曰：「今齊、晉尚強，吳、越未服，周雖畏楚，恐諸侯有後言也。」靈王乃使薳罷同蔡洧奉世子祿居守，大閱車馬，使司馬督率車三百乘伐徐，圍其城。靈王大軍屯於乾溪，以為聲援。冬月，值大雪，積深三尺有餘。靈王服裘加被，出帳前看雪。有右尹鄭丹來見。靈王曰：「寒甚！」鄭丹對曰：「王身居虎帳，猶且苦寒，況軍士執兵於風雪之中，其苦何如？王何不返駕國都，俟來春天氣和暖，再圖征進？」靈王曰：「吾自用兵以來，所向必克，司馬旦晚必有捷音矣。」鄭丹對曰：「王貪伐徐之功，使三軍久頓於外，萬一國有內變，竊為王危之。」靈王默然無言。是夜，靈王意欲班師。忽諜報：「司馬督屢敗徐師，遂圍徐。」靈王曰：「徐可滅也。」遂留乾溪。自冬逾春，日逐射獵為樂，方役百姓築臺建宮，不思返國。

時蔡大夫歸生之子朝吳，臣事蔡公棄疾，日夜謀復蔡國。朝吳假傳蔡公之命，召子干於晉，召子晳於鄭。子干、子晳齊至蔡郊，朝吳出郊謂二公子曰：「蔡公實未有命，然可劫而取也。」子干、子晳有懼色。朝吳曰：「王佚遊不返，國虛無備，而蔡洧念殺父之仇，以有事為幸。鬥成然與蔡公相善，蔡公舉事，必為內應。」子干、子晳方才放心，乃刑牲歃血，誓為先君報仇。朝吳以家眾導子干、子晳襲入蔡城。蔡公猝見二公子到，大驚。子干、子晳抱蔡公大哭，棄疾倉皇無計，答曰：「且請從容商議。」朝吳遂宣言於眾曰：「蔡公實召二公子，同舉大事，已盟於郊。楚王無道，今蔡公許復封我，汝等可共隨蔡

公一同入楚。」蔡人聞呼，各執器械，集於蔡公之門。朝吳曰：「人心已齊，宜悉起蔡眾。吾往說陳公，帥師從公。」棄疾從之。

朝吳使觀從星夜至陳，遇陳人夏齧，告以復蔡之意。夏齧曰：「今陳公病已不起，吾當率陳人為一隊。」觀從回報蔡公。朝吳又作書密致蔡洧，使為內應。蔡公使朝吳率蔡人為右軍，夏齧率陳人為左軍，星夜望郢都迸發。鬥成然迎蔡公於郊外，蔡洧開門以納蔡師。國人皆願蔡公為王，無肯拒敵者。蔡公大兵攻入王宮，遇世子祿及公子罷敵，皆殺之。蔡公奉子干為王，使觀從往乾溪，告其眾曰：「蔡公已入楚，殺王二子，奉子干為王矣。今新王有令：『先歸者復其田里，後歸者劓之，有相從者，罪及三族，或以飲食饋獻，罪亦如之。』」軍士聞之，一時散其大半。

靈王聞二子被殺，放聲大哭。少頃，哨馬報：「新王遣蔡公為大將，同鬥成然率陳、蔡二國之兵，殺奔乾溪來了。」靈王大怒，遂拔寨都起，欲以襲郢。士卒一路奔逃，比到訾梁，從者才百人耳。靈王乃解其冠服，懸於岸柳之上。靈王徘徊於釐澤之間，從人盡散，只剩單身。一連三日，沒有飲食下嚥，餓倒在地，不能行動。須臾，有一人乘小車而至，拜倒在地，曰：「臣姓申名亥，乃申無宇之子也。臣家離此不遠，王可暫至臣家。」乃以乾糒跪進，靈王勉強下嚥，稍能起立。申亥扶之上車，至於棘村。靈王觀看申亥農莊之家，篳門蓬戶，好生淒涼，淚流不止。亥乃使其親生二女侍寢，以悅靈王之意。王衣不解帶，一夜悲嘆，至五更時分，自縊於寢所。

時蔡公引大軍尋訪靈王，有村人以楚王冠服來獻。蔡公更欲追尋，朝吳進曰：「楚王多分死於溝渠，不足再究。國人未知其下落，乘此人心未定之時，須如此如此。」蔡公然之。乃遣觀從引小卒百餘人，詐作敗兵，奔回郢都，呼曰：「蔡公兵敗被殺，楚王大兵，隨後便至！」國人信以為實，莫不驚駭。鬥成然奔告子干，言：「楚王甚怒，來討君擅立之罪。君須早自為計，臣亦逃命去矣。」言訖，奔狂而出。子晳、子干俱自刎而死。鬥成然引眾復入，率百官迎接蔡公。蔡公即位，改名熊居，是為平王。平王安集楚眾，錄功用賢。使人訪求陳、蔡之後，得陳世子偃師之子名吳，蔡世子有之子名廬。乃封吳為陳侯，是為陳惠公；廬為蔡侯，是為蔡平公，歸國奉宗祀。

平王長子名建，字子木，時年已長，乃立為世子，使連尹伍奢為太師。有楚人費無極，善於貢諛，平王寵之，任為大夫。無極請事世子，乃以為少師。以奮揚為東宮司馬。平王既即位，頗事聲色之樂。無極日在平王左右，從於淫樂。世子建惡其諂佞，頗疏遠之。令尹鬥成然恃功專恣，無極譖而殺之。世子建每言成然之冤，無極心懷畏懼，由是陰與世子建有隙。

再說晉昭公新立，欲修復先人之業，聞齊侯遣晏嬰如楚修聘，亦使人徵朝於齊。齊景公欲觀晉昭公之為人，乃裝束如晉。既至絳州，昭公設宴享之。酒酣，晉侯曰：「筵中無以為樂，請為君侯投壺賭酒。」景公曰：「善。」左右設壺進矢，齊侯拱手讓晉侯先投。荀吳進辭曰：「寡君中此，為諸侯師。」晉侯投矢，果中中壺。晉臣皆伏地稱：「千歲！」齊侯舉矢投去，恰在中壺，與晉矢相並。晏嬰亦伏地呼：「千歲！」晉侯勃然變色。齊侯即遜謝而出，次日遂行。羊舌肸曰：「諸侯將有離心，不以威脅之，必失霸業。」晉侯乃大閱甲兵之數，總計有四千乘，甲士三十萬人。先遣使如周，請王臣降臨為重，因遍請諸侯，約以秋七月俱集平丘相會。諸侯無敢不赴者。

至期，晉昭公留韓起守國，率荀吳、魏舒、羊舌肸等，盡起四千乘之眾，望濮陽城迸發。十二路諸侯皆有懼色。既會，羊舌肸捧盤盂進曰：「今寡君欲效踐土故事，請諸君同歃為信！」諸侯皆俯首曰：「敢不聽命！」惟齊景公不應。羊舌肸曰：「君若不從，寡君惟是甲車四千乘，願請罪於城下。」景公乃改辭謝曰:「大國既以盟不可廢，寡人敢自外耶？」於是晉侯先歃，齊、宋以下相繼。邾、莒以魯國屢屢侵伐，訴於晉侯。晉侯辭魯昭公於會，執其上卿季孫意如，閉之幕中。子服惠伯私謂荀吳曰：「魯地十倍邾、莒，晉若棄之，將改事齊、楚，於晉何益？」荀吳然其言，以告韓起。起言於晉侯，乃縱意如奔歸。自是諸侯益不直晉，晉不復能主盟矣。

第七十一回
晏平仲二桃殺三士
楚平王娶媳逐世子

話說齊景公有志復桓公之業。晏嬰曰：「君欲圖伯，莫如恤民。」景公乃除去煩刑，發倉廩以貸貧窮，國人感悅。於是徵聘於東方諸侯。徐子不從，乃用田開疆為將，帥師伐之。徐子大懼，遣使行成於齊。齊自是日強，與晉並霸。景公錄田開疆平徐之功，復嘉古冶子斬黿之功，仍立「五乘之賓」以旌之。田開疆復舉薦公孫捷之勇，景公亦使與「五乘之賓」。公孫捷遂與田開疆、古冶子結為兄弟，自號「齊邦三傑」。挾功恃勇，口出大言，凌鑠閭里，簡慢公卿。晏嬰深以為憂，每欲除之。

忽一日，魯昭公欲結交於齊，親自來朝。景公設宴相待。二君酒至半酣，晏子奏曰：「園中金桃已熟，可命薦新，為兩君壽。」景公准奏，晏子親往臨摘。景公曰：「此桃名曰萬壽金桃，植之三十餘年，花而不實。今歲結有數顆，寡人不敢獨享，特取來與賢君臣共之。」魯昭公拱手稱謝。少頃，晏子引著園吏，將雕盤獻上，盤中堆著六枚桃子。景公命晏子行酒。晏子手捧玉爵，恭進魯侯之前，左右獻上金桃。魯侯飲酒畢，取桃一枚食之，誇獎不已。次及景公，亦飲酒一杯，取桃食訖。景公曰：「叔孫大夫賢名著於四方，宜食一桃。」叔孫婼跪奏曰：「臣之賢，萬不及相國。此桃宜賜相國食之。」景公曰：「既叔孫大夫推讓相國，可各賜酒一杯，桃一枚。」二臣跪而領之。晏子奏曰：「盤中尚有二桃。主公可傳令諸臣中，言其功深勞重者，當食此桃。」景公即傳諭，階下諸臣，有自信功深勞重者，出班自奏。

公孫捷挺身而出曰：「昔從主公獵於桐山，力誅猛虎，其功若何？」晏子曰：「功莫大焉！可賜酒一爵，食桃一枚。」古冶子奮然便出曰：「吾曾斬妖黿於黃河，使君危而復安。此功若何？」景公曰：「此蓋世奇功也！飲酒食桃，又何疑哉？」晏子慌忙進酒賜桃。只見田開疆出曰：「吾曾奉命伐徐，斬其名將，俘甲首五百餘人，徐君恐懼，致賂乞盟。此功可以食桃乎？」晏子奏曰：「開疆之功，比於二將，更自十倍。爭奈無桃可賜，賜酒一杯，以待來年。」田開疆按劍而言曰：「吾跋涉千里之外，血戰成功，反不能食桃，為萬代恥笑，何面目立於朝廷之上耶？」言訖，揮劍自刎而死。公孫捷大驚，亦拔劍而言曰：「夫取桃不讓，非廉也；視人之死而不能從，非勇也。」言訖，亦自刎。古冶子奮氣大呼曰：「吾三人義均骨肉，誓同生死。二人已亡，吾獨苟活，於心何安？」亦自刎而亡。景公嘿然不悅，晏嬰從容進曰：「此皆一勇之夫，其生死何足為齊輕重哉！」景公意始釋然。

魯昭公別後，景公召晏嬰問曰：「三傑之後，難乎其繼。如之奈何？」晏子對曰：「有田穰苴者，大將之才也！君欲選將，無過於此。」景公躊躇不決。忽一日，邊吏報道：「晉國興兵犯東阿之境，燕國亦乘機侵擾北鄙。」景公大懼。於是聘穰苴入朝，即日拜為將軍，使帥車五百乘，北拒燕、晉之兵。穰苴請曰：「臣素卑賤，願得吾君寵臣一人，使為監軍。」景公遂命嬖大夫莊賈，往監其軍。莊賈問出軍之期，苴曰：「期在明日午時，勿過日中也。」至次日午前，穰苴先至軍中，喚軍吏立木為表，因使人催促莊賈。賈恃景公寵幸，緩急自由。穰苴候至日影移西，不見莊賈來到，竟自登壇誓眾，申明約束。號令方完，遙見莊賈高車駟馬，徐驅而至。穰苴問：「監軍何故後期？」莊賈拱手而對曰：「今日遠行，蒙親戚故舊攜酒餞送，是以遲遲也。」穰苴拍案大怒曰：「汝倚仗君寵，怠慢軍心，倘臨敵如此，豈不誤了大事！」即喝教手下，將莊賈捆縛，牽出轅門斬首。左右從人，忙到齊侯處報信求救。景公急叫梁丘據持節往諭。梁丘據手捧符節，望軍中馳去。穰苴喝令阻住，問軍政司曰：「軍中不得馳車，使者當得何罪？」答曰：「按法亦當斬。」梁丘據口稱：「奉命而來，不干某事。」穰苴曰：「既有君命，難以加誅。然軍法不可廢也。」乃毀車斬驂。梁丘據抱頭鼠竄而去。於是大小三軍，莫不股栗。晉師聞風遁去。燕人亦渡河北歸。苴追擊之，斬首萬餘。燕人大敗，納賂請和。景公拜穰苴為大司馬，使掌兵權。諸侯無不畏服。景公內有晏嬰，外有穰苴，國治兵強，四境無事。

卻說周景王十九年，吳王夷昧病篤，欲傳位於季札。札逃歸延陵。群臣奉夷昧之子州于為王，改名曰僚，是為王僚。諸樊之子名光，王僚用之為將。時楚費無極以讒佞得寵，心忌太子建，欲離間其父子。一日，奏平王曰：「太子年長矣，何不為之婚娶？秦，強國也。兩強為婚，楚勢益張矣。」平王遂遣費無極往聘秦國，秦哀公以孟嬴許婚。無極察知孟嬴有絕世之色。又見媵女內有一人，儀容頗端，乃是齊女，為孟嬴侍妾。無極密召齊女謂曰：「汝能隱吾之計，管你將來富貴不盡。」齊女低首無言。無極先一日行，回奏平王。平王問曰：「秦女其貌若何？」無極奏曰：「臣閱女子多矣，未見有如孟嬴之美者。」平王嘆曰：「寡人枉自稱王，不遇此等絕色，誠所謂虛過一生耳！」無極密奏曰：「此女雖聘於太子，尚未入東宮，王迎入宮中，誰敢異議？」

平王曰：「何以塞太子之口？」無極奏曰：「臣觀從媵之中，有齊女才貌不凡，可充作秦女。」平王大喜，遂留孟嬴，使齊女假作孟嬴，令太子建迎歸東宮成親。無極恐太子知覺，告平王曰：「何不令太子出鎮城父，以通北方？」平王遂命太子建出鎮城父，以奮揚為城父司馬，使伍奢往城父輔助太子。太子行後，平王遂立孟嬴為夫人。太子方知秦女為父所換。

逾年，孟嬴生一子，名曰珍。平王許立珍為世子。費無極乘間譖於平王曰：「聞世子與伍奢有謀叛之心，王不可不備。太師伍奢是其謀主，王不如先召伍奢，然後遣兵襲執世子，則王之禍患可除矣。」平王即使人召伍奢。奢至，平王問曰：「建有叛心，汝知之否？」伍奢對曰：「王聽細人之說，而疑骨肉之親，於心何忍？」平王叱左右執伍奢而囚之。使人密諭奮揚，曰：「殺太子，受上賞;縱太子，當死。」奮揚得令，使心腹私報太子。太子建大驚，遂與妻子連夜出奔宋國。平王乃立珍為太子，改費無極為太師。

無極奏曰：「伍奢有二子，曰尚，曰員，皆人傑也。若使出奔吳國，必為楚患。何不使其父以免罪召之？來則盡殺之，可免後患。」平王大喜，獄中取出伍奢，令左右授以紙筆，謂曰：「汝可寫書，召二子歸朝，改封官職，赦汝歸田。」伍奢心知楚王挾詐，乃對曰：「臣長子尚，慈溫仁信，聞臣召必來。少子員，文能安邦，武能定國。此前知之士，安肯來耶？」平王曰：「召而不來，無與爾事。」奢遂當殿寫書。平王遣鄢將師為使，持封函印綬，往見伍尚。伍尚將父書入室，來報其弟伍員。

第七十二回

棠公尚捐軀奔父難
伍子胥微服過昭關

話說伍員字子胥，有扛鼎拔山之勇，經文緯武之才。棠君尚持父手書入內，與員觀看。員曰：「此誘我也。往必見誅！」尚曰：「父子之愛，恩從中出。若得一面而死，亦所甘心！」伍員乃仰天嘆曰：「與父俱誅，何益於事？兄必欲往，弟從此辭矣！」尚泣曰：「吾之智力，遠不及弟。我當歸楚，汝適他國。我以殉父為孝，汝以復仇為孝。從此各行其志，不復相見矣！」伍員拜了伍尚四拜。尚拭淚出見鄢將師，言：「弟不願封爵，不能強之。」將師只得同伍尚登車。既見平王，王並囚之。無極復奏曰：「伍員尚在，宜急捕之。」平王即遣大夫武城黑，領精卒二百人，往襲伍員。員謂其妻賈氏曰：「吾欲逃奔他國，不能顧汝，奈何？」賈氏曰：「子可速行，勿以妾為念！」遂入戶自縊。伍員痛哭一場，稿葬其屍，即時貫弓佩劍而去。楚兵至，搜伍員不得，歸報平王，言：「伍員已先逃矣。」平王大怒，即命費無極押伍奢父子於市曹斬之。平王曰：「員雖走，必不遠。」乃遣左司馬沈尹戌率三千人，窮其所往。伍員行及大江，將所穿白袍，掛於江邊柳樹之上，取雙履棄於江邊，足換芒鞋，沿江直下。沈尹戌追至江口，得其袍履，回奏：「伍員不知去向。」無極進曰：「臣有一計，可出榜四處懸掛，有能捕獲伍員來者，賜粟五萬石，爵上大夫；容留及縱放者，全家處斬。詔各路關津渡口，凡來往行人，嚴加盤詰。」平王悉從其計，畫影圖形，訪拿伍員。

再說伍員知太子建逃奔宋國，遂望睢陽一路而進。行至中途，忽見一簇車馬前來，乃故人申包胥也。伍員把平王枉殺父兄之事，哭訴一遍。包胥聞之，惻然動容，問曰：「子今何往？」員曰：「吾將奔往他國，借兵伐楚。」包胥曰：「子行矣！朋友之誼，吾必不漏泄於人。然子能覆楚，吾必能存楚。」伍員遂辭包胥而行。不一日，到了宋國，尋見了太子建，抱頭而哭。宋國方有亂，君臣相攻，楚平王使薳越帥師來救。伍員聞楚師將到，曰：「宋不可居矣！」乃與太子建及其母子，西奔鄭國。是時鄭上卿公孫僑新卒。鄭定公聞太子建之來，甚喜，使行人致館。建與伍員，每見鄭伯，必哭訴其冤情。鄭定公曰：「鄭國微兵寡，子欲報仇，何不謀之於晉？」世子建親往晉國，見晉頃公。頃公召六卿共議伐楚之事。時六卿用事，各不相下，君弱臣強，頃公不能自專。荀寅密奏頃公曰：「鄭陰陽晉、楚之間，其心不定。今楚世子在鄭，若為內應，我起兵滅鄭，即以鄭封太子，然後徐圖滅楚，有何不可？」頃公即命荀寅以其謀私告世子建，建欣然諾之。

建回至鄭國，不聽伍員之諫，以家財私募驍勇，復交結鄭伯左右。其謀漸泄，鄭定公與游吉計議，召太子建遊於後圃，從者皆不得入。三杯酒罷，鄭伯使左右面質其事，太子建不能諱。鄭伯大怒，喝令力士，擒建於席上，斬之。伍員即時攜建子勝出了鄭城，往吳國逃難。行過陳國，將近昭關。近因盤詰伍員，特遣右司馬薳越，帶領大軍駐紮於此。伍員行至歷陽山，離昭關約六十里之程，徘徊不進。忽有一老父攜杖而來，見伍員，奇其貌，乃曰：「君能非伍氏子乎？」員大駭。老父曰：「吾乃扁鵲之弟子東皋公也。數日前，薳將軍有小恙，邀某往視，見關上懸有伍子胥形貌，與君正相似。君不必諱，寒舍只在山後，請挪步暫過。」伍員乃同公子勝隨東皋公而行。約數里，有一茅莊，園後有土屋三間。東皋公謂員曰：「昭關設守甚嚴，公子且寬留，容某尋思一萬全之策。」員稱謝。

東皋公每日以酒食款待，一住七日，並不言過關之事。伍員狐疑不決。是夜，寢不能寐。臥而復起，繞室而走，不覺東方發白。只見東皋公叩門而入，見了伍員，大驚曰：「足下鬚鬢，何以忽然改色？」員取鏡照之，已蒼然頒白矣。乃痛哭曰：「一事無成，雙鬢已斑。天乎！」東皋公曰：「此乃足下佳兆也。公鬚鬢頓白，一時難辨，可以混過俗眼。況吾友已請到，吾計成矣。」

員曰：「先生計安在？」東皋公曰：「吾友複姓皇甫，名訥，彷彿與足下相似。教他假扮作足下，足下卻扮為僕者，倘吾友被執，紛論之間，足下便可搶過昭關矣。」伍員曰：「先生之計雖善，但累及貴友，於心不安！」東皋公曰：「自有解救之策在後，不必過慮。」言畢，遂使人請皇甫訥至土室中。員視之，果有三分相像。東皋公使伍員解其素服，與皇甫訥穿之。另將緊身褐衣，與員穿著，扮作僕者。芈勝亦更衣，如村家小兒之狀。伍員同公子勝拜了東皋公四拜，跟隨皇甫訥，連夜望昭關而行。皇甫訥剛到關門，關卒見其狀貌，與圖形相似，入報薳越。越飛馳出關，喝令左右一齊下手，將訥擁入關上。那些守關將士，及關前後百姓，初聞捉得子胥，盡皆踴躍觀看。伍員乘關門大開，帶領公子勝，混出關門。

再說楚將薳越，欲將皇甫訥綁縛拷打。訥辯曰：「吾乃龍洞山下隱士皇甫訥也。欲從故人東皋公出關東遊，何故見擒？」薳越聞其聲音，正疑惑間，忽報：「東皋公來見。」訥望見東皋公，遽呼曰：「公相期出關，何不早至？累我受辱！」東皋公笑謂薳越曰：「將軍誤矣！此吾鄉友皇甫訥也。約吾同遊，期定關前相會。老夫有過關文牒在此。」言畢，即於袖中取出文牒。薳越大慚，親釋其縛，命酒壓驚，又取金帛相助。二人稱謝下關。

再說伍員過了昭關，至於鄂渚，遙望大江，無舟可渡，心中十分危急。忽見有漁翁乘船，從下流泝水而上，員乃急呼曰：「漁父渡我！」那漁父將船攏岸，伍員同芊勝踐石登舟。漁翁將船一篙點開，飄飄而去。不夠一個時辰，達於對岸。漁翁曰：「觀子容貌，的非常人，可實告我，勿相隱也。」伍員遂告姓名。漁翁嗟呀不已，曰：「子面有饑色，吾往取食啖子，子姑少待。」漁翁入村取食，久而不至。員謂勝曰：「人心難測，安知不聚徒擒我？」乃隱於蘆花深處。少頃，漁翁來至樹下，不見伍員，乃高喚曰：「蘆中人！蘆中人！吾非以子求利者也！」伍員乃出蘆中而應。漁翁進食，員與勝飽餐一頓，臨去，解佩劍以授漁翁。漁翁固辭。員曰：「丈人既不受劍，願乞姓名。」漁翁曰：「今日相逢，安用姓名為哉？萬一天遣相逢，我但呼子為『蘆中人』，子呼我為『漁丈人』，足為志記耳。」員乃欣然拜謝。方行數步，復轉身謂漁翁曰：「倘後有追兵來至，勿泄吾機。」

第七十三回
伍員吹簫乞吳市
專諸進炙刺王僚

話說伍員求漁丈人秘密其事，漁翁仰天嘆曰：「吾為德於子，子猶見疑。倘若追兵別渡，吾何以自明？請以一死絕君之疑。」言訖，解纜開船，倒翻船底，溺於江心。伍員嘆曰：「我得汝而活，汝為我而死，豈不哀哉！」伍員與芈勝遂入吳境。行至溧陽，餒而乞食。遇一女子，方浣紗於瀨水之上，筥中有飯。伍員停足問曰：「某在窮途，夫人可假一餐乎？」女子跪而進之。胥與勝乃餐，盡其器。臨行謂女子曰：「蒙夫人活命之恩，恩在肺腑。某實亡命之夫，倘遇他人，願夫人勿言！」女子淒然嘆曰：「妾侍寡母三十未嫁，何期饋飯，乃與男子交言。子行矣。」伍員別去，行數步，回頭視之，此女抱一大石，自投瀨水中而死。伍員感傷不已，咬破指頭，瀝血書二十字於石上。伍員題訖，複恐後人看見，掬土以掩之。

復行三百餘里，至一地，見一壯士與一大漢廝打。門內有一婦人喚曰：「專諸不可！」其人即時斂手歸家。員深怪之，旁人告曰：「此吾鄉勇士，平生好義。適才門內喚聲，乃其母也。此人素有孝行，事母無違。」員嘆曰：「此真烈士矣！」次日，整衣相訪。專諸叩其來歷，員具道姓名，並受冤始末。專諸曰：「今日下顧荒居，有何見諭？」員曰：「敬子孝行，願與結交。」專諸大喜，乃入告於母，即與伍員八拜為交。次早，員謂專諸曰：「某將辭弟入都，求事吳王。」專諸曰：「吳王好勇而驕，不如公子光親賢下士，將來必有所成。」員、勝來到梅里，乃藏芈勝於郊外，自己被髮佯狂，跣足塗面，手執斑竹簫一管，在市中吹之，往來乞食。

再說吳公子姬光，乃吳王諸樊之子。諸樊薨，光應嗣位，因守父命，欲以次傳位於季札，故餘祭、夷昧以次相及。及夷昧薨後，季札不受國，仍該立諸樊之後，爭奈王僚貪得不讓，竟自立為王。公子光潛懷殺僚之意，乃求善相者曰被離，舉為吳市吏，囑以諮訪豪傑。一日，伍員吹簫過於吳市。被離聞簫聲甚哀，出見員，揖而進之。被離曰：「吾見子狀貌非常，欲為子求富貴地耳。」伍員乃訴其實。早有侍人報知王僚，僚召被離引員入見。被離一面使人私報姬光得知，一面使伍員沐浴更衣，進謁王僚。王僚與之語，知其賢，即拜為大夫之職。次日，員入謝，道及父兄之冤。王僚許為興師復仇。

姬光素聞伍員智勇，恐為僚所親用，乃往見王僚曰：「今吳、楚構兵已久，未見大勝。若為子胥興師，是匹夫之恨，重於國恥也。必不可！」王僚遂罷伐楚之議。伍員乃辭大夫之職不受。僚賜以陽山之田百畝。員與勝遂耕於陽山之野。姬光私往見之，饋以米粟布帛，問曰：「子出入吳、楚之境，曾遇有才勇之士乎？」員曰：「所見有專諸者，真勇士也！」光乃與伍員同車共載，直造專諸之家。專諸遂投於公子光門下。光使人日饋粟肉，月給布帛，

又不時存問其母。專諸甚感其意。一日，問光曰：「某村野小人，無以為報。倘有差遣，唯命是從。」光乃述其欲刺王僚之意。專諸曰：「諸有老母在堂，未敢以死相許。」光曰：「苟成其事，君之子母，即吾子母也。」專諸沉思良久，對曰：「欲刺王僚，必先投王之所好。不知王所好何在？」光曰：「尤好魚炙。」專諸遂往太湖學炙魚。凡三月，嘗其炙者，皆以為美。

姬光召伍子胥，謂：「專諸已精其味矣，何以得近吳王？」員對曰：「欲制鴻鵠，必先去其羽翼。吾聞公子慶忌，筋骨如鐵，萬夫莫當。掩餘、燭庸並握兵權。公子欲除王僚，必先去此三子。」光恍然曰：「君言是也。」是年，周景王崩。次子匄即位，是為敬王。時楚故太子建之母在鄍，費無極勸平王誅之。建母陰使人求救於吳。吳王僚使公子光往鄍取建母，楚將薳越帥師拒之。平王拜令尹陽匄為大將，並徵陳、蔡、胡、沈、許五國之師。王僚同公子掩餘率大軍一萬，來至雞父下寨。兩邊尚未約戰，適楚令尹陽匄暴疾卒，薳越代領其眾。王僚乃自率中軍，姬光在左，公子掩餘在右，如泰山一般倒壓下來。薳越大敗，奔五十里方脫。收拾敗兵，止存其半，遂自縊而死。楚平王聞吳師勢大，用囊瓦為令尹。瓦獻計謂郢城卑狹，更於其東辟地，築一大城，名舊城為紀南城，新城仍名郢，徙都居之。復築一城於西，號曰麥城。囊瓦大治舟楫，操演水軍。三月，囊瓦率舟師，從大江直逼吳疆，耀武而還。吳公子光星夜來援，比至境上，囊瓦已還師矣。姬光乃潛師襲巢，滅之，並滅鐘離，奏凱而歸。楚平王聞二邑被滅，大驚，遂得心疾，久而不愈。至敬王四年，疾篤而薨。囊瓦奉太子珍主喪即位，改名曰軫，是為昭王。

楚夫人至吳，吳王賜宅西門之外，使芈勝奉之。伍員聞平王之死，捶胸大哭。公子光怪而問之，員曰：「恨吾不能梟彼之頭，以雪吾恨，使得終於牖下耳。」光亦為嗟嘆。伍員一連三夜無眠，心中想出一個計策來，謂姬光曰：「公子何不奏過吳王，乘楚喪亂之中，發兵南伐。公子誤為墜車而得足疾者，王必不遣。然後薦掩餘、燭庸為將，更使公子慶忌結連鄭、衛，此一網而除三翼。再令延陵季子使晉，以窺中原之釁。」次日，光以乘喪伐楚之利，入言於王僚。僚大喜，使掩餘、燭庸帥師伐楚，季札聘於晉國。

單說掩餘、燭庸引師二萬，圍楚潛邑。潛邑大夫使人入楚告急。公子申進曰：「依臣愚見，速令左司馬沈尹戍率陸兵一萬救潛，再遣左尹伯郤宛率水軍一萬，截住吳兵之後。」昭王遂用子西之計，調遣二將，水陸分道而行。吳兵進退兩難，遣人入吳求救。王僚乃使慶忌糾合鄭、衛。伍員乃謂光曰：「欲用專諸，此其時矣。」光曰：「昔越王允常，使歐冶子造劍五枚，獻其三枚於吳，一曰『湛盧』，二曰『磐郢』，三曰『魚腸』。『魚腸』，乃匕首也。先君以賜我，至今寶之。」即召專諸以劍付之。專諸已知光意，歸視其母，不言而泣。母曰：「吾舉家受公子恩養，大德當報。汝必亟往，勿以我為念。」專諸猶依依不捨。母曰：「吾思飲清泉，可於河下取之。」專諸奉命汲泉於河，比及回家，老母自縊於床上矣。專諸痛哭一場，收拾殯殮。事畢，來見姬光。光乃入見王僚曰：「有庖人從太湖來，新學炙魚，味甚鮮美。請王辱臨下舍而嘗之！」王僚欣然許諾。光是夜預伏甲士於窟室之中。

次早，僚駕及門，光迎入拜見。僚之親戚近信，佈滿堂階。侍席力士百人，不離王之左右。庖人獻饌，皆從庭下搜簡更衣，然後膝行而前，十餘力士握劍夾之以進。光獻觴致敬，忽偽為痛苦之狀，乃入內潛進窟室中去了。少頃，專諸告進魚炙，搜簡如前。誰知這口魚腸短劍，已暗藏於魚腹之中。力士挾專諸膝行至於王前，用手擘魚以進，忽地抽出匕首，徑椎王僚之胸。王僚登時氣絕。侍衛力士一擁齊上，將專諸剁做肉泥。姬光乃縱甲士殺出，僚眾一半被殺，一半奔逃。姬光升車入朝，聚集群臣，將王僚背約自立之罪，宣佈國人明白。乃收拾王僚屍首，又厚葬專諸。慶忌中途聞變，即馳去。又數日，季札自晉歸。姬光以位讓之，季札不受。光乃即吳王之位，自號為闔閭。札恥爭國之事，老於延陵，終身不入吳國，不與吳事。

且說掩餘、燭庸困在潛城，忽聞姬光弒主奪位。燭庸曰：「目今困守於此，終無了期。且乘夜從僻路逃奔小國。」遂傳令兩寨將士，詐稱來日欲與楚兵交鋒。至夜半，二人同心腹數人，扮作哨馬小軍，逃出本營。及天明，兩寨皆不見其主將，各搶船隻奔歸吳國。所棄甲兵無數，皆被郤宛水軍所獲。楚昭王以郤宛有功，甚加敬禮。費無極忌之益深，乃生一計，欲害郤宛。

第七十四回
囊瓦懼謗誅無極
要離貪名刺慶忌

話說費無極心忌伯郤宛，與鄢將師商量出一個計策來，詐謂囊瓦曰：「子惡欲設享相延，托某探相國之意，未審相國肯降重否？」囊瓦曰：「彼若見招，豈有不赴之理？」無極又謂郤宛曰：「令尹向吾言，欲飲酒於吾子之家，未知子肯為治具否？」郤宛應曰：「明日當備草酌奉候，煩大夫致意。」無極曰：「令尹最好者，堅甲利兵也。所以欲飲酒於公家者，以吳之俘獲，半歸於子，故欲借觀耳。」郤宛信以為然，遂設帷於門之左，將甲兵置於帷中，托費無極往邀囊瓦。囊瓦將行，無極曰：「人心不可測也。吾為子先往，探其設享之狀。」無極去少頃，踉蹌而來，謂囊瓦曰：「子惡今日相請，非懷好意。適見帷兵甲於門，相國誤往，必遭其毒！」囊瓦更使左右往視，回報：「門幕中果伏有甲兵。」囊瓦大怒，即使人請鄢將師至，訴以郤宛欲謀害之事。將師曰：「郤宛欲專楚政，非一日矣。」囊瓦遂奏聞楚王，令鄢將師率兵甲以攻伯氏。伯郤宛知為無極所賣，自刎而死。其子伯嚭，懼禍逃出郊外去了。囊瓦盡滅伯氏之族，國中無不稱冤者。沈尹戌來見囊瓦曰：「國人胥怨矣！夫費無極，楚之讒人也，與鄢將師共為蒙蔽。百姓皆雲相國縱其為惡，相國其危哉！」囊瓦曰：「是瓦之罪也。」乃收費無極、鄢將師數其罪，梟之於市。國人不待令尹之命，將火焚兩家之宅，盡滅其黨。

再說吳王闔閭訪國政於伍員，曰：「寡人欲強國圖霸，如何而可？」伍員曰：「臣聞治民之道，在安居而理。夫霸王之業，必先立城郭，設守備，實倉廩，治兵革，使內有可守，而外可以應敵。」闔閭曰：「善。子為寡人圖之。」伍員乃於姑蘇山東北三十里，得善地，造築大城。迎闔閭自梅里徙都於此。城中倉廩府庫，無所不備。大選民卒，教以戰陣射御之法。

闔閭以「魚腸」為不祥之物，函封不用。訪得吳人干將，與歐冶子同師，使居匠門，別鑄利劍。歷時三月，金鐵之精不銷。其妻莫邪乃自投於爐。金鐵俱液，遂瀉成二劍。先成者為陽，即名干將；後成者為陰，即名莫邪。干將匿其陽，止以莫邪獻於吳王。王試之石，應手而開。吳王既寶莫邪，復募人能作金鉤者，賞以百金。有鉤師貪王之重賞，將二子殺之，取其血以釁金，遂成二鉤，獻於吳王。其時楚伯嚭出奔在外，聞伍員已顯用於吳，乃奔吳，先謁伍員。員遂引見闔閭。闔閭使為大夫，與伍員同議國事。

再說公子慶忌逃奔於艾城，招納死士，欲伐吳報仇。闔閭謂伍員曰：「今慶忌有謀吳之心，子更為寡人圖之。」伍員對曰：「有一勇士姓要名離，吳人也，似可與謀者。」闔閭乃使伍員召要離入謁。及見離，身材僅五尺餘，大失所望。問曰：「子胥稱勇士要離，乃子乎？」離曰：「臣細小無力，何勇之有？然大王有所遣，不敢不盡其力。」闔閭嘿然不應。伍員奏曰：「要離形貌雖陋，其智術非常，非此人不能成事。」闔閭乃延入後宮賜坐。要離進曰：「大王意中所患，得非亡王之公子乎？臣能殺之。」闔閭笑曰：「慶忌萬夫莫當，子恐非其敵也！」要離曰：「善殺人者，在智不在力。臣能近慶忌，刺之，如割雞耳。」闔閭曰：「慶忌豈肯輕信國中之客。」要離曰：「臣詐以負罪出奔，願王戮臣妻子，斷臣右手。慶忌必信臣而近之矣。」闔閭愀然不樂曰：「子無罪，吾何忍加此慘禍於子哉？」要離曰：「臣得以忠義成名，雖舉家就死，其甘如飴矣！」闔閭許之。

次日，伍員同要離入朝，員薦要離為將，請兵伐楚。闔閭罵曰：「寡人觀要離之力，不及一小兒，何能勝伐楚之任哉？況寡人國事粗定，豈堪用兵？」要離進曰：「不仁哉王也！子胥為王定吳國，王乃不為子胥報仇乎？」闔閭大怒，叱力士執要離斷其右臂，囚於獄中，遣人收其妻子。過數日，伍員密諭獄吏寬要離之禁，要離乘間逃出。闔閭遂戮其妻子，焚棄於市。要離訪得慶忌在衛，遂至衛國求見。慶忌疑其詐，不納。要離乃脫衣示之。慶忌見其右臂果斷，方信為實，乃問曰：「汝來見我何為？」離曰：「今公子聯結諸侯，將有復仇之舉。臣能知吳國之情，誠以公子之勇，用臣為嚮導，吳可入也。」慶忌猶未深信。未幾，有心腹人從吳中探事者歸報，要離妻子果焚棄於市上。慶忌遂坦然不疑，與要離同歸艾城，任為腹心，使之訓練士卒，修治舟艦。三月之後，順流而下，欲襲吳國。慶忌與要離同舟，行至中流，後船不相接屬。要離曰：「公子可親坐船頭，戒飭舟人。」慶忌來至船頭坐定，要離只手執短矛侍立。忽然江中起一陣怪風，要離借風勢以矛刺慶忌，透入心窩。左右持戈戟欲攢刺之，慶忌搖手曰：「此天下之勇士也。可縱之還吳，以旌其忠。」言畢，自以手抽矛，血流如注而死。

第七十五回

孫武子演陣斬美姬
蔡昭侯納質乞吳師

話說慶忌左右欲釋放要離。要離不肯行，謂左右曰：「吾殺妻子而求事吾君，非仁也；為新君而殺故君之子，非義也；欲成人之事，而不免於殘身滅家，非智也。有此三惡，何面目立於世哉！」言訖，奪從人佩劍，刎喉而死。眾人收要離肢體，並載慶忌之屍，來投吳王闔閭。闔閭重賞降卒，收於行伍。以上卿之禮，葬要離於閶門城下，追贈其妻子。次早，伍員同伯嚭見闔閭於宮中。闔閭曰：「寡人欲為二卿出兵，誰人為將？」伍員進曰：「臣舉一人，姓孫名武，吳人也。此人精通韜略，有鬼神不測之機，天地包藏之妙，自著《兵法》十三篇，世人莫知其能，隱於羅浮山之東。誠得此人為軍師，雖天下莫敵，何論楚哉？」闔閭乃取黃金十鎰，白璧一雙，使員駕駟馬，往羅浮山取聘孫武。員見武，備道吳王相慕之意。乃相隨出山，同見闔閭。

闔閭降階而迎，賜座，問以兵法。孫武將所著十三篇，次第進上。闔閭顧伍員曰：「觀此《兵法》，真通天徹地之才也。但恨寡人國小兵微，如何而可？」孫武對曰：「臣之《兵法》，不但可施於卒伍，雖婦人女子，奉吾軍令，亦可驅而用之。」闔閭鼓掌而笑。孫武曰：「王如以臣言為迂，請將後宮女侍，與臣試之。」闔閭即召宮女三百，令孫武操演。孫武曰：「得大王寵姬二人，以為隊長，然後號令方有所統。」闔閭又宣寵姬二人至前。孫武曰：「軍旅之事，先嚴號令，次行賞罰。請立一人為執法。」闔閭許於中軍選用。孫武吩咐宮女，分為左右二隊，示以軍法：一不許混亂行伍，二不許言語喧嘩，三不許故違約束。明日五鼓，皆集教場。王登臺而觀之。

次日五鼓，宮女二隊，俱到教場。二姬頂盔束甲，充做將官，分立兩邊。孫武親自區畫繩墨，布成陣勢。使傳諭官將黃旗二面，分授二姬，令執之為前導。眾女跟隨隊長之後，各要步跡相繼，隨鼓進退。少頃，下令曰：「聞鼓聲一通，兩隊齊起；聞鼓聲二通，左隊右旋，右隊左旋；聞鼓聲三通，各挺劍為爭戰之勢。聽鳴金，然後斂隊而退。」眾宮女皆掩口嬉笑。鼓吏稟：「鳴鼓一通。」宮女或起或坐，參差不齊。孫武離席而起曰：「約束不明，申令不信，將之罪也。」使軍吏再申前令。鼓吏復鳴鼓，宮女傾斜相接，其笑如故。孫武乃揎起雙袖，親操枹以擊鼓，又申前令。二姬及宮女無不笑者。孫武大怒，喚執法曰：「約束不明，申令不信，將之罪也。既已約束再三，而士不用命，士之罪矣。於軍法當如何？」執法曰：「當斬！」孫武曰：「士難盡誅，罪在隊長。可將女隊長斬訖示眾！」左右便將二姬綁縛。闔閭望見，急使伯嚭持節馳救之。孫武曰：「軍中無戲言。臣已受命為將，將在軍，雖君命不得受。」喝令左右：「速斬二姬！」梟其首於軍前。於是二隊宮女，

無不股栗失色。左右進退，迴旋往來，毫髮不差。孫武乃使執法往報吳王曰：「兵已整齊，願王觀之，惟王所用。」

闔閭痛此二姬，遂有不用孫武之意。伍員進曰：「大王欲征楚而伯天下，思得良將。若因二姬而棄一賢將，何異愛莠草而棄嘉禾哉！」闔閭乃封孫武為上將軍，號為軍師，責成以伐楚之事。伍員問孫武曰：「兵從何方而進？」孫武曰:「大凡行兵之法，先除內患，然後方可外征。吾聞王僚之弟掩餘在徐，燭庸在鐘吾，二人俱懷報怨之心。今日進兵，宜先除二公子。」伍員然之。奏過吳王，王乃發二使，一往徐國取掩餘，一往鐘吾取燭庸。徐子章羽使人告掩餘，掩餘逃去。路逢燭庸亦逃出，遂往奔楚國。楚昭王乃居於舒城，使之練兵以禦吳。闔閭大怒，令孫武將兵伐徐，滅之。徐子章羽奔楚。遂伐鐘吾，執其君以歸。復襲破舒城，殺掩餘、燭庸。闔閭便欲乘勝入郢。孫武曰：「民勞未可驟用也。」遂班師。伍員獻謀曰：「晉悼公三分四軍，以敝楚師。請為三師以擾楚，使彼力疲而卒惰，然後猝然乘之，無不勝矣。」闔閭乃三分其軍，迭出以擾楚境。楚遣將來救，吳兵即歸，楚人苦之。

卻說楚昭王臥於宮中，既醒，見枕畔有一寶劍。及旦，召相劍者風胡子入宮。風胡子觀劍大驚曰：「此名湛盧之劍，乃吳中劍師歐冶子所鑄。臣聞此劍所在之國，其國祚必綿遠昌熾。」昭王大悅，即佩於身，以為至寶。闔閭失劍，使人訪求之，有人報:「此劍歸於楚國。」闔閭怒，遂使孫武、伍員、伯嚭率師伐楚。復遣使徵兵於越。越王允常未與楚絕，不肯發兵。孫武等拔楚六、潛二邑，因後兵不繼，遂班師。闔閭怒越之不同於伐楚，復謀伐越。敗越兵於檇李，大掠而還。其明年，楚令尹囊瓦率舟師伐吳。闔閭使孫武、伍員擊之，敗楚師於巢，獲其將芈繁以歸。闔閭曰：「不入郢都，雖敗楚兵，猶無功也。」員對曰：「楚國天下莫強，未可輕敵。聞囊瓦索賂無厭，不久諸侯有變，乃可乘矣。」遂使孫武演習水軍於江口。忽一日，唐、蔡二國遣使臣通好於吳，伍員喜曰：「天使吾破楚入郢也。」

原來楚昭王為得了湛盧之劍，諸侯畢賀，唐成公與蔡昭侯亦來朝楚。蔡侯有羊脂白玉佩一雙，銀貂鼠裘二副，以一裘一佩獻於楚昭王，以為賀禮，自己佩服其一。囊瓦見而愛之，使人求之於蔡侯。蔡侯愛此裘佩，不與囊瓦。唐侯有名馬二匹，囊瓦又愛之，使人求之於唐侯。唐侯亦不與。囊瓦即譖於昭王曰：「唐、蔡私通吳國，若放歸，必導吳伐楚，不如留之。」乃拘二君於館驛。二君一住三年。唐世子使大夫公孫哲至楚省視，知其見拘之故。奏曰：「君何不獻馬以求歸？」唐侯不肯。公孫哲乃以酒灌醉圉人，私盜二馬獻於囊瓦。囊瓦大喜。次日，入告昭王曰：「唐侯地褊兵微，諒不足以成大事，可赦之歸國。」昭王遂放唐成公出城。蔡侯亦解裘佩以獻瓦。瓦復告昭王曰：「唐、蔡一體，唐侯既歸，蔡不可獨留也。」昭王從之。

蔡侯返國，即以世子元為質於晉，借兵伐楚。晉定公為之訴告於周，周敬王命卿士劉卷，以王師會之。十七路諸侯，皆以兵從。晉士鞅為大將，荀寅副之，諸軍畢集於召陵之地。偶然大雨連旬，士鞅托言雨水不利，難以進兵，遂卻蔡侯之質，傳令班師。蔡侯大失所望。歸過沈國，怪沈子嘉不從伐楚，虜其君殺之。楚囊瓦大怒，興師伐蔡，圍其城。蔡侯即令公孫姓約會唐侯，共投吳國借兵，以其次子公子乾為質。伍員引見闔閭曰：「王欲入郢，此機不可失也。」闔閭乃使被離、專毅輔太子波居守。拜孫武為大將，伍員、伯嚭副之，悉起吳兵六萬，從水路渡淮，直抵蔡國。囊瓦遂解圍而走。

再說蔡侯迎接吳王，泣訴楚君臣之惡。未幾唐侯亦到。二君願為左右翼，相從滅楚。臨行，孫武忽傳令軍士登陸，將戰艦盡留於淮水之曲。大軍自江北陸路走章山，直趨漢陽。楚昭王聞吳兵大舉，使沈尹戌率兵一萬五千，同令尹協力拒守。沈尹戌來至漢陽，囊瓦迎入大寨。戌問曰：「吳兵從何而來？」瓦曰：「棄舟於淮汭，從陸路至此。」戌曰：「吳人慣習舟楫，利於水戰，今乃捨舟從陸，但取便捷，萬一失利，更無歸路。吾分兵五千與子，子沿漢列營，將船隻盡拘集於南岸。我率一軍從新息抄出淮汭，盡焚其舟，再將漢東隘道用木石磊斷。然後令尹引兵渡漢江，攻其大寨，我從後而擊之。」於是留大將武城黑統軍五千，相助囊瓦，自引一萬人望新息進發。

第七十六回
楚昭王棄郢西奔
伍子胥掘墓鞭屍

話說沈尹戌去後，吳、楚夾漢水而軍，相持數日。囊瓦之愛將史皇曰：「若司馬引兵焚吳舟，則破吳之功，彼為第一也。令尹不如渡江決一勝負。」囊瓦遂傳令三軍，俱渡漢水。史皇出兵挑戰，孫武使先鋒夫概迎之。史皇大敗而走。囊瓦曰：「子才交兵便敗，何面目來見我？」史皇曰：「今吳王大寨紮在大別山之下，不如今夜出其不意，往劫之。」囊瓦遂挑選精兵萬人，從間道殺出大別山後。卻說孫武聞夫概初戰得勝，乃令夫概、專毅各引本部，伏於大別山之左右。又令伍員引兵五千，反劫囊瓦之寨。時當三鼓，囊瓦果引精兵，密從山後抄出。殺入軍中，不見吳王，疑有埋伏，慌忙殺出。忽聽得哨角齊鳴，專毅、夫概兩軍，左右突出夾攻。囊瓦且戰且走，正在危急，卻得武城黑引兵來，救出囊瓦。約行數里，一起守寨小軍來報：「本營已被吳將伍員所劫。」囊瓦引著敗兵，連夜竄士，直到柏舉。忽報：「楚王又遣一軍來接應。」囊瓦出寨迎接，乃大將薳射也。囊瓦自恃爵高位尊，薳射又欺囊瓦無能，兩邊各懷異意，不肯和同商議，遂各自立營。吳先鋒夫概，探知楚將不和，率本部兵五千，竟奔囊瓦之營。孫武急調伍員引兵接應。

卻說夫概打入囊瓦大寨，營中大亂。囊瓦乘車疾走，竟奔鄭國逃難去了。薳射令大軍拔寨都起。夫概尾其後追之，及於清發。楚兵方收集船隻，將謀渡江。夫概退二十里安營，中軍孫武等俱到。薳射下令渡江，剛剛渡及十分之三，夫概兵到，楚軍爭渡大亂。薳射乘車疾走，軍士亂竄，吳軍從後掩殺。楚兵自相踐踏，死者更多。薳射車躓，被夫概一戟刺死。其子薳延亦被吳兵圍住。忽聞東北角喊聲大振，卻是左司馬沈尹戌得囊瓦兵敗之信，遂從舊路退回。夫概解圍而走。沈尹戌正欲追殺，吳王闔閭大軍已到，兩下紮營相拒。沈尹戌謂薳延曰：「汝父已歿於敵，汝不可以再死，宜亟歸，傳語子西，為保郢計。」薳延垂淚而別。明旦，孫武引大軍殺來，直衝入楚軍，殺得七零八落。戌死命殺出重圍，身中數箭，乃呼吳句卑曰：「吾無用矣！汝可速取吾首，去見楚王。」句卑不得已，用劍斷其首，解裳裹而懷之，復掘土掩蓋其屍，奔回郢都去了。吳兵遂長驅而進。

昭王大驚，急召子西、子期等商議。使大將鬥巢，引兵五千，助守麥城。大將宋木，引兵五千，助守紀南城。子西自引精兵一萬，營於魯洑江。吳王闔閭聚集諸將，問入郢之期。乃使伍員同公子山引兵一萬，蔡侯以本國之師助之，去攻麥城。孫武同夫概引兵一萬，唐侯以本國之師助之，去攻紀南城。闔閭同伯嚭等，引大軍攻郢城。且說伍員東行數日，命屯住軍馬，暗傳號令：「每軍士一名，要布袋一個，內皆盛土；又要草一束。每車要帶亂石若干。」比及天明，分軍為二隊：蔡侯率一隊往麥城之東，公子乾率一隊往麥城之西。吩咐各將所帶石土草束，築成小城，以當營壘。鬥巢在麥城聞知吳兵東西築城，急忙引兵來爭。鬥巢先至東城，蔡侯少子姬乾奮戈相迎。忽有哨馬飛報：「今有吳兵攻打麥城，望將軍速回！」鬥巢急鳴金收軍。回至麥城，正遇伍員指揮軍馬圍城。鬥巢挺戟來戰伍員。略戰數合，伍員曰：「汝已疲勞，放汝入城，明日再戰。」兩下各自收軍。至夜半，忽然城上發起喊來，報導：「吳兵已入城矣！」原來伍員故意放鬥巢入城，卻教降卒數人，雜在楚兵隊裡混入。夜半，於城上放下長索，吊上吳軍。鬥巢只得乘軺車出走。

話說孫武引兵至當陽阪，命軍士屯於高阜之處，限一夜之間，要掘開深壕一道，引漳江之水，通於赤湖。卻築起長堤，壩住江水。那水進無所泄，平地高起二三丈。即時灌入紀南城中。水勢浩大，連郢都城下，一望如江湖了。孫武使人於山上砍竹造筏，吳軍乘筏薄城。楚王急使箴尹固具舟西門，取其愛妹季芈，一同登舟。郢都無主，不攻自破。孫武遂奉闔閭入郢都城。即使人掘開水壩，放水歸江。伍員亦自麥城來見。闔閭升楚王之殿，百官拜賀已畢，置酒高會。是晚，闔閭宿於楚王之宮，淫其妾媵殆遍。伍員求楚昭王不得，乃使孫武、伯嚭等，亦分據諸大夫之室，淫其妻妾以辱之。唐侯、蔡侯同公子山往搜囊瓦之家，各取其物，俱轉獻於吳王。闔閭貪於滅楚，不聽孫武之言。焚毀其宗廟。唐、蔡二君，各辭歸本國去訖。闔閭復置酒章華之臺，大宴群臣。伍員含淚而對曰：「平王已死，楚王復逃。臣父兄之仇，尚未報萬分之一也。乞大王許臣掘平王之塚墓。」闔閭許之。

伍員訪知平王之墓，乃引本部兵往。但見湖水茫茫，並不知墓之所在。忽有老父至前，曰：「平王自知多怨，恐人發掘其墓，故葬於湖中。」因登寥臺，指示其處。員乃令軍士各負沙一囊，堆積墓旁，壅住流水。然後鑿開石槨，得一棺，內惟衣冠及精鐵數百斤而已。老叟曰：「此疑棺也，真棺尚在其下。」更去石板下層，果然有一棺。員令毀棺，拽出其屍，驗之，果楚平王之身也。用水銀殮過，膚肉不變。員一見其屍，怨氣沖天，手持九節銅鞭，鞭之三百，肉爛骨折。於是左足踐其腹，右手抉其目，遂斷平王之頭，毀其衣衾棺木，同骸骨棄於原野。

再說楚昭王乘舟西奔，有草寇數百人，夜劫昭王之舟，大搜舟中金帛寶貨之類。箴尹固急扶昭王登岸避之。昭王呼曰：「誰為我護持愛妹，勿令有

傷！」下大夫鐘建背負季芈，以從王於岸。至明旦，子期等陸續蹤跡而至。昭王使鬥辛覓舟於成臼之津，辛望見一舟東來，載有妻小，察之，乃大夫藍尹亹也。辛呼曰：「王在此，可以載之。」藍尹亹竟去不顧。鬥辛伺候良久，復得漁舟。王遂與季芈同渡，得達鄖邑。鬥辛之仲弟鬥懷進食，屢以目視昭王。鬥辛疑之，乃與季弟鬥巢親侍王寢。至夜半，聞淬刀聲，乃鬥懷也。辛曰：「弟欲何為？」懷曰：「欲弒王耳！」辛曰：「今乘其危而弒之，天理不容。汝若萌此意，吾先斬汝！」鬥懷挾刃出門而去。昭王聞戶外叱喝之聲，披衣起竊聽，備聞其故，遂不肯留鄖。子期等遂奉王北奔隨國。

卻說子西在魯洑江把守，聞郢都已破，昭王出奔，恐國人潰散，乃服王服，乘王輿，自稱楚王，以安人心。已而聞王在隨，曉諭百姓，然後至隨，與王相從。伍員言於闔閭曰：「臣願率一軍西渡，蹤跡昏君，執之以歸。」闔閭許之。伍員聞楚王在隨，竟往隨國，致書隨君，要索取楚王。

第七十七回
泣秦庭申包胥借兵 退吳師楚昭王返國

話說伍員使人致書於隨侯。隨侯使人辭伍員曰：「敝邑依楚為國，楚君若下辱，不敢不納。然今已他徙矣，惟將軍察之。」伍員以囊瓦在鄭，疑昭王亦奔鄭，遂移兵伐鄭。鄭定公大懼，歸咎囊瓦，瓦自殺。吳師猶不肯退，必欲滅鄭，以報太子建之仇。鄭伯乃出令於國中曰：「有能退吳軍者，寡人願與分國而治。」時鄂渚漁丈人之子，聞吳國用伍員為主將，乃求見鄭君，曰：「只要與臣一橈，行歌道中，吳兵便退。」鄭伯使左右以一橈授之。漁丈人之子縋城而下，直入吳軍，於營前叩橈而歌曰：「蘆中人！蘆中人！腰間寶劍七星文。不記渡江時，麥飯鮑魚羹？」伍員驚問曰：「足下是何人？」舉橈而對曰：「吾乃鄂渚漁丈人之子也。」員惻然曰：「汝父因吾而死，正思報恩。汝歌而見我，意何所須？」對曰：「今欲從將軍乞赦鄭國。」員乃仰天嘆曰：「嗟乎！員得有今日，皆漁丈人所賜。」遂解圍而去。

卻說申包胥自郢都破後，逃避在夷陵石鼻山中，聞子胥復求楚王，乃遣人致書於子胥。伍員得書，乃謂來使曰：「某因軍務倥偬，不能答書，借汝之口，為我致謝申君：忠孝不能兩全，吾日暮途遠，故倒行而逆施耳！」使者回報包胥，包胥想起楚平王夫人，乃秦哀公之女，要解楚難，除是求秦。乃晝夜西馳，足踵俱開，步步流血。奔至雍州，來見秦哀公曰：「寡君失守社稷，逃於草莽之間，特命下臣，告急於上國。乞君念甥舅之情，代為興兵解厄。倘能撫而存之，不絕其祀，情願世世北面事秦。」秦哀公意猶未決。於是，包胥不脫衣冠，立於秦庭之中，晝夜號哭，不絕其聲。如此七日七夜，哀公聞之，為之流涕。遂命大將子蒲、子虎帥車五百乘救楚。

包胥辭了秦帥，星夜至隨，來見昭王。時薳延、宋木等，亦收拾餘兵，從王於隨。

子西、子期並起隨眾，一齊進發。包胥引子西、子期等與秦帥相見。楚兵先行，秦兵在後，遇夫概之師於沂水。夫概望見旗號有秦字，急急收軍。奔回郢都，來見吳王，盛稱秦兵勢銳，不可抵當。孫武進曰：「兵，兇器，可暫用而不可久也。為今之計，不如遣使與秦通好，許復楚君。」伍員亦以武言為然。闔閭將從之，伯嚭進曰：「願給臣兵一萬，必使秦兵片甲不回。」闔閭許之。伯嚭引兵出城，大敗而走。秦兵直逼郢都，闔閭命夫概同公子山守城，自引大軍屯於紀南城。又遣使徵兵於唐、蔡。子蒲同子期分兵一支，襲破唐城，殺唐成公，滅其國。蔡哀公懼，不敢出兵助吳。

卻說夫概聞吳王與秦相持不決，忽然心動，乃引本部軍馬，偷出郢都東門，渡漢而歸，自稱吳王。吳世子波，與專毅聞變，登城守禦。夫概乃遣使由三江通越，說其進兵，夾攻吳國。闔閭聞變，留孫武、子胥退守郢都，自與伯嚭以舟師順流而下。既渡漢水，得太子波告急信，言：「夫概造反稱王，

又結連越兵入寇，吳都危在旦夕。」闔閭大驚，遂遣使往郢都，取回孫武、伍員之兵，一面星夜馳歸。夫概率本部出戰，大敗而走，逃奔宋國去了。

卻說孫武得吳王班師之詔，正與伍員商議，忽報：「楚軍中有人送書到。」伍員命取書看之，乃申包胥所遣也。伍員以書示孫武曰：「幸楚未知吾急，可以退矣。」孫武曰：「空退為楚所笑，子何不以羋勝為請？」伍員乃復書。申包胥言於子西，即遣使迎羋勝於吳。孫武與伍員遂班師而還。伍員從歷陽山經過，欲求東皋公報之，其廬舍俱不存矣。再遣使於龍洞山問皇甫訥，亦無蹤跡。至昭關，員命毀其關。復過溧陽瀨水之上，乃嘆曰：「吾嘗饑困於此，向一女子乞食。女子投水而亡，吾曾留題石上。」使左右發土，其石字宛然不磨。欲以千金報之，未知其家，乃命投金於瀨水中。越子允常聞孫武等兵回吳國，亦班師而回，遂自稱為越王。闔閭論破楚之功，以孫武為首。孫武不願居官，飄然而去。闔閭乃立伍員為相國，伯嚭為太宰。

再說子西與子期重入郢城，一面收葬平王骸骨，將宗廟社稷，重新草創，一面遣申包胥以舟師迎昭王於隨。昭王遂與隨君定盟，誓無侵伐。既至郢城，見城外白骨如麻，城中宮闕，半已殘毀，不覺淒然淚下。次日，祭告宗廟社稷，省視墳墓，然後升殿，百官稱賀。昭王先宴勞秦將，厚犒其師，遣之歸國。然後論功行賞，拜子西為令尹，子期為左尹。欲拜申包胥為右尹，包胥乃挈其妻子逃入深山，終身不出。藍尹亹求見昭王，王將執而誅之。藍尹亹對曰：「臣之棄王於成臼，以儆王也！王不省失國之非，而記臣不載之罪，臣死不足惜，所惜者楚宗社耳。」昭王乃使亹復為大夫如故。群臣見昭王度量寬洪，莫不大悅。時越方與吳構難，聞楚王復國，遣使來賀。王念季羋相從患難，欲擇良婿嫁之。季羋曰：「鐘建常負我矣，是即我夫也。」昭王乃以季羋嫁鐘建，使建為司樂大夫。子西以郢都殘破，且吳人久居，熟其路徑，復擇鄀地築城建宮，立宗廟社稷，遷都居之，名曰新郢。羋勝既歸，楚昭王封為白公勝，築城名白公城，遂以白為氏，聚其本族而居。夫概聞楚王不念舊怨，自宋來奔。王知其勇，封之堂溪，號為堂溪氏。

第七十八回
會夾谷孔子卻齊
墮三都聞人伏法

話說齊景公見晉不能伐楚，乃糾合衛、鄭，自稱盟主。魯昭公前為季孫意如所逐，客死於外。意如援立庶子宋為君，是為定公。未幾，季孫意如卒，子斯立，是為季康子。說起季、孟、叔三家，自昭公在國之日，已三分魯國，各用家臣為政。於是家臣又竊三大夫之權。三家邑宰各據其城，以為己物。季氏之宗邑曰費，其宰公山不狃；孟氏之宗邑曰成，其宰公斂陽；叔氏之宗邑曰郈，其宰公若藐。這三處城垣，皆三家自家增築，極其堅厚。那三個邑宰中，惟公山不狃尤為強橫。更有家臣一人，姓陽名虎，字貨，勇力過人，智謀百出。季斯使為家宰，後漸專季氏之家政。季氏反為所制，無可奈何。時又有少正卯者，巧辯能言，通國號為「聞人」，三家倚之為重。卯面是背非，陰陽其說，挑得上下如水火，而人莫悟其奸。

內中單說孟孫無忌，其父因慕魯國孔仲尼之名，使其從之學禮。那孔仲尼名丘，其父叔梁紇嘗為鄹邑大夫，即偪陽手托懸門之勇士也。仲尼有聖德，好學不倦。周遊列國，弟子滿天下，國君無不敬慕其名，而為權貴當事所忌。魯定公知其賢，召為司空。

周敬王十九年，陽虎欲亂魯而專其政。慕孔子之賢，欲招致門下，乃以蒸豚饋之。孔子曰：「虎誘我往謝而見我也。」令弟子伺虎出外，投刺於門而歸，虎竟不能屈。孔子密言於無忌曰：「虎必為亂，亂必始於季氏，子預為之備，乃可免也。」無忌偽為築室於南門之外，立柵聚才，選牧圉之壯勇者三百人為傭。又語成宰公斂陽，使繕甲待命。是年秋八月，陽虎親至季氏之門，請季斯登車。陽虎在前為導，虎之從弟陽越在後，左右皆陽氏之黨。惟御車者林楚，世為季氏門下之客。季斯心疑有變，私語林楚曰：「汝能以吾車適孟氏乎？」林楚點頭會意。行至大衢，林楚遽挽轡南向，以鞭策連擊其馬，馬怒而馳。季斯出南門，徑入孟氏之室，號曰：「孟孫救我！」無忌使三百壯士，挾弓矢伏於柵門以待。須臾，陽越至，率其徒攻柵。三百人從柵內發矢，陽越身中數箭而死。陽貨知越已死，大怒，驅其眾急往公宮，劫定公以出朝。遇叔孫州仇於途，並劫之。盡發公宮之甲與叔孫氏家眾，共攻孟氏。無忌率三百人力拒之，公斂陽亦領兵呼哨而至。陽虎迎住公斂陽廝殺。戰五十餘合，叔孫州仇遽從後呼曰：「虎敗矣！」即率其家眾，前擁定公西走，公徒亦從之。無忌引壯士開柵殺出，陽虎孤寡無助，倒戈而走，遂奔齊國。齊景公囚虎於西鄙。虎以酒醉守者，乘輜車逃奔宋國，宋使居於匡。陽虎虐用匡人，匡人欲殺之。復奔晉國，仕於趙鞅為臣。

齊景公使人致書魯定公，說明陽虎奔宋之故，就約魯侯於夾谷山前，為乘車之會，以通兩國之好。定公召三家商議，曰：「寡人若去，何人保駕？」無忌曰：「非臣師孔某不可。」定公即召孔子，孔子奏曰：「臣聞有文事者，必有武備。請具左右司馬，以防不虞。」定公乃使大夫申句須為右司馬，樂頎為左司馬，各率兵車五百乘從行。既至夾谷，齊景公先在，設立壇位。是夜，齊大夫黎彌奏於景公曰：「臣觀孔某為人，知禮而無勇。明日請奏四方之樂，

乃使萊夷三百人假作樂工，覷便拿住魯侯。」景公從之。

次早，兩君集於壇下，揖讓而登。齊是晏嬰為相，魯是孔子為相。禮畢，景公曰：「寡人有四方之樂，願與君共觀之。」遂傳令使萊人上前。定公色變。孔子趨立於景公之前，舉袂而言曰：「吾兩君為好會，安用夷狄之樂？請命有司去之。」晏子不知黎彌之計，亦奏景公曰：「孔某所言，乃正禮也。」景公大慚，急麾萊夷使退。黎彌心中甚慍，乃召本國優人，吩咐：「要歌《敝笱》之詩，任情戲謔。」原來那詩乃文姜淫亂故事，欲以羞辱魯國。黎彌傳齊侯之命，倡優侏儒二十餘人，異服塗面，擁至魯侯面前，且歌且笑。孔子按劍張目，覷定景公奏曰：「匹夫戲諸侯者，罪當死。請齊司馬行法！」景公不應。優人戲笑如故。孔子乃舉袖向下麾之，大呼：「申句須、樂頎何在？」二將飛馳上壇，於男女二隊中，各執領班一人，當下斬首。景公心中駭然。會散，景公歸幕，召黎彌責之。晏子進曰：「今有汶陽之田三處，皆魯故物。主公以三田謝過，魯君臣必喜，而齊、魯之交固矣。」景公大悅，即遣晏子致三田於魯。這汶陽田原是昔時魯僖公賜予季友者，今日名雖歸魯，實歸季氏。以此季斯心感孔子，言於定公，升孔子為大司寇之職。

季斯訪人才於孔子之門，孔子薦仲由、冉求可使從政，季氏俱用為家臣。忽一日，季斯問於孔子曰：「陽虎雖去，不狃復興，何以制之？」孔子曰：「欲制之，先明禮制。子何不墮其城，撤其武備？」季斯以為然，轉告於孟、叔二氏。時少正卯忌孔子師徒用事，欲敗其功，使叔孫輒密地送信於公山不狃。不狃遂約會成宰公斂陽，郈宰公若藐，同時起兵為逆。陽與藐俱不從。卻說郈邑馬正侯犯，素有不臣之志。遂使圉人刺藐殺之，自立為郈宰，發郈眾登城為拒命之計。州仇聞郈叛，往告無忌。於是孟、叔二家，連兵往討，遂圍郈城。無忌教州仇求援於齊。時叔氏家臣駟赤在郈城中，偽附侯犯，侯犯親信之。赤謂犯曰：「叔氏遣使如齊乞師矣。子何不以郈降齊？齊必大喜，而倍以他地酬子。」侯犯即遣人乞降於齊，以郈邑獻之。駟赤復謂犯曰：「宜多置兵甲於門，萬一事變不測，可以自衛。」侯犯遂選精甲利兵，留於門下。駟赤將羽書射於城外。州仇發書看之，大喜，報知無忌，嚴兵以待。數日後，侯犯使者自齊回。駟赤使人宣言於眾曰：「侯氏將遷郈民以附齊。」眾人聽說，各有怨心。忽一夜，駟赤探知侯犯飲酒方酣，遂命心腹數十人，繞城大呼曰：「齊師已至城外矣！」郈眾大驚，聚集於侯氏之門。忽見門內藏甲甚多，大家搶得穿著起來，各執兵器，將侯犯家四面圍住。駟赤亟入告侯犯，犯曰：「今日之事，免禍為上。」駟赤遂出謂眾曰：「汝等讓一路，容侯氏出奔。侯氏出，齊師亦不至矣。」眾人依言，放開一路。駟赤直送出東門，因引魯兵入於郈城。無忌乃墮郈城三尺，即用駟赤為郈宰。

公山不狃初聞侯犯據郈以叛，叔、仲二家往討，遂盡驅費眾，殺至曲阜，叔孫輒為內應，開門納之。定公急召孔子問計。孔子遂驅車至季氏之宮，定公居之。少頃，司馬申句須、樂頎俱至。孔子命季斯盡出其家甲，以授司馬，使伏於台之左右，而使公徒列於台前。公山不狃同叔孫輒知定公已往季氏，遂移兵來攻。與公徒戰，公徒皆散走。忽然申句須、樂頎二將，領著精甲殺至。孔子扶定公立於臺上，謂費人曰：「吾君在此，汝等速速解甲，既往不咎！」費人知孔子是個聖人，俱捨兵拜伏台下。公山不狃、叔孫輒勢窮，遂出奔吳國去了。季斯亦命墮了費城，復其初制。無忌亦欲墮成都，成宰公斂陽問計於少正卯。卯以言教之。陽遂使其徒穿甲而登城，謝曰：「吾為魯社稷守也。恐齊兵旦暮猝至，無守禦之具，願捐此性命，與城俱碎，不敢動一磚一土。」孔子密奏於定公曰：「願君勿事姑息，請出太廟中斧鉞，陳於兩觀之下。」定公從之。明日，使群臣參議成城不墮利害，但聽孔子裁決。少正卯欲迎合孔子之意，獻墮成六便。孔子奏曰：「卯誤矣！成已作孤立之勢，何能為哉？卯辯言亂政，離間君臣，按法當誅！臣職在司寇，請正斧鉞之典。」遂命力士縛卯於兩觀之下，斬之。群臣莫不變色。自少正卯誅後，孔子之意始得發舒，定公與三家皆虛心以聽之。孔子乃立綱陳紀，教以禮義，養其廉恥，故民不擾而事治。三月之後，風俗大變。四方之客，一入魯境，皆有常供，賓至如歸。國人歌之曰：「袞衣章甫，來適我所；章甫袞衣，慰我無私。」此歌詩傳至齊國，齊景公大驚曰：「吾國必為魯所並矣！」

第七十九回
歸女樂黎彌阻孔子
棲會稽文種通宰嚭

話說齊侯自會夾谷歸後，晏嬰病卒。正憂朝中乏人，復聞孔子相魯，大驚。大夫黎彌進曰：「請盛飾女樂，以遺魯君。魯君幸而受之，必然怠於政事，而疏孔子。」景公即命黎彌於女閭之中，擇其貌美年輕者，共八十人，各衣錦繡，教之歌舞。又用良馬一百二十匹，使人致獻魯侯。定公恐群臣議論不一，獨宣季斯入宮，草就答書，書中備述感激之意。將女樂收入宮中，以三十人賜季斯，其馬付於圉人餵養。定公與季斯新得女樂，各自受用，一連三日，不去視朝聽政。孔子聞知此事，淒然長嘆。及祭之期，定公行禮方畢，即便回宮，仍不視朝，並胙肉亦無心分給。孔子從祭而歸，至晚，不見胙肉頒到，遂束裝去魯。子路、冉有亦棄官從孔子而行。自此魯國復衰。

孔子去魯適衛，衛靈公喜而迎之，問以戰陣之事。孔子對曰：「丘未之學也。」次日遂行。過宋之匡邑，匡人素恨陽虎，見孔子之貌相似，以為陽虎復至，聚眾圍之。適靈公使人追還孔子，孔子復還衛國。且說靈公之夫人曰南子，宋女也，有美色而淫。在宋時，先與公子朝相通。既歸靈公，生蒯聵，立為世子。時又有美男子曰彌子瑕，素得君之寵愛。靈公外嬖子瑕，而內懼南子，思以媚之。乃時時召宋朝與夫人相會。蒯聵深恨其事，欲使家臣刺殺南子，以滅其醜。南子覺之，訴於靈公。靈公逐蒯聵，聵奔晉。未幾，衛靈公卒，國人立蒯聵之子輒為君，是為出公。是時，衛父子爭國，晉助蒯聵，齊助輒。孔子惡其逆理，復去衛適陳，又將適蔡。楚昭王聞孔子在陳、蔡之間，使人聘之。陳、蔡大夫相議，乃相與發兵圍孔子於野。孔子絕糧三日，而弦歌不輟。楚使者發兵以迎孔子。孔子至楚，昭王大喜，將以千社之地封孔子。令尹子西諫曰：「孔子若得據土壤，其代楚不難矣。」昭王乃止。孔子知楚不能用，乃復還魯。魯以大夫告老之禮待之。

再說吳王闔閭自敗楚之後，頗事遊樂。時太子波病卒，闔閭欲於諸公子中，擇可立者。太子波前妃生子名夫差，年已二十六歲矣。聞其祖闔閭擇嗣，乃先趨見子胥曰：「我嫡孫也，欲立太子，舍我其誰！此在相國一言耳。」子胥許之。少頃，闔閭使人召子胥，商議立儲之事。子胥曰：「立子以嫡，則亂不生。今太子雖不祿，有嫡孫夫差在。」闔閭遂立夫差為太孫。

周敬王二十四年，闔閭年老，聞越王允常薨，子勾踐新立，遂留子胥與太孫夫差守國，自選精兵三萬，出南門望越國進發。越王勾踐親自督師禦之，與吳兵相遇於檇李。兩下挑戰，不分勝負。勾踐密傳軍令，悉出軍中所攜死罪者，共三百人，俱袒衣注劍於頸，安步造於吳軍，以次自剄。吳兵皆注目而觀之，正不知其何故。越軍中忽然鼓聲大振，有死士二隊，呼哨而至。吳兵遂亂。勾踐統大軍繼進，衝開吳陣。靈姑浮正遇吳王闔閭，將刀便砍，傷其將指。卻得專毅兵到，救了吳王。闔閭傷重，即刻班師。回至七里之外，

大叫一聲而死。吳太孫夫差迎喪以歸，成服嗣位。立長子友為太子。使侍者十人，更番立於庭中，每自己出入經由，必大聲呼其名而告曰：「夫差！爾忘越王殺爾之祖乎？」欲以儆惕其心。命子胥、伯嚭練水兵於太湖，又立射棚於靈岩山以訓射，俟三年喪畢，便為報仇之舉。

周敬王二十六年，吳王夫差興傾國之兵，使子胥為大將，伯嚭副之，從太湖取水道攻越。越王勾踐悉起國中丁壯，共三萬人迎敵。夫差立於船頭，親自擊鼓，以激勵將士。忽北風大起，子胥、伯嚭各乘大艦，順風揚帆而下，俱用強弓勁弩，箭如飛蝗般射來。越兵大敗而走，吳兵分三路逐之，殺死不計其數。勾踐帥殘兵，奔會稽山。點閱甲楯之數，才剩得五千餘人。文種獻謀曰：「吳有太宰伯嚭者，其人貪財好色。若私詣太宰之營，結其歡心，與定行成之約。太宰言於吳王，無不聽。」勾踐乃連夜遣使至都城，命夫人選宮中之有色者，得八人，盛其容飾。加以白璧二十雙，黃金千鎰，使文種夜造太宰之營，跪而致辭，以賄單呈上。嚭遂盡收所獻，留種於營中。

次早，同造中軍，來見夫差。伯嚭先入，備道越王勾踐使文種請成之意。夫差乃命種入見。種膝行而前，復申前說，加以卑遜。夫差曰：「汝君請為臣妾，能從寡人入吳否？」種稽首曰：「敢不服事於左右！」夫差乃許其成。早有人報知子胥。子胥急趨至中軍，連叫曰：「不可！若吳不滅越，越必滅吳。夫秦、晉之國，我攻而勝之，得其地，不能居；得其車，不能乘。如攻越而勝之，其地可居，其舟可乘，此社稷之利，不可棄也。況又有先王大仇，不滅越，何以謝立庭之誓乎？」夫差語塞不能對。伯嚭前奏曰：「相國之言誤矣！秦、晉、齊、魯皆陸國也，其地亦可居，其車亦可乘，彼四國者，亦將並而為一乎？若謂先王大仇，必不可赦，則相國之仇楚者更甚，何不遂滅楚國而遽許其和耶？」夫差喜曰：「太宰之言有理，相國且退。」氣得子胥面如土色。只得步出幕府，謂大夫王孫雄曰：「越十年生聚，再加以十年之教訓，不過二十年，吳宮為沼矣。」雄意殊未深信。夫差命文種回復越王，約定五月中旬，夫婦入臣於吳。遂遣王孫雄押文種同至越國，催促起程。伯嚭屯兵一萬於吳山以候之。夫差引大軍先回。

第八十回
夫差違諫釋越
勾踐竭力事吳

話說越王勾踐回至越都，留王孫雄於館驛，收拾庫藏寶物，裝成車輛。又括國中女子三百三十人，以三百人送吳王，三十人送太宰。勾踐即日祭祀宗廟，王孫雄先行一日，勾踐與夫人隨後進發，群臣皆送至浙江之上。勾踐乃留眾大夫守國，獨與范蠡偕行。君臣別於江口，無不流涕。

越王既入吳界，先遣范蠡見太宰伯嚭於吳山，復以金帛女子獻之。嚭遂一力擔承，許以返國。伯嚭引軍押送越王，至於吳下，引入見吳王。勾踐肉袒伏於階下，夫人亦隨之。范蠡將寶物女子，開單呈獻於下。越王再拜稽首曰：「東海役臣勾踐，不自量力，得罪邊境。承蒙厚恩，得保須臾之命，不勝感戴！」子胥進曰：「勾踐為人機險，故諂詞令色，以求免刑誅。一旦稍得志，如放虎於山，不復可制矣。」夫差曰：「孤聞誅降殺服，禍及三世。孤恐見咎於天耳！」太宰嚭曰：「吾王誠仁者之言也！」子胥見吳王信伯嚭之佞言，憤憤而退。夫差使王孫雄於闔閭墓側，築一石室，將勾踐夫婦貶入其中。去其衣冠，蓬首垢衣，執養馬之事。吳王每駕車出遊，勾踐執馬箠步行車前，吳人皆指曰：「此越王也！」勾踐低首而已。

勾踐居石室，范蠡寸步不離。夫差時使人窺之，見其君臣力作，絕無幾微怨恨之色，終夜亦無愁嘆之聲，以此謂其無志思鄉。一日，夫差登姑蘇台，望見越王及夫人端坐於馬糞之旁，范蠡立於左。夫差顧謂太宰嚭曰：「彼雖在窮厄之地，不失君臣之禮，寡人心甚敬之。倘彼悔過自新，亦可赦乎？」嚭對曰：「大王以聖王之心，哀孤窮之士，加恩於越，越豈無厚報？」夫差曰：

「可命太史擇吉日，赦越王歸國。」卻說子胥聞吳王將赦越王，急入見曰：「昔桀囚湯而不誅，紂囚文王而不殺，故桀為湯所放，商為周所滅。今大王既囚越君，而不行誅，誠恐夏、殷之患至矣。」夫差復有殺越王之意，使人召之。伯嚭先報勾踐，勾踐大驚，乃入城來見吳王。候之三日，吳王並不視朝。伯嚭從宮中出，曰：「王惑子胥之言，欲加誅戮。適王感寒疾不能起，某入宮問疾，因言：『今越王匍匐待誅於闕下，怨苦之氣，上干於天。王且放還石室，待疾愈而圖之。』王聽某之言，故遣君出城。」勾踐感謝不已。

勾踐居石室，忽又三月，聞吳王病尚未癒，使范蠡卜其吉凶。蠡布卦已成，對曰：「吳王不死，至己巳日當減，壬申日必痊癒。願大王請求問疾，因求其糞而嘗之，觀其顏色，言病起之期。至期若癒，必然心感大王，而赦可望矣。」勾踐即日投太宰府中，見伯嚭曰：「今聞主公抱屙不瘳，勾踐寢食不安。願從太宰問疾，以伸臣子之情。」伯嚭入見吳王，曲道勾踐相念之情，願入問疾。夫差憐其意而許之。嚭引勾踐入於寢室。夫差忽覺腹脹欲便，侍人將餘桶近床，扶夫差便訖，將出戶外。勾踐揭開桶蓋，手取其糞，跪而嘗之，復入叩首曰：「囚臣敢再拜敬賀大王，王之疾，至己巳日有瘳，交三月壬申痊癒矣。」夫差曰：「何以知之？」勾踐曰：「今囚臣竊嘗大王之糞，味苦且酸，正應春夏發生之氣，是以知之。」夫差大悅，即命勾踐離其石室，就便棲止。勾踐再拜謝恩而出。

夫差病果漸癒，一一如勾踐所刻之期。心念其忠，既出朝，命置酒於文臺之上，召勾踐赴宴。勾踐仍前囚服而來。夫差聞之，即令沐浴，改換衣冠。勾踐再三辭謝，方才奉命。更衣入謁，再拜稽首。夫差慌忙扶起，乃揖讓使就客坐，諸大夫皆列坐於旁。子胥見吳王忘仇待敵，心中不忿，不肯入座，拂衣而出。伯嚭進曰：「大王以仁者之心，赦仁者之過。今日之坐，仁者宜留，不仁者宜去。相國剛勇之夫，其不坐，殆自慚乎？」夫差笑曰：「太宰之言當矣。」酒三行，范蠡與越王俱起進觴，為吳王壽。吳王大悅，是日盡醉方休。命王孫雄送勾踐於客館：「三日之內，孤當送爾歸國。」

至第三日，吳王親送越王出城。群臣皆捧觴餞行，惟子胥不至。夫差謂勾踐曰：「寡人赦君返國，君當念吳之恩，勿記吳之怨。」勾踐稽首曰：「大王哀臣孤窮，使得生還故國，當生生世世，竭力報效。蒼天在上，實鑑臣心，如若負吳，皇天不佑！」再拜跪伏，流涕滿面。夫差親扶勾踐登車，范蠡執御，夫人亦再拜謝恩，一同升輦，望南而去。時周敬王二十九年事也。

勾踐回至浙江之上，望見隔江山川重秀，天地再清，與夫人相向而泣，左右皆感動流淚。文種率守國群臣，城中百姓，拜迎於浙水之上，歡聲動地。勾踐心念會稽之恥，欲立城於會稽，遷都於此，乃專委其事於范蠡。蠡乃觀天文，察地理，規造新城，包會稽山於內。城既成，勾踐自諸暨遷而居之。以文種治國政，以范蠡治軍旅，尊賢禮士，敬老恤貧，百姓大悅。

勾踐迫欲復仇，乃苦身勞心，夜以繼日。目倦欲合，則攻之以蓼；足寒欲縮，則漬之以水。冬常抱冰，夏還握火；累薪而臥，不用床褥。又懸膽於坐臥之所，飲食起居，必取而嘗之。以喪敗之餘，生齒虧減，乃著令使壯者勿娶老妻，老者勿娶少婦。女子十七不嫁，男子二十不娶，其父母俱有罪。孕婦將產，告於官，使醫守之。生男賜以壺酒一犬，生女賜以壺酒一豚。生子三人，官養其二；生子二人，官養其一。夫人自織，與民間同其勞苦。七年不收民稅。食不加肉，衣不重采。惟問候之使，無一月不至於吳。復使男女入山采葛，作黃絲細布，欲獻吳王。尚未及進，吳王嘉勾踐之順，使人增其封。勾踐乃治葛布十萬匹，甘蜜百壇，狐皮五雙，晉竹十艘，以答封地之禮。夫差大悅。

夫差見越已臣服不貳，遂深信伯嚭之言。一日，問伯嚭曰：「今日四境無事，寡人欲廣宮室以自娛，何地相宜？」嚭奏曰：「吳都之下，莫若姑蘇，然前王所築，不足以當巨覽。王不若重將此臺改建，聚歌童舞女於上，可以極人間之樂矣。」夫差然之，乃懸賞購求大木。文種進於越王曰：「臣所以破吳者有七術：一曰捐貨幣，以悅其君臣；二曰貴糴粟槁，以虛其積聚；三曰遺美女，以惑其心志；四曰遺之巧工良材，使作宮室，以罄其財；五曰遺之諛臣，以亂其謀；六曰強其諫臣使自殺，以弱其輔；七曰積財練兵，以承其弊。今吳王方改築姑蘇臺，宜選名山神材，奉而獻之。」越王乃使木工三千餘人，入山伐木。得神木一雙，使文種浮江而至，獻於吳王。夫差不勝驚喜，乃將此木建姑蘇之臺。三年聚材，五年方成，高三百丈，登臺望徹二百里。百姓晝夜並作，死於疲勞者，不可勝數。越王聞之，謂文種曰：「今崇臺之上，必妙選歌舞以充之，非有絕色，不足侈其心志。子其為寡人謀之！」文種對曰：「臣有一計，可閱國中之女子，惟王所擇。」

第八十一回
美人計吳宮寵西施
言語科子貢說列國

話說越王勾踐欲訪求境內美女，獻於吳王，文種獻計曰：「願得王之近豎百人，雜以善相人者，遍遊國中，得有色者，而記其人地。於中選擇，何患無人？」勾踐從其計。半年之中，開報美女，何止二十餘人。勾踐得尤美者二人，曰西施，曰鄭旦。勾踐命范蠡各以百金聘之。使老樂師教之歌舞，學習步容，俟其藝成，然後敢進吳邦。夫差望見，以為神仙之下降也，魂魄

俱醉，遂受之。二女皆絕色，而妖豔善媚，更推西施為首。夫差寵幸西施，令王孫雄特建館娃宮於靈巖之上，為美人遊息之所。夫差自得西施，以姑蘇臺為家，流連忘返。惟太宰嚭、王孫雄常侍左右。子胥求見，往往辭之。

越王勾踐聞吳王寵幸西施，日事遊樂，復與文種謀之。文種對曰：「今歲年穀歉收，君可請貸於吳，以救民饑。」勾踐即命文種以重幣賄伯嚭，使引見吳王。吳王召見於姑蘇臺之宮，文種再拜請曰：「越國洿下，水旱不調，年穀不登，人民饑困。願從大王乞太倉之穀萬石，以救目前之餒。明年穀熟，即當奉償。」子胥諫曰：「吾觀越王之遣使者，非真饑困而乞糴也，將以空吳之粟也。王不如辭之。」伯嚭曰：「臣聞葵丘之盟，遏糴有禁，為恤鄰也。明歲穀熟，責其如數相償，無損於吳，而有德於越，何憚而不為也？」夫差乃與越粟萬石。文種領穀歸越，越王大喜，即以粟頒賜國中之貧民，百姓無不頌德。次年，越國大熟。越王問於文種曰：「寡人不償吳粟，則失信；若償之，則損越而利吳矣。奈何？」文種對曰：「宜擇精粟，蒸而與之，彼愛吾粟，而用以布種，吾計乃得矣。」越王用其計，以熟穀還吳，如其鬥斛之數。吳王見其穀粗大異常，謂伯嚭曰：「越地肥沃，其種甚嘉，可散與吾民植之。」於是國中皆用越之粟種，不復發生，吳民大饑。

越王聞吳國饑困，便欲興兵伐吳。文種諫曰：「時未至也，其忠臣尚在。」范蠡亦曰：「願王益習戰以待之。善戰者，必有精卒，精卒必有兼人之技。非得明師教習，不得盡善。臣訪得南林有處女，精於劍戟；又有楚人陳音，善於弓矢，王其聘之。」越王分遣二使，持重幣往聘處女及陳音。處女見越王，越王使教習軍士，軍士受其教者三千人。歲餘，處女辭歸南林。再說楚人陳音，以殺人避仇於越。蠡見其射必命中，言於越王，聘為射師。越王亦遣士三千，使音教習於北郊之外。音授以連弩之法，三矢連續而去，人不能防。三月盡其巧。陳音病死，越王厚葬之。子胥聞越王習武之事，乃求見夫差，流涕而言曰：「今越用范蠡，日夜訓練士卒。一旦乘吾間而入，吾國禍不支矣。」夫差使人探聽，備知處女、陳音之事，遂有興兵伐越之意。

再說齊國陳氏，世得民心，久懷擅國之志。及陳恒嗣位，逆謀愈急，乃奏於齊簡公曰：「魯鄰國而共吳伐齊，此仇不可忘也。」簡公信其言。恒因薦國書為大將，悉車千乘。陳恒親送其師，屯於汶水之上，誓欲滅魯方還。時孔子在魯，刪述《詩》《書》。知齊兵在境上，大驚，因問群弟子：「誰能為某出使於齊，以止伐魯之兵者？」子貢離席而問曰：「賜可以去乎？」孔子曰：「可矣。」子貢即日辭行。至汶上，求見陳恒。恒迎入相見，坐定，問曰：「先生此來，為魯作說客耶？」子貢曰：「賜之來，為齊非為魯也。夫魯，難伐之國。其城薄以卑，其池狹以淺，其君弱，大臣無能，士不習戰。為相國計，不如伐吳。吳城高而池廣，兵甲精利，又有良將為守，此易攻耳。」恒勃然曰：「子所言難易，顛倒不情，恒所不解。」子貢曰：「請屏左右。」恒乃屏去從人，前席請教。子貢曰：「破弱魯以為諸大臣之功，而相國無與焉。諸大臣之勢日盛，而相國危矣！若移師於吳，大臣外因於強敵，而相國專制齊國，豈非計之最便乎？」陳恒色頓解，問曰：「兵已在汶上，若移而向吳，人將疑我。奈何？」子貢曰：「但按兵勿動，賜請南見吳王，使救魯而伐齊。如是而戰吳，不患無詞。」陳恒大悅，乃謂國書曰：「吾聞吳將伐齊，吾兵姑駐此，須先敗吳兵，然後伐魯。」國書領諾，陳恒遂歸齊國。

再說子貢行至東吳，來見吳王夫差，說曰：「大王何不伐齊以救魯？夫敗萬乘之齊，而收千乘之魯，威加強晉，吳遂霸矣。」夫差曰：「寡人聞越君勤政訓武，有謀吳之心，欲先伐越國。」子貢曰：「臣請為大王東見越王，使親櫜鞭以從下吏何如？」夫差大悅。子貢辭了吳王，東行至越，見越王勾踐，曰：「吳王疑越謀之，欲加誅於越。君可親率一軍，從於伐齊。彼戰而不勝，吳自此削矣；若戰而勝，必侈然有霸諸侯之心，將以兵臨強晉。如此，則吳國有間，而越可乘也。」勾踐乃贈子貢以黃金百鎰，子貢固辭不受。還見吳王，夫差使子貢就館。留五日，越遣文種至吳，叩首於吳王之前曰：「東海賤臣勾踐，聞大王興大義，誅強救弱，故使下臣種，請問師期，將選士三千人，以從下吏。勾踐願披堅執銳，親受矢石，死無所懼。」夫差大悅，乃召子貢謂曰：「勾踐欲率選士三千，以從伐齊之役，先生以為可否？」子貢曰：「不可。夫用人之眾，又役及其君，亦太過矣。不如許其師而辭其君。」夫差從之。子貢辭吳，復北往晉國，見晉定公，說曰：「今吳之戰齊有日矣。戰而勝，必與晉爭伯，君宜修兵休卒以待之。」晉侯曰：「謹受教。」比及子貢反魯，齊兵已為吳所敗矣。

第八十二回

殺子胥夫差爭歃
納蒯聵子路結纓

話說周敬王三十六年春，越王勾踐使大夫諸稽郢帥兵三千，助吳攻齊。吳兵將發，子胥又諫曰：「越在，我心腹之病也。臣恐齊未必勝，而越禍已至也。」夫差怒，意欲殺之。伯嚭密奏曰：「王不若遣之往齊約戰，假手齊人。」夫差乃為書數齊伐魯慢吳之罪，命子胥往見齊君。子胥料吳必亡，乃私攜其子伍封同行。至臨淄，致吳王之命。齊簡公大怒，欲殺子胥。鮑息諫曰：「子胥乃吳之忠臣。今遣來齊，欲齊殺之，以自免其謗。宜縱之使歸。」簡公乃厚待子胥，報以戰期。鮑息私叩吳事，子胥垂淚不言，但引其子伍封，使拜鮑息為兄，寄居於鮑氏，今後只稱王孫封，勿用伍姓。

再說吳王夫差自將中軍，太宰嚭為副，興師十萬，同越兵三千，望山東一路進發。先遣人約會魯哀公合兵攻齊。子胥於中途稱病先歸，不肯從師。卻說齊將國書，屯兵汶上，聞吳、魯連兵來伐，傳令拔寨都起，往迎吳軍，至於艾陵。次早，兩下各排陣勢。國書悉起大軍，前來助戰。吳王乃命伯嚭引兵一萬，先去接應。國書正欲分軍迎敵，忽聞金聲大震。齊人只道吳兵欲退，不防吳王夫差自引精兵三萬，分為三股，反以鳴金為號，直衝齊陣，將齊兵隔絕三處，殺得齊軍七零八落。夫差大勝齊師，革車八百乘，盡為吳所有。齊簡公大驚，遣使大貢金幣，謝罪請和。夫差主張齊、魯復修兄弟之好，各無侵害，二國俱聽命受盟。夫差乃歌凱而回。

過數日，越王勾踐率群臣親至吳邦來朝，並賀戰勝。吳王置酒於文臺之上，越王侍坐。夫差曰：「今太宰嚭為寡人治兵有功，吾將賞為上卿。越王孝事寡人，始終不倦，吾將再增其國，以酬助伐之功。」子胥伏地涕泣曰：「嗚呼哀哉！忠臣掩口，讒夫在側。養亂畜奸，將滅吳國，廟社為墟，殿生荊棘。」夫差大怒曰：「老賊多詐，為吳妖孽。寡人以前王之故，不忍加誅，今退自謀，無勞再見。」子胥曰：「臣雖見誅，君亦隨滅，臣與王永辭，不復見矣。」遂趨出。吳王怒猶未息。伯嚭曰：「臣聞子胥使齊，以其子托於齊臣鮑氏，有叛吳之心，王其察之。」夫差乃使人賜子胥以屬鏤之劍。子胥接劍在手，徒跣下階，立於中庭，仰天大呼曰：「天乎！汝不用吾言，反賜我死！我今日死，明日越兵至，掘汝社稷矣。」乃謂家人曰：「吾死後，可抉吾之目，懸於東門，以觀越兵之入吳也。」言訖，自刎其喉而絕。使者取劍還報，述其臨終之囑。夫差往視其屍，自斷其頭，置於盤門城樓之上。

夫差既殺子胥，乃進伯嚭為相國。欲增越之封地，勾踐固辭乃止。於是勾踐歸越，謀吳益急。夫差全不在念，意益驕恣。發卒數萬，築邗城，穿溝，東北通射陽湖，西北使江淮水合，北達於沂，西達於濟。夫差乃使太子友同王子地、王孫彌庸守國，親帥國中精兵，由邗溝北上。遂約諸侯，大會於黃池，欲與晉爭盟主之位。越王勾踐聞吳王已出境，乃與范蠡計議，從海道通江以襲吳。太子友使王孫彌庸出師迎敵，友繼其後。勾踐親立於行陣，督兵交戰。吳兵大敗，彌庸為泄庸所殺，太子友恐被執辱，自刎而亡。越兵直造城下，王子地把城門牢閉，使人往吳王處告急。勾踐乃留水軍屯於

太湖，陸營屯於胥、閶之間，使范蠡焚姑蘇之臺，火彌月不息。

再說吳王夫差使人請晉定公赴會，晉定公不敢不至。夫差使王孫駱與晉上卿趙鞅議載書名次之先後，彼此爭論，連日不決。忽王子地密報至，言：「越兵入吳，殺太子，焚姑蘇臺。見今圍城，勢甚危急。」夫差大驚。伯嚭拔劍砍殺使者，曰：「留使者洩漏其語，齊、晉將乘危生事。」王孫駱密奏曰：「事在危急，請王鳴鼓挑戰，以奪晉人之氣。」夫差曰：「善。」是夜出令，中夜士皆飽食秣馬，銜枚疾驅，去晉軍才一里，結為方陣。黎明陣定，軍中萬鼓皆鳴，響震天地。晉軍大駭，乃使大夫董褐至吳軍請命。夫差乃斂兵就幕，與諸侯相見，稱吳公，先歃。晉侯次之，魯、衛以次受歃。會畢，即班師從江淮水路而回。軍士已知家國被襲，皆無鬥志。吳王猶率眾與越相持，吳軍大敗。夫差懼，謂伯嚭曰：「子當為我請成於越。不然，子胥屬鏤之劍猶在，當以屬子。」伯嚭乃造越軍，稽首於越王，求赦吳罪。范蠡曰：「吳尚未可滅也，姑許成，以為太宰之惠。」勾踐乃許吳成，班師而歸。

明年，齊右相陳恒知吳為越所破，乃使其族人攻殺左相闞止。齊簡公出奔，陳恒追而弒之，盡滅闞氏之黨。立簡公弟驁，是為平公。陳恒獨相。懼諸侯之討，乃悉歸魯、衛之侵地，北結好於晉，南行聘於吳、越。復修陳桓子之政，散財輸粟，以贍貧乏，國人悅服。乃漸除鮑、晏、高、國諸家，及公族子姓，而割國之大半，為己封邑。齊都邑大夫宰，莫非陳氏。

再說衛世子蒯瞶在戚，其子出公輒率國人拒之。蒯瞶之姊，嫁於大夫孔圉，生子曰孔悝，嗣為大夫，執衛政。孔氏小臣曰渾良夫，身長而貌美。孔圉卒，良夫通於孔姬。孔姬使渾良夫往戚，問候其弟蒯瞶。蒯瞶握其手言曰：「子能使我入國為君，使子服冕乘軒，三死無與。」渾良夫歸，言於孔姬。孔姬使良夫以婦人之服，往迎蒯瞶，匿於其室。須臾，孔悝自朝帶醉而回，起身如廁。孔姬使勇士石乞、盂黶候於廁外，俟悝出廁，左右幫定，不由分說，擁之上臺，來見蒯瞶。孔姬喝曰：「太子在此，孔悝如何不拜！」悝只得下拜。孔姬曰：「汝今日肯從舅氏否？」悝曰：「惟命。」孔姬乃使蒯瞶與悝歃血定盟。留石乞、盂黶守悝於臺上，而以悝命召聚家甲，使渾良夫帥之襲公宮。

出公聞亂，出奔魯國。

仲子路為孔悝家臣，聞孔悝被劫，入城來救。徑至臺下，大呼曰：「仲由在此，孔大夫可下臺矣！」孔悝不敢應。蒯聵使石乞、孟黶二人持戈下臺，來敵子路。子路仗劍來迎。怎奈乞、黶雙戟並舉，攢刺子路，又砍斷其冠纓。子路身負重傷，乃整結其冠纓而死。孔悝奉蒯聵即位，是為莊公。立次子疾為太子，以渾良夫為卿。時孔子在衛，聞蒯聵之亂，謂眾弟子曰：「由也其死乎！」未幾，孔子遂得疾不起，年七十有三歲。時周敬王四十一年也。再說衛莊公蒯聵疑孔悝為出公輒之黨，醉以酒而逐之，孔悝奔宋。

第八十三回

誅芈勝葉公定楚
滅夫差越王稱霸

話說衛莊公因府藏寶貨俱被出公輒取去，謀於渾良夫。良夫曰：「何不以擇嗣召之？」有小豎聞其語，私告於太子疾。疾乘間劫莊公，使歃血立誓，勿召亡君，且必殺渾良夫。莊公許諾。未幾，莊公新造虎幕，召諸大夫落成。渾良夫紫衣狐裘而至，不釋劍而食。太子疾使力士牽良夫以退，數之曰：「臣見君有常服，侍食必釋劍。爾紫衣，一罪也；狐裘，二罪也；不釋劍，三罪也。」良夫呼曰：「有盟免三死！」疾曰：「亡君以子拒父，大逆不孝，汝欲召之，非四罪乎？」良夫不能答，俯首受刑。

再說白公勝自歸楚國，每念鄭人殺父之仇，思以報之。及昭王已薨，令尹子西、司馬子期奉越女之子章即位，是為惠王。白公勝冀子西召己，同秉楚政。子西竟不召。及聞子胥已死，乃托言備吳，使心腹家臣石乞，築城練兵。請於子西，願以私卒為先鋒伐鄭。子西許之。尚未出師，晉趙鞅以兵伐鄭，鄭請救於楚。子西帥師救鄭，晉兵乃退。子西與鄭定盟班師。白公怒，欲殺子西。及吳王夫差會黃池時，白公勝托言吳兵將謀襲楚，乃反以兵襲吳邊境，頗有所掠。遂張大其功，只說：「大敗吳師，得其鎧仗兵器若干，欲親至楚庭獻捷。」子謠許之。白公親率壯士千人，押解入朝獻功。惠王見階下立著兩籌好漢，問：「是何人？」勝答曰：「此乃臣部下將士石乞、熊宜僚。」遂以手招二人。二人舉步，徑入殿中。壯士千人，蜂擁而登。並殺子西、子期。葉公沈諸梁聞變，悉起葉眾，星夜至楚，率國人攻白公勝。勝兵敗，自縊而死。時陳國乘楚亂，以兵侵楚。葉公請於惠王，帥師伐陳，滅之。

是年，越王勾踐探聽得吳王荒於酒色，不理朝政。況連歲凶荒，民心愁怨。乃復悉起境內士卒，大舉伐吳。吳王夫差聞越兵再至，亦悉起士卒，迎敵於江上。吳兵至夜半，忽聞鼓聲震天，知是越軍來襲。夫差大驚，急傳令分軍迎戰。不期越王潛引私卒六千，於黑暗中，徑衝吳中軍。吳兵大敗而走。勾踐率軍追之，吳師一連三戰三北。夫差連夜遁回，閉門自守。勾踐築一城於胥門之外，欲以困吳。夫差乃使王孫駱肉袒膝行而前，請成於越王。勾踐意欲許之。范蠡曰：「君王謀之二十年，奈何垂成而棄之？」遂不准其行成。吳使往返七次，種、蠡堅執不肯。遂鳴鼓攻城，吳人不能復戰。

夫差聞越兵入城，伯嚭已降，遂同王孫駱及其三子，奔干隧。勾踐率千人追至，圍之數重。夫差作書，射入越軍。種、蠡二人同啟，視其詞曰：「敵國如滅，謀臣必亡。大夫何不存吳一線，以自為餘地？」文種亦作書繫矢而答之曰：「昔天以越賜吳，吳不肯受。今天以吳賜越，越其敢違天之命！」夫差得書，垂淚曰：「寡人不誅勾踐，此天之所以棄吳也！」王孫駱曰：「臣請再見越王而哀懇之。」駱至越軍，種、蠡拒之不得入。勾踐使人謂吳王曰：「寡人念君昔日之情，請置君於甬東，給夫婦五百家，以終王之世。」夫差含淚而對曰：「臣，孤老矣，不能從編氓之列，孤有死耳！」越使者去，夫差猶未肯自裁。勾踐乃使人告吳王曰：「世無萬歲之君，何必使吾師加刃於

王耶？」夫差太息數聲，謂左右曰：「使死者有知，無面目見子胥於地下，必重羅三幅，以掩吾面！」言罷，拔佩劍自刎。

再說越王入姑蘇城，據吳王之宮，百官稱賀。伯嚭亦在其列，勾踐使力士執而殺之，滅其家。撫定吳民，乃以兵北渡江淮，與諸侯會於舒州，使人致貢於周。時周敬王已崩，太子名仁嗣位，是為元王。元王使人賜勾踐彤弓弧矢，命為東方之伯。勾踐受命，諸侯悉遣人致賀，尊越為霸。越王還吳國，置酒吳宮文臺之上，與群臣為樂。命樂工作《伐吳》之曲，樂師引琴而鼓之。臺上群臣大悅而笑，惟勾踐面無喜色。范蠡私嘆曰：「越王不欲功歸臣下，疑忌之端已見矣！」次日，入辭越王曰：「今吳已滅矣，願乞骸骨，老於江湖。」是夜，乘扁舟出，涉三江，入五湖。次日，越王使人召范蠡，蠡已行矣。越王愀然變色，謂文種曰：「蠡可追乎？」文種曰：「蠡有鬼神不測之機，不可追也。」種既出，有人持書一封投之。種啟視，乃范蠡親筆。其書曰：「狡兔死，走狗烹；敵國破，謀臣亡。越王為人，可與共患難，不可與共安樂。子今不去，禍必不免！」文種怏怏不樂，然猶未深信其言。

卻說范蠡自五湖入海，遂入齊。改名曰鴟夷子皮，仕齊為上卿。未幾，棄官隱於陶山，畜五牝，生息獲利千金，自號曰陶朱公。

勾踐不行滅吳之賞，與舊臣疏遠。文種心念范蠡之言，稱疾不朝。越王左右譖於王曰：「種自以功大賞薄，心懷怨望，故不朝耳。」越王素知文種之才能，恐其一旦為亂，無人可制。欲除之，又無其名。忽一日往視文種之疾，種為病狀，強迎王入。王乃解劍而坐，謂曰：「子有七術，寡人行其三，而吳已破滅。尚有四術，安所用之？」種對曰：「臣不知所用也。」越王曰：「願以四術，為我謀吳之前人於地下可乎？」言畢，即升輿而去。遺下佩劍於座。種取視之，劍匣有「屬鏤」二字，即夫差賜子胥自剄之劍也。種仰天嘆曰：「吾不聽范少伯之言，乃為越王所戮，豈非愚哉！」遂伏劍而死。勾踐在位二十七年而薨，周元王之七年也。其後子孫，世稱為霸。

卻說晉國六卿，自范、中行二氏滅後，止存智、趙、魏、韓四卿。智氏因與中行氏同出於荀，欲別其族，乃循智瑤之舊，改稱智氏。時智瑤為政，號為智伯。四家聞田氏弒君專國，諸侯莫討，於是私自立議，各擇便據地，以為封邑。就中單表趙簡子名鞅，有子數人，長子名伯魯。其最幼者，名元恤，乃賤婢所生。鞅召諸子，叩其學問，無恤有問必答，條理分明，鞅始知其賢。乃廢伯魯而立無恤為嫡子。一日，智伯怒鄭之不朝，欲同趙鞅伐鄭。鞅偶患疾，使無恤代將以往。智伯以酒灌無恤，無恤不能飲。智伯醉而怒，以酒斝投無恤之面，面傷出血。趙氏將士俱怒，無恤曰：「此小恥，吾姑忍之。」智伯班師回晉，反言無恤之過，欲鞅廢之。鞅不從。無恤自此與智伯有隙。趙鞅卒，無恤代立，是為趙襄子。此乃周貞定王十一年之事。

時晉出公憤四卿之專，密使人乞兵於齊、魯，請伐四卿。齊田氏，魯三家，反以其謀告於智伯。智伯大怒，同韓康子虎、魏桓子駒、趙襄子無恤，合四家之眾，反伐出公。出公出奔於齊。智伯立昭公之曾孫驕為晉君，是為哀公。自此晉之大權，盡歸於智伯瑤。瑤遂有代晉之志。

第八十四回
智伯決水灌晉陽　豫讓擊衣報襄子

話說智伯獨專晉政，有代晉之志。然四卿位均力敵，欲謀晉室，必先削三家之勢。智伯遂遣智開至韓虎府中，曰：「吾兄奉晉侯之命，治兵伐越，令三卿各割采地百里，入於公家，取其賦以充公用。」韓虎曰：「子且暫回，某來日即當報命。」智開去，韓康子虎召集群下謀曰：「智瑤欲挾晉侯以弱三家，故請割地為名。卿等以為何如？」謀士段規曰：「智伯貪而無厭，不如與之。彼得吾地，必又求之於趙、魏。趙、魏不從，必相攻擊，吾得安坐而觀其勝負。」韓虎然之。次日，令段規畫出地界百里之圖，親自進於智伯。智伯大喜，設宴以款韓虎。智伯命左右取畫一軸，同虎觀之，乃魯卞莊子刺三虎之圖。智伯戲謂韓虎曰：「某嘗稽諸史冊，列國中與足下同名者，齊有高虎，鄭有罕虎，今與足下而三矣。」時段規侍側，進曰：「禮，不呼名。君之戲吾主，毋乃甚乎？」段規生得身材矮小，智伯以手拍其頂曰：「三虎所啖之餘，得非汝耶？」段規不敢對，以目視韓虎。韓佯醉，即時辭去。

次日，智伯再遣智開求地於魏桓子駒，駒亦以萬家之邑獻之。智伯乃遣智宵求地予趙氏。趙襄子無恤怒曰：「土地乃先世所傳，安敢棄之？」智伯大怒，盡出智氏之甲，使人邀韓、魏二家，共攻趙氏。約以滅趙氏之日，三分其地。韓虎、魏駒各引一軍，從智伯征進，殺奔趙府中。無恤即率家臣望晉陽疾走。行至晉陽，晉陽百姓感尹鐸仁德，迎接入城。無恤即時曉諭百姓，登城守望。點閱軍器，戈戟鈍敝，箭不滿千，愀然不樂。謀臣張孟談曰：「吾聞董安于之治晉陽也，公宮之牆垣，皆以荻蒿楛楚，聚而築之。堂室皆練精銅為柱。」無恤使人發其牆垣，再發其柱，果如孟談所言。即使工匠鑄造兵器，無不精利。

再說智、韓、魏三家兵到，把晉陽圍得鐵桶相似。無恤召張孟談商之。孟談曰：「不如深溝高壘，堅閉不出。韓、魏特為智伯所迫耳，不出數月，必有自相疑猜之事，安能久乎？」無恤納其言。三家圍困歲餘，不能取勝。一日，智伯請韓、魏二家商議，欲引水灌城。遂傳下號令，多備鍬鍤，鑿渠於晉水之北。次將各處泉流下瀉之道，盡皆壩斷。復於渠之左右，築起高堤。那泉源泛溢，奔激無歸，只得望北而走，盡注新渠。一月之後，春雨大降，山水驟漲，渠高頓與堤平。智伯使人決開北面，其水竟灌入晉陽城來。無恤與張孟談不時乘竹筏，周視城垣。但見城外水聲淙淙，一望江湖，有排山倒峽之勢。孟談曰：「臣請今夜潛出城外，說韓、魏之君，反攻智伯。主公但令諸將多造船筏，利兵器。」無恤許之。

孟談乃假扮智伯軍士，於昏夜縋城而出，徑奔韓家大寨。見韓虎，乞屏左右。虎命從人閃開，孟談曰：「某乃趙氏之臣張孟談也。吾主被圍日久，特遣臣假作軍士，夜潛至此。將軍容臣進言，臣敢開口，如不然，臣請死於將軍之前。」韓虎曰：「汝有話但說。」孟談曰：「昔日六卿和睦，同執晉政。今存者，惟智、韓、魏、趙四家耳。智伯自恃其強，欲攻滅趙氏。趙氏亡，則禍必次及於韓、魏矣。即使今日三分趙地，能保智氏異日之不復請乎？將軍請細思之！」韓虎曰：「子之意欲如何？」孟談曰：「依臣愚見，莫若與吾主私和，反攻智伯。均之得地，而智氏之地多倍於趙，且以除異日之患。三君同心，世為唇齒，豈不美哉？」韓虎曰：「俟吾與魏家計議。」

韓虎使人密召段規，告以孟談所言。段規深贊孟談之謀。次日，段規親往魏桓子營中，密告以趙氏有人到軍中講話，如此恁般。魏駒曰：「此事當熟思而行。」段規辭去。到第二日，智伯治酒於懸甕山，邀請韓、魏二將軍，同視水勢。智伯謂韓、魏曰：「吾今日始知水之可以亡人國也。晉國之盛，汾、澮、晉、絳，皆號巨川。以吾觀之，水不足恃，適足速亡耳。」魏駒、韓虎皆有懼色。至第三日，韓虎、魏駒與張孟談歃血訂約：「期於明日夜半，決堤泄水。你家只看水退為信，便引城內軍士，殺將出來，共擒智伯。」孟談領命入城，報知無恤。至期，韓虎、魏駒暗地使人襲殺守堤軍士，於西面掘開水口，反灌入智伯之寨。智伯從睡夢中驚醒起來，水已及於臥榻。須臾，水勢益大。卻得智國、豫讓率領水軍，扶入舟中。智伯正在淒慘，忽聞鼓聲大震，韓、魏兩家之兵，各乘小舟，趁著水勢殺來。豫讓曰：「事已急矣！主公可從山後逃匿。」智伯遂掉小舟轉出山背。誰知趙襄子自引一隊，伏於龍山之後。無恤親縛智伯，數其罪斬之。豫讓聞智伯已擒，遂變服逃往石室山中。智氏一軍盡沒。三家收兵在於一處。無恤謂韓、魏曰：「智伯雖死，其族尚存，斬草留根，終為後患。」即同韓、魏回至絳州，誣智氏以叛逆之罪，圍其家，盡行屠戮。韓、魏所獻地，各自收回。又將智氏食邑，三分均分。

豫讓聞知其事，乃更姓名，詐為囚徒服役者，挾利匕首，潛入趙氏內廁之中。無恤到廁，忽然心動，使左右搜廁中，牽豫讓出見無恤。無恤乃問曰：「子身藏利器，欲行刺於吾耶？」豫讓正色答曰：「吾智氏亡臣，欲為智伯報仇耳！」無恤曰：「真義士也！」令放豫讓還家。豫讓回至家中，乃削鬢去眉，漆其身為癩子之狀，吞炭變為啞喉，奔晉陽城來，行乞於市中。趙無恤在晉陽觀智伯新渠，已成之業，乃使人建橋於渠上，名曰赤橋。橋既成，無恤駕車出觀。豫讓復懷利刃，詐為死人，伏於橋樑之下。無恤之車，將近

赤橋，其馬忽悲嘶卻步。無恤命左右搜簡。回報：「橋下並無奸細，只有一死人僵臥。」無恤曰：「必豫讓也。」命曳出視之，罵曰：「吾前已曲法赦子，今又來謀刺，皇天豈佑汝哉！」命牽去斬之。豫讓呼天而號，淚與血下。左右曰：「子畏死耶？」讓曰：「某非畏死，痛某死之後，別無報仇之人耳！」無恤召回問曰：「子先事范氏，范氏為智伯所滅，子反事智伯，不為范氏報仇。今智伯之死，子獨報之甚切，何也？」豫讓曰：「夫君臣以義合。君待臣如手足，則臣待君如腹心；君待臣如犬馬，則臣待君如路人。某向事范氏，止以眾人相待，吾亦以眾人報之。及事智伯，蒙其解衣推食，以國士相待，吾當以國士報之。臣兩計不成，憤無所泄。請君脫衣與臣擊之，以寓報仇之意，臣死亦瞑目矣！」無恤憐其志，脫下錦袍，使左右遞與豫讓。讓掣劍在手，三躍而三砍之，遂伏劍而死。無恤即命收葬其屍。軍士提起錦袍，無恤視所砍之處，皆有鮮血點汙。心中驚駭，自是染病。

第八十五回

樂羊子怒餟中山羹　西門豹喬送河伯婦

話說無恤患病，逾年不痊。臨終，謂世子趙浣曰：「三卿滅智氏，百姓悅服。宜乘此時，約韓、魏三分晉國，各立廟社。」言訖而瞑。時晉哀公薨，子柳立，是為幽公。韓虎與魏、趙合謀，只以絳州、曲沃二邑，為幽公俸食，餘地皆三分入於三家，號曰三晉。時周考王封其弟揭於河南王城。揭少子班，別封於鞏。因鞏在王城之東，號曰東周公，而稱河南曰西周公，此東西二周之始。考王薨，子午立，是為威烈王。威烈王二十三年，有雷電擊周之九鼎，鼎俱搖動。三晉之君，遂各遣心腹之使，齎金帛及土產之物，貢獻於威烈王，乞其冊命。威烈王即命內史作策命，賜趙籍為趙侯，韓虔為韓侯，魏斯為魏侯，各賜黼冕、圭璧全副。於是趙、韓、魏三家，各以王命宣佈國中。趙都中牟，韓都平陽，魏都安邑，立宗廟社稷。復遣使遍告列國，列國亦多致賀。未幾，三家廢晉靖公為庶人，遷於純留，而復分其餘地。

卻說三晉之中，惟魏文侯斯最賢，能虛心下士。時孔子高弟卜商，字子夏，教授於西河，文侯從之受經。魏成薦田子方之賢，文侯與之為友。成又言：「西河人段干木，有德行，隱居不仕。」文侯即命駕車往見，以安車載歸，與田子方同為上賓。四方賢士，聞風來歸。卻說晉之東，有國名中山，姬姓，子爵。中山子姬窟，好為長夜之飲，疏遠大臣，黎民失業。文侯謀欲伐之。翟璜奏曰：「臣舉一人，姓樂名羊，可充大將之任。」文侯即命翟璜以軺車召樂羊。樂羊入朝見文侯，文侯曰：「寡人欲以中山之事相委，奈卿子在彼國何？」樂羊曰：「丈夫建功立業，各為其主，豈以私情廢公事哉？臣若不能破滅中山，甘當軍令！」文侯大喜，遂拜為元帥，使西門豹為先鋒，率兵五萬，往伐中山。姬窟遣大將鼓須，屯兵楸山，以拒魏師。相持月餘，樂羊謂西門豹曰：「吾視楸山多楸樹，誠得一膽勇之士，潛師而往，縱火焚林，彼兵必亂。」西門豹願往。其時八月中秋，姬窟遣使齎羊酒到楸山，以勞鼓須。約至三更，西門豹率兵壯銜枚突至，將楸木焚燒。鼓須見軍中火起，遍山皆著。軍中大亂，鼓須死戰得脫。

樂羊長驅直入，圍了中山。姬窟大怒。大夫公孫焦進曰：「樂羊者，樂舒之父，舒仕於本國。君令舒於城上說退父兵，此為上策。」姬窟依計。樂舒不得已，只得登城大呼。樂羊一見樂舒，遽責曰：「君子不居危國，不事亂朝。汝貪於富貴，不識去就。吾奉君命弔民伐罪，可勸汝君速降，尚可相見。」樂舒曰：「但求父暫緩其攻，容我君臣從容計議。」樂羊果然出令，只教軟困，不去攻城。過了一月，樂羊使人討取降信。姬窟又叫樂舒求寬，樂羊又寬一月。如此三次。西門豹進曰：「元帥不欲下中山乎？」樂羊曰：「吾之三從其請，不獨為父子之情，亦所以收民心也。」

卻說魏文侯左右見樂羊新進，驟得大用，俱有不平之意。及聞其三次輟攻，遂譖於文侯。文侯不應，但時時遣使勞苦，預為治府第於都中，以待其歸。樂羊心甚感激，見中山不降，遂率將士盡力攻擊。鼓須方指揮軍士，腦門中箭而死。公孫焦言於姬窟曰：「事已急矣！可將樂舒綁縛，置於高竿，若不退師，當殺其子。」姬窟從其言。樂舒在高竿上大呼：「父親救命！」樂羊見之，大罵曰：「不肖子！汝仕於人國，上不能出奇運策，下不能見危委命。尚敢如含乳小兒，以哀號乞憐乎？」言畢，架弓搭矢，欲射樂舒。舒叫苦下城。公孫焦曰：「樂舒死，臣便有退兵之計。」姬窟遂以劍授舒，舒自刎而亡。公孫焦曰：「今將樂舒烹羹以遺樂羊，羊見羹必然不忍。乘其哀泣之際，主公引一軍殺出。」姬窟不得已而從之。命將樂舒之肉烹羹，並其首送於樂羊。樂羊認得是其子首，即取羹對使者食之，盡一器。謂使者曰：「吾軍中亦有鼎鑊，以待汝君也。」使者還報。姬窟遂入後宮自縊。公孫焦開門出降，樂羊數其罪，斬之。魏文侯聞樂羊成功，親自出城迎勞。設宴於內臺之上，親捧觴以賜樂羊，羊大有矜功之色。宴畢，文侯命左右挈二篋，送樂羊歸第。樂羊啟篋視之，俱是群臣奏本，本內盡說樂羊反叛之事。樂羊大驚，次日，入朝謝恩。文侯以靈壽封羊，稱為靈壽君，罷其兵權。

時鄴都缺守，翟璜曰：「鄴與韓、趙為鄰，必得強明之士以守之，非西門豹不可。」文侯即用西門豹為鄴都守。豹至鄴城，見閭裡蕭條，人民稀少，召父老至前，問其所苦。父老皆曰：「苦為河伯娶婦。河伯即清漳之神也。其神好美婦，歲納一夫人。若擇婦嫁之，常保年豐歲稔。不然，神怒，致水波泛溢，漂溺人家。」豹曰：「此事誰人倡始？」父老曰：「此邑之巫覡所言也。每年里豪及廷掾，與巫覡共計，賦民錢數百萬，用二三十萬，為河伯娶婦之費，其餘則共分用之。」豹曰：「神既有靈，當嫁女時，吾亦欲往送。」

及期，西門豹親往河上。百姓遠近皆會，聚觀者數千人。三老、里長等，引大巫來見。豹觀之，乃一老女子也。小巫女弟子二十餘人，隨侍其後。豹曰：「勞苦大巫，煩呼河伯婦來，我欲視之。」老巫顧弟子使喚至。豹曰：「此女不佳，煩大巫為我入報河伯：『更當別求好女，於後日送之。』」即使吏卒數人，共抱老巫，投之於河，左右莫不驚駭失色。豹靜立俟之，良久曰：「嫗年老不幹事，弟子為我催之。」復使吏卒抱弟子一人，投於河中。少頃，又

曰：「弟子去何久也？」復使弟子一人催之。凡投弟子三人，入水即沒。豹曰：「是皆女子之流。煩三老入河，明白言之。」三老方欲辭，吏卒左牽右拽，又推河中。約莫又一個時辰，豹曰：「三老年高，亦復不濟。須得廷掾、豪長者往告。」那廷掾、里豪，嚇得面如土色，一齊皆叩頭求哀。西門豹曰：「河水滔滔，去而不返，河伯安在？今後再有言河伯娶婦者，即令其人為媒，往報河伯。」遂將財賦悉追出散還民間。百姓逃避者，復還鄉里。豹又相度地形，發民鑿渠，引漳水入渠，既殺河勢，又腹內田畝，得渠水浸灌，無旱乾之患，禾稼倍收，百姓樂業。

文侯謂翟璜曰：「今西河在魏西鄙，為秦人犯魏之道，卿思何人可以為守？」翟璜沉思半晌，答曰：「臣舉一人，姓吳名起，此人大有將才，今自魯奔魏，主公速召而用之。」文侯曰：「起非殺妻以求為魯將者乎？聞此人貪財好色，性復殘忍，豈可托以重任哉？」翟璜曰：「臣所舉者，取其能為君成一日之功，若素行不足計也。」文侯乃召之。

第八十六回
吳起殺妻求將
騶忌鼓琴取相

話說吳起，衛國人，少居里中，以擊劍無賴，為母所責。起自齧其臂出血，與母誓曰：「起今辭母，遊學他方。不為卿相，不入衛城與母相見！」竟往魯國，受業於孔門高弟曾參，晝研夜誦，不辭辛苦。有齊國大夫田居至魯，嘉其好學，乃以女妻之。歲餘，參知起家中尚有老母，問曰：「子遊學六載，不歸省覲，人子之心安乎？」起以前誓對。參由是心惡其人。未幾，起母死。起仰天三號，旋即收淚，誦讀如故。參怒，命弟子絕之。起遂棄儒學兵法，三年學成，求仕於魯。魯穆公任為大夫。時齊相國田和謀篡其國，恐魯討其罪，乃興師伐魯。魯相國公儀休進曰：「欲卻齊兵，非吳起不可。」

穆公曰：「起所娶乃田宗之女，能保無覬望之意乎？」公儀休出告吳起。起乃歸家，殺其妻田氏，以帛裹田氏頭，往見穆公。穆公慘然不樂，謂公儀休曰：「吳起殺妻以求將，此殘忍之極，其心不可測也。」公儀休曰：「君若棄之不用，必反而為齊矣。」穆公乃拜吳起為大將，率兵二萬，以拒齊師。

卻說田和引軍直犯南鄙，不見吳起挑戰，乃遣愛將張丑，假稱願與講和，特至魯軍，探起戰守之意。起將精銳之士藏於後軍，悉以老弱見客。丑曰：「將軍若不棄田宗之好，願與將軍結盟通和。」起曰：「此乃某之至願也。」起留張丑於軍中，歡飲三日。丑辭去，起即暗調兵將，尾其後而行。田和得張丑回報，全不掛意。忽然轅門外鼓聲大振，魯兵突然殺至，軍中大亂。齊軍大敗而走。魯穆公大悅，進起上卿。田和乃購求美女二人，加以黃金千鎰，令張丑詐為賈客，攜至魯，私饋吳起。起貪財好色，見即受之。張丑既出魯城，故意洩其事於行人。遂傳說吳起受賄通齊之事。穆公欲究罪。起棄家逃奔魏國，主於翟璜之家。璜薦吳起可用，文侯乃拜起為西河守。吳起乘秦國多事之日，興兵襲秦，取河西五城。齊相國田和見魏之強，乃深結魏好。遷其君康公貸於海上。使人於魏文侯處，求其轉請於周，欲列於諸侯。周威烈王已崩，子安王名驕立，勢愈微弱。乃賜田和為齊侯，是為田太公。

再說韓相俠累，微時，與嚴仲子名遂，為八拜之交。累貧而遂富，資其日用，復以千金助其遊費。俠累因此得達於韓，位至相國。嚴遂至韓，韓烈侯欲貴重之。俠累於烈侯前言嚴遂之短，阻其進用。嚴遂聞之大恨，遂去韓，欲求勇士刺殺俠累。行至齊國，見屠牛肆中，一人舉巨斧砍牛，斧下之處，筋骨立解，而全不費力。遂問其姓名來歷。答曰：「某姓聶名政，魏人也。」次早，嚴遂具衣冠往拜，出黃金百鎰為贈，將俠累負恩之事，備細說知，今欲如此恁般。聶政被強不過，只得受之。以其半嫁其姊，餘金日具肥甘奉母。歲餘，老母病卒，嚴遂復往哭弔，代為治喪。喪葬既畢，聶政至韓，尾至相府，乘其懈，抽匕首以刺俠累。累中心而死。聶政度不能自脫，急以匕首自削其面，抉出雙眼，還自刺其喉而死。韓烈侯問：「賊何人？」眾莫能識。乃暴其屍於市中，懸千金之賞，購人告首。聶姊聞之，便以素帛裹頭，竟至韓國，撫屍大哭。市吏拘而問之，婦人曰：「死者為吾弟聶政，妾乃其姊也。彼恐累及賤妾，故抉目破面以自晦其名。妾奈何恤一身之死，忍使吾弟終泯沒於人世乎？」遂觸石柱而死。韓烈侯嘆息，令收葬之。烈侯四傳至昭侯，用申不害為相。不害精於刑名之學，國以大治。此是後話。

再說魏文侯斯病篤，召太子擊於中山。趙聞魏太子離了中山，乃引兵襲而取之。自此魏與趙有隙。魏文侯薨，太子擊主喪嗣位，是為武侯。拜田文為相國。武侯疑吳起有怨望之心，欲另擇人為西河守。吳起懼，出奔楚國。楚悼王以相印授之。起乃請於悼王曰：「楚國所以不能加於列國者，養兵之道失也。夫養兵之道，先阜其財，後用其力。大王宜汰冗官，斥疏族，盡儲廩祿，以待敢戰之士。」悼王從其計。使吳起詳定官制，凡削去冗官數百員，所省國賦數萬。選國中精銳之士，朝夕訓練。楚遂以兵強，雄視天下。及悼王薨，未及殯斂，楚貴戚大臣子弟失祿者，乘喪作亂，欲殺吳起。起奔入宮寢，抱王屍而伏。眾攢箭射起，連王屍也中了數箭。起大叫曰：「某死不足惜，諸臣銜恨於王，僇及其屍，豈能逃楚國之法哉！」言畢而絕。太子熊臧嗣位，是為肅王。追理射屍之罪，收為亂者，次第誅之，凡滅七十餘家。

卻說齊侯因齊，自恃國富兵強，遂僭稱齊王，是為齊威王。魏侯聞齊稱王，亦稱魏王。齊威王既立，日事酒色，不修國政。忽一日，有一士人求見，自稱：「姓騶名忌，本國人，知琴。聞王好音，特來求見。」威王召而見之，使左右置几，進琴於前。騶忌舍琴，正容而對曰：「臣所知者，琴理也。琴者，禁也。所以禁止淫邪，使歸於正。大弦為君，小弦為臣。君臣相得，政令和諧，治國之道，不過如此。」威王曰：「先生既知琴理，必審琴音，願先生試一彈之。」騶忌對曰：「臣以琴為事，則審於為琴；大王以國為事，豈不審於為國哉？臣撫琴而不彈，無以暢大王之意；大王撫國而不治，恐無以暢萬民之意也。」威王愕然，遂與之談論國事。大悅，即拜騶忌為相國。

騶忌常訪問：「邑守中誰賢誰不肖？」同朝之人，無不稱阿大夫之賢，而貶即墨大夫者。威王乃陰使人往察二邑治狀，因降旨召阿、即墨二守入朝。威王大集群臣，召即墨大夫至前，謂曰：「自子之官即墨也，毀言日至。吾使人視即墨，田野開闢，人民富饒。由子專意治邑，不肯媚吾左右，故蒙毀耳。子誠賢令！」乃加封萬家之邑。又召阿大夫謂曰：「自子守阿，譽言日至。吾使人視阿，田野荒蕪，人民凍餒。子但以厚幣精金，賄吾左右。守之不肖，無過於汝。」乃呼力士縛阿大夫投鼎中。復召左右常譽阿大夫毀即墨者，次第烹之。眾皆股栗。於是選賢才改易郡守，國內大治，諸侯畏服。騶忌奏曰：「今周室雖衰，九鼎猶在。大王何不如周，行朝覲之禮。因假王寵，以臨諸侯。」威王大悅，即命駕往成周，朝見天子。王室微弱，獨有齊侯來朝。周烈王大搜寶藏為贈。威王自周返齊，一路頌聲載道，皆稱其賢。

且說當時天下，大國凡七：齊、楚、魏、趙、韓、燕、秦。餘國如越，雖則稱王，日就衰弱。至於宋、魯、衛、鄭，益不足道矣。自齊威王稱霸，楚、魏、韓、趙、燕五國，皆為齊下，會聚之間，推為盟主。惟秦僻在西戎，中國擯棄，不與通好。秦孝公以為恥，遂下令招賢。

第八十七回

說秦君衛鞅變法
辭鬼谷孫臏下山

話說衛人公孫鞅原是衛侯之支庶，素好刑名之學，因見衛國微弱，不足展其才能，乃入魏國。相國公叔痤薦為中庶子，每有大事，必與計議。未幾，痤病勢重，惠王親往問疾，曰：「公叔恙，萬一不起，寡人將托國於何人？」痤對曰：「中庶子衛鞅，其年雖少，實當世之奇才也。」惠王默然。痤又曰：「君如不用鞅，必殺之，勿令出境。」惠王曰：「諾。」既上車，嘆曰：「甚矣，公叔之病也。夫鞅何能為？豈非昏憒之語哉？」至是，聞秦孝公下令招賢，鞅遂去魏入秦，求見孝公之嬖臣景監。監與論國事，知其才能，言於孝公。公召見，問以治國之道。衛鞅歷舉羲、農、堯、舜為對，語未及終，孝公已睡去矣。過五日，景監復言於孝公曰：「臣之客，語尚未盡，自請復見，願君許之。」孝公復召鞅，鞅備陳夏禹畫土定賦，及湯武順天應人之事。孝公曰：「客誠博聞強記，然古今事異，所言尚未適於用。」乃麾之使退。景監見衛鞅從公宮出，迎而問曰：「今日之說何如？」鞅曰：「吾向者未察君意，故且探之。今得之矣。若使我更得見君，不憂不入。」又過五日，景監入侍孝公，曰：「臣客衛鞅，自言有帝、王、伯三術。今更有伯術欲獻，願君省須臾之暇，請畢其詞。」孝公聞「伯術」二字，命景監即召衛鞅。

鞅入，孝公問曰：「聞子有伯道，何不早賜教於寡人乎？」鞅對曰：「帝王之道，在順民情；伯者之道，必逆民情。」孝公勃然變色。鞅曰：「夫政不更張，不可為治。小民狃於目前之安，可與樂成，難於慮始。如仲父相齊，盡改齊國之舊，此豈小民之所樂從哉？及乎政成於內，敵服於外，君享其名，而民亦受其利，然後知仲父為天下才也。」孝公曰：「但不知其術安在？」衛鞅對曰：「欲富國莫如力田，欲強兵莫如勸戰。賞罰必信，政令必行。」孝公曰：「此術寡人能行之。」鞅對曰：「夫富強之術，不得其人不行；得其人而任之不專，不行；任之專而惑於人言，二三其意，又不行。願君熟思三日，主意已決，然後臣敢盡言。」鞅遂退。

至第三日，孝公使人以車來迎。衛鞅復入見，備述秦政所當更張之事。孝公遂拜衛鞅為左庶長，諭群臣：「今後國政，悉聽左庶長施行。有違抗者，與逆旨同！」群臣肅然。衛鞅於是定變法之令，將條款呈上孝公，商議停當。恐民不信，乃取三丈之木，立於城之南門，使吏守之，令曰：「有能徙此木於北門者，予以十金。」百姓觀者甚眾，皆中懷疑怪，無敢徙者。鞅復改令，添至五十金。眾人愈疑。有一人獨出，荷其木，竟至北門立之。鞅獎之曰：「爾真良民也，能從吾令！」隨取五十金與之。市人互相傳說，皆言左庶長令出

必行。次日，將新令頒佈，市人聚觀，無不吐舌。衛鞅乃大發徒卒，築宮闕於咸陽城中。太子駟不願遷，且言變法之非。衛鞅乃言於孝公，坐其罪於師傅。將太傅公子虔劓鼻，太師公孫賈鯨面。鞅知人心已定，擇日遷都。分秦國為三十一縣，開墾田畝，增稅至百餘萬。秦國富強，天下莫比。於是興師伐楚，取商、於之地。武關之外，拓地六百餘裡。周顯王遣使冊命秦為方伯，於是諸侯畢賀。

是時，三晉惟魏稱王，聞衛鞅用於秦國，乃捐厚幣，招來四方豪傑。鄒人孟軻字子輿，乃子思門下高弟。孟軻得聖賢之傳於子思，有濟世安民之志。聞魏惠王好士，自鄒至魏。惠王禮為上賓，問以利國之道。孟軻曰：「臣但知有仁義，不知有利。」惠王迂其言，不用。軻遂適齊。

卻說周之陽城，有一處地面，名曰鬼谷。內中有一隱者，但自號曰鬼谷子，相傳姓王名栩。其人通天徹地，人不能及。弟子就學者不知多少，先生來者不拒，去者不追。就中單說同時幾個有名的弟子：齊人孫賓，魏人龐涓、張儀，洛陽人蘇秦。賓與涓結為兄弟，同學兵法；秦與儀結為兄弟，同學遊說。單表龐涓學兵法三年有餘，自以為能。忽一日，聽見路人傳說魏國厚幣招賢，遂辭先生下山。臨行，謂孫賓曰：「此行倘有進身之階，必當舉薦吾兄，同立功業。弟若謬言，當死於萬箭之下！」兩下流淚而別。孫賓還山，先生見其淚容，問曰：「汝惜龐生之去乎？」賓曰：「同學之情，何能不惜？」至次日，先生謂弟子曰：「我夜間惡聞鼠聲，汝等輪流值宿，為我驅鼠。」眾弟子如命。其夜，輪孫賓值宿，先生取出文書一卷，謂賓曰：「此乃汝祖孫武子《兵法》十三篇。吾向與汝祖有交，求得其書，親為注解，未嘗輕授一人。今見子心術忠厚，特以付子。」賓曰：「吾師既有注解，何不並傳之龐涓？」先生曰：「涓非佳士，豈可輕付哉！」賓乃攜歸臥室，晝夜研誦。三日之後，先生遽向孫賓索其原書。逐篇盤問，賓對答如流。先生大喜。

再說龐涓徑入魏國，惠王迎而禮之，問其所學。涓指畫敷陳，傾倒胸中，唯恐不盡。惠王大悅，拜為元帥，兼軍師之職。涓練兵訓武，先侵衛、宋諸小國，屢屢得勝。宋、魯、衛、鄭諸君，相約聯翩來朝。適齊兵侵境，涓復禦卻之。遂自以為不世之功。時墨翟遨遊名山，偶過鬼谷探友。一見孫賓，與之談論，深相契合。遂謂賓曰：「子學業已成，何不出就功名？」賓曰：「吾有同學龐涓，出仕於魏，相約得志之日，必相援引，吾是以待之。」墨翟辭去，徑至魏國。聞龐涓自恃其能，知其無援引孫賓之意。乃自以野服求見魏惠王。惠王素聞墨翟之名，叩以兵法。墨翟指說大略。惠王大喜，欲留任官職。墨翟固辭曰：「臣所知有孫武子之孫，名賓者，真大將才，臣萬分不及也。賓獨得乃祖祕傳，雖天下無其對手。見今隱於鬼谷，大王何不召之？」墨翟辭去，惠王即召龐涓問曰：「聞卿之同學有孫賓者，獨得孫武子祕傳。將軍何不為寡人召之？」龐涓對曰：「賓是齊人，臣是以不敢進言。大王既欲召孫賓，臣即當作書致去。」龐涓口雖不語，心下躊躇：「若孫賓到來，必然奪寵。且待來時，生計害他。」遂修書一封，呈上惠王。惠王遣人帶了龐涓之書，一徑望鬼谷來聘取孫賓。鬼谷先生知龐涓生性驕妒，孫賓若去，豈能兩立？欲待不容他去，又見魏王使命鄭重，孫賓已自行色匆匆，不好阻擋。乃曰：「汝之功名，終在故土。吾為汝增改其名，可圖進取。」遂將「賓」字，左邊加月為「臏」。又授以錦囊一枚，吩咐：「必遇至急之地，方可開看。」孫臏拜辭先生，隨魏王使者下山，登車而去。

蘇秦、張儀在旁，俱有欣羨之色，亦欲辭歸，求取功名。先生強之不得，乃為之各占一課，斷曰：「秦先吉後凶，儀先凶後吉。吾觀孫、龐二子，勢不相容，必有吞噬之事。汝二人宜互相推讓，勿傷同學之情。」二人稽首受教。先生又取書二本，分贈二人，乃太公《陰符篇》也。秦、儀既別去，不數日，鬼谷子亦浮海為蓬島之遊，或雲已仙去矣。

第八十八回
孫臏佯狂脫禍　龐涓兵敗桂陵

話說孫臏行至魏國，即寓於龐涓府中。次日，同入朝中。惠王降階迎接，曰：「墨子盛稱先生獨得孫武祕傳。今蒙降重，大慰平生！」遂問龐涓曰：「寡人欲封孫先生為副軍師之職，卿意如何？」龐涓對曰：「臏乃臣之兄也，豈可以兄為副？不若權拜客卿，候有功績，臣當讓爵，甘居其下。」惠王准奏。自此孫、龐頻相往來。龐涓想道：「孫子既有祕授，必須用意探之。」遂設席請酒，酒中因談及兵機，乃佯問曰：「此非孫武子《兵法》所載乎？愚弟昔日亦蒙先生傳授，自不用心，遂至遺忘。今日借觀，不敢忘報。」臏曰：「此書經先生注解詳明，與原本不同。先生只付看三日，便即取去，亦無錄本。」涓曰：「吾兄還記得否？」臏曰：「依稀尚存記憶。」

過數日，惠王欲試孫臏之能，使孫、龐二人，各演陣法。龐涓布的陣法，孫臏一見，即能分說此為某陣，用某法破之。孫臏排成一陣，曰顛倒八門陣。龐涓茫然不識，私問於孫臏。探了孫臏說話，先報惠王。惠王問於孫臏，所對相同。惠王以龐涓之才，不弱於孫臏，心中愈喜。只有龐涓回府，心生一計，私叩孫子曰：「吾兄宗族俱在齊邦，何不遣人迎至此間，同享富貴？」孫臏垂淚言曰：「吾家鄉杳無音信，豈有宗族可問哉？」

一日，孫臏朝罷方回，忽有漢子似山東人語音，問人曰：「此位是孫客卿否？」臏叩其來歷，那人曰：「小子姓丁名乙，臨淄人氏，在周客販。令兄有書托某送到鬼谷，聞貴人已得仕魏邦，迂路來此。」說罷，將書呈上。孫臏認以為真，不覺大哭。丁乙曰：「承賢兄吩咐，勸貴人早早還鄉，骨肉相聚。」孫臏乃款待丁乙酒飯，付以回書。丁乙接了回書，當下辭去。誰知來人乃是龐涓手下心腹徐甲也。龐涓誆得回書，遂仿其筆跡，改後數句云：「弟今身仕魏國，心懸故土，不日當圖歸計。倘齊王不棄微長，自當盡力。」於是入朝私見惠王，將偽書呈上，言：「孫臏果有背魏向齊之心，不如殺之。」惠王曰：「孫臏罪狀未明，遽然殺之，恐天下議寡人之輕士也。」涓對曰：「臣當勸諭孫臏，倘肯留魏國，大王重加官爵。若其不然，大王發到微臣處議罪，微臣自有區處。」龐涓辭了惠王，往見孫子，問曰：「聞兄已得千金家報，有之乎？」臏因備述書中要他還鄉之意。龐涓曰：「兄長何不於魏王前暫給一二月之假，歸省墳墓。弟當從旁力贊。」次日，孫臏進上一通表章，乞假月餘，還齊省墓。惠王見表大怒，削其官秩，發軍師府問罪。涓一見佯驚，曰：「吾兄受此奇冤，愚弟當於王前力保。」言罷，命輿人駕車，來見惠王。奏曰：「孫臏罪不至死，不若刖而黥之，使為廢人，終身不能退歸故土。」惠王許之。龐涓辭回本府，謂孫臏曰：「魏王欲加兄極刑，愚弟再三保奏，但須刖足黥面。」遂喚刀斧手，將孫臏綁住，剔去雙膝蓋骨。臏大叫一聲，昏厥倒地。又用針刺面，成「私通外國」四字，以墨塗之。

孫臏已成廢人，終日受龐涓三餐供養，甚不過意。龐涓乃求臏傳示鬼谷子注解孫武兵書，臏慨然應允。有蒼頭名喚誠兒，龐涓使伏侍孫臏。忽龐涓召誠兒至前，問孫臏繕寫日得幾何。誠兒曰：「孫將軍為兩足不便，每日只寫得二三策。」龐涓怒曰：「汝可與我上緊催促。」誠兒退問涓近侍曰：「軍師何必如此催迫？」近侍曰：「軍師所以全其性命，單為欲得兵書耳。繕寫一完，便當絕其飲食。」誠兒密告孫子。孫子大驚，欲求自脫之計，遂將鬼谷先生所付錦囊啟視，乃黃絹一幅，上書「詐瘋魔」三字。當日晚餐方設，臏忽然昏憒，作嘔吐之狀，良久發怒，張目大叫曰：「汝何以毒藥害我？」將寫過木簡，向火焚燒，撲身倒地。誠兒慌忙奔告龐涓。涓次日親自來看，臏痰涎滿面，伏地呵呵大笑，忽然大哭。復睜目視涓，磕頭不已，口中叫：「鬼谷先生，乞救我孫臏一命！」遂牽住龐涓之袍，不肯放手。涓恐其佯狂，命左右拖入豬圈中，臏被髮覆面，倒身而臥。再使人送酒食與之，孫子怒目猙獰，罵曰：「汝又來毒我耶？」將酒食傾翻地下。使者乃拾狗矢及泥塊以進，臏取而啖之。於是還報龐涓，涓曰：「此真中狂疾，不足為慮矣。」自此縱放孫臏，任其出入。市人認得是孫客卿，憐其病廢，多以飲食遺之。龐涓卻吩咐地方，每日侵晨，具報孫臏所在。

時墨翟雲遊至齊，客於田忌之家。其弟子禽滑從魏而至，將孫子被刖之事，述於墨翟。翟乃將孫臏之才，及龐涓妒忌之事，轉述於田忌。田忌言於威王曰：「國有賢臣，而令見辱於異國，大不可也！欲迎孫子，須是如此恁般。」威王用其謀，即令客卿淳于髡，假以進茶為名，至魏欲見孫子。禽滑裝作從者隨行。到魏都，禽滑見臏發狂，半夜私往候之。臏背靠井欄而坐，滑垂涕曰：「吾乃墨子之弟子禽滑也。此來，實欲載孫卿入齊，為卿報刖足之仇耳！吾已定下計策，俟有行期，即當相迎。」孫臏淚流如雨。次日，魏王款待淳于髡。髡辭了魏王欲行，龐涓復置酒長亭餞行。禽滑先於是夜將溫車藏了孫臏，卻將孫臏衣服，與廝養王義穿著，裝作孫臏模樣。地方已經具報，龐涓以此不疑。淳于髡與龐涓歡飲而別。先使禽滑驅車速行，親自押後。過數日，王義亦脫身而來。龐涓不見孫臏，疑其投井而死，使人打撈屍首不得。恐魏王見責，戒左右只將孫臏溺死申報。

再說孫臏既入臨淄，田忌親迎於十里之外，使乘蒲車入朝。威王叩以兵法，即欲拜官。孫臏辭曰：「龐涓若聞臣用於齊，又起妒忌之端，不若姑隱其事。」威王從之，乃使居田忌之家，忌尊為上客。臏使人訪其兄信息，杳然無聞，方知龐涓之詐。齊威王暇時，常與宗族諸公子馳射賭勝為樂。田忌馬力不及，屢次失金。一日，田忌引孫臏同至射圃觀射。臏見馬力不甚相遠，乃私謂忌曰：「君明日復射，臣能令君必勝。」田忌請於威王曰：「臣之馳射屢負矣。來日願傾家財，一決輸贏，每棚以千金為采。」威王笑而從之。是日，孫臏曰：「夫三棚有上中下之別。試以君之下駟，當彼上駟；而取君之上駟，與彼中駟角；取君之中駟，與彼下駟角。君雖一敗，必有二勝。」田忌先與威王賭第一棚，馬足相去甚遠，田忌復失千金。及二棚、三棚，田忌之馬果皆勝，多得采物千金。田忌奏曰：「今日之勝，乃孫子所教也。」

因述其故。威王由是益加敬重。

再說魏惠王責成龐涓恢復中山之事。龐涓奏曰：「中山遠於魏而近於趙，臣請為君直搗邯鄲。」惠王許之。龐涓遂出車五百乘伐趙，圍邯鄲。趙成侯使人以中山賂齊求救。齊威王乃用田忌為將，孫臏為軍師，陰為劃策，不顯其名。田忌欲引兵救邯鄲，臏止之曰：「不如駐兵於中道，揚言欲伐襄陵，龐涓必還。還而擊之，無不勝也。」忌用共謀。時邯鄲候救不至，降涓，涓遣人報捷於魏王。正欲進兵，忽聞齊遣田忌乘虛來襲襄陵。龐涓乃班師。將及桂陵，只見前面齊兵排成陣勢。龐涓乘車觀看，正是顛倒八門陣。只見齊軍中推出一輛戎車，田忌立於車中，口呼：「能識我陣否？」龐涓曰：「此乃顛倒八門陣，我國中三歲孩童，皆能識之。」田忌曰：「汝既能識，敢打此陣否？」龐涓心下躊躇，厲聲應曰：「既能識，如何不能打！」遂吩咐龐英、龐蔥、龐茅三人各領一軍，自帥選鋒五千人，上前打陣。才入陣中，只見八方旗色，紛紛轉換。金鼓亂鳴，四下吶喊，豎的旗上，俱有軍師「孫」字。龐涓大駭。正在危急，卻得龐英、龐蔥兩路兵殺進，單單救出龐涓，那五千選鋒，不剩一人。龐涓知孫臏在軍中，心中懼怕，連夜回魏國去了。

齊威王遂寵任田忌、孫臏，專以兵權委之。騶忌密及門客公孫閱商量，欲要奪田忌、孫臏之寵。恰好龐涓使人以千金行賂於騶忌之門。騶忌乃使公孫閱假作田忌家人，叩卜者之門，曰：「我奉田忌將軍之差，欲求占卦。今欲謀大事，煩為斷其吉凶。」卜者大驚，不敢應。公孫閱方才出門，騶忌差人已至，將卜者拿住。以田忌所占之語，告於威王，即引卜者為證。威王果疑。田忌遂託病辭了兵政，孫臏亦謝去軍師之職。明年，齊威王薨，子辟疆即位，是為宣王。宣王素知田忌之冤與孫臏之能，俱召復故位。是時韓昭侯滅鄭國而都之，趙相國公仲侈如韓稱賀，因請同起兵伐魏。龐涓訪知此信，言於惠王曰：「聞韓謀助趙攻魏，今乘其未合，宜先伐韓。」惠王許之。使太子申為上將軍，龐涓為大將，起兵向韓國進發。

第八十九回
馬陵道萬弩射龐涓
咸陽市五牛分商鞅

話說龐涓同太子申起兵伐韓，直造韓都。韓昭侯遣人告急於齊。齊宣王大集群臣，相國騶忌曰：「韓、魏相並，此鄰國之幸也，不如勿救。」田忌、田嬰皆曰：「魏勝韓，則禍必及於齊，救之為是。」孫臏曰：「若不救，是棄韓以肥魏。韓未敝而吾救之，是我代韓受兵。為大王計，宜許韓必救，以安其心。韓知有齊救，必悉力以拒魏。吾當俟魏之敝，徐引兵而往，攻敝魏以存危韓。」宣王遂許韓使，言：「齊救旦暮且至。」韓昭侯大喜，乃悉力拒魏。前後交鋒五六次，韓皆不勝，復遣使往齊。齊復用田忌為大將，孫子為軍師，率車五百乘救韓。孫臏曰：「夫解紛之術，在攻其所必救。今日之計，唯有直走魏都耳。」田忌乃令三軍齊向魏邦進發。龐涓聞報，大驚，即時傳令去韓歸魏。孫臏知龐涓將至，謂田忌曰：「吾軍遠入魏地，宜詐為弱形以誘之。今日當作十萬灶，明後日以漸減去。彼見軍灶頓減，必謂吾兵怯戰，將兼程逐利。其氣必驕，其力必疲，吾因以計取之。」田忌從其計。

再說龐涓兵望西南而行，及至魏境，知齊兵已前去了。遺下安營之跡，使人數其灶，足有十萬，驚曰：「齊兵之眾如此，不可輕敵也！」明日又至前營，查其灶僅五萬有餘，又明日，灶僅三萬。涓以手加額曰：「某固知齊人素怯矣！」當下傳令：選精銳二萬人，與太子申分為二隊，倍日並行。孫臏時刻使人探聽龐涓消息，回報：「魏兵已過沙鹿山，不分早夜，兼程而進。」孫臏屈指計程，日暮必至馬陵。那馬陵道在兩山中間，道傍樹木叢密。臏只揀絕大一株留下，餘樹盡皆砍倒，縱橫道上，以塞其行。卻將那大樹向東樹身砍白，用黑煤大書六字云：「龐涓死此樹下！」令部將袁達、獨孤陳，各選弓弩手五千，左右埋伏。再令田嬰引兵一萬，離馬陵三里埋伏。

再說龐涓來到馬陵道時，恰好日落西山。前軍回報：「有斷木塞路。」龐涓正欲指麾軍士搬木開路，忽抬頭看見樹上砍白處，隱隱有字跡，遂命小軍取火照之。眾軍士一齊點起火來。龐涓看得分明，大驚，急教軍士：「速退！」說猶未絕，那袁達、獨孤陳兩支伏兵，望見火光，萬弩齊發。軍士大亂。龐涓身帶重傷，自刎其喉而絕。時太子申在後隊，聞前軍有失，不提防田嬰一軍，反從後面殺到。魏兵四散逃生。太子申懼辱，亦自刎而死。田忌等班師回國，齊宣王大喜，設宴相勞。相國騶忌遂稱病篤，使人繳還相印。齊宣王遂拜田忌為相國，田嬰為將軍，孫臏軍師如故，加封大邑。孫臏固辭不受。手錄其祖孫武《兵書》十三篇，獻於宣王曰：「臣之所學，盡在此書。願得閒山一片，為終老之計。」宣王留之不得，乃封以石閭之山。

再說齊宣王使人告捷於諸侯，諸侯無不聳懼。韓、趙二君，親來朝賀。魏惠王亦遣使通和。齊宣王遂自恃其強，耽於酒色。田忌屢諫不聽，鬱鬱而卒。一日，宣王宴於雪宮。忽有一婦人，駝背肥項，身穿破衣，自外而入。聲言：「吾乃齊之無鹽人也，複姓鍾離，名春，年四十餘。特來求見大王，願入後宮，以備灑掃。」左右皆掩口而笑。宣王召入，問曰：「婦人貌醜，

得無有奇能乎？」鍾離春對曰：「妾無奇能，特有隱語之術。」乃揚目炫齒，舉手再四，拊膝而呼曰：「殆哉，殆哉！」宣王不解其意。春曰：「妾聞秦用商鞅，國以富強，不日出兵函關，與齊爭勝。大王內無良將，邊備漸弛，此妾為王揚目而視之。大王內耽女色，外荒國政，忠諫之士，拒而不納，妾所以炫齒為王受諫也。且王驩等阿諛取容，騶衍等迂談闊論，妾所以舉手為王揮之。王築宮築囿，虛耗國賦，所以拊膝為王拆之。大王四失，危如累卵，而偷目前之安，不顧異日之患。」宣王即日罷宴，以車載春歸宮，立為正后。招賢下士，疏遠嬖佞，以田嬰為相國，以鄒人孟軻為上賓，齊國大治。

卻說秦孝公聞龐涓之死，乃使衛鞅為大將，帥兵五萬伐魏。取河西之地，奏凱而歸。魏惠王以安邑地近於秦，難守，遂遷都大梁去訖。自此稱為梁國。秦孝公嘉衛鞅之功，封為列侯，以前所取商、於等十五邑，為鞅食邑，號為商君。後五月，秦孝公得疾而薨。群臣奉太子駟即位，是為惠文公。公子虔初被商鞅劓鼻，積恨未報。至是，與公孫賈同奏於惠文公曰：「臣聞大臣太重者國危，商鞅封邑十五，位尊權重，後必謀叛。」惠文公乃遣使者收商鞅相印，退歸商、於。鞅具駕出城，儀仗隊伍，猶比諸侯。公子虔、公孫賈密告惠文公，言：「商君僭擬王者儀制，如歸商、於，必然謀叛。」惠文公大怒，即令公孫賈引武士三千，追趕商鞅。商鞅知新王見責，急卸衣冠下車，扮作卒隸逃亡。走至函關，往旅店投宿。店主索照身之帖，鞅辭無有。店主曰：「商君之法，不許收留無帖之人。」商鞅乃冒夜前行，混出關門，徑奔魏國。魏惠王深恨商鞅，欲因商鞅以獻秦。鞅復逃回商、於，謀起兵攻秦，被公孫賈追至縛歸。惠文公吩咐將鞅押出市曹，五牛分屍，盡滅其族。遂拜公孫衍為相國。衍勸惠文公西並巴蜀，稱王以號召天下。惠文公遂稱王，遣使者遍告列國，都要割地為賀。楚威王熊商，新敗越兵，殺越王無疆，盡有越地，地廣兵強，與秦為敵。於是洛陽蘇秦挾兼併之策，以說秦王。

第九十回

蘇秦合從相六國
張儀被激往秦邦

話說蘇秦、張儀辭鬼谷下山，張儀自往魏國去了。蘇秦回至家中，盡破其產，得黃金百鎰，治車馬僕從，遨遊列國。如此數年，未有所遇。乃西至咸陽，求見惠文王。惠文王初殺商鞅，心惡遊說之士，絕無用蘇秦之意。蘇秦留秦歲餘，黃金百鎰，俱已用盡。乃貨其車馬僕從，以為路資，擔囊徒步而歸。父母見其狼狽，辱罵之。妻方織布，見秦來，不肯下機相見。秦餓甚，向嫂求一飯，嫂辭以無柴，不肯為炊。秦於是簡書篋中，得太公《陰符》一篇。乃閉戶探討，晝夜不息。夜倦欲睡，則引錐自刺其股。既於《陰符》有悟，然後將列國形勢，細細揣摩，天下大勢，如在掌中。

蘇秦遂投趙國。時趙肅侯在位，其弟公子成為相國，號奉陽君。蘇秦先說奉陽君，奉陽君不喜。秦乃去趙，北遊於燕，求見燕文公，左右莫為通達。居歲餘，資用已罄。適值燕文公出遊，秦伏謁道左。文公問其姓名，知是蘇秦，大喜，遂回車入朝，鞠躬請教。蘇秦奏曰：「大王列在戰國，地方二千里，兵甲數十萬，然比於中原，曾未及半。所以不被兵者，以趙為之蔽耳。大王不知結好於近趙，而反欲割地以媚遠秦，不愚甚耶？依臣愚見，不若與趙從親，因而結連列國，協力禦秦，此百世之安也。臣雖不才，願面見趙侯，與定從約。」燕文公大喜，資以金帛路費，高車駟馬，使壯士送秦至趙。適奉陽君趙成已卒，趙肅侯聞燕國送客來至，遂降階而迎。蘇秦奏曰：「當今山東之國，惟趙為強。秦之所最忌害者，莫如趙。然而不敢舉兵伐趙者，畏韓、魏之襲其後也。一旦秦兵蠶食二國，二國降，則禍次於趙矣。依臣愚見，莫如約列國君臣會於洹水，交盟定誓，結為兄弟。秦攻一國，則五國共救之。

秦雖強暴，豈敢以孤國與天下之眾爭勝負哉？」趙肅侯乃佩以相印，賜以大第，又以飾車百乘，黃金千鎰，使為「從約長」。

忽一日，趙肅侯召蘇秦入朝，曰：「秦相國公孫衍出師攻魏，魏王割河北十城以求和。衍又欲移兵攻趙。將若之何？」蘇秦拱手對曰：「臣自有計退之。」回至府第，喚門下心腹畢成，吩咐曰：「吾有同學故人，名曰張儀，字餘子，乃大梁人氏。我今予汝千金，汝可扮作商賈，變姓名為賈舍人，前往魏邦，尋訪張儀。須如此如此。」賈舍人領命，連夜望大梁而行。

卻說張儀求事魏惠王不得，乃去魏遊楚，楚相國昭陽留之為門下客。昭陽將兵伐魏，大敗魏師。楚威王嘉其功，以和氏之璧賜之。一日，昭陽出遊於赤山，四方賓客從行者百人。賓客慕和璧之美，請於昭陽，求借觀之。正賞玩間，左右言：「潭中有大魚躍起。」昭陽起身憑欄而觀，眾賓客一齊出看。俄焉雲興東北，大雨將至。守藏豎欲收和璧，已不知傳遞誰手，竟不見了。昭陽回府，教門下客捱查盜璧之人。門下客曰：「張儀赤貧，素無行。要盜璧除非此人。」昭陽使人執張儀笞掠之。張儀實不曾盜，如何肯服。昭陽見張儀垂死，只得釋放。張儀將息半愈，復還魏國。一日，恰遇賈舍人休車於門外，相問間，知蘇秦已為趙相國。儀告以同學兄弟之情。賈舍人曰：「何不往遊？相國必當薦揚。吾正欲還趙，願與先生同載。」張儀欣然從之。

既至趙郊，賈舍人曰：「寒家在郊外，有事只得暫別。」張儀辭賈舍人

下車，進城安歇。次日，修刺求謁蘇秦。秦辭以事冗，改日請會。儀候數日，終不得見，復書刺往辭相府。蘇秦傳命：「來日相見。」次日，侵晨往候，立於廡下，睨視堂前官屬拜見者甚眾。良久，日將昃，左右曰：「相君召客。」儀忍氣進揖，秦起立，微舉手答之，曰：「餘子別來無恙？」儀怒氣勃勃，竟不答言。左右稟進午餐。秦命設坐於堂下。秦自飯於堂上，珍饈滿案。儀前不過一肉一菜。儀心中且羞且怒。食畢，秦復傳言：「請客上堂。」張儀舉目觀看，秦仍舊高坐不起。張儀忍氣不過，大罵：「何竟辱我至此！同學之情何在？」蘇秦徐徐答曰：「以餘子之才，吾豈不能薦於趙侯？但恐子志衰才退，貽累於薦舉之人。」張儀曰：「大丈夫豈賴汝薦乎？」憤憤而出。回至旅店，只見賈舍人走入店門。張儀遂將相見之事，敘述一遍。賈舍人曰：「當初原是小人攛掇先生來的，小人情願代先生償了欠帳，送先生回魏。」張儀曰：「我亦無顏歸魏了。當今七國中，唯秦最強。我往秦，幸得用事，可報蘇秦之仇耳！」賈舍人曰：「小人正欲往彼探親，先生依舊與小人同載，彼此得伴。」張儀大喜，遂與賈舍人為八拜之交。及至秦國，賈舍人大出金帛，賂秦惠文王左右，為張儀延譽。

時惠文王方悔失蘇秦，遂拜張儀為客卿。賈舍人乃辭去。張儀垂淚曰：「方圖報德，何遽言去耶？」賈舍人笑曰：「臣非能知君，知君者，乃蘇相國也。相國方倡『合從』之約，慮秦伐趙敗其事，思可以得秦之柄者，非君不可。恐君安於小就，故意怠慢，激怒君。君果萌遊秦之意。相君乃大出金資付臣，吩咐恣君所用，必得秦柄而後已。」張儀嘆曰：「吾不及季子遠矣。煩君多謝季子，當季子之身，不敢言『伐趙』二字。」

賈舍人回報蘇秦，秦乃奏趙肅侯曰：「秦兵果不出矣。」於是拜辭往韓，又往魏，復造齊、楚，說之無不從。秦乃北行回報趙肅侯。趙肅侯封為武安君，遣使約齊、楚、魏、韓、燕五國之君，俱到洹水相會。內中楚、齊、魏已稱王，趙、燕、韓尚稱侯，相敘不便。於是蘇秦建議，六國一概稱王。至期，蘇秦捧盤，請六王以次歃血，拜告天地，及六國祖宗，一國背盟，五國共擊。寫下誓書六通，六國各收一通，然後就宴。六王合封蘇秦為「從約長」，兼佩六國相印，總轄六國臣民。又各賜黃金百鎰，良馬十乘。

第九十一回
學讓國燕噲召兵
偽獻地張儀欺楚

話說秦惠文王聞蘇秦合從六國，大驚。相國公孫衍曰：「可興師伐趙，視其先救趙者，即移兵伐之。」張儀進曰：「大王誠遣使以重賂求成於魏，以疑各國之心。而與燕太子結婚。如此，則從約自解矣。」惠文王從之。趙王聞之，召蘇秦責之曰：「魏、燕二國皆與秦通，倘秦兵猝然加趙，尚可望二國之救乎？」蘇秦惶恐謝曰：「臣請為大王出使燕國，必有以報魏也。」秦乃去趙適燕。時燕易王新即位，齊宣王乘喪伐之，取十城。蘇秦曰：「臣請為大王使齊，奉十城以還燕。」燕易王許之。蘇秦見齊宣王曰：「燕王者，大王之同盟，而秦王之愛婿也。大王利其十城，不惟燕怨齊，秦亦怨齊矣。不如歸燕之十城，以結燕、秦之歡。」宣王大悅，乃以十城還燕。

再說張儀聞蘇秦去趙，知從約將解。秦惠王乃使公子華為大將，帥師伐魏，攻下蒲陽。儀請於秦王，復以蒲陽還魏，與之結好。魏襄王乃獻少梁之地以謝秦。秦王大悅，因罷公孫衍，用張儀為相。時楚威王已薨，子熊槐立，是為懷王。楚懷王懼張儀用秦，復申合從之約，結連諸侯。時蘇秦已得罪於燕，去燕奔齊。張儀乃辭相印，自請往魏。魏襄王用為相國。儀因說曰：「大梁無山川之險可恃，故非事秦，國不得安。」魏襄王計未定。時齊相國田嬰病卒，子田文嗣為薛公，號為孟嘗君。大築館舍，以招天下之士。凡士來投者，無不收留。諸侯聞孟嘗君之賢，皆尊重齊。

再說張儀相魏三年，而魏襄王薨，子哀王立。楚懷王徵兵伐秦，哀王許之。韓宣惠王、趙武靈王、燕王噲皆樂於從兵。楚使者至齊，齊湣王集群臣問計。孟嘗君曰：「莫如發兵而緩其行。兵發則不與五國為異同，行緩則可觀望為進退。」滑王即使孟嘗君帥兵二萬以往。卻說韓、趙、魏、燕、楚會於函谷關外，互相推諉，莫敢先發。相持數日，秦守將樗里疾出奇兵，絕楚餉道。楚兵敗走。於是四國皆還。孟嘗君回齊，齊湣王益愛重之。

卻說蘇秦重於齊，左右貴戚多有妒者。乃募壯士，刺蘇秦於朝。匕首入秦腹，秦以手按腹而走，訴於湣王，曰：「臣死之後，願大王斬臣之頭，號令於市曰：『蘇秦為燕行反間於齊，今幸誅死。有人知其陰事來告者，賞以千金。』如是，則賊可得也。」言訖，拔去匕首，血流滿地而死。湣王依其言，號令蘇秦之頭於齊市中。有人見賞格，自誇於人曰：「殺秦者，我也！」市吏執之。湣王令司寇以嚴刑鞫之，盡得主使之人，誅滅凡數家。張儀聞蘇秦已死，遂說魏哀王曰：「大王執蘇秦之議，不肯事秦。倘列國有先事秦者，合兵攻魏，魏其危矣。臣請為大王謝罪於秦，以結兩國之好。」哀王乃遣張儀入秦求和。於是秦、魏通好。張儀遂留秦，仍為秦相。

再說燕王噲荒於酒色，相國子之遂有篡燕之意。忽一日，噲問於大夫鹿毛壽曰：「古之人君多矣，何以獨稱堯舜？」鹿毛壽對曰：「堯舜所以稱聖者，以堯能讓天下於舜，舜能讓天下於禹也。」燕王曰：「寡人欲以國讓於子之，事可行否？」鹿毛壽曰：「王如行之，與堯舜何以異哉？」噲遂大集群臣，廢太子平，而禪國於子之。太傅郭隗與太子平微服共逃於無終山避難。齊滑王聞燕亂，乃使匡章為大將，率兵十萬，從渤海進兵。子之被擒，燕王噲自縊於別宮。匡章因毀燕之宗廟。燕地三千餘里，大半俱屬於齊。燕人不服，乃共求故太子平，奉以為君，是為昭王。各邑已降齊者，一時皆叛齊為燕。匡章遂班師回齊。昭王志復齊仇，乃於易水之旁，築起高臺，積黃金於臺上，以奉四方賢士，名曰招賢臺，亦曰黃金臺。於是燕王好士，傳佈遠近。

再說齊湣王既勝燕，威震天下。楚懷王與齊深相結納。秦王召張儀問計。張儀乃辭相印遊楚。知懷王有嬖臣，姓靳名尚，乃先以重賄納交於尚，然後往見懷王，曰：「大王誠能閉關而絕齊，寡君願以商君所取楚商、於之地六百里，還歸於楚，使秦女為大王箕帚妾。」懷王大悅，遂命北關守將勿通齊使。一面使逢侯丑隨張儀入秦受地。將近咸陽，張儀詐作酒醉，失足墜於車下。遂先乘臥車入城，表奏秦王，留逢侯丑於館驛。儀閉門養病，不入朝。逢侯丑求見秦王，不得，往候張儀，只推未愈。如此三月，丑乃上書秦王。惠文王復書曰：「聞楚與齊尚未決絕，非得張儀病起，不可信也。」逢侯丑遣人還報懷王。懷王乃遣勇士宋遺假道於宋，借宋符直造齊界，辱罵湣王。湣王大怒，遂遣使西入秦，願與秦共攻楚國。張儀聞齊使者至，乃稱病癒入朝。遇逢侯丑於朝門，故意訝曰:「將軍胡不受地，乃尚淹吾國耶？」丑曰:「秦王專候相國面決。」張儀曰：「此事何須關白秦王耶？儀所言者，乃儀之俸邑六里，自願獻於楚王耳。」逢侯丑還報懷王。懷王大怒，遂拜屈匄為大將，興兵十萬以攻秦。秦使人徵兵於齊。二國夾攻，屈匄連戰俱北。秦、齊之兵，追至丹陽。前後獲首級八萬有餘，名將逢侯丑等死者七十餘人，盡取漢中之地六百里，楚國震動。楚懷王大懼，乃使屈平如齊謝罪。使陳軫如秦軍，曰：「如上國肯以張儀畀楚，願獻黔中之地為謝。」

第九十二回

賽舉鼎秦武王絕脛 莽赴會楚懷王陷秦

話說楚懷王願獻黔中之地，只要換張儀一人。張儀自請往。既至楚國，懷王即命使者執而囚之。張儀別遣人打靳尚關節。靳尚入言於楚夫人鄭袖曰：「夫人之寵不終矣！秦聞楚王欲殺儀，必還楚侵地，使親女下嫁於楚，以美人善歌者為媵。秦女至，楚王必尊而禮之。夫人若以利害言於大王，使出張儀還秦，事宜可已。」鄭袖乃言於懷王曰：「秦兵一舉而席捲漢中。若殺張儀以怒之，必將益兵攻楚。大王若厚待儀，儀之事楚，亦猶秦也。」靳尚復乘間言曰：「殺一張儀，何損於秦？不如留儀，以為和秦之地。」懷王意亦惜黔中之地，不肯與秦。於是遣張儀歸秦，通兩國之好。屈平出使齊國而歸，聞張儀已去，乃諫曰：「夫匹夫猶不忘仇讎，況君乎？未得秦歡，而先觸天下之公憤也。」懷王悔，使人追之，張儀已星馳出郊二日矣。

張儀還秦，謂秦王曰：「大王誠割漢中之半，以為楚德，與為婚姻。臣請借楚為端，說六國連袂以事秦。」秦王許之。遂割漢中五縣，遣人往楚修好。因求懷王之女為太子蕩妃，復以秦女許妻懷王之少子蘭。懷王大喜。秦王念張儀之勞，封以五邑，號武信君。使以連衡之術，往說列國。張儀東見齊湣王，曰：「今秦、楚結昆弟之好，三晉莫不悚懼，爭獻地以事秦。今日之計，事秦者安，背秦者危。」齊湣王乃厚贈張儀。儀復西說趙王，趙王許諾。復北往燕國，說燕昭王。燕昭王願獻五城以和秦。張儀連衡之說既行，將歸報秦。未至咸陽，秦惠文王已病薨，太子蕩即位，是為武王。

齊湣王初以為三晉皆已獻地事秦。及聞儀說齊之後，方往說趙，以儀為欺，大怒。使孟嘗君致書列國，約共背秦復為合從。疑楚已結婚於秦，先欲伐之。楚懷王遣其太子橫為質於齊，齊兵乃止。湣王自為從約長，約能得張儀者，賞以十城。秦武王素惡張儀之多詐。群臣先忌儀寵者，至是皆讒譖之。儀懼禍，乃入見武王曰：「聞齊王甚憎儀，儀之所在，必興師伐之。儀願辭大王，東往大梁，齊之伐梁，必矣。大王乃乘間伐韓。」武王遂送張儀入大梁。魏哀王用為相國。齊湣王知儀相魏，興師伐魏。魏哀王謀於張儀。儀乃使其舍人馮喜，偽為楚客，往見湣王曰：「聞儀去秦時，與秦王有約，言：『齊王惡儀，儀所在，必興師伐之。』王不如無伐，使秦不信張儀。儀雖在魏，亦無能為矣。」湣王遂罷兵不伐魏。逾年，張儀病卒於魏。

卻說秦以六國皆有相國之名，不屑與同，乃特置丞相，以甘茂為左丞相，樗里疾為右丞相。武王使甘茂為大將，帥兵伐韓。韓王恐懼，乃使相國公仲侈，持寶器入秦乞和。武王許之。使樗里疾先往開路，隨後引任鄙、孟賁一班勇士起程，直入雒陽。秦武王知九鼎在太廟之傍室，遂往觀之，讚嘆不已。

鼎腹有荊、梁、雍、豫、徐、揚、青、兗、冀等九字分別，武王指雍字一鼎嘆曰：「此雍州，乃秦鼎也！寡人當攜歸咸陽耳。」遂問任鄙、孟賁曰：「二卿多力，能舉此鼎否？」孟賁攘臂而前曰：「臣請試之。」即命左右取青絲為巨索，繫於鼎耳之上。用兩枝鐵臂，套入絲絡，喝一聲：「起！」那鼎離起約有半尺，仍還於地。武王笑曰：「卿能舉起此鼎，寡人難道不如！」即時束縛腰身，亦將雙臂套入絲絡，盡生平神力，屏一口氣，喝聲：「起！」那鼎亦離地半尺。方欲轉步，不覺力盡失手，鼎墜於地，正壓在武王右足上，將脛骨壓個平斷。武王登時悶絕。左右慌忙扶歸公館，捱至夜半而薨。樗里疾奉其喪以歸。武王無子，迎其異母弟稷嗣位，是為昭襄王。

再說秦昭襄王聞楚送質子於齊，乃使樗里疾為大將，興兵伐楚。楚兵大敗。昭襄王遣使致書，邀楚懷王盟於武關。懷王召群臣計議，屈原進曰：「秦，虎狼之國也。王往必不歸。」靳尚曰：「倘秦王震怒，益兵伐楚，奈何？」懷王之少子蘭，以為婚姻可恃，力勸王行。懷王遂許秦王赴會。擇日起程，只有靳尚相隨。秦昭襄王使其弟涇陽君悝，詐為秦王，居武關。使將軍白起引兵一萬，伏於關內。楚懷王至公館，方欲就坐，只聽得外面一片聲喊起，秦兵萬餘，圍住公館。涇陽君曰：「寡君適有微恙，故使微臣悝奉迎君王。屈至咸陽，與寡君一會。」那時不由楚王做主，擁之登車，西望咸陽而去。既至咸陽，昭襄王大集群臣於章臺之上。秦王南面上坐，使懷王北面參謁。懷王大怒。昭襄王曰：「向者蒙君許我黔中之地。倘君王朝許割地，暮即送王歸楚矣。」懷王曰：「寡人願割黔中矣！請以一將軍隨寡人至楚受地，何如？」昭襄王曰：「必須先將地界交割分明，方與王餞行耳。」懷王益怒曰：「寡人死即死耳，不受汝脅也！」昭襄王乃留懷王於咸陽城中。

再說靳尚逃回，報與昭睢。昭睢即遣靳尚使齊，詐稱楚王已薨，迎太子奔喪嗣位。齊湣王歸太子橫於楚。橫即楚王位，是為頃襄王。遣使告於秦曰：「賴社稷神靈，國已有王矣！」秦王大慚怒，使白起為將，帥師十萬攻楚，取十五城而歸。楚懷王留秦歲餘，秦守者久而懈怠。懷王變服，逃出咸陽，欲東歸楚國。秦王發兵追之，懷王遂轉北路，間道走趙。

第九十三回
趙主父餓死沙丘宮
孟嘗君偷過函谷關

話說趙武靈王即位五年，娶韓女為夫人，生子曰章，立為太子。至十六年，納孟姚，謂之吳娃，生子曰何。及韓后薨，竟立吳娃為后，廢太子章，而立何為太子。武靈王恐趙國日就微弱，乃身自胡服，使民皆效胡俗，窄袖左衽，以便騎射。廢車乘馬，日逐射獵，兵以益強。武靈王親自帥師略地，拓地數百里，遂有吞秦之志。以諸將不可專任，欲出其身經略四方。乃傳位於太子何，是為惠王。自號曰主父。封長子章以安陽之地，號安陽君。

主父欲窺秦之山川形勢，及觀秦王之為人，乃詐稱趙國使者，齎國書來告立君於秦國。攜工數人，一路圖其地形。次年，主父復出巡雲中。築城於靈壽，以鎮中山，名趙王城。是時趙之強，甲於三晉。其年，楚懷王自秦來奔。惠王恐觸秦怒，遂閉關不納。懷王欲南奔大梁，秦兵追及之，復至咸陽。懷王憤甚，未幾而薨。秦乃歸其喪於楚。楚大夫屈原痛懷王之死，由子蘭、靳尚誤之。乃屢屢進諫，勸頃襄王進賢遠佞，選將練兵，以圖雪懷王之恥。子蘭使靳尚言於頃襄王曰：「原不得重用，心懷怨望。每向人言大王忘秦仇為不孝，子蘭等不主張伐秦為不忠。」頃襄王大怒，削屈原之職，放歸田里。原被髮垢面，形容枯槁，行吟於江畔，嘆曰：「楚事至此，吾不忍見宗室之亡滅！」忽一日，晨起，抱石自投汨羅江而死。其日乃五月五日。里人聞原自溺，爭掉小舟，出江拯救，已無及矣。乃為角黍投於江中以祭之，繫以彩線，恐為蛟龍所攫食也。又龍舟競渡之戲，亦因拯救屈原而起。

再說趙主父回至邯鄲，使惠王聽朝，自己設便坐於傍。朝既散，主父見公子勝在側，私謂曰：「汝見安陽君乎？似有不甘之色。吾分趙地為二，使章為代王，與趙相並，汝以為何如？」趙勝對曰：「今君臣之分已定，復生事端，恐有爭變。」主父遂止。有侍人私告於章。章與田不禮計之。不禮曰：「王年幼，不諳事，誠乘間以計圖之，主父亦無如何也。」忽一日，主父與王同遊於沙丘，安陽君章亦從行。那沙丘有離宮二所，主父與王各居一宮，相去五六里，安陽君之館適當其中。田不禮謂安陽君曰：「若假以主父之命召王，王必至。吾伏兵於中途，要而殺之，因奉主父以撫其眾，誰敢違者！」章即遣心腹內侍，偽為主父使者，夜召惠王曰：「主父卒然病發，欲見王面，幸速往！」相國肥義謂王曰：「義當以身先之，俟無他故，王乃可行。」肥義與數騎隨使者先行，至中途，伏兵群起盡殺之。田不禮舉火驗視，乃肥義也，大驚。於是奉安陽君以攻王。惠王正在危急，只聽得宮外喊聲大舉，賊兵大敗，紛紛而散。原來是公子成、李兌各率一支軍前來接應。

安陽君兵敗，田不禮曰：「急走主父處涕泣哀求，主父必然相庇。」章乃單騎奔主父宮中，主父果然開門匿之。田不禮驅殘兵再戰，眾寡不敵，被兌斬之。兌乃引兵前圍主父之宮，入見主父，叩頭曰：「安陽君反叛，法所不宥，願主父出之。」主父曰：「彼未嘗至吾宮中。」李兌曰：「事已至此，當搜簡一番。即不得賊，謝罪未晚。」乃呼集親兵數百人，遍搜宮中，於複壁中得安陽君。李兌遽拔劍擊斷其頭。提安陽君之首，自宮內出，吩咐軍士：「不許解圍。」使人詐傳惠王之令曰：「在宮人等，先出者免罪；後出者即係賊黨，夷其族！」從官及內侍等，爭先出宮，單單剩得主父一人。主父在宮中無從取食，月餘餓死。惠王回國，以公子成為相國，李兌為司寇。未幾，公子成卒。惠王以公子勝為相國，封以平原，號為平原君。

平原君亦好士，有孟嘗君之風。既貴，益招致賓客，坐食者常數千人。平原君之府第，有畫樓，置美人於上。民家之主人有躄疾，曉起蹣跚而出汲，美人於樓上望見，大笑。少頃，躄者造平原君之門，曰：「士所以不遠千里集於君之門者，以君貴士而賤色也。君之後宮，乃臨而笑臣。臣不甘受婦人之辱，願得笑臣者之頭！」勝笑應曰：「喏。」躄者去，平原君笑曰：「愚哉此豎也！」至是，客漸引去。公子勝怪之，乃問於諸客。客中一人前對曰：「君不殺笑躄之美人，眾皆以君愛色而賤士，所以去耳。臣等不日亦將辭矣。」平原君大驚，即解佩劍，令左右斬樓上美人之頭，自造躄者之門請罪。躄者乃喜。於是門下皆稱頌平原君之賢，賓客復聚如初。

時秦昭襄王聞平原君斬美人謝躄之事，與向壽述之，嗟嘆其賢。向壽曰：「尚不及齊孟嘗君之甚也！」秦王曰：「寡人安得一見孟嘗君，與之同事哉？」向壽曰：「王誠以親子弟為質於齊，以請孟嘗君。王得孟嘗君，即以為相，齊亦必相王之親子弟。」秦王乃以涇陽君悝為質於齊：「願易孟嘗君來秦，使寡人一見其面。」孟嘗君辭秦不欲行。匡章言於湣王曰：「王不如以禮歸涇陽君於秦，而使孟嘗君聘秦，以答秦之禮。」湣王即備車乘送涇陽君還秦，而使孟嘗君行聘於秦。孟嘗君同賓客千餘人，西入咸陽，謁見秦王。秦王降階迎之。孟嘗君有白狐裘，其白如雪，天下無雙。以此為私禮，獻於秦王。秦王服此裘入宮，誇於所幸燕姬。擇日將立孟嘗君為丞相。

樗里疾忌孟嘗君見用，乃使公孫奭說秦王曰：「田文，齊族也。夫以孟嘗君之賢，其籌事無不中，又加以賓客之眾，而借秦權以陰為齊謀，秦其危矣！」秦王惑其言，命幽孟嘗君於館舍。涇陽君私見孟嘗君言其事，曰：「宮中有燕姬者，最得王心，所言必從。君攜有重器，吾為君進於燕姬，求其一

言，放君還國。」孟嘗君以白璧二雙，托涇陽君獻於燕姬求解。燕姬曰：「妾甚愛白狐裘，不願得璧也。」涇陽君回報孟嘗君。孟嘗君曰：「只有一裘，已獻秦王矣。」最下坐有一客，自言：「臣能為狗盜。」孟嘗君笑而遣之。客是夜裝束如狗，從竇中潛入秦宮庫藏，為狗吠聲。伺吏睡熟，逗開藏櫃，果得白狐裘，遂盜之以出，獻於孟嘗君。孟嘗君使涇陽君轉獻燕姬，燕姬大悅。遂進言於王前。秦王即命具車馬，給驛券，放孟嘗君還齊。孟嘗君曰：「萬一秦王中悔，吾命休矣。」客有善為偽券者，為孟嘗君易券中名姓，星馳而去。至函谷關，夜方半，關門下鑰已久，雞鳴方開。孟嘗君與賓客心甚惶迫，忽聞雞鳴聲自客隊中出。孟嘗君怪而視之，乃下客一人，能效雞聲者。於是群雞盡鳴。關吏以為天且曉，即起驗券開關。孟嘗君之眾，復星馳而去。

樗里疾聞孟嘗君得放歸國，即趨入朝，見昭襄王曰：「王即不殺田文，亦宜留以為質，奈何遣之？」秦王大悔，即使人馳急傳追孟嘗君。至函谷關，索出客籍閱之，無齊使田文姓名。使者曰：「得無從間道，尚未至乎？」候半日，杳無影響。乃言孟嘗君狀貌及賓客車馬之數。關吏曰：「今早出關者是矣。其馳如飛，今已去百里之遠，不可追也。」使者乃還報秦王。

第九十四回

馮諼彈鋏客孟嘗
齊王糾兵伐桀宋

再說齊湣王聞孟嘗君逃歸，大喜，仍用為相國，賓客歸者益眾。乃置為客舍三等：上等曰「代舍」，中等曰「幸舍」，下等曰「傳舍」。所收薛邑俸入，不足以給賓客，乃出錢行債於薛，歲收利息，以助日用。一日，有一漢子，衣敝褐，躡草屨，自言姓馮，名諼，齊人，來投孟嘗君。孟嘗君命置傳舍。十餘日，孟嘗君問於傳舍長曰：「新來客何所事？」傳舍長答曰：「馮先生貧甚，身無別物，只存一劍。又無劍囊，以蒯緱繫之於腰間。食畢，輒彈其劍而歌曰：『長鋏歸來兮，食無魚！』」孟嘗君笑曰：「是嫌吾食儉也。」乃遷之於幸舍，食魚肉。居五日，幸舍長報曰：「馮先生彈劍而歌如故，其辭曰：『長鋏歸來兮，出無車！』」孟嘗君驚曰：「彼欲為我上客乎？其人必有異也。」又遷之代舍。諼乘車日出夜歸，又歌曰：「長鋏歸來兮，無以為家！」孟嘗君更使伺之。諼不復歌矣。

居一年有餘，孟嘗君使馮諼往薛地收債。薛民萬戶，多有貸者，聞薛公使上客來征息，時輸納甚眾，計之得息錢十萬。馮諼將錢多市牛酒，預出示：「凡負孟嘗君息錢者，來日悉會府中驗券。」百姓皆如期而來。馮諼一一勞以酒食，因而旁觀，審其中貧富之狀。食畢，乃出券與合之，度其力饒，雖一時不能，後可相償者，與為要約，載於券上；其貧不能償者，皆羅拜哀乞寬期。馮諼命左右取火，將貧券一筒，悉投火中燒之，謂眾人曰：「孟嘗君所以貸錢於民者，恐爾民無錢以為生計，非為利也。今有力者更為期約，無力者焚券蠲免。」百姓皆叩頭歡呼。早有人報知孟嘗君。孟嘗君大怒，使人催召諼。諼空手來見，孟嘗君假意問曰：「客勞苦，收債畢乎？」諼曰：「不但為君收債，且為君收德！」孟嘗君無可奈何，勉為放顏，揖而謝之。

卻說秦昭襄王悔失孟嘗君，乃廣布謠言，流於齊國，言：「天下知有孟嘗君，不知有齊王，不日孟嘗君且代齊矣！」又使人說楚頃襄王曰：「寡君願與楚結好，以女為楚王婦，共備孟嘗君之變。」楚王惑其言，竟通和於秦，迎秦王之女為夫人，亦使人布流言於齊。齊湣王疑之，遂收孟嘗君相印，黜歸於薛。賓客紛紛散去，惟馮諼在側，為孟嘗君御車。未至薛，薛百姓扶老攜幼相迎，爭獻酒食。孟嘗君謂諼曰：「此先生所謂為文收德者也！」馮諼曰：「臣意不止於此。倘借臣以一乘之車，必令君益重於國，而俸邑益廣。」孟嘗君曰：「唯先生命！」過數日，馮諼駕車，西入咸陽，求見昭襄王，說曰：「齊之所以重二於天下者，以有孟嘗君之賢也。今齊王以功為罪，孟嘗君怨齊必深。乘其懷怨之時，而秦收之以為用，則齊國之陰事，以將盡輸於秦。大王急遣使，載重幣，陰迎孟嘗君於薛，時不可失！」秦王乃飾良車十乘，黃金百鎰，命使者以丞相之儀從，迎孟嘗君。馮諼疾驅至齊，先見齊王，說曰：「今臣聞道路之言，秦王幸孟嘗君之廢，陰遣良車十乘，黃金百鎰，迎孟嘗君為相。倘孟嘗君西入相秦，則臨淄、即墨危矣！」湣王使人至境上，探其

虛實，只見車騎紛紛而至，詢之，果秦使也。湣王即命馮諼，持節迎孟嘗君，復其相位，益封孟嘗君千戶。秦使者聞孟嘗君已復相齊，乃轉轅而西。

卻說宋康王偃逐其兄自立。多檢壯丁，親自訓練，得勁兵十萬餘。東伐齊，取五城；南敗楚，拓地三百餘里；西又敗魏軍，取二城；滅滕，有其地。偃遂稱為宋王。每臨朝，輒令群臣齊呼萬歲。群臣見宋王暴虐，多有諫者。宋王乃置弓矢於座側，凡進諫者，輒引弓射之。自是舉朝莫敢開口。諸侯號曰桀宋。時齊湣王遣使於楚、魏，約共攻宋。乃為檄，數桀宋十大罪。檄文到處，人心聳懼。三國所失之地，其民不樂附宋，皆逐其官吏，以待來兵。於是所向皆捷，直逼睢陽。三國合兵攻打，晝夜不息。忽見塵頭起處，齊湣王親率大軍前來，軍勢益壯。宋王半夜棄城而遁，為追兵所殺。齊、楚、魏遂共滅宋國，三分其地。楚、魏之兵既散，湣王遂引兵襲敗楚師於重丘，盡收取淮北之地。又西侵三晉，屢敗其軍。楚、魏皆遣使附秦。湣王既兼有宋地，氣益驕恣，欲兼併二周，正號天子。孟嘗君諫之。湣王復收孟嘗君相印。孟嘗君乃與其賓客走大梁，依公子無忌以居。那公子無忌，乃是魏昭王之少子，為人謙恭好士。食客亦三千餘人，與孟嘗君、平原君相亞。

魏有隱士，姓侯名嬴，年七十餘，家貧，為大梁夷門監者。無忌聞其素行修潔，且好奇計，里中尊敬之，號為侯生。乃置酒大會，使貴客畢集堂中，獨虛左第一席。無忌命駕親往夷門，迎侯生赴會。侯生登車，無忌揖之上坐，生略不謙遜。無忌執轡在傍，意甚恭敬。侯生又謂無忌曰：「臣有客朱亥，在市屠中，公子能枉駕同一往否？」無忌即命引車枉道入市。及屠門，侯生下車，入亥家，絮語移時。侯生時時睨視公子，公子顏色愈和，略無倦怠。乃與朱亥別，復登車，上坐如故。無忌引侯生遍告賓客。諸貴客聞是夷門監者，意殊不以為然。無忌揖侯生就首席，侯生亦不謙讓。席散，侯生遂為公子上客。侯生因薦朱亥之賢，無忌數往候見，朱亥絕不答拜。無忌亦不以為怪。今日孟嘗君至魏，獨依無忌，自然情投意合。孟嘗君原與趙平原君公子勝交厚，因使無忌結交於趙勝。無忌將親姊嫁於平原君為夫人。於是魏、趙通好，而孟嘗君居間為重。

第九十五回
說四國樂毅滅齊
驅火牛田單破燕

話說燕昭王自即位之後，日夜以報齊雪恥為事。弔死問孤，尊禮賢士，四方豪傑，歸者如市。有趙人樂毅，乃樂羊之孫，自幼好講兵法。聞燕王築黃金臺，招致天下賢士，乃往投之。燕王知其賢，即拜毅為亞卿。其時齊國強盛，侵伐諸侯。昭王深自韜晦，養兵恤民，待時而動。及湣王逐孟嘗君，恣行狂暴，百姓弗堪。於是昭王進樂毅而問曰：「寡人欲起傾國之兵，與齊爭一旦之命，先生何以教之？」樂毅對曰：「王必欲伐之，必與天下共圖之。今燕之比鄰，莫密於趙，王宜首與趙合，則韓必從。而孟嘗君相魏，方恨齊，宜無不聽。如是，而齊可攻也。」燕王乃具符節，使樂毅往說趙國。

平原君趙勝為言於惠文王，王許之。適秦國使者在趙，樂毅並說秦使者以伐齊之利。使者還報秦王。秦王忌齊之盛，願共伐齊之役。劇辛往說魏王，見孟嘗君，孟嘗君果主發兵，復為約韓與共事。俱與訂期。於是燕王悉起國中精銳，使樂毅將之。秦將白起，趙將廉頗，韓將暴鳶，魏將晉鄙，各率一軍，如期而至。於是燕王命樂毅並護五國之兵，浩浩蕩蕩，殺奔齊國。齊湣王自將中軍，與大將韓聶迎戰於濟水之西。樂毅身先士卒，四國兵將，無不賈勇爭奮，殺得齊兵屍橫原野。韓聶被樂毅之弟樂乘所殺。湣王大敗，奔回臨淄，連夜使人求救於楚。秦、魏、韓、趙乘勝，各自分路收取邊城，獨樂毅自引燕軍，長驅深入，勢如破竹，大軍直逼臨淄。

湣王大懼，遂與文武數十人，潛開北門而遁。行至衛國，衛君郊迎稱臣。湣王驕傲，待衛君不以禮。衛諸臣意不能平，夜往掠其輜重。衛君亦不復給廩餼。湣王甚愧，與夷維數人，連夜逃去。不一日，逃至魯關。魯君遣使者出迎，夷維謂曰:「魯何以待吾君？」對曰:「將以十太牢待子之君。」夷維曰:「吾君，天子也。豈止十牢之奉而已！」使者回復魯君，魯君大怒，閉關不納。湣王計窮，乃奔莒州。樂毅遂破臨淄，盡收取齊之財物祭器，大車裝載，俱歸燕國。燕昭王大悅，封樂毅於昌國，號昌國君。樂毅分兵略地，所攻下齊地共七十餘城，皆編為燕之郡縣，惟莒州與即墨堅守不下。毅乃休兵享士，除其暴令，寬其賦役，又為齊桓公、管夷吾立祠設祭。齊民大悅。樂毅之意，以為齊止二城，終不能成大事，欲以恩結之，使其自降。

卻說楚頃襄王見齊使者來請救兵，乃命大將淖齒，率兵二十萬，從齊湣王於莒州。齒見燕兵勢盛，乃密遣使私通樂毅，欲弒齊王，與燕中分齊國。樂毅許之。淖齒乃大陳兵於鼓裡，請湣王閱兵。湣王既至，執而殺之。

卻說齊大夫王孫賈，年十二歲，喪父。湣王憐而官之。湣王出奔，賈亦從行，在衛相失。聞其在莒州，趨往從之。比至莒州，知齊王已為淖齒所殺。賈乃袒其左肩，呼於市中曰：「淖齒相齊而弒其君，為臣不忠。有願與吾誅討其罪者，依吾左袒。」一時左袒者，四百餘人。時楚兵皆分屯於城外。淖齒居齊王之宮，兵士數百人，列於宮外。王孫賈率領四百人，殺入宮中，擒淖齒剁為肉醬，因閉城堅守。楚兵無主，一半逃散，一半投降於燕國。

再說齊世子法章，聞齊王遇變，急更衣為窮漢，投太史敫家為傭工。時即墨守臣病死，軍中無主，乃共擁立田單為將軍。齊諸臣共走莒州，投王孫賈，相與訪求世子。歲餘，法章知其誠，乃出自言曰：「我實世子法章也。」王孫賈乃具法駕迎之，即位，是為襄王。告於即墨，相約為犄角，以拒燕兵。樂毅圍之，三年不克。乃解圍退九里，建立軍壘，欲使感恩悅附。

且說燕大夫騎劫，與太子樂資相善，覬得兵權。謂太子曰：「齊王已死，城之不拔者，惟莒與即墨耳。樂毅欲徐以恩威結齊，不久當自立為齊王矣。」太子樂資述其言於昭王。昭王怒曰：「吾先王之仇，非昌國君不能報，即使真欲王齊，於功豈不當耶？」乃笞樂資二十，遣使持節至臨淄，即拜樂毅為齊王。毅感泣，以死自誓，不受命。昭王好神仙之術，使方士煉金石為神丹，服之，久而內熱發病，遂薨。太子樂資嗣位，是為惠王。田單遂使人宣言於燕國曰：「樂毅久欲王齊，以受燕先王厚恩，不忍背。今新王即位，且與即墨連和。齊人所懼，唯恐他將來，則即墨殘矣。」燕惠王久疑樂毅，因信為然。乃使騎劫往代樂毅，而召毅歸國。毅恐見誅，西奔趙國。趙王封樂毅於觀津，號望諸君。

騎劫既代將，盡改樂毅之令，燕軍俱憤怨不服。騎劫住壘三日，即率師往攻即墨，圍其城數匝，城中設守愈堅。田單使人揚樂毅之短曰：「昌國君太慈，得齊人不殺，故城中不怕。若劓其鼻而置之前行，即墨人苦死矣！」騎劫信之，將降卒盡劓其鼻。城中人大懼，相戒堅守。田單又揚言：「城中人家，墳墓皆在城外，倘被燕人發掘，奈何？」騎劫又使兵卒盡掘城外墳墓，燒死人，暴骸骨。即墨人從城上望見，皆涕泣，欲食燕人之肉。田單知士卒可用，乃精選強壯者五千人，藏匿於民間。其餘老弱，同婦女輪流守城。遣使送款於燕軍，言：「城中食盡，將以某日出降。」田單又收民間金得千鎰，使富家私遺燕將，囑以城下之日，求保全家小。燕將大喜，受其金，各付小旗，使插於門上，以為記認。全不準備，呆呆的只等田單出降。

單乃使人收取城中牛共千餘頭，制為絳繒之衣。畫以五色龍文，披於牛體，將利刃束於牛角，又將麻葦灌下膏油，束於牛尾。拖後如巨帚，於約降前一日，安排停當。眾人皆不解其意。田單椎牛具酒，候至日落黃昏，召五千壯卒飽食，以五色塗面，各執利器，跟隨牛後。使百姓鑿城為穴，凡數十處，驅牛從穴中出，用火燒其尾帚。火熱漸迫牛尾，牛怒，直奔燕營。五千壯卒，銜枚隨之。燕軍皆安寢，忽聞弛驟之聲，從夢中驚起。那帚炬千餘，光明照耀，如同白日。望之皆龍文五采，突奔前來，角刃所觸，無不死傷，軍中擾亂。那一夥壯卒，不言不語，大刀闊斧，逢人便砍。田單又親率城中人鼓噪而來，震天動地，一發膽都嚇破了，腳都嚇軟了，那個還敢相持！真個人人逃竄，個個奔忙，自相蹂踏，死者不計其數。騎劫乘車落荒而走，正遇田單，一戟刺死。燕軍大敗。此周赧王三十六年事也。

田單整頓隊伍，乘勢追逐，戰無不克。所過城邑，聞齊兵得勝，燕將已死，盡皆叛燕。燕所下七十餘城，復歸於齊。於是迎法章於莒，至於臨淄，收葬湣王，擇日告廟臨朝。襄王封田單為安平君，食邑萬戶。王孫賈拜爵亞卿。時孟嘗君在魏，讓相印於公子無忌。魏封無忌為信陵君。孟嘗君退居於薛，比於諸侯，與平原君、信陵君相善。齊襄王畏之，復遣使迎為相國。孟嘗君不就。於是與之連和通好，孟嘗君往來於齊、魏之間。

再說燕惠王自騎劫兵敗，方知樂毅之賢，悔之無及。使人遺毅書謝過，欲招毅還國。毅答書不肯歸。燕王恐趙用樂毅以圖燕，乃復以毅子樂間，襲封昌國君，毅從弟樂乘為將軍，並貴重之。毅遂合燕、趙之好，往來其間，二國皆以毅為客卿。毅終於趙。時廉頗為趙大將，有勇，善用兵，諸侯皆憚之。秦兵屢侵趙境，賴廉頗力拒，不能深入。秦乃與趙通好。

第九十六回
藺相如兩屈秦王
馬服君單解韓圍

卻說趙惠文王寵用一個內侍，姓繆名賢。忽一日，有外客以白璧來求售。繆賢以五百金得之，以示玉工。玉工大驚曰：「此和氏之璧也！乃無價之寶。」早有人報知趙王。趙王問繆賢取之，賢愛璧不即獻。趙王怒，因出獵之便，搜其室，收之以去。繆賢欲出走，其舍人藺相如曰：「君無他大罪，若肉袒負斧鑕，叩首請罪，王必赦君。」繆賢從其計，趙王果赦賢不誅。

再說玉工偶至秦國，言及和氏之璧，今歸於趙。秦王思欲一見其璧，乃為書致趙王，願以十五城奉酬。趙王召眾臣商議。李克曰：「遣一智勇之士，懷璧以往。」繆賢進曰：「臣有舍人姓藺名相如，此人勇士，且有智謀。」趙王即召藺相如至，問曰：「寡人欲求一人使秦，保護此璧。先生能為寡人一行乎？」相如曰：「臣願奉璧以往。若城入於趙，臣當以璧留秦；不然，臣請完璧歸趙。」趙王即拜相如為大夫。相如奉璧西入咸陽。

秦昭襄王聞璧至，大喜，宣相如入見。相如奉上秦王。秦王展開錦袱觀看，但見純白無瑕，天成無跡，真希世之珍矣。因付左右群臣遞相傳示。藺相如從旁伺候良久，並不見說起償城之話，乃前奏曰：「此璧有微瑕，臣請為大王指之。」秦王命左右以璧傳與相如。相如得璧在手，連退數步，靠在殿柱之上，怒氣勃不可遏，謂秦王曰：「和氏之璧，天下之至寶也。今大王見臣，禮節甚倨，坐而受璧，左右傳觀，以此知大王無償城之意矣。大王必欲迫臣，臣頭今與璧俱碎於柱！」於是持其璧睨柱，欲以擊柱。秦王謝曰：「寡人豈敢失信於趙？」即召有司取地圖來，指示十五城予趙。相如乃謂秦王曰：

「寡君臨遣臣時，齋戒五日，拜而遣之。今大王亦宜齋戒五日，臣乃敢上璧。」秦王乃命齋戒五日，送相如於公館安歇。相如抱璧至館，乃命從者穿粗褐衣，裝布袋纏璧於腰，從徑路竊走。

過五日，秦王升殿，令諸侯使者皆會。藺相如從容徐步而入，奏曰：「秦自穆公以來，皆以詐術用事。臣今者唯恐見欺於王，已令從者懷璧從間道還趙矣。」秦王叱左右前縛相如。相如面不改色，奏曰：「大王真欲得璧，先割十五城予趙，隨一介之使，同臣往趙取璧。趙豈敢得城而留璧，負不信之名，以得罪於大王哉？臣自知罪當萬死。請就鼎鑊之烹，令諸侯皆知秦以欲璧之故，而誅趙使，曲直有所在矣。」秦王乃厚待相如，禮而歸之。

藺相如既歸，趙王以為賢，拜上大夫。其後秦竟不予趙城，趙亦不與秦璧。秦王復遣使約趙王於西河外澠池之地，共為好會。廉頗與藺相如共奏曰：「臣相如願保駕前往。臣頗願輔太子居守。」平原君趙勝奏曰：「請精選銳卒五千扈從，以防不虞。再用大軍，離三十里屯紮，方保萬全。」趙王使李牧率精兵五千扈從同行。平原君以大軍繼之。廉頗送至境上，謂趙王曰：「今與王約：度往來道路，為期不過三十日耳。若過期不歸，臣請立太子為王，以絕秦人之望。」趙王許諾。遂至澠池，秦王亦到，各歸館驛。

至期，兩王以禮相見，置酒為歡。秦王曰：「寡人竊聞趙王善於音樂，寡人有寶瑟在此，請趙王奏之。」趙王不敢辭，奏《湘靈》一曲。秦王乃召御史，使載其事。秦御史書曰：「某年月日，秦王與趙王會於澠池，令趙王鼓瑟。」藺相如前進曰：「趙王聞秦王善於秦聲，臣謹奉盆缶，請秦王擊之。」秦王怒。相如即取盛酒瓦器，跪請於秦王之前，曰：「今五步之內，相如得以頸血濺大王矣！」左右欲前執之。相如張目叱之，鬚髮皆張。左右大駭，不覺倒退數步。秦王心憚相如，勉強擊缶一聲。相如召趙御史亦書於簡曰：「某年月日，趙王與秦王會於澠池，令秦王擊缶。」秦諸臣意不平，請於趙王曰：「請王割十五城為秦王壽。」相如亦請於秦王曰：「禮尚往來。亦願以秦之咸陽為趙王壽。」秦王乃命左右，更進酒獻酬，假意盡歡而罷。秦王知趙設備甚密，乃益敬重趙王。使太子安國君之子，名異人者，為質於趙。

趙王辭秦王而歸，恰三十日。乃拜藺相如為上相，班在廉頗之右。廉頗怒曰：「吾有攻城野戰之大功，相如徒以口舌微勞，位居吾上。今見相如，必擊殺之！」相如聞廉頗之言，每遇公朝，託病不往。偶一日，藺相如出外，廉頗亦出，相如望見廉頗前導，忙使御者引車避匿傍巷中去。舍人等益忿，諫曰:「廉將軍口出惡言，君不能報，避之於朝，又避之於市，何畏之甚也？」相如固止之曰：「諸君視廉將軍孰若秦王？」諸舍人皆曰：「不若也。」相如曰：「夫以秦王之威，天下莫敢抗，而相如廷叱之，辱其群臣。相如雖駑，獨畏一廉將軍哉？顧吾念之，強秦所以不敢加兵於趙者，徒以吾兩人在也。今兩虎共鬥，勢不俱生，秦人聞之，必乘間而侵趙。吾所以強顏引避者，國計為重，而私仇為輕也。」舍人等乃嘆服。未幾，虞卿聞藺氏舍人述相如之語，乃往見廉頗，先頌其功，廉頗大喜。虞卿曰：「論功則無如將軍矣。論量則還推藺君。」因述相如對舍人之言。廉頗大慚，肉袒負荊，自造於藺氏之門，謝曰:「鄙人志量淺狹，不知相國能寬容至此，死不足贖罪矣！」因長跪庭中。相如趨出引起。二人遂結為生死之交。

是時，秦大將軍白起擊破楚軍，收郢都。大將魏冉復攻取黔中，楚益衰削。乃使太傅黃歇，侍太子熊完，入質於秦以求和。白起等復攻魏，至於大梁。魏獻三城以和。秦封白起為武安君。復遣胡傷率師二十萬伐韓，圍閼與。韓釐王遣使求救於趙。趙惠文王乃選軍五萬，使趙奢帥之救韓。出邯鄲東門三十里，傳令立壁壘下寨。胡傷使親近左右，直入趙軍，謂趙奢曰：「將軍能戰，即速來！」趙奢曰：「寡君遣某為備，某何敢與秦戰乎？」因具酒食厚款之，使周視壁壘。秦使者還報胡傷，胡傷大喜。趙奢既遣秦使，約三日，出令銜枚卷甲，晝夜兼行。二日一夜及韓境，復立軍壘。胡傷大怒，悉起老營之眾，前來迎敵。趙奢即命許歷引軍萬人，屯據北山嶺上。胡傷引軍來爭山，指揮軍將四下尋路。忽趙奢引軍殺到，許歷驅萬人，從山頂上趁勢殺下。秦軍大敗而奔。趙王封奢為馬服君。

趙奢子趙括，自少喜談兵法。嘗與父奢論兵，雖奢亦不能難也。其母喜曰:「將門出將矣！」奢蹴然不悅曰:「括自謂天下莫及，若為將，必果於自用，其敗必矣。」後二歲，趙奢病篤，謂括曰：「兵凶戰危，古人所戒。汝非將才，切不可妄居其位，自壞家門。」又囑括母曰：「若趙王召括為將，汝必述吾遺命辭之。」言訖而終。趙王遂以括嗣馬服君之職。

第九十七回
死范雎計逃秦國
假張祿廷辱魏使

話說大梁人范雎字叔，投於中大夫須賈門下，用為舍人。當初，樂毅糾合四國，一同伐齊，魏亦遣兵助燕。及齊襄王法章即位，魏王恐其報復，使須賈至齊修好。賈使范雎從行。齊襄王問於須賈曰：「燕人殘滅齊國，魏實與焉。今又以虛言來誘寡人，魏反復無常，使寡人何以為信？」須賈不能對。范雎從旁代答曰：「大王之言差矣！先寡君之從於伐宋，本約三分宋國，上國背約，盡收其地，是齊之失信於敝邑也！濟西之戰，五國同仇，豈獨敝邑？然敝邑不敢從燕於臨淄，是敝邑之有禮於齊也。大王但知責人，不知自反，恐湣王之覆轍，又見於今矣。」齊襄王愕然起謝曰：「是寡人之過也！」乃送須賈於公館，厚其廩餼。使人陰說范雎曰：「寡君慕先生人才，欲留先生於齊，萬望勿棄！」范雎辭曰：「臣與使者同出，而不與同入，不信無義，何以為人？」齊王益愛重之，復使人賜范雎黃金十斤及牛酒。雎固辭不受。使者再四致齊王之命，堅不肯去。雎不得已，乃受牛酒而還其金。

早有人報知須賈。既還魏，賈遂言於相國魏齊曰：「齊王欲留舍人范雎為客卿，又賜以黃金、牛酒，疑以國中陰事告齊。」魏齊大怒，使人擒范雎，決脊一百，使招承通齊之語。范雎曰:「臣實無私，有何可招？」魏齊益怒曰:「為我笞殺此奴，勿留禍種！」獄卒鞭笞亂下，自辰至未，打得范雎遍體皆傷，血肉委地，脅骨亦斷。雎大叫失聲，悶絕而死。魏齊遂命獄卒以葦薄卷其屍，置之坑廁間。使賓客便溺其上。

看看天晚，范雎死而復蘇，從葦薄中張目偷看，只有一卒在旁看守。範睢謂曰：「吾傷重至此，絕無生理。汝能使我死於家中，以便殯殮。家有黃金數兩，盡以相謝。」守卒貪其利，許之。時魏齊與賓客皆大醉，守卒稟曰：「廁間死人腥臭甚，合當發出。」魏齊曰：「可出之於郊外，使野鳶飽其餘肉也。」守卒捱至黃昏人靜，乃私負范睢至其家。范睢命取黃金相謝，又卸下葦薄，付與守卒，使棄野外，以掩人之目。守卒去後，范睢徐謂其妻曰：「魏齊恨我甚。明日復求吾屍不得，必及吾家。吾有八拜兄弟鄭安平，在西門之陋巷，汝可乘夜送我至彼。俟吾創愈，當逃命於四方也。我去後，家中可發哀，如吾死一般，以絕其疑。」其妻依言，安排停當。次日，魏齊果然疑心范睢，恐其復蘇，使人視其屍所在。守卒回報：「棄野外無人之處，今惟葦薄在，想為犬豕銜去矣。」魏齊復使人瞷其家，舉哀戴孝，方始坦然。

再說范睢在鄭安平家，敷藥將息，漸漸平復。遂更姓名曰張祿。過半歲，

秦謁者王稽出使魏國，居於公館。鄭安平詐為驛卒，服侍王稽，應對敏捷，王稽愛之。因私問曰：「汝知國有賢人，未出仕者乎？」安平曰：「向有一范雎者，其人智謀之士，相國箠之至死。今臣里中有張祿先生，其才智不亞於范雎，君欲見其人否？」王稽曰：「既有此人，何不請來相會？」鄭安平乃使張祿亦扮作驛卒模樣，深夜至公館來謁。王稽略叩以天下大勢。范雎指陳了了，如在目前。王稽喜曰：「吾知先生非常人，能與我西遊於秦否？」范雎曰：「臣祿有仇於魏，不能安居，若能挈行，實乃至願。」過五日，王稽辭別魏王，驅車至三亭岡無人之處，載張祿、鄭安平同歸。

不一日。已入秦界。望見一群車騎自西而來，范雎問曰：「來者誰人？」王稽曰：「丞相穰侯也。」范雎曰：「吾聞穰侯專秦權，妒賢嫉能。恐其見辱，我且匿車廂中以避之。」須臾，穰侯至，王稽下車迎謁。穰侯亦下車相見，各敘寒溫。穰侯目視車中曰：「謁君得無與諸侯賓客俱來乎？此輩仗口舌遊說人國，取富貴，全無實用。」王稽對曰：「不敢。」穰侯既別去，范雎曰：「臣潛窺穰侯之貌，其人性疑而見事遲。不久必悔，悔必復來，不若避之為安耳。」遂呼鄭安平下車同走。王稽車仗在後，約行十里之程，果有二十騎從東如飛而來，言：「吾等奉丞相之命，恐大夫帶有遊客，故遣復行查看，大夫勿怪。」因遍索車中，並無外國之人，方才轉身。王稽乃命催車前進，再行五六里，遇著了張祿、鄭安平二人，邀使登車，一同竟入咸陽。

王稽朝見秦昭襄王，進曰：「魏有張祿先生，智謀出眾。與臣言秦國之勢，危於累卵，彼有策能安之。臣故載與俱來。」秦王曰：「諸侯客好為大言。姑使就客舍。」乃館於下舍。逾年不召。忽一日，范雎出行市上，見穰侯方徵兵出征，私問曰：「丞相將伐何國？」有一老者對曰：「欲伐齊綱、壽也。」范雎曰：「秦與齊東西懸絕，中間隔有韓、魏，且齊不犯秦，秦奈何涉遠而伐之？」老者引范雎至僻處，言曰：「丞相欲自廣其封耳。」范雎回舍，遂上書於秦王。秦王即使人以傳車召至離宮相見。范雎先到，望見秦王車騎方來，佯為不知，故意趨入永巷。宦者前行逐之，曰：「王來。」范雎謬言曰：「秦獨有太后、穰侯耳，安得有王！」前行不顧。

正爭嚷間，秦王隨後至。宦者述范睢之語。秦王亦不怒，遂迎之入於內宮，待以上客之禮。秦王屏去左右，長跪而請曰：「先生何以幸教寡人？」范睢曰：「唯唯。」如此三次。秦王曰：「先生以寡人為不足語耶？」范睢對曰：「非敢然也。昔者呂尚釣於渭濱，及遇文王，一言而拜為尚父，卒用其謀，滅商而有天下。箕子、比干身為貴戚，盡言極諫，商紂不聽，或奴或誅，商遂以亡。此無他，信與不信之異也。今臣羈旅之臣，而所欲言者，皆興亡大計，或關係人骨肉之間。不深言，則無救范秦；欲深言，則箕子、比干之禍隨於後。所以王三問而不敢答者，未卜王心之信不信何如耳？」秦王復跪請曰：「寡人慕先生大才，故屏去左右，專意聽教。事凡可言者，上及太后，下及大臣，願先生盡言無隱。」范睢遂下拜，然後就坐開言曰：「秦地之險，天下莫及。其甲兵之強，天下亦莫敵。為大王計，莫如遠交而近攻。遠交以離人之歡，近攻以廣我之地。自近而遠，如蠶食葉，天下不難盡矣。遠交莫如齊、楚，近攻莫如韓、魏。既得韓、魏，齊、楚能獨存乎？」秦王鼓掌稱善，即拜范睢為客卿，號為張卿。用其計東伐韓、魏，止伐齊之師不行。穰侯與白起一相一將，見張祿驟然得寵，俱有不悅之意。惟秦王深信之。

范睢知秦王之心已固，請問，盡屏左右，進說曰：「臣前居山東時，聞秦但有太后、穰侯、華陽君、高陵君、涇陽君，不聞有秦王。今太后恃國母之尊，擅行不顧者四十餘年。穰侯獨相秦國，華陽輔之，涇陽、高陵各立門戶，生殺自由，私家之富，十倍於公。大王拱手而享其空名，不亦危乎？恐千秋萬歲而後，有秦國者，非王之子孫也！」秦王不覺毛骨悚然，遂於次日，收穰侯魏冉相印，使就國。明日，復逐華陽、高陵、涇陽三君於關外，安置太后於深宮，不許與聞政事。以范睢為丞相，封以應城，號為應侯。

是時，魏昭王已薨，子安釐王即位。聞知秦王新用張祿丞相之謀，欲伐魏國，急集群臣計議。相國魏齊曰：「聞丞相張祿，乃魏人也。倘遣使齎厚幣，先通張相，後謁秦王，許以納質講和，可保萬全。」安釐王乃使中大夫須賈出使於秦。須賈至咸陽，下於館驛。范睢知之，遂換去鮮衣，裝作寒酸落魄之狀，來到館驛，謁見須賈。須賈一見，大驚曰：「范叔固無恙乎？」范睢曰：

「彼時將吾屍首擲於郊外，次早方蘇，適遇有賈客過此，憐而救之。苟延一命，不敢回家，因間關來至秦國。」須賈曰：「范叔在秦，何以為生？」睢曰：「為傭糊口耳。」須賈不覺動了哀憐之意，留之同坐，索酒食賜之。時值冬天，范睢衣敝。須賈命取一綈袍與穿。范睢穿袍，再四稱謝。因問：「大夫來此何事？」須賈曰：「今秦相張君方用事，吾欲通之，恨無其人。」范睢曰：「某之主人翁與丞相善，臣嘗隨主人翁至於相府。君若欲謁張君，某當同往。」須賈欣然登車，范睢執轡。街市之人，望見丞相御車而來，咸拱立兩旁，亦或走避。既至府前，范睢曰：「某當先入，為大夫通之。」范睢徑進府門去了。須賈候之良久，因問守門者曰：「向有吾故人范叔，入通相君，久而不出，子能為我召之乎？」守門者曰：「君所言范叔，何時進府？」須賈曰：「適間為我御車者是也。」門下人曰：「御車者乃丞相張君，何得言范叔乎？」須賈聞言，如夢中忽聞霹靂。只得脫袍解帶，免冠徒跣，跪於門外。良久，門內傳丞相召入。

須賈俯首膝行，直至階前，連連叩首，口稱：「死罪！」范睢坐於堂上，曰：「汝罪有三：汝以吾有私於齊，妄言於魏齊之前，致觸其怒，汝罪一也；當魏齊發怒，加以笞辱，汝略不諫止，汝罪二也；及我昏憒，已棄廁中，汝復率賓客而溺我，汝罪三也。今本該斷頭瀝血，以酬前恨。汝所以得不死者，以綈袍戀戀，尚有故人之情。故苟全汝命，汝宜知感。」須賈叩頭稱謝不已，匍匐而出。次日，范睢入見秦王，奏曰：「臣有欺君之罪。臣實非張祿，乃魏人范睢也。從須賈使齊，齊王私饋臣金，臣堅卻不受。須賈謗於相國魏齊，將臣捶擊至死。幸而復蘇，改名張祿，逃奔入秦。今須賈奉使而來，臣真姓名已露，便當仍舊，伏望吾王憐恕！」秦王曰：「寡人不知卿之受冤如此。今須賈既到，便可斬首。」范睢奏曰：「自古兩國交兵，不斬來使，況求和乎？且忍心殺臣者，魏齊，不全關須賈之事。」秦王曰：「魏齊之仇，寡人當為卿報之。」范睢謝恩而退。秦王准了魏國之和。

須賈入辭范睢，睢使舍人留須賈於門中，吩咐大排筵席。須賈獨坐門房中，自辰至午，漸漸腹中空虛。少頃，只見各國使臣及本府有名賓客紛紛而到，徑上堂階。范睢出堂相見，敘禮已畢，送盞定位，竟不呼召須賈。須賈那時又饑又渴，又羞又惱。三杯之後，范睢開言：「還有一個故人在此，適才倒忘了。」乃命設一小坐於堂下，喚魏客到，使兩黥徒夾之以坐。席上不設酒食，但置炒熟料豆，兩黥徒手捧而餵之，如餵馬一般。眾客甚不過意，問曰：「丞相何恨之深也？」范睢將舊事訴說一遍。須賈不敢違抗，只得將料豆充饑。食畢，還要叩謝。范睢瞋目數之曰：「秦王雖然許和，但魏齊之仇，不可不報。留汝蟻命，歸告魏王，速斬魏齊頭送來，將我家眷，送入秦邦，兩國通好。不然，我親自引兵來屠大梁，那時悔之晚矣。」唬得須賈魂不附體，喏喏連聲而出。

第九十八回
質平原秦王索魏齊　敗長平白起坑趙卒

話說須賈連夜奔回大梁，來見魏王，述范雎吩咐之語。魏王躊躇未決。魏齊聞知此信，棄了相印，連夜逃往趙國。魏王乃大飾車馬，將黃金百鎰，采帛千端，送范雎家眷至咸陽。又告明：「魏齊聞風先遁，今在平原君府中。」秦王乃親率師二十萬，命王翦為大將，伐趙，拔三城。是時，趙惠文王方薨，太子丹立，是為孝成王。孝成王年少，惠文太后用事，聞秦兵深入，甚懼。時藺相如病篤告老，虞卿代為相國。使大將廉頗率師禦敵，相持不決。虞卿言於惠文太后曰：「事急矣！臣請奉長安君為質於齊以求救。」太后許之。齊乃使田單為大將，發兵十萬，前來救趙。秦王遂遣使謂平原君曰：「秦之伐趙，為取魏齊耳。若能獻出魏齊，即當退兵。」平原君對曰：「魏齊不在臣家，大王無誤聽人言也。」秦王乃為書謝趙王，願將所取三城。還歸於趙，復修前好。趙王亦遣使答書。田單聞秦師已退，亦歸齊去訖。秦王復遣人以一緘致平原君趙勝，曰：「寡人聞君之高義，願與君為十日之飲。」平原君將書來見趙王。趙王遂命趙勝同秦使西入咸陽。秦王一見，日日設宴相待。盤桓數日，秦王知平原君不肯負魏齊，遂留於館舍。使人遺趙王書，索討魏齊。

趙王得書大恐，乃發兵圍平原君家，索取魏齊。魏齊逃出，往投相國虞卿。虞卿即解相印，為書以謝趙王，與魏齊共變服為賤者，逃出趙國。既至大梁，虞卿乃伏魏齊於郊外。虞卿徒步至信陵君之門，以刺通。信陵君方解髮就沐，見刺，大驚曰：「此趙之相國，安得無故至此？」使主客者辭以主人方沐，暫請入座，因叩其來魏之意。虞卿將魏齊得罪於秦始末，大略告訴一番。主客者復入言之。信陵君猶豫不決。虞卿聞信陵君有難色，大怒而去。信陵君急使輿人駕車疾驅郊外追之。再說魏齊待之良久，只見虞卿含淚而至曰：「信陵君非丈夫也，乃畏秦而卻我。吾當與君間道入楚。」魏齊曰：「吾以一時不察，得罪於范叔，一累平原君，再累吾子，我安用生為？」即引佩劍自刎。信陵君車騎隨到，虞卿趨避他所，不與相見。信陵君見魏齊屍首，撫而哭之。時趙王遣飛騎四出追捕。知魏齊自刎，即奏知魏王，欲請其頭，以贖平原君歸國。信陵君不得已，乃取其首，用匣盛之，交封趙使。

趙王將魏齊之首，星夜送至咸陽，秦王以賜范雎。范雎命漆其頭為溺器。秦王以禮送平原君還趙，趙用為相國。於是秦王用范雎之謀，先攻韓、魏，遣使約好於齊、楚。單說楚太子熊完為質於秦，秦璧之十六年不遣。適秦使者約好於楚，楚使者朱英至咸陽報聘。黃歇私見朱英，與之通謀。太子熊完乃微服為御者，與楚使者朱英執轡，竟出函谷關。過半月，黃歇度太子已出關久，乃求見秦王，叩首謝罪。秦王大怒，叱左右囚黃歇，將殺之。范雎諫曰：「殺黃歇不能復還太子，而徒絕楚歡，不如嘉其忠而歸之。」秦王乃厚賜黃歇，遣之歸楚。歇歸三月，楚頃襄王薨，太子熊完立，是為考烈王。進太傅黃歇為相國，號春申君。時孟嘗君雖死，而趙有平原君，魏有信陵君，方以養士相尚。黃歇亦招致賓客，食客常數千人。春申君用賓客之謀，北兼鄒、魯之地，用賢士荀卿為蘭陵令，修舉政法，練習兵士，楚國復強。

再說秦昭襄王已結齊、楚，乃使大將王齕帥師伐韓，拔野王城，上黨往來路絕。上黨守臣馮亭，遣使持書並上黨地圖，獻於趙孝成王。趙王大喜，封馮亭以三萬戶，仍為守。秦大將王齕進兵圍上黨。馮亭堅守兩月，趙援兵猶未至，乃率其吏民奔趙。時趙王拜廉頗為上將，率兵二十萬來援上黨。行至長平關，遇馮亭，方知上黨已失。乃就金門山下，列營築壘。別分兵一萬，使馮亭守光狼城；又分兵二萬，使蓋負、蓋同分領之，守東西二鄣城。廉頗傳諭各壘用心把守，勿與秦戰，且使軍士掘地深數丈以注水。王齕大軍已到，先分軍攻二鄣城，蓋負、蓋同出戰皆敗沒。王齕乘勝攻光狼城，馮亭復敗走，奔金門山大營。秦兵又來攻壘，廉頗傳令：「出戰者，雖勝亦斬！」王齕攻之不入，乃移營逼之，去趙營僅五里。金門山下有流澗，王齕使軍士將澗水築斷，欲使趙人無汲。誰知廉頗預掘深坎，注水有餘，日用不乏。

秦、趙相持四個月，王齕遣使入告於秦王。秦王召范雎計議，范雎乃使心腹門客，從間道入邯鄲，用千金賄賂趙王左右，布散流言曰：「趙將惟馬服君最良，聞其子趙括勇過其父，若使為將，誠不可當。廉頗老而怯，屢戰俱敗，不日將出降矣。」趙王先聞連失三城，使人往長平催頗出戰。廉頗主堅壁之謀，不肯出戰。趙王已疑其怯，及聞左右反間之言，信以為實。遂拜趙括為上將，使持節往代廉頗，復益勁軍二十萬。括歸見其母，母乃上書諫曰：「括徒讀父書，不知通變，非將才。括父嘗曰：『括若為將，必敗趙兵！』願王勿遣。」趙王曰：「寡人意已決矣。」母曰：「王既不聽妾言，倘兵敗，妾一家請無連坐。」趙王許之。趙括遂引軍望長平進發。

再說秦王與范雎計議，更遣白起為上將，王齕副之，傳令軍中秘密其事。趙括至長平關，廉頗驗過符節，即將軍籍交付趙括。獨引親軍百餘人，回邯鄲去訖。趙括將廉頗約束，盡行更改。時馮亭在軍中，固諫不聽。括又以自己所帶將士，易去舊將。白起聞趙括更易廉頗之令，先使卒三千人出營挑戰。趙括輒出萬人來迎，秦軍大敗奔回。趙括使人至秦營下戰書，白起使王齕批：

「來日決戰。」因退軍十里，安營已定，召集諸將，吩咐如此恁般。

再說趙括吩咐軍中，平明列陣前進。行不五里，遇見秦兵，趙括使先鋒傅豹出馬。秦將王賁接戰，約三十合，王賁敗走，傅豹追之。趙括復遣王容率軍幫助。又遇秦將王陵，略戰數合，王陵又敗。趙括見趙兵連勝，自率大軍來追。馮亭又諫曰：「秦人多詐，其敗不可信也。」趙括不聽，追奔十餘里，及於秦壁。趙括傳令一齊攻打，連打數日，秦軍堅守不可入。趙括使人催取後軍，忽報：「後營被秦將胡傷引兵衝出遏住。」趙括大怒，使人探聽秦軍行動，回報道：「西路軍馬不絕，東路無人。」趙括麾軍從東路而轉。行不上二三里，大將蒙驁一軍從刺斜裡殺出。王容接住蒙驁交鋒。王翦一軍又至，趙兵折傷頗眾。趙括料難取勝，鳴金收軍，就便擇水草處安營，堅壁自守。一面飛奏趙王求援，一面催取後隊糧餉。誰知運糧之路，又被秦將引兵塞斷。白起大軍遮其前，胡傷、蒙驁等大軍截其後。秦軍每日傳武安君將令，招趙括投降。趙括此時方知白起真在軍中，唬得心膽俱裂。

再說秦王得武安君捷報，親命駕來至河內，盡發民家壯丁，分路掠取趙人糧草，遏絕救兵。趙括被秦兵圍困，凡四十六日，軍中無糧，士卒自相殺食，趙括不能禁止。乃將軍將分為四隊，奪路殺出。誰知白起又預選射手，環趙壘埋伏。四隊軍馬，衝突三四次，俱被射回。又過一月，趙括精選上等銳卒五千人，冒圍突出。王翦、蒙驁二將齊上，趙括中箭而亡。趙軍大亂，馮亭自刎而亡。白起使人揭趙括之首，往趙營招撫。營中軍士尚二十餘萬，亦皆願降。白起與王齕計議曰：「今趙卒先後降者，總合來將近四十萬之眾，倘一旦有變，何以防之？」乃將降卒分為十營，使十將以統之，配以秦軍二十萬，各賜以牛酒。是夜，武安君密傳一令於十將：「起更時分，但是秦兵，都要用白布一片裹首。凡首無白布者，即係趙人，當盡殺之。」秦兵奉令，一齊發作。四十萬軍，一夜俱盡。通計長平之戰，前後斬虜首共四十五萬人，止存年少者二百四十人未殺，放歸邯鄲，使宣揚秦國之威。

第九十九回
武安君含冤死杜郵
呂不韋巧計歸異人

話說趙孝成王聞趙括已死，趙軍四十餘萬被武安君一夜坑殺，大驚，群臣無不悚懼。國中號痛之聲不絕，惟趙括之母不哭。趙王以趙母有前言，不加誅，反賜粟帛以慰之。又使人謝廉頗。趙國正在驚惶之際，邊吏又報導：「秦兵攻下上黨，武安君親率大軍前進，聲言欲圍邯鄲。」趙王問群臣：「誰能止秦兵者？」群臣莫應。適蘇代客於平原君之所，自請入秦，往見應侯范睢。睢揖之上坐，問曰：「先生何為而來？」蘇代曰：「為君而來。武安君用兵如神，今舉兵而圍邯鄲，趙必亡矣。趙亡，則秦成帝業，武安君為佐命之元臣。君雖素貴，不能不居其下也。」范睢愕然前席曰：「然則如何？」蘇代曰：「君不如許韓、趙割地以和於秦。夫割地以為君功，而又解武安君之兵柄。君之位，則安於泰山矣！」范睢大喜。明日即言於秦王曰：「秦兵在外日久，宜休息。不如使人諭韓、趙，使割地以求和。」秦王許之。於是范睢復大出金帛，以贈蘇代之行，使之往說韓、趙。韓、趙二王懼秦，皆聽代計，各遣使求和於秦。秦王笑而受地，召武安君班師。自此白起與范睢有隙。

白起宣言於眾曰：「自長平之敗，邯鄲城中，一夜十驚，若乘勝往攻，不過一月可拔矣。」秦王聞之，大悔。乃復使起為將，欲使伐趙。白起適有病不能行，乃改命大將王陵。陵率軍十萬伐趙，圍邯鄲城。趙王使廉頗禦之。頗設守甚嚴，王陵兵屢敗。秦王乃益兵十萬，命王齕往代王陵。王齕圍邯鄲，五月不能拔。武安君聞之，謂其客曰：「吾固言邯鄲未易攻，王不聽吾言，今竟如何？」客有與應侯客善者，洩其語。應侯言於秦王，必欲使武安君為將。武安君遂偽稱病篤。秦王大怒，削武安君爵士，貶為士伍，遷於陰密。武安君出咸陽西門，至於杜郵，暫歇，以待行李。應侯復言於秦王曰：「白起大有怨言，其託病非真，恐適他國為秦害。」秦王乃遣使賜以利劍，令自裁。使者至杜郵，致秦王之命。武安君乃自剄而死。時周赧王之五十八年也。

秦王既殺白起，復發精兵五萬，令鄭安平將之，往助王齕，必攻下邯鄲方已。趙王大懼，遣使分路求救於諸侯。平原君趙勝曰：「魏，吾姻家，且素善，其救必至。楚大而遠，非以合從說之不可，吾當親往。」於是約其門下食客，欲得文武備具者二十人同往。三千餘人內，選來選去，止得一十九人。平原君嘆曰：「得士之難如此哉？」有下坐客一人，出言曰：「如臣者，不識可以備數乎？」平原君問其姓名，對曰：「臣姓毛名遂，大梁人，客君門下三年矣。」平原君笑曰：「夫賢士處世，譬如錐之處於囊中，其穎立露。今先生處勝門下三年，勝未有所聞，是先生於文武一無所長也。」毛遂曰：「臣今日方請處囊中耳。使早處囊中，將突然盡脫而出，豈特露穎而已哉？」平原君異其言，乃使湊二十人之數。即日辭了趙王，望陳都進發。

既至，先通春申君黃歇，歇乃為之轉通於楚考烈王。平原君黎明入朝，楚王與平原君坐於殿上，毛遂與十九人俱敘立於階下。平原君從容言及合從卻秦之事。楚王終有畏秦之心，遲疑不決。毛遂在階下顧視日晷，已當午矣，乃按劍歷階而上。楚王怒問曰：「彼何人？」平原君曰：「此臣之客毛遂。」楚王叱之使去。毛遂走上幾步，按劍而言曰：「合從乃天下大事，天下人皆得議之！楚地五千餘里，號為盟主。一旦秦人崛起，數敗楚兵。白起小豎子，一戰再戰，鄢、郢盡沒，被逼遷都。此百世之怨，三尺童子，猶以為羞，大王獨不念乎？今日合從之議，為楚，非為趙也！」楚王曰：「唯唯。」於是從約遂定。楚王命春申君將八萬人救趙。

時魏安釐王遣大將晉鄙率兵十萬救趙。秦王聞諸侯救至，親至邯鄲督戰，使人謂魏王曰：「諸侯有敢救者，必移兵先擊之！」魏王大懼，遣使追及晉鄙軍，戒以勿進。晉鄙乃屯於鄴下。春申君亦屯兵於武關，觀望不進。

卻說秦王孫異人，為質於趙。那異人乃安國君之次子。安國君名柱，字子傒，昭襄王之太子也。安國君所寵楚妃，號為華陽夫人，未有子。異人之母曰夏姬，無寵，又早死。故異人質趙，久不通信。當王翦伐趙，趙王遷怒於質子，欲殺異人。平原君諫曰：「異人無寵，殺之何益？」趙王乃安置異人於叢臺，命大夫公孫乾為館伴，使出入監守，又削其廩祿。時有陽翟人姓呂，名不韋，父子為賈，平日往來各國，販賤賣貴，家累千金。其時適在邯鄲，偶於途中望見異人，雖在落寞之中，不失貴介之氣。不韋暗暗稱奇，指問旁人曰：「此何人也？」答曰：「此乃秦王太子安國君之子，質於趙國。」不韋私嘆曰：「此奇貨，可居也！」乃以百金結交公孫乾，因得見異人。

一日，公孫乾置酒請呂不韋，不韋曰：「座間別無他客，何不請王孫來同坐？」公孫乾即請異人與不韋相見。飲至半酣，公孫乾起身如廁，不韋低聲而問異人曰：「秦王今老矣。太子所愛者華陽夫人，而夫人無子。殿下何不以此時求歸秦國，事華陽夫人，求為之子，他日有立儲之望。」異人含淚對曰：「恨未有脫身之計耳。」不韋曰：「某請以千金為殿下西遊，往說太子及夫人，救殿下還朝，如何？」異人拜謝。自此不韋與異人時常相會，遂以五百金密付異人，使之買囑左右。公孫乾上下俱受異人金帛，串做一家。

不韋復以五百金市買奇珍玩好，竟至咸陽。探得華陽夫人有姊，先買囑其家左右，通話於夫人之姊，將金珠一函獻上。姊大喜，自出堂，於簾內見客。不韋曰：「王孫日夜思念太子夫人，言自幼失母，夫人便是他嫡母，欲得回國奉養，以盡孝道。因秦兵屢次伐趙，趙王每每欲將王孫來斬，喜得臣民盡皆保奏，倖存一命。」姊曰：「臣民何故保他？」不韋曰：「王孫賢孝無比，每遇秦王太子及夫人壽誕，及元旦朔望之辰，必清齋沐浴，焚香西望拜祝，趙人無不知之。又且好學重賢，交結諸侯賓客，天下皆稱其賢孝。」不韋又將金玉寶玩，約值五百金，獻上曰：「王孫不得歸侍太子夫人，有薄禮權表孝順，相求王親轉達。」姊遂自入告於華陽夫人。夫人見珍玩，心中甚喜。夫人姊回復呂不韋，不韋因問曰：「夫人有子幾人？」姊曰：「無有。」不韋曰：「夫人此時宜擇諸子中賢孝者為子，百歲之後，所立子為王，終不失勢。不然，他日一旦色衰愛弛，悔無及矣！今異人賢孝，夫人誠拔以為適子，夫人不世世有寵於秦乎？」姊復述其言於華陽夫人。夫人曰：「客言是也。」一夜，與安國君飲正歡，忽然涕泣。太子怪而問之，夫人曰：「妾不幸無子，君諸子中唯異人最賢。若得此子為嗣，妾身有托。」太子許之。夫人曰：「異人在趙，何以歸之？」太子曰：「當乘間請於王也。」

時秦昭襄王方怒趙，太子言於王，王不聽。不韋知王后之弟楊泉君方貴幸，復賄其門下，求見楊泉君。楊泉君即以不韋之言告於王后，王后因為秦王言之。秦王曰：「俟趙人請和，吾當迎此子歸國耳。」太子召呂不韋問計，不韋叩首曰：「太子果立王孫為嗣，小人不惜千金家業，賂趙當權，必能救回。」太子與夫人俱大喜。不韋回至邯鄲，次日，即備禮謁見公孫乾。然後見王孫異人，將王后及太子夫人一段說話，細細詳述。異人大喜。

再說不韋向取下邯鄲美女，號為趙姬，善於歌舞。知其懷娠兩月，心生一計，因請異人和公孫乾來家飲酒。酒至半酣，喚趙姬出來，舒袖而舞，喜得公孫乾和異人目亂心迷，神搖魂蕩。異人請於不韋曰：「念某孤身質此，欲與公求得此姬為妻。未知身價幾何？」不韋曰：「吾為殿下謀歸，千金家產尚且破盡，今何惜一女子。即當奉送。」異人再拜稱謝。其夜，不韋向趙姬言曰：「秦王孫十分愛你，求你為妻。王孫將來有秦王之分，汝得其寵，必為王后。天幸腹中生男，即為太子，我與你便是秦王之父母，富貴俱無窮矣。汝曲從吾計，不可洩漏！」二人遂對天設誓。次日，不韋以溫車載趙姬與異人成親。異人得了趙姬，如魚似水，愛眷非常。約過一月有餘，趙姬遂向異人曰：「妾獲侍殿下，天幸已懷胎矣。」異人不知來歷，愈加歡喜。那趙姬直到十二個月周年，方才產下一兒。異人大喜，遂用趙姬之姓，名曰趙政。

至秦昭襄王五十年，趙政已長成三歲矣。時秦兵圍邯鄲甚急，不韋乃盡出黃金共六百斤，以三百斤遍賂南門守城將軍，托言曰：「某舉家從陽翟來，行賈於此。只要做個方便人情，放我一家出城，感恩不淺。」守將許之。復以百斤獻於公孫乾，述己欲回陽翟之意，反央公孫乾與南門守將說個方便。不韋預教異人將趙氏母子，密寄於母家。是日，置酒請公孫乾，將公孫乾灌得爛醉。至夜半，異人微服混在僕人之中，跟隨不韋父子行至南門，守將私自開鑰，放他出城而去。三人共僕從結隊連夜奔走，至天明，被秦國遊兵獲住。遊兵引至王齕大營，王齕問明來歷，乃備車馬，轉送入行宮。秦昭襄王見了異人，不勝之喜。異人辭了秦王，與不韋父子登車，竟至咸陽。

第一百回
魯仲連不肯帝秦　信陵君竊符救趙

話說呂不韋同著王孫異人，竟至咸陽。安國君與夫人並坐中堂以待之。不韋謂異人曰：「華陽夫人乃楚女，殿下須用楚服入見，以表依戀之意。」異人從之。當下改換衣裝，來至東宮，先拜安國君，次拜夫人。夫人見異人頭頂南冠，足穿豹舄，短袍革帶，駭而問曰：「兒在邯鄲，安得效楚人裝束？」異人拜稟曰：「不孝男日夜思想慈母，故特製楚服，以表憶念。」夫人大喜。安國君曰：「吾兒可改名曰子楚。」異人拜謝。再說公孫乾直至天明酒醒，方知秦王孫一家已逃去，遂自刎而亡。

秦王自王孫逃回秦國，攻趙益急。趙君再遣使求魏進兵。客將軍新垣衍獻策曰：「秦今日用兵侵伐不休，其意欲求為帝耳。誠令趙發使尊秦為帝，秦必喜而罷兵。」魏王即遣新垣衍隨使者至邯鄲，以此言奏知趙王。趙王與群臣議其可否，眾議紛紛未決。時有齊人魯仲連者，其時適在趙國圍城之中，聞魏使請尊秦為帝，勃然不悅，乃求見平原君曰：「君乃天下賢公子，乃委命於梁客耶？今新垣衍將軍何在？吾當為君責而歸之！」平原君遂邀魯仲連俱至公館，與衍相見。魯仲連曰：「魏未睹秦稱帝之害也。秦乃棄禮義而上首功之國也。恃強挾詐，屠戮生靈。彼並為諸侯，而猶若此，倘肆然稱帝，益濟其虐。必將變易諸侯之大臣，奪其所憎，而樹其所愛。又將使其子女讒妾為諸侯之室，魏王安能晏然而已乎？即將軍又何以保其爵祿乎？」新垣衍再拜謝曰：「先生真天下士也！衍請出復吾君，不敢再言帝秦矣。」秦王聞帝議不成，乃退屯於汾水，戒王齕用心準備。

再說新垣衍去後，平原君又使人至鄴下求救於晉鄙，鄙以王命為辭。平原君乃為書讓信陵君無忌。信陵君數請魏王求敕晉鄙進兵，魏王終不許。信陵君曰：「吾義不可以負平原君。吾寧獨赴趙，與之俱死！」乃具車騎百餘乘，遍約賓客，欲直犯秦軍。行過夷門，與侯生辭別。侯生曰：「公子勉之！」並無他語。信陵君怏怏而去，心中自念：「今吾行就死地，而侯生無一言半辭為我謀，甚可怪也！」乃約住賓客，獨引車還見侯生。

卻說侯生立在門外，望見信陵君車騎，笑曰：「嬴固策公子之必返矣。」乃屏去從人，私叩曰：「聞如姬得幸於王。如姬之父，昔年為人所殺，如姬言於王，欲報父仇，求其人，三年不得。公子使客斬其仇頭，以獻如姬。此事果否？」信陵君曰：「果有此事。」侯生曰：「今晉鄙之兵符，在王臥內，惟如姬力能竊之。公子誠請於如姬，如姬必從。」信陵君再拜稱謝。乃使所善內侍顏恩，以竊符之事，私乞於如姬。是夜，魏王飲酒酣臥，如姬即盜虎符授顏恩，轉致信陵君之手。信陵君既得符，復往辭侯生。侯生曰：「公子即合符，而晉鄙不信，復請於魏王，事不諧矣。臣之客朱亥，此天下力士，公子可與俱行。晉鄙若不聽，即令朱亥擊殺之。」於是與信陵君同詣朱亥家，言其故。朱亥笑曰：「臣乃市屠小人，蒙公子數下顧。今公子有急，正亥效命之日也。」侯生曰：「臣義當從行，以年老不能遠涉，請以魂送公子。」即自刎於車前。信陵君十分悲悼，乃厚給其家，遂同朱亥登車望北而去。

卻說魏王於臥室中失了兵符，過了三日之後，方才知覺。盤問如姬，只推不知。卻教顏恩將宮娥內侍，凡直內寢者，逐一拷打。顏恩假意推問，又亂了一日。魏王忽然想著公子無忌，他手下賓客，雞鳴狗盜者甚多，必然是他所為。使人召信陵君，回報：「四五日前，已與賓客千餘，車百乘出城，傳聞救趙去矣。」魏王大怒，使將軍衛慶，率軍三千，星夜往追信陵去訖。

再說信陵君行至鄴下，見晉鄙曰：「大王以將軍久暴露於外，遣無忌特來代勞。」

因出虎符與晉鄙驗之。晉鄙心下躊躇，乃曰：「此軍機大事，某還要再行奏請。」說猶未畢，朱亥厲聲喝曰：「元帥不奉王命，便是反叛了。」即於袖中出鐵錘，向晉鄙當頭一擊，登時氣絕。信陵君握符謂諸將曰：「魏王有命，使某代晉鄙將軍救趙。晉鄙不奉命，今已誅死。三軍安心聽令，不得妄動！」營中肅然。比及衛慶追至鄴下，晉鄙已死。信陵君曰：「君已至此，看我破秦之後，可還報吾王也。」衛慶只得先打密報，回復魏王。信陵君大犒三軍，得精兵八萬人。親率賓客，身為士卒先，進擊秦營。王齕不意魏兵卒至，倉卒拒戰。魏兵賈勇而前，平原君亦開城接應，大戰一場。王齕折兵一半，奔汾水大營。秦王傳令解圍而去。鄭安平為魏兵所遏，乃投降於魏。春申君聞秦師已解，亦班師而歸。韓王乘機復取上黨。

趙王親攜牛酒勞軍，平原君負弩矢，為信陵君前驅。信陵君頗有自功之色。朱亥進曰：「公子矯王命，奪晉鄙軍以救趙，於趙雖有功，而於魏未為無罪。公子乃自以為功乎？」信陵君大慚。比入邯鄲城，趙王親掃除宮室，以迎信陵君，執主人之禮甚恭。信陵君自以得罪魏王，不敢歸國，將兵符付將軍衛慶，督兵回魏，而身留趙國。時趙有處士毛公者，隱於博徒；有薛公者，隱於賣漿之家。信陵君素聞其賢名，時時與毛、薛二公同遊。平原君聞之，謂其夫人曰：「令弟日逐從博徒賣漿者同遊，交非其類，恐損名譽。」

夫人述於信陵君。信陵君曰：「無忌在國時，常聞趙有毛公、薛公，恨不得與之同遊。今為之執鞭，尚恐其不屑於我，平原君乃以為羞，何雲好士乎？」即日命賓客束裝，欲適他國。平原君大驚，乃躬造館舍，免冠頓首，謝其失言之罪。信陵君復留於趙。平原君門下士聞知其事，去而投信陵君者大半。四方賓客來遊趙者，咸歸信陵，不復聞平原君矣。

再說魏王接得衛慶密報，怒甚，便欲收信陵君家屬，又欲盡誅其賓客之在國者。

如姬乃跪而請曰：「此賤妾之罪，妾當萬死！妾父為人所殺，大王為一國之主，不能為妾報仇，而公子能報之。妾感公子深恩，故擅竊虎符，以成其志。趙與魏猶同室也，大王忘昔日之義，而公子赴同室之急。倘幸而卻秦全趙，大王威名揚於遠近，妾雖碎屍萬段，亦何所恨乎？」魏王怒氣稍定，問曰：「汝雖竊符，必有傳送之人。」如姬曰：「遞送者，顏恩也。」魏王命左右縛顏恩至，恩曰：「奴婢不曾曉得什麼兵符。」如姬目視顏恩曰：「向日我著你送花勝與信陵夫人，這盒內就是兵符了。」顏恩會意，乃大哭曰:「夫人吩咐，奴婢焉敢有違？那盒子重重封固，奴婢豈知就裡？」魏王喝教將顏恩下於獄中，如姬貶入冷宮，一面使人探聽消息。約過了二月有餘，衛慶班師回朝，將兵符繳上，奏道：「信陵君大敗秦軍，不敢還國，已留身趙都。」魏王大喜，即使左右召如姬於冷宮，出顏恩於獄，俱恕其罪。

再說秦昭襄王兵敗歸國，太子安國君率王孫子楚出迎於郊，齊奏呂不韋之賢。秦王封為客卿，食邑千戶。秦王聞鄭安平降魏，大怒，族滅其家。

第一百一回
秦王滅周遷九鼎 廉頗敗燕殺二將

話說鄭安平乃是丞相范睢所薦，鄭安平降魏，范睢法當從坐，於是席藁待罪。秦王曰：「任安平者，本出寡人之意，與丞相無干。」再三撫慰，仍令復職。應侯甚不過意，欲說秦王滅周稱帝，以此媚之。於是使張唐為大將，伐韓，欲先取陽城，以通三川之路。時周赧王一向微弱。韓、趙分周地為二，以雒邑之河南王城為西周，以鞏附成周為東周，使兩周公治之。赧王自成周遷於王城，依西周公以屠，拱手而已。秦王攻下陽城，別遣將軍嬴樛與張唐合兵，以攻西周。赧王無計可施，乃率群臣子侄，哭於文武之廟，三日，捧其所存輿圖，親詣秦軍投獻。嬴樛受其獻，先使張唐護送赧王君臣子孫入秦奏捷，自引軍入雒陽城，經略地界。赧王謁見秦王，頓首謝罪。秦王以梁城封赧王，降為周公，比於附庸。原日西周公降為家臣，東周公貶爵為君，是為東周君。赧王年老，既至梁城，不逾月病死。秦王命除其國。又命嬴樛發雒陽丁壯，毀周宗廟，運其祭器，並要搬運九鼎，安放咸陽，陳列於秦太廟之中。佈告列國，俱要朝貢稱賀。韓桓惠王首先入朝，稽首稱臣。齊、楚、燕、趙皆遣國相入賀。獨魏國使者，尚未見到。秦王命河東守王稽，引兵襲魏。王稽素與魏通，私受金錢，遂洩其事。魏王懼，遣使謝罪，亦使太子增為質於秦，委國聽令。自此六國，俱賓服於秦。秦王究通魏之事，召王稽誅之。范睢益不自安。

時有燕人蔡澤者，博學善辯，自負甚高，乘敝車遊說諸侯，無所遇。遂西入咸陽，謂旅邸主人曰：「汝飯必百粱，肉必甘肥，俟吾為丞相時，當厚酬汝。」主人曰：「客何人，乃望作丞相耶？」澤曰：「吾姓蔡名澤，乃天下雄辯有智之士，特來求見秦王。秦王若一見我，必逐應侯而以吾代之。」主人笑其狂，為人述之。應侯門客聞其語，述於范雎。范雎乃使人往旅邸召蔡澤。蔡澤往見范雎。雎踞坐以待，厲聲詰之曰：「外邊宣言，欲代我為丞相者是汝耶？」蔡澤端立於旁曰：「正是。」范雎曰：「汝有何辭說，可以奪我爵位？」蔡澤曰：「夫四時之序，成功者退，將來者進。大丈夫處世，身名俱全者，上也；名可傳而身死者，其次也；惟名辱而身全，斯為下耳。若夫秦有商君，楚有吳起，越有大夫種，皆功成而身不得其死。今君之功績，不若商君、吳起、大夫種，然而君之祿位過盛，私家之富，倍於三子，如是而不思急流勇退，為自全計。彼三子者，且不能免禍，而況於君乎？蘇秦、智伯之智，非不足以自庇，而竟以死者，惑於貪利不止也。君以匹夫，徒步知遇秦王，位為上相，富貴已極。猶然貪戀勢利，進而不退，竊恐蘇秦、智伯之禍，在所不免。君何不以此時歸相印，擇賢者而薦之？」范雎乃延之上坐，待以客禮。次日入朝，薦於秦王。秦王召蔡澤，問以兼併六國之計。蔡澤從容條對，深合秦王之意，即日拜為客卿。范雎因謝病，請歸相印。秦王不准。雎遂稱病篤不起。秦王乃拜蔡澤為丞相，以代范雎。雎老於應。

卻說燕王喜即位，立其子丹為太子。時趙平原君趙勝卒，以廉頗為相國，封信平君。燕王喜使其相國栗腹，往弔平原君之喪，因以五百金為趙王酒資，約為兄弟。趙王如常禮相待，栗腹意不懌。歸報燕王曰：「趙自長平之敗，壯者皆死。且相國新喪，廉頗已老，若出其不意，分兵伐之，趙可滅也。」燕王惑其言，使栗腹為大將，樂乘佐之，率兵十萬攻鄗。使慶秦為副將，樂閒佐之，率兵十萬攻代。趙王聞燕兵將至，集群臣問計。相國廉頗薦雁門李牧，其才可將。趙王用廉頗為大將，引兵五萬，迎栗腹於鄗。用李牧為副將，引兵五萬，迎慶秦於代。

卻說廉頗知栗腹在鄗，乃盡匿其丁壯於鐵山，但以老弱列營。先出疲卒數千人挑戰。栗腹親自出陣，只一合，趙軍不能抵擋，大敗而走。栗腹指麾將士，追逐趙軍。六七里，伏兵齊起。燕軍大敗，廉頗生擒栗腹。樂乘欲走，廉頗使人招之，樂乘遂奔趙軍。恰好李牧救代得勝，斬了慶秦，遣人報捷。廉頗使樂乘為書招樂閒，閒亦降趙。廉頗長驅直入，燕王遣使乞和。樂閒謂廉頗曰：「本倡伐趙之謀者，栗腹也。大夫將渠苦諫不聽，被羈在獄。若欲許和，必須要燕王以將渠為相國，使他送款，方可。」廉頗從其說。燕王即召將渠於獄中，授相印。將渠謂燕王曰：「樂乘、樂閒雖身投於趙，然其先世有大功於燕，大王宜歸其妻子，使其不忘燕德，則和議可速成矣。」燕王從之。將渠乃如趙軍，為燕王謝罪，並送還樂閒、樂乘家屬。廉頗許和，因斬栗腹之首，並慶秦之屍，歸之於燕，即日班師還趙。

再說秦昭襄王在位五十六年而薨，太子安國君柱立，是為孝文王，立子楚為太子。孝文王除喪之三日，大宴群臣，席散回宮而死。於是呂不韋同群臣奉子楚嗣位，是為莊襄王。奉華陽夫人為太后，立趙姬為王后，子趙政為太子，去趙字單名政。蔡澤知莊襄王深德呂不韋，欲以為相，乃託病以相印讓之。不韋遂為丞相，封文信侯，食河南洛陽十萬戶。

再說東周君聞秦連喪二王，乃遣賓客往說諸國，欲合從以伐秦。呂不韋言於莊襄王曰：「西周已滅，而東周一線若存，不如盡滅之，以絕人望。」秦王即用不韋為大將，率兵十萬伐東周，執其君以歸。周自武王受命，歷八百七十三年，而祀絕於秦。秦王乘滅周之盛，復遣蒙驁襲韓，拔成皋、滎陽，置三川郡，地界直遙大梁矣。秦王再遣蒙驁攻趙，取榆次等三十七城，置太原郡。遂南定上黨，因攻魏高都，不拔，秦王復遣王齕將兵五萬助戰。魏兵屢敗，如姬言於魏王曰：「秦所以欺魏者，以信陵君不在也。大王若召之於趙，使其合從列國，並力禦秦，雖有蒙驁等百輩，何敢正眼視魏哉！」魏王不得已，遣顏恩為使，持相印，往趙迎信陵君。信陵君恨曰：「魏王棄我於趙，今事急而召我，非中心念我也！」乃懸書於門下：「有敢為魏王通使者死！」顏恩至魏半月，不得見公子。欲求門下客為言，俱辭不敢通。

第一百二回
華陰道信陵敗蒙驁　胡盧河龐煖斬劇辛

話說顏恩欲見信陵君不得，正無奈何。適毛公和薛公來訪公子，顏恩泣訴其事。二公入見信陵君曰：「公子所以重於趙，名聞於諸侯者，徒以有魏也。即公子之能養士，致天下賓客者，亦借魏力也。設使秦一旦破大梁，夷先王之宗廟，公子復何面目寄食於趙也？」信陵君蹴然起立，即日命賓客束裝，自入朝往辭趙王。趙王乃以上將軍印授公子，使將軍龐煖為副，起趙軍十萬助之。信陵君先使顏恩歸魏報信，然後分遣賓客，致書於各國求救。燕、韓、楚三國，俱素重信陵之人品，悉遣大將引兵至魏。燕將將渠，韓將公孫嬰，楚將景陽，惟齊國不肯發兵。魏王使衛慶悉起國中之師，出應公子。

時蒙驁圍郟州，王齕圍華州。信陵君乃使衛慶以魏師合楚師，築為連壘，以拒蒙驁。虛插信陵君旗號，堅壁勿戰。而身帥趙師十萬，與燕、韓之兵，星馳華州。信陵君命趙將龐煖。引一支軍往渭河，劫秦糧艘。使韓將公孫嬰，燕將將渠，各引一支軍，在少華山左右伺候，共擊秦軍。親率精兵三萬，伏於少華山下。龐煖引軍先發，早有伏路秦兵報入王齕營中。王齕大驚，遂傳令：「留兵一半圍城，餘者悉隨吾救渭。」將近少華山，山中閃出一隊大軍。王齕傳令列成陣勢。戰不數合，又是一隊大軍到來，王齕急分兵迎敵。三國之兵，攪做一團。信陵君度秦兵已疲，引伏兵一齊殺出。王齕大敗，引殘兵敗將，向路南而遁。信陵君引得勝之兵，仍分三隊，來救郟州。

卻說蒙驁諜探信陵君兵往華州，乃將老弱立營，虛建旗幟，與魏、楚二軍相持。

盡驅精銳，望華州一路迎來。誰知信陵君已破走了王齕，恰好在華陰界上相遇。信陵君當先衝敵，左有公孫嬰，右有將渠，兩下大殺一陣。蒙驁折兵萬餘，鳴金收軍。這邊魏將衛慶，楚將景陽，探知蒙驁不在軍中，攻破秦營老弱，解了郟州之圍，也望華陰一路追襲而來。蒙驁腹背受敵，又大折一陣，急急望西退走。信陵君率諸軍，直追至函谷關下。秦兵緊閉關門，不敢出應。信陵君方才班師。各國之兵，亦皆散回本國。魏安釐王聞信陵君大破秦軍，不勝之喜，出城三十里迎接。拜為上相，國中大小政事，皆決於信陵君。信陵君之威名，震動天下。各國皆具厚幣，求信陵君兵法。

卻說蒙驁與王齕領著敗兵，來見秦莊襄王。剛成君蔡澤進曰：「諸國所以合從者，徒以公子無忌之故。今王遣一使修好於魏，且請無忌至秦面會，俟其入關，即執而殺之。」秦王用其謀，遣使至魏修好，並請信陵君。信陵君使朱亥為使，奉璧一雙以謝秦。秦王大怒。蒙驁密奏曰：「魏使者朱亥，乃魏之勇士，宜留為秦用。」秦王欲封朱亥官職，朱亥堅辭不受。秦王益怒，命拘於驛舍，絕其飲食。朱亥以手自探其喉，絕咽而死。剛成君蔡澤又進曰：「信陵君有震主之嫌。大王若密遣細作至魏，訪求晉鄙之黨，奉以多金，使之布散流言，則魏王必疏無忌而奪其權。」秦王曰：「卿計甚善。然魏太子增猶質吾國，寡人欲因而殺之，何如？」蔡澤對曰：「不若借太子使為反間於魏。」秦王大悟，待太子增加厚。一面遣細作持萬金往魏國行事；一面使其賓客皆與太子增往來相善，因而密告太子曰：「信陵君今為魏大將，諸侯兵皆屬焉。信陵君若立，必使秦殺太子，以絕民望。太子何不致一書於魏王，使其請太子歸國。」太子增乃為密書，書中備言諸侯歸心信陵，欲擁立為王等語。於是秦王乃修書奉賀信陵君，另有金幣等物。

卻說信陵君聞秦使講和，謂賓客曰：「秦非有兵戎之事，何求於魏？此必有計！」言未畢，閽人報秦使者在門，言：「秦王亦有書奉賀。」信陵君再三卻之。恰好魏王遣使來到，要取秦王書來看。信陵君遂命駕車將秦王書幣，原封不動，送上魏王，言：「臣已再三辭之，不敢啟封。今蒙王取覽，只得呈上，但憑裁處。」魏王乃發書觀之，覽畢，付與信陵君觀看。信陵君奏曰：「此書乃離間我君臣，臣所以不受者，正慮書中不知何語，恐墮其術中耳。」魏王曰：「公子既無此心，便可於寡人面前，作書復之。」即命左右取紙筆，付信陵君作回書。書付秦使，並金幣帶回。魏王亦遣使謝秦，並言：「寡君年老，欲請太子增回國。」秦王許之。太子增既回魏，復言信陵不可專任。信陵君遂託病不朝，將相印兵符，俱繳還魏王，與賓客為長夜之飲。

再說秦莊襄王在位三年，得疾，丞相呂不韋入問疾。因使內侍以緘書密緻王后，追述往日之誓。後遂召不韋與之私通。不韋以醫藥進王，王病一月而薨。不韋扶太子政即位，此時年僅一十三歲。尊莊襄后為太后，封其母弟成嶠為長安君，國事皆決於不韋，號為尚父。秦王政元年，呂不韋知信陵君退廢，使大將蒙驁同張唐伐趙，攻下晉陽。三年，再遣蒙驁同王齕攻韓，韓使公孫嬰拒之。王齕帥其私屬千人，直犯韓營。齕力戰而死。蒙驁乘之，大敗韓師，殺公孫嬰，取韓十二城以歸。自信陵君廢，而趙、魏之好亦絕。趙孝成王使廉頗伐魏，圍繁陽，未克，而孝成王薨。太子偃嗣位，是為悼襄王。時廉頗已克繁陽，乘勝進取。而大夫郭開，素以諂佞為廉頗所嫉，譖於悼襄王，言：「廉頗已老，不任事，伐魏久而無功。」乃使武襄君樂乘，往代廉頗。廉頗怒曰：「樂乘何人，而能代我？」遂勒兵攻乘，乘懼走歸國。廉頗遂奔魏，魏王雖尊為客將，疑而不用。廉頗由是遂居大梁。

秦王政四年，魏信陵君得疾而亡。賓客自剄從死者百餘人，足見信陵君之能得士矣！明年，魏安釐王亦薨，太子增嗣位，是為景湣王。秦遣大將蒙驁攻魏，拔酸棗等二十城，置東郡。未幾，又拔朝歌，又攻下濮陽。景湣王遣使與趙通好。趙悼襄王方欲使人往糾列國，重尋合從之約，忽邊吏報導：「燕國拜劇辛為大將，領兵十萬，來犯北界。」趙王聞報，即召龐煖計議。煖曰：「劇辛自恃宿將，必有輕敵之心。今李牧見守代郡，使引軍南行，以斷其後，臣以一軍迎戰，彼腹背受敵，可成擒矣。」趙王從計而行。

卻說劇辛渡易水，直犯常山地界，兵勢甚銳。龐煖帥大軍屯於東垣，深溝高壘，以待其來。劇辛問帳下：「誰敢挑戰？」驍將栗元，乃栗腹之子，欲報父仇，欣然願往。劇辛給銳卒萬人，使犯趙師。龐煖使樂乘、樂閒張兩翼以待，而親率軍迎戰。兩下交鋒，二十餘合，兩翼並進，俱用強弓勁弩亂射燕軍。栗元不能抵當，回車便走。龐煖同二將從後掩殺，一萬銳卒，折去三千有餘。劇辛大怒，急催大軍親自接應。龐煖已自還營去了。劇辛攻壘不能入，乃使人下書，約明日於陣前，單車相見。至次日，龐煖先乘單車立於陣前，請劇將軍會面。劇辛亦乘單車而出。龐煖在車中欠身曰：「且喜將軍齒發無恙。」劇辛曰：「某已衰老，君亦蒼顏。人生如白駒過隙，信然也。」龐煖曰：「老將軍年逾六十，孤立於衰王之庭，猶貪戀兵權，持兇器而行危事，欲何為乎？」劇辛曰：「某受燕王三世厚恩，粉骨難報，趁吾餘年，欲為國家雪栗腹之恥！」兩下在軍前反復酬答，龐煖忽大呼曰：「有人得劇辛之首者，賞三百金！」劇辛大怒，把令旗一麾，栗元便引軍殺出。這裡樂乘、樂閒雙車接戰，兩下混殺一場，燕軍比趙損折更多，天晚各鳴金收兵。

劇辛回營，悶悶不悅，正自躊躇，忽有守營軍士報導：「趙國遣人下書，見在轅門之外，未敢擅投。」劇辛命取書到，發而觀之，略曰：「代州守李牧，引軍襲督亢，截君之後。君宜速歸，不然無及。某以昔日交情，不敢不告。」劇辛曰：「龐煖欲搖動我軍心耳！」命以書還其使人，來日再決死戰。趙使者已去，劇辛密傳軍令，虛紮營寨，連夜撤回。誰知龐煖探聽燕營虛設，同樂乘、樂閒分三路追來。劇辛且戰且走，行至龍泉河，探子報導：「前面旌旗塞路，聞說是代郡軍馬。」劇辛不敢北進，引兵東行。龐煖追及，大戰於胡盧河。劇辛兵敗，自刎而亡。栗元被樂閒擒而斬之，趙兵大勝。龐煖約會李牧，一齊征進，取武遂、方城之地。燕王親詣將渠之門，求其為使，伏罪乞和。龐煖看將渠面情，班師奏凱而回。李牧仍守代郡去訖。趙悼襄王郊迎龐煖，龐煖曰：「燕人已服，宜及此時合從列國，並力圖秦。」

第一百三回

李國舅爭權除黃歇
樊於期傳檄討秦王

話說龐煖欲合從列國，為並力圖秦之計。除齊附秦外，韓、魏、楚、燕各出銳師，共推春申君黃歇為上將。歇分兵五路，直攻渭南，不克，圍之。秦丞相呂不韋使將軍蒙驁、王翦、桓齮、李信、內史騰各將兵五萬人，分應五國。不韋自為大將，兼統其軍，離潼關五十里分為五屯。王翦言於不韋曰：「三晉近秦，習與秦戰。而楚在南方，其來獨遠。誠選五營之銳，合以攻楚。楚之一軍破，餘四軍將望風而潰矣。」不韋以為然。於是使五屯設壘建幟如常，暗地各抽精兵一萬，約以四鼓齊起，往襲楚寨。時李信以糧草稽遲，欲斬督糧牙將甘回，眾將告求得免，但鞭背百餘。甘回挾恨，夜奔楚軍，以王翦之計告之。春申君大驚，遂即時傳令，拔寨俱起，夜馳五十餘里。比及秦兵到時，楚寨已撤矣。四國聞楚先撤，亦各班師。

再說春申君奔回郢城，考烈王責讓黃歇，歇慚懼不容。時有魏人朱英，客於春申君之門，說曰：「今兩周已併於秦，而秦方修怨於魏。魏旦暮亡，則陳、許為通道，恐秦、楚之爭，從此方始。君何不勸楚王東徙壽春，去秦較遠，絕長淮以自固，可以少安。」黃歇言於考烈王，乃擇日遷都。

再說考烈王在位已久，尚無子息。有趙人李園，亦在春申君門下。有妹李嫣色美，欲進於楚王，恐久後以無子失寵，乃心生一計。將其妹先獻春申君。未三月，即便懷孕。李園遂教以說詞，如此這般。夜間侍寢之際，李嫣進言於黃歇曰：「楚王之貴幸君，雖兄弟不如也。今王未有子，千秋百歲後，將更立兄弟。君貴，用事久，多失禮於王之兄弟。兄弟誠立，禍且及身矣。」

黃歇愕然曰：「卿言是也。今當奈何？」李嫣曰：「妾今自覺有孕矣。誠以君之重，而進妾於楚王，王必幸妾。妾賴天佑生男，異日必為嫡嗣，則是君之子為王也。」黃歇如夢初覺。次日，入言於楚王。楚王即宣取李嫣入宮。嫣善媚，楚王大寵愛之。及產期，雙生二男。楚王喜不可言，遂立李嫣為王后，長子捍為太子。李園為國舅，貴幸用事。園為人多詐術，想起其妹懷娠之事，惟春申君知之，欲滅其口。乃使人各處訪求勇力之士，收置門下。

朱英聞而疑之，乃入見春申君曰：「李園，王之舅也，而君位在其上，外雖柔順，內實不甘。聞其陰蓄死士，為日已久。楚王一薨，李園必先入據權，而殺君以滅口。此無妄之禍也。李園以妹故，宮中聲息，朝夕相通。而君宅於城外，動輒後時。誠以郎中令相處，某得領袖諸郎，李園先入，臣為君殺之。」黃歇笑曰：「足下且退，容吾察之。如有用足下之處，即來相請。」朱英去三日，不見春申君動靜，知其言不見用，乃不辭而去。朱英去十七日，而考烈王薨。李園聞信，先入宮中，吩咐秘不發喪，密令死士伏於棘門之內。捱至日沒，方使人徐報黃歇。黃歇大驚，不謀於賓客，即刻駕車而行。方進棘門，兩邊死士突出，遂斬黃歇之頭。然後發喪，擁立太子捍嗣位，是為楚幽王。李園自立為相國，傳令盡滅春申君之族。

再說呂不韋憤五國之攻秦，乃使蒙驁同張唐督兵五萬伐趙，令長安君成嶠同樊於期率兵五萬為後繼。趙使相國龐煖為大將，率軍十萬拒敵。卻說長安君成嶠，年方十七歲，不諳軍務，召樊於期議之。於期素惡不韋納妾盜國之事，言：「今王非先王骨血，惟君乃是適子。文信侯今日以兵權托君，非好意也。若蒙驁兵敗無功，將借此以為君罪。今蒙驁兵困於趙，急未能歸，而君手握重兵。若傳檄以宣淫人之罪，臣民誰不願奉適嗣以主社稷者！」成嶠憤然按劍作色曰：「惟將軍善圖之！」樊於期草就檄文，四下傳佈。秦人多信其為實。張唐知長安君已反，星夜奔往咸陽告變。秦王政見檄文大怒，乃拜王翦為大將，率軍十萬，往討長安君。再說蒙驁接得檄文，大驚。乃傳令班師，親自斷後，緩緩而行。龐煖探聽秦軍移動，預選精兵三萬，伏於太行山林木深處。秦兵大潰。蒙驁身帶重傷，趙軍圍之數重，亂箭射死。

再說張唐、王翦等兵至屯留，成嶠大懼。王翦訪帳下：「何人與長安君相識？」有末將楊端和，乃屯留人，自言：「曾在長安君門下為客。」王翦曰：「我修書一封與汝，汝可送與長安君，勸他早圖歸順。俟交鋒之時，乘其收軍，汝可效敵軍打扮，混入城中。只看攻城至急，便往見長安君。」端和領計。王翦再召桓齮引一軍攻長子城，王賁引一軍攻壺關城，王翦自攻屯留。三處攻打，使他不能接應。樊於期抽選精兵萬餘，開門出戰。王翦佯讓一陣，退軍十里，屯於伏龍山。於期得勝入城，楊端和已混入去了。

第一百四回
甘羅童年取高位　嫪毐偽腐亂秦宮

話說王翦退軍十里，吩咐深溝高壘，不許出戰。卻發軍二萬，往助桓齮、王賁，攻下長子、壺關二城。樊於期大驚，乃立屯於城外。王翦使桓齮、王賁各引一軍，分作左右埋伏，卻教辛勝引五千人馬，前去搦戰。樊於期率軍開營出迎。略戰數合，辛勝倒退。樊於期恃勇前進，約行五里，桓齮、王賁兩路伏兵殺出，於期大敗。急收軍回，王翦兵已佈滿城下。於期殺開一條血路，城中開門接入去了。王翦合兵圍城，攻打甚急。楊端和乘夜求見長安君成嶠，告曰：「秦之強，君所知也。君乃欲以孤城抗之，必無幸矣。樊於期恃匹夫之勇，欲以君行僥倖之事。王將軍亦知君為樊於期所誘，有密書一封，托致於君。」遂將書呈上。成嶠看畢，流淚而言曰：「足下且暫勞作伴，所言俟從容再議。」次日，樊於期出南門，與秦兵交鋒。楊端和勸成嶠登城觀戰。樊於期鏖戰良久，奔回城下。楊端和仗劍立於成嶠之旁，厲聲曰：「長安君已全城歸降矣！樊將軍請自便。」袖中出一旗，旗上有個「降」字。左右皆端和親戚，便將降旗豎起，不由成嶠做主。樊於期復殺開一條血路，遙望燕國而去。楊端和使成嶠開門，以納秦兵。王翦將成嶠幽於公館，遣辛勝往咸陽報捷。秦王政遣使命王翦即梟斬成嶠於屯留。一面懸賞格購樊於期：「有能擒獻者，賞以五城。」成嶠聞不蒙赦，自縊於館舍。

是時秦王政年已長成，既定長安君之亂，乃謀復蒙驁之仇，集群臣議伐趙。剛成君蔡澤進曰：「趙者，燕之世仇也。某請出使於燕，使燕王效質稱臣，然後與燕共伐趙。」秦王即遣蔡澤往燕。燕王聽其言，遂使太子丹為質於秦，因請大臣一人，以為燕相。呂不韋欲遣張唐，張唐託病不肯行。不韋駕車親自往請，張唐堅執不從。不韋門下客有甘羅者，乃是甘茂之孫，時年僅十二歲，往見張唐，曰：「君之功，自謂比武安君何如？」唐曰：「某功不及十之一也。」甘羅曰：「昔應侯欲使武安君攻趙，武安君不肯行。應侯一怒，而武安君遂死於杜郵。今文信侯自請君相燕，而君不肯行。君之死期不遠矣。」張唐悚然有懼色，乃因甘羅以請罪於不韋，即日治裝。將行，甘羅謂不韋曰：「願假臣車五乘，為張唐先報趙。」不韋入言於秦王。秦王給以良車十乘，僕從百人，從之使趙。趙悼襄王見甘羅年少，暗暗稱奇，問曰：「先生下辱敝邑，有何見教？」甘羅曰：「秦之親燕，欲相與攻趙，而廣河間之地也。大王不如割五城獻秦，以廣河間。臣請言於寡君，絕燕之好，而與趙為歡。夫以強趙攻弱燕，而秦不為救，此其所得，豈止五城而已哉？」趙王大悅，以五城地圖付之，使還報秦王。秦王喜，乃止張唐不遣。趙乃命龐煖、李牧合兵伐燕，取上谷三十城，以十一城歸秦。秦王封甘羅為上卿。

却說呂不韋得寵於莊襄后，出入宮闈，素無忌憚。及見秦王年長，英明過人，始有懼意。奈太后不時宣召入甘泉宮，不韋欲進一人以自代。市人嫪毒，偶犯淫罪，不韋曲赦之。欲進於太后，乃使人發其舊罪，論以腐刑。因以百金分賂主刑官吏，詐為閹割，拔其鬚眉。嫪毒遂雜於內侍之中以進，太后留侍宮中。不韋乃幸得自脫。太后與嫪毒相處如夫婦。未幾懷妊，太后詐稱病，使嫪毒行金賂卜者，使詐言宮中有祟，當避西方二百里之外。於是太后徙雍城，嫪毒為御而往。嫪毒與太后益相親不忌，兩年之中，連生二子，築密室藏而育之。太后私與毒約，異日王崩，以其子為後。太后奏稱嫪毒代王侍養有功，請封以土地。秦王乃封毒為長信侯，予以山陽之地。

秦王政九年春，秦王以郊祀之期，至雍朝見太后。臨行，使大將王翦同呂不韋守國。桓齮引兵三萬，屯於岐山。時秦王已二十二歲，猶未冠。太后命於德公之廟，行冠禮，佩劍，賜百官大酺五日。嫪毒與左右貴臣，賭博飲酒。至第四日，嫪毒與中大夫顏泄連博失利，直前扭顏泄，批其頰。泄亦摘去嫪毒冠纓。毒怒甚，大叱曰：「吾乃今王之假父也！爾敢與我抗乎？」顏泄懼，走出，恰遇秦王政從太后處飲酒出宮。顏泄伏地叩頭，號泣請死。秦王政令左右扶至蘄年宮，然後問之。顏泄述了一遍，因奏：「嫪毒實非宦者，詐為腐刑，私侍太后。今產下二子，在於宮中，不久謀篡秦國。」秦王政大怒，密以兵符往召桓齮，使引兵至雍。

有內史肆、佐弋竭二人，急奔嫪毒府中告之。毒大驚，夜叩大鄭宮，求見太后，訴以如此這般：「今日之計，除非攻蘄年宮，殺卻今王，我夫妻尚可相保。願借太后璽，假作御寶用之。」太后遂出璽付毒。毒偽作秦王御書，加以太后璽文，遍召宮騎衛卒。次日午牌，嫪毒與內史肆、佐弋竭分將其眾，圍蘄年宮。秦王政登臺，問各軍犯駕之意。答曰：「長信侯傳言行宮有賊，特來救駕。」秦王曰：「長信侯便是賊！宮中有何賊耶？」宮騎衛卒等聞之，一半散去，一半膽大的，便反戈與賓客舍人相鬥。嫪毒兵敗，奪路斬開東門出走，正遇桓齮大兵，束手就縛。秦王政乃親往大鄭宮搜索，得繆毒奸生二子於密室之中，使左右置於布囊中撲殺之。獄吏獻嫪毒招詞，言：「毒偽腐入宮，皆出文信侯呂不韋之計。」秦王命車裂嫪毐於東門之外，夷其三族。肆、竭等皆梟首示眾。太后用璽黨逆，不可為國母，遷居於棫陽宮。秦王政回駕咸陽，赦呂不韋不誅，但免相，收其印綬。是年夏四月，天發大寒，降霜雪，百姓多凍死。大夫陳忠進諫曰：「天下無無母之子，宜迎歸咸陽，以盡孝道。」秦王大怒，命剝去其衣，置其身於蒺藜之上，而捶殺之，陳其屍於闕下，榜曰：「有以太后事來諫者，視此！」

第一百五回
茅焦解衣諫秦王
李牧堅壁卻桓齮

話說秦大夫陳忠死後，相繼而諫者不止，秦王輒戮之，陳屍闕下，前後凡誅殺

二十七人。時有滄州人茅焦，適遊咸陽，憤然曰：「子而囚母，天地反復矣。吾明早叩閽入諫秦王。」次早，茅焦來至闕下，伏屍大呼曰：「臣齊客茅焦，願上諫大王！」秦王使內侍出問曰：「客所諫者，得無涉王太后語耶？客不見闕下死人累累耶？何不畏死若是！」茅焦曰：「古聖賢誰人不死，臣又何畏哉？」內侍復還報。秦王按劍而坐，怒氣勃勃不可遏，連呼：「召狂夫來就烹！」內侍往召茅焦。茅焦至階下，再拜叩頭奏曰：「今天下之所以尊秦者，非獨威力使然，亦以大王為天下之雄主，忠臣烈士，畢集秦庭故也。今大王車裂假父，有不仁之心；囊撲兩弟，有不友之名；遷母於棫陽宮，

有不孝之行；誅戮諫士，陳屍闕下，有桀紂之治。所行如此，何以服天下乎？怨謗日騰，忠謀結舌，中外離心，諸侯將叛。惜哉！秦之帝業垂成，而敗之自大王也。臣言已畢，請就烹！」乃起立解衣趨鑊。秦王急走下殿，扶住茅焦，命左右去湯鑊，收起榜文。又命內侍與茅焦穿衣，延之坐。即命司里收取二十七人之屍，各具棺槨，同葬於龍首山。是日秦王親自發駕，往迎太后。

秦王乃拜茅焦為太傅，爵上卿。又恐不韋復與宮闈相通，遣出都城，往河南本國居住。列國聞文信侯就國，爭欲請之。秦王恐其用於他國，乃手書一緘，以賜不韋。呂不韋接書讀訖，遂置鴆於酒中，服之而死。門下客盜載其屍，偷葬於北邙山下。秦王聞不韋已死，求其屍不得，乃盡逐其賓客。因下令大索國中，凡他方遊客，不許留居咸陽，已仕者削其官，三日內皆要逐出境外。有楚國上蔡人李斯，乃名賢荀卿之弟子，向遊秦國，事呂不韋為舍人。不韋薦於秦王，拜為客卿。今日逐客令下，李斯亦在逐中。斯於途中寫就表章，托言機密事，使郵傳上之秦王。秦王覽其書，大悟，遂除逐客之令，使人馳車往追李斯。斯乃還入咸陽，秦王命復其官。

李斯因說秦王曰：「韓近秦而弱，請先取韓，以懼諸國。」秦王從其計。時韓桓惠王已薨，太子安即位。有公子非者，善於刑名法律之學，數上書於韓王安，韓王不能用。及秦兵伐韓，公子非乃自請於韓王，願為使聘秦，以求息兵。韓王從之。公子非西見秦王，言韓王願納地為東藩。秦王大喜。非因說之曰：「臣有計可以破天下之從，而遂秦兼併之謀。」因獻其所著《說難》《孤憤》等書，五十餘萬言。秦王讀而善之，欲用為客卿。李斯忌其才，譖於秦王曰：「秦攻韓，韓王急而遣非入秦，安知不如蘇秦反間之計？非不可任也。不如殺之，以剪韓之翼。」秦王乃囚韓非，將殺之。是夜，非以冠纓自勒其喉而死。韓王聞非死，益懼，請以國內附稱臣。秦王乃罷兵。

秦王一日與李斯議事，誇韓非之才，惜其已死。李斯乃進曰：「臣舉一人，姓尉名繚，大梁人也，其才勝韓非十倍。」秦王乃以賓禮召之，置之上座，呼為先生。尉繚因進說曰：「夫列國散則易盡，合則難攻。今國家之計，皆決於豪臣，豪臣豈盡忠智，不過多得財物為樂耳。大王若厚賂其豪臣，以亂其謀，則諸侯可盡矣。」秦王大悅，即拜為太尉。其弟子皆拜大夫。秦王復問尉繚以併兼次第。尉繚曰：「韓弱易攻，宜先。其次莫如趙、魏。三晉既盡，即舉兵而加楚。楚亡，燕、齊又安往乎？」秦王曰：「趙王嘗置酒咸陽宮，未有加兵之名，奈何？」尉繚曰：「王若患伐趙無名，請先加兵於魏。趙王有寵臣郭開者，貪得無厭。臣遣弟子王敖往說魏王，使賂郭開而請救於趙王，趙必出兵。吾因以為趙罪，移兵擊之。」秦王乃命大將桓齮，率兵十萬，出函谷關，聲言伐魏。復遣尉繚弟子王敖往魏，付以黃金五萬斤，恣其所用。王敖至魏，說魏王曰：「韓、趙連袂而事秦，秦兵至魏，魏其危矣。大王何不割鄴城以賂趙，而求救於趙？趙如發兵守鄴，是趙代魏為守也。」魏王從其言，以鄴郡三城地界，並國書付與王敖，使往趙國求救。王敖先以黃金三千斤交結郭開，然後言三城之事。郭開言於悼襄王，悼襄王使扈輒率師五萬，往受其地。秦王遂命桓齮進兵攻鄴。扈輒兵敗，遣人告急於趙王。

趙王聚群臣共議，眾皆曰：「廉頗尚在魏國，何不召之？」郭開與廉頗有仇，乃譖於趙王曰：「廉將軍年近七旬。大王姑使人覘視，倘其未衰，召之未晚。」趙王乃遣內侍唐玖以猊名甲一副，良馬四匹勞問，因而察之。郭開密邀唐玖至家，出黃金二十鎰為壽，告以如此恁般。唐玖往魏國，見了廉頗，致趙王之命。廉頗知是秦兵犯趙，乃留唐玖同食，故意在他面前施逞精神，一飯斗米俱盡，啖肉十餘斤。唐玖回至邯鄲，謬謂趙王曰：「廉將軍有脾疾，與臣同坐，須臾間遺矢三次矣。」趙王遂不復召，但益發軍以助扈輒。其後楚王聞知廉頗在魏，使人召之。頗復奔楚為楚將，以楚兵不如趙，鬱鬱不得志而死。秦王更催桓齮進兵。趙悼襄王憂懼，一疾而薨。太子遷即位。桓齮乘趙喪，襲破趙軍，斬扈輒，進逼邯鄲。趙王遷聞代守李牧之能，乃使人乘急傳，持大將軍印召牧。李牧列營於肥累，置壁壘，堅守不戰。桓齮乃分兵一半，往襲甘泉市。趙蔥請救之。李牧曰：「彼方有事甘泉市，其營必虛。」遂分兵三路，夜襲其營。營中不意趙兵猝到，遂大潰敗。敗兵奔往甘泉市，報知桓齮。桓齮悉兵來戰。李牧張兩翼以待之。桓齮大敗，走歸咸陽。趙王以李牧有卻秦之功，亦封為武安君，食邑萬戶。

第一百六回
王敖反間殺李牧　田光刎頸薦荊軻

話說趙王遷五年，代中地震，邯鄲大旱。郭開蒙蔽，不使趙王聞之。時秦王再遣大將王翦、楊端和分道伐趙。燕太子丹陰使人致書於燕王，使為戰守之備。又教燕王詐稱有疾，使人請太子歸國。燕王遣使至秦，秦王政不肯遣。太子丹乃易服毀面，為人傭僕，賺出函谷關，星夜往燕國去訖。

再說趙武安君李牧，大軍屯於灰泉山，連營數里。秦兩路車馬，皆不敢進。秦王復遣王敖至王翦軍中。王敖謂翦曰：「李牧北邊名將，未易取勝。將軍姑與通和，某自有計。」王翦果使人往趙營講和。李牧亦使人報之。王敖至趙，再打郭開關節，言：「李牧與秦私自講和，約破趙之日，分王代郡。若以此言進於趙王，使以他將易去李牧。某言於秦王，君之功勞不小。」郭開已有外心，遂密奏趙王。趙王信以為實然，謀於郭開。郭開奏曰：「大王誠遣使持兵符，即軍中拜趙蔥為大將，替回李牧。」趙王從其言，遣司馬尚持節至灰泉山軍中，宣趙王之命。李牧嘆曰：「吾嘗恨樂毅、廉頗為趙將不終，不意今日乃及自己！趙蔥不堪代將，吾不可以將印授之。」乃懸印於幕中，中夜微服遁去。趙蔥怒李牧不肯授印，乃遣力士急捕李牧，縛而斬之。

卻說秦兵聞李牧死，軍中皆酌酒相賀。王翦、楊端和兩路軍馬，刻期並進。趙蔥與顏聚正計議，忽哨馬報：「王翦攻狼孟甚急，破在旦夕。」趙蔥遂傳令拔寨俱起，往救狼孟。王翦預伏兵大谷，只等趙蔥兵過一半，放起號炮，伏兵一齊殺出。趙蔥兵敗，為王翦所殺。顏聚收拾敗軍，奔回邯鄲。秦兵遂拔狼孟，攻取下邑。楊端和亦收取常山餘地，進圍邯鄲。秦王命內史騰移兵往韓受地。韓王安大懼，盡獻其城，入為秦臣。秦以韓地為潁川郡。此秦王政之十七年也。自此，六國只存其五矣。

再說秦兵圍邯鄲，趙王遷欲遣使鄰邦求救。郭開進曰：「韓王已入臣，燕、魏方自保不暇，安能相救？以臣愚見，不如全城歸順，不失封侯之位。」王遷欲聽之。公子嘉伏地痛哭曰：「臣願與顏聚竭力效死。萬一城破，代郡數百里，尚可為國，奈何束手為人俘囚乎？」趙王無計可施，惟飲酒取樂而已。郭開欲約會秦兵獻城，奈公子嘉率其宗族賓客，幫助顏聚加意防守，水洩不漏。其時歲值連荒，城外民人逃盡。秦兵野無所掠，惟城中廣有積粟，食用不乏，急切不下。遂退兵五十里外，以就糧運。城中見秦兵退去，防範稍弛，日啟門一次，通出入。郭開遣心腹出城，將密書一封，送入秦寨。王翦得書，即遣人馳報秦王。秦王親率精兵三萬，來至邯鄲，晝夜攻打。城上望見大旆有「秦王」字，飛報趙王。趙王愈恐，曰：「寡人欲降秦，恐見殺如何？」郭開曰：「若以和氏之璧，並邯鄲地圖出獻，秦王必喜。」趙王遂依其言。顏聚聞報趙王已出西門，送款於秦，大驚。公子嘉即率其宗族數百人，同顏聚奔出北門，星夜往代。顏聚勸公子嘉自立為代王，以令其眾。

再說秦王政准趙王遷之降，長驅入邯鄲城，居趙王之宮。趙王以臣禮拜見，秦王坐而受之。明日，秦王出令，以趙地為巨鹿郡，置守。安置趙王於房陵，封郭開為上卿。趙王方悟郭開賣國之罪，遂發病不起。

再說燕太子丹逃回燕國，恨秦王甚，乃散家財，大聚賓客，謀為報秦之舉。訪得勇士夏扶、宋意，皆厚待之。有秦舞陽，年十三，白晝殺仇人於都市。太子赦其罪，收致門下。秦將樊於期得罪奔燕，匿深山中。至是聞太子好客，亦出身自歸。丹待為上賓，於易水之東，築一城以居之，名曰樊館。太傅鞠武曰：「所識有田光先生，其人智深而勇沉，且多識異人。太子必欲圖秦，非田光先生不可。」即駕車往見田光，與田光同造太子宮中。

太子丹聞田光至，親出宮迎接，執轡下車，再拜致敬，跪拂其席。屏左右，避席而請曰：「聞先生智勇足備，能奮奇策，救燕須臾之亡乎？」田光對曰：「鞠太傅但知臣盛壯之時，不知臣已衰老矣。太子自審門下客，可用者有幾人？光請相之。」太子丹乃悉召夏扶、宋意、秦舞陽至。田光一一相過，謂太子曰：「臣竊觀太子客，俱無可用者。怒形於面，何以濟事？臣所知有荊卿者，乃神勇之人，喜怒不形，似為勝之。荊卿名軻，本慶氏，齊大夫慶封之後也。性嗜酒。燕人高漸離者，善擊筑。軻愛之，日與飲於燕市中。酒酣，漸離擊筑，荊卿和而歌之。其人沉深有謀略，光萬不如也。」太子丹曰：「丹未得交於荊卿，願因先生而致之。」乃送田光出門，以自己所乘之車奉之，使內侍為御。光將上車，太子囑曰：「丹所言，國之大事也，願先生勿泄於他人。」田光笑曰：「老臣不敢。」

田光上車，訪荊軻於酒市，邀軻至其家中，謂曰：「荊卿嘗嘆天下無知己，光亦以為然。然光老矣，不足為知己驅馳。荊卿方壯盛，亦有意一試胸中之奇乎？」荊軻曰：「豈不願之，但不遇其人耳。」田光曰：「太子丹折節重客，燕國莫不聞之。今者不知光之衰老，乃以燕、秦之事謀及於光。光與卿相善，知卿之才，薦以自代，願卿即過太子宮。」荊軻曰：「先生有命，軻敢不從！」田光欲激荊軻之志，乃嘆曰：「今太子以國事告光，而囑光勿泄，是疑光也。光請以死自明，願足下急往報於太子。」遂拔劍自刎而死。

荊軻方悲泣，而太子復遣使來視：「荊先生來否？」荊軻知其誠，即乘田光來車，至太子宮。太子接待荊軻，與田光無二。既相見，問：「田先生何不同來？」荊軻曰：「光聞太子有私囑之語，欲以死明其不言，已伏劍死矣！」太子丹撫膺慟哭，良久收淚。納軻於上座，曰：「田先生不以丹為不肖，使丹得見荊卿，天與之幸，願荊卿勿見鄙棄。」荊軻曰：「太子所以憂秦者，何也？」丹曰：「秦譬猶虎狼，吞噬無厭。今韓王盡已納地為郡縣矣。王翦大兵復破趙，虜其王。趙亡，次必及燕。燕小弱，數困於兵。丹恐舉國之眾，不當秦之一將。諸侯畏秦之強，無肯合從者。丹竊有愚計，誠得天下之勇士，偽使於秦，誘以重利。秦王貪得，必相近，因乘間劫之，使悉反諸侯侵地。倘不從，則刺殺之。彼大將握重兵，各不相下，君亡國亂，然後連合楚、魏，共立韓、趙之後，並力破秦，此乾坤再造之時也！」荊軻沉思良久，對曰：「此國之大事也，臣駑下，恐不足當任使。」太子丹前頓首固請曰：「以荊卿高義，丹願委命於卿，幸毋讓！」荊軻再三謙遜，然後許諾。於是尊荊軻為上卿，於樊館之右，復築一城，名曰荊館，以奉荊軻。太子丹日造門下問安，供以太牢。間進車騎美女，恣其所欲，唯恐其意之不適也。一日，太子丹請荊軻與樊於期相會，出所幸美人奉酒，復使美人鼓琴娛客。荊軻見其兩手如玉，讚曰：「美哉手也！」席散，丹使內侍以玉盤送物於軻，軻啟視之，乃斷美人之手。自明於軻，無所吝惜。軻嘆曰：「太子遇軻厚，乃至此乎？當以死報之！」

第一百七回

獻地圖荊軻鬧秦庭
論兵法王翦代李信

話說荊軻平日，常與人論劍術，少所許可，惟心服榆次人蓋聶，與之深結為友。至是，軻欲西入秦劫秦王，使人訪求蓋聶。欲邀請至燕，與之商議。因蓋聶遊蹤未定，一時不能來到。太子丹知荊軻是個豪傑，不敢催促。忽邊入報導：「秦王遣大將王翦，北略地至燕南界。代王嘉遣使相約，一同發兵，共守上谷以拒秦。」太子丹大懼，言於荊軻。荊軻曰：「臣思之熟矣！夫樊將軍得罪於秦，秦王購其首。而督亢膏腴之地，秦人所欲。誠得樊將軍之首，與督亢之地圖，奉獻秦王，彼必喜而見臣。」丹曰：「樊將軍窮困來歸，何忍殺之？」荊軻知太子丹不忍，乃私見樊於期曰:「將軍得禍於秦，可謂深矣。今有一言，可以解燕國之患，報將軍之仇者，將軍肯聽之乎？」樊於期曰：「苟報秦仇，雖粉骨碎身，某所不恤。」荊軻曰：「某之愚計，欲前刺秦王，而恐其不得近也。誠得將軍之首，以獻於秦。秦王必喜而見臣，臣伺機殺之，則將軍之仇報，而燕亦得免於滅亡之患矣。」樊於期奮臂頓足，大呼曰：「此臣之日夜切齒腐心而恨其無策者也，今乃得聞明教。」即拔佩劍刎其喉。太子丹聞報，馳車至，伏屍而哭極哀，命厚葬其身，而以其首置木函中。

荊軻曰:「太子曾覓利匕首乎？」太子丹曰:「有趙人徐夫人匕首，甚利，丹以百金得之，使工人染以毒藥。裝以待荊卿久矣！未知荊卿行期何日？」荊軻曰：「臣有所善客蓋聶未至，欲俟之以為副。」太子丹曰：「足下之客，如海中之萍。丹之門下，有勇士數人，惟秦舞陽為最，或可以副行乎？」荊軻乃嘆曰：「臣所以遲遲，欲俟吾客，本圖萬全。太子既不能待，請行矣。」

於是太子丹草就國書，只說獻督亢之地並樊將軍之首，俱付荊軻。秦舞陽為副使，同行。臨發之日，太子丹與相厚賓客知其事者，俱白衣素冠，送至易水之上，設宴餞行。高漸離亦持豚肩斗酒而至。酒行數巡，高漸離擊築，荊軻和而歌，歌曰：「風蕭蕭兮易水寒，壯士一去兮不復還！」太子丹復引卮酒，跪進於軻。軻一吸而盡，騰躍上車，催鞭疾馳，竟不反顧。

荊軻既至咸陽，知中庶子蒙嘉有寵於秦王，先以千金賂之，求為先容。秦王聞樊於期已誅，大喜，召使者至咸陽宮相見。荊軻藏匕首於袖，捧樊於期頭函，秦舞陽捧督亢輿地圖匣，相隨而進。將次升階，秦舞陽面白如死人，似有振恐之狀。侍臣曰：「使者色變為何？」荊軻回顧舞陽而笑，上前叩首謝曰：「一介秦舞陽，乃北番蠻夷之鄙人。生平未嘗見天子，故不勝振慴悚息。願大王寬宥其罪。」秦王傳旨，止許正使一人上殿。左右叱舞陽下階。秦王命取頭函驗之，果是樊於期之首。秦王不疑，謂荊軻曰：「取舞陽所持地圖來，與寡人觀之。」荊軻從舞陽手中取過圖函，親自呈上。秦王展圖，方欲觀看。荊軻匕首已露，不能掩藏，當下未免著忙。左手把秦王之袖，右手執匕首刺其胸。未及身，秦王大驚，奮身而起，袖絕。荊軻持匕首在後緊追。秦王不能脫身，繞柱而走。

原來秦法：群臣侍殿上者，不許持尺寸之兵。今倉卒變起，群臣皆以手共搏軻。

有侍醫夏無且，亦以藥囊擊軻。軻奮臂一揮，藥囊俱碎。秦王所佩寶劍，長八尺，欲拔劍擊軻。劍長，鞘不能脫。有小內侍趙高急喚曰：「大王何不背劍而拔之？」秦王悟，把劍推在背後，拔劍在手，直前來砍荊軻，斷其左股。荊軻撲身倒於左邊銅柱之旁，乃舉匕首以擲秦王。秦王閃開，那匕首在秦王耳邊過去，直刺入右邊銅柱之中。秦王復以劍擊軻，軻連被八創，倚柱而笑，罵曰：「幸哉汝也！吾欲劫汝，反諸侯侵地。不意事之不就，被汝倖免，豈非天乎？然汝恃強力，吞併諸侯，享國亦豈長久耶？」左右爭上前攢殺之。秦舞陽在殿下，被眾人擊殺。此秦王政二十年事也。

秦王心戰目眩，呆坐半日，神色方才稍定。命取荊軻、秦舞陽之屍，及樊於期之首，同焚於市中。燕國從者皆梟首，分懸國門。秦王怒氣未息，乃益發兵，使王賁將之，助其父王翦攻燕。燕太子丹悉眾迎戰於易水之西。燕兵大敗，夏扶、宋意皆戰死。丹奔薊城，鞠武被殺。王翦合兵圍之，十月城破。燕王喜謂太子丹曰：「今日破國亡家，盡由於汝！」丹對曰：「韓、趙之滅，豈亦丹罪耶？今城中精兵，尚有二萬，遼東負山阻河，猶足固守，父王宜速往！」燕王喜登車開東門而出。太子丹盡驅其精兵，護送燕王東行，退保遼東。王翦攻下薊城，告捷於咸陽。王翦積勞成病，一面上表告老。秦王使將軍李信代領其眾，以追燕王父子。燕王遣使求救於代王嘉。嘉乃報燕王書，略曰：「王能殺丹以謝於秦，秦怒必解。燕之社稷，幸得血食。」燕王喜猶豫未忍。太子丹懼誅，自匿於桃花島。李信屯兵首山，使人持書數太子丹之罪。燕王喜大懼，佯召太子丹計事，以酒灌醉，縊殺之，然後斷其首。燕王將太子丹之首，函送李信軍中，為書謝罪。李信馳奏秦王。秦王謀於尉繚，尉繚奏曰：「燕棲於遼，趙棲於代，譬之遊魂，不久自散。今日之計，宜先下魏，次及荊楚。二國既定，燕、代可不勞而下。」秦王乃詔李信收兵回國。再命王賁為大將，引軍十萬，出函谷關攻魏。

時魏景湣王已薨，太子假立三年矣。魏王假使人結好齊王，說以利害。齊自君王后薨，其弟后勝為相國用事，多受秦黃金，力言：「秦必不負齊，今若與魏合從，必觸秦怒。」齊王建惑其言，遂辭魏使。王賁連戰皆勝，進圍大梁。值天道多雨，王賁乃命軍士於西北開渠，引黃河、汴河之水，築堤壅其下流。及渠成，雨一連十日不止，水勢浩大，賁命決堤通溝。城被浸三日，頹壞者數處，秦兵遂乘之而入。魏王假為王賁所虜，上囚車，與宮屬俱送至咸陽。假中途病死。王賁盡取魏地，為三川郡。時秦王政二十二年事也。是年，秦王復謀伐楚，問於李信曰：「將軍度伐楚之役，用幾何人而足？」李信對曰：「不過用二十萬人。」復召老將王翦問之。翦對曰：「信以二十萬人攻楚，必敗。以臣愚見，非六十萬人不可。」秦王遂命李信為大將，率兵二十萬伐楚。信年少驍勇，一鼓攻下平輿城，於是引兵而西，攻下申城。

卻說楚幽王立十年而薨，無子。群臣乃立宗人公子猶，是為哀王。哀王立二月，其庶兄負芻，襲殺哀王，遂自立為王。負芻在位三年，聞秦兵深入楚地，乃拜項燕為大將，率兵二十餘萬，水陸並進。探知李信兵出申城，自率大軍迎於西陵，使副將屈定設七伏於魯臺山諸處。李信恃勇前進，遇項燕，兩下交鋒，戰酣之際，七路伏兵俱起。李信大敗而走。項燕逐之，凡三日三夜不息，殺都尉七人，軍士死者無算。李信率殘兵退保冥阨，項燕復攻破之。李信棄城而遁。項燕追及平輿，盡復故地。秦王聞報，大怒，盡削李信官邑，親自命駕造頻陽，來見王翦，問曰：「將軍策李信以二十萬人攻楚必敗，今果辱秦軍矣。將軍雖病，能為寡人強起，將兵一行乎？」王翦再拜謝曰：「老臣罷病悖亂，心力俱衰，惟大王更擇賢將而任之。」秦王曰：「此行非將軍不可，將軍幸勿卻！」王翦對曰：「大王必不得已而用臣，非六十萬人不可。」秦王遂載王翦入朝，即日拜為大將，以六十萬授之，用蒙武為副。

臨行，秦王親至壩上設餞。王翦引卮，為秦王壽曰：「大王飲此，臣有所請。」秦王一飲而盡，問曰：「將軍何言？」王翦出一簡於袖中，所開寫咸陽美田宅數處，求秦王：「臣老矣，大王雖以封侯勞臣，譬如風中之燭，光耀幾時？不如及臣目中，多給美田宅，為子孫業，世世受大王之恩耳。」

秦王大笑，許之。既至函谷關，復遣使者求園池數處。蒙武曰：「老將軍之請乞，不太多乎？」王翦密告曰：「秦王性強厲而多疑，今以精甲六十萬畀我，是空國而托我也。我多請田宅園池，為子孫業，所以安秦王之心耳。」

第一百八回

兼六國混一輿圖
號始皇建立郡縣

話說王翦代李信為大將，率軍六十萬，聲言伐楚。項燕守東岡以拒之，見秦兵眾多，遣使馳報楚王。楚王復起兵二十萬，使將軍景騏將之，以助項燕。卻說王翦兵屯於天中山，堅壁固守。項燕日使人挑戰，終不出。王翦休士洗沐，日椎牛設饗，親與士卒同飲食。將吏感恩，願為效力，屢屢請戰，輒以醇酒灌之。相持歲餘，項燕終不得一戰，遂不為戰備。王翦忽一日大享將士，言：「今日與諸君破楚。」將士皆摩拳擦掌，爭先奮勇。乃選驍勇有力者，約二萬人，別為一軍，為衝鋒。而分軍數道，吩咐楚軍一敗，各自分頭略地。項燕不意王翦猝至，倉皇出戰。壯士畜力多時，一人足敵百人。楚兵大敗，屈定戰死，項燕與景騏率敗兵東走。翦乘勝追逐，攻下西陵，荊襄大震。王翦率大軍徑趨淮南，直搗壽春。項燕往淮上募兵未回，王翦乘虛急攻，城遂破。景騏自刎於城樓，楚王負芻被虜。

再說項燕募得二萬五千人，來至徐城，適遇楚王之同母弟昌平君逃難奔來，言：「壽春已破，楚王擄去，不知死活。」項燕乃率其眾渡江，奉昌平君為楚王，居於蘭陵，繕兵城守。

王翦令蒙武造船於鸚鵡洲。逾年船成，順流而下，守江軍士不能禦，秦兵遂登陸。大軍圍蘭陵，四面列營，軍聲震天。項燕築門固守。王翦用雲梯仰攻，項燕用火箭射之，燒其梯。王翦築壘與城齊，攻城愈急。昌平君親自巡城，為流矢所中，夜半身死。項燕泣曰：「吾所以偷生在此，為芈氏一脈未絕也。今日尚何望乎？」乃仰天長號者三，引劍自刎而死。城中大亂，秦兵遂登城啟門。王翦整軍而入，撫定居民，復率大軍南下。兵過姑蘇，守臣以城降。遂渡浙江，略定越地。並定豫章之地，立九江、會稽二郡。楚之祀遂絕。此秦王政二十四年事也。

王翦班師回咸陽，秦王賜黃金千鎰。翦告老，秦王乃拜其子王賁為大將，攻燕王於遼東。王賁虜燕王喜，送入咸陽。遂移師西攻代。代王嘉兵敗自殺，遂盡得雲中、雁門之地。此秦王政二十五年事。自此六國遂亡其五，惟齊尚在。

卻說齊王建聽相國后勝之言，不救韓、魏，每滅一國，反遣使入秦稱賀。秦復以黃金厚賂使者，使者歸，備述秦王相待之厚。齊王遂不修戰備。及聞

五國盡滅，始發兵守其西界。卻不提防王賁兵過吳橋，直犯濟南。齊自王建即位，四十四年不被兵革，從不曾演習武藝。王賁長驅直搗，如入無人之境。后勝束手無計，只得勸王建迎降。王賁兵不血刃，兩月之間盡得山東之地。秦王聞捷，傳令誅后勝，押送王建至共城。時秦王政之二十六年也。

時六國悉併於秦，天下一統。秦王以六國曾並稱王號，其名不尊。乃採上古君號，惟三皇五帝，功德在三王之上。惟秦德兼三皇，功邁五帝，遂兼二號稱「皇帝」。追尊其父莊襄王為太上皇。又以為周公作謚法，子得議父，臣得議君，為非禮，今後除謚法不用：「朕為始皇帝，後世以數計之，二世，三世，以至於百千萬世，傳之無窮。」天子自稱曰「朕」，臣下奏事稱「陛下」。召良工琢和氏之璧為傳國璽，其文曰：「受命於天，既壽永昌。」又推終始五德之傳，以為周得火德，惟水能滅火，秦應水德之運，衣服旌旗皆尚黑。水數六，故器物尺寸，俱用六數。以十月朔為正月，朝賀皆於是月。「正」「政」音同，皇帝御諱不可犯，改「正」字音為「征」。

尉繚見始皇意氣盈滿，紛更不休，與弟子王敖一夕遁去，不知所往。始皇問於群臣，群臣皆曰：「尉繚佐陛下定四海，亦望裂土分封。今陛下尊號已定，而論功之典不行，彼失意，是以去耳。」始皇曰：「周室分茅之制尚可行乎？」李斯曰：「周封國數百，其後子孫，自相爭殺無已。今陛下混一海內，皆為郡縣，雖有功臣，厚其祿俸，無尺土一民之擅，絕兵革之原，豈非久安長治之術哉？」始皇從其議，乃分天下為三十六郡。是時北邊有胡患，故漁陽、上谷等郡，轄地最少，設戍鎮守。南方水鄉安靖，故九江、會稽等郡，轄地最多。皆出李斯調度。每郡置守、尉一人，監御史一人。收天下甲兵，聚於咸陽銷之，鑄金人十二，置宮庭中。徙天下豪富於咸陽，共二十萬戶。仿六國宮室，建造離宮六所。又作阿房之宮。進李斯為丞相，趙高為郎中令。諸將帥有功者，各封萬戶，其他或數千戶，俱准其所入之賦，官為給之。於是焚書坑儒，遊巡無度，築萬里長城以拒胡。百姓嗷嗷，不得聊生。及二世，暴虐更甚，而陳勝、吳廣之徒，群起而亡之矣。